中国现当代文学精品导读（第二版）

第一卷

本卷主编　王光东

上海大学出版社
·上海·

图书在版编目(CIP)数据

中国现当代文学精品导读. 第一卷/王光东主编. —2版. —上海: 上海大学出版社, 2020.12
ISBN 978-7-5671-4137-7

Ⅰ.①中… Ⅱ.①王… Ⅲ.①中国文学-现代文学-文学欣赏②中国文学-当代文学-文学欣赏 Ⅳ.①I206.6

中国版本图书馆 CIP 数据核字(2020)第 258373 号

责任编辑　王　聪　江振新
封面设计　柯国富
技术编辑　金　鑫　钱宇坤

中国现当代文学精品导读　第一卷
（第二版）

本卷主编　王光东
上海大学出版社出版发行
(上海市上大路99号　邮政编码200444)
(http://www.shupress.cn　发行热线 021-66135112)
出版人　戴骏豪

*

南京展望文化发展有限公司排版
江苏凤凰数码印务有限公司印刷　各地新华书店经销
开本 787mm×960mm 1/16 印张17.5 字数286千
2020年12月第1版　2020年12月第1次印刷
ISBN 978-7-5671-4137-7/I·618　定价 42.00元

版权所有　侵权必究
如发现本书有印装质量问题请与印刷厂质量科联系
联系电话: 025-57718474

《中国现当代文学精品导读》编委会

主　任　李友梅

委　员　王晓明　蔡　翔　王光东
　　　　王鸿生　袁　进

目录

Contents

鲁迅《狂人日记》导读 ········· 刘子杰　1
  狂人日记 ············· 鲁　迅　5
鲁迅《阿Q正传》导读 ········· 刘子杰　13
  阿Q正传 ············· 鲁　迅　16
郭沫若《凤凰涅槃》导读 ········ 黄宾丽　43
  凤凰涅槃 ············· 郭沫若　45
郁达夫《沉沦》导读 ·········· 刘子杰　59
  沉沦 ··············· 郁达夫　61
瞿秋白《饿乡纪程》导读 ········ 姚　涵　88
  饿乡纪程（节选） ········ 瞿秋白　91
丁玲《莎菲女士的日记》导读 ······ 王　霞　99
  莎菲女士的日记 ········· 丁　玲　101
茅盾《子夜》导读 ··········· 王　霞　130
  子夜（节选） ··········· 茅　盾　133
巴金《家》导读 ············ 黄宾丽　142
  家（节选） ············ 巴　金　144

老舍《骆驼祥子》导读……………………………… 刘清虎 175
 骆驼祥子(节选)……………………………………… 老 舍 177
沈从文《边城》导读………………………………… 武春野 191
 边城………………………………………………… 沈从文 193
曹禺《雷雨》导读…………………………………… 刘清虎 251
 雷雨(节选)………………………………………… 曹 禺 253

鲁迅《狂人日记》导读

 **作家简介**

鲁迅(1881—1936),原名周树人,字豫才。浙江绍兴人。鲁迅出生在破落的封建家庭,少年时接受过传统的私塾教育。后来他的祖父因科考作弊案而丢官罢职,鲁迅因此经历了家道中落的变故,饱尝了人情的冷暖、世态的炎凉。

鲁迅18岁时就离家出走到南京寻求出路,曾先后就读于南京江南水师学堂和矿路学堂。这期间,他阅读了严复翻译的《天演论》,接受了进化论的影响。1902年去日本留学,起初在仙台学医,后因发觉医学不能医治灵魂,因而弃医从文,企图改变国民精神。1906年到东京从事文学和革命活动,加入了革命团体光复会。1909年回国。

辛亥革命后,鲁迅曾任南京临时政府和北京政府教育部部员、佥事等职,兼在北京大学、女子师范大学等学校授课。1918年5月,他首次以"鲁迅"为笔名,发表中国现代文学史上第一篇白话小说《狂人日记》,奠定了新文学运动的基石。五四运动前后,参加《新青年》杂志的工作。1918至1926年间,陆续创作出版了《呐喊》《坟》《热风》《彷徨》《野草》《朝花夕拾》《华盖集》《华盖集续编》等文集。

1926年8月,鲁迅因支持北京学生爱国运动,为反动当局所通缉,南下到厦门大学任教。1927年1月到中山大学任教。1927年10月起定居上海。此后,受马克思主义的影响,表现出对进化论的怀疑。他和冯雪峰、柔石等人一起参与了"中国左翼作家联盟"的筹备和成立工作。这一时期他主要从事杂文创作,对国民党文化专制主义和其他社会黑暗势力展开了猛烈的抨击。1930年起,鲁迅先后参加中国自由运动大同盟、中国左翼作家联盟和中国民权保障同盟等进步组织,积极参加革命文艺运动。1936年初"左联"解散后,积极参加文学界和文化界的抗日民族统一战线。1927至1936年,创作了《故事新编》中的大部分作品和大量的杂文,这些作品收录在《而已集》《三闲集》《二心集》《南腔北调集》《伪自由书》《准风月谈》《花边文学》《且介亭杂文》等文集中。他在1935年编选了《中国新文学大系·小说二集》。1936年10月19日因肺病逝世于上海。

 时代背景

　　1911年的辛亥革命推翻了两千多年的封建统治。鲁迅应蔡元培的邀请,去教育部任职,并于1912年抵达北京,任教育部的佥事,兼社会司第一科科长。可是很快袁世凯就窃取了辛亥革命的果实,恢复了帝制,这造成了鲁迅思想上的极度痛苦。《狂人日记》的产生,反映了鲁迅当时思想上反复犹豫和矛盾的现状。他这样描述自己当时的心境:"我感到未尝经验的无聊,是自此以后的事。我当初是不知其所以然的;后来想,凡有一人的主张,得了赞和,是促其前进的,得了反对,是促其奋斗的,独有叫喊于生人中,而生人并无反应,既非赞同,也无反对,如置身毫无边际的荒原,无可措手的了,这是怎样的悲哀呵,我于是以我所感到者为寂寞。"(鲁迅《〈呐喊〉自序》)

　　临在此时,正在办《新青年》的朋友金心异来找他,让他为《新青年》写点文章。鲁迅这时说了一段非常有名的话:"假如一间铁屋子,是绝无窗户而万难破毁的,里面有许多熟睡的人们,不久都要闷死了,然而是从昏睡入死灭,并不感到就死的悲哀。现在你大嚷起来,惊起了较为清醒的几个人,使这不幸的少数者来受无可挽救的临终的苦楚,你倒以为对得起他们么?"金心异的回答却是:"然而几个人既然起来,你不能说决没有毁坏这铁屋的希望。"鲁迅于是写道:"是的,我虽然自有我的确信,然而说到希望,却是不能抹杀的,因为希望是在于将来,决不能以我之必无的证明,来折服了他之所谓可有,于是我终于答应他也做文章了,这便是最初的一篇《狂人日记》……"(鲁迅《〈呐喊〉自序》)

　　正因为这篇小说的诞生寄寓了鲁迅如此复杂的思想郁结,所以这小说在寓意方面也显得格外复杂深沉。

作品评点

中国现代文学在最初发生的几年里,整体艺术水平不高。然而,鲁迅是一个例外。鲁迅的存在使得我们有理由说,中国现代文学从起步之时就达到了很高的水准。鲁迅为什么会成为同时代作家中具有深刻思想的优秀作家呢?

这就要说到鲁迅的精神状态了。鲁迅的精神状态很特别,在当时大多数知识分子都相信进化论的时候,他却对此表现出了深刻的怀疑。可正是这种怀疑使得鲁迅的小说避开了简单化的弊病,既保持了思想的深度,又维持了艺术的高度。

《狂人日记》对封建历史做了猛烈的抨击,通过狂人的经历将传统规范制约下的人与人之间的关系概括为"吃"与"被吃"。《狂人日记》中存在着两个文本,一个是作为正文的狂人的日记,另一个则是附于正文之前的那段文言文。在那段文言文里,作者交代了狂人的身份,曾经得过"迫害狂"的事实,以及"余"获得狂人的日记并加以整理供给医学研究的想法。值得注意的是,在这段话里还交代了这狂人如今早已病愈,已"赴某地候补矣"。正是在这里,鲁迅异常冷静地、早早地就交代了故事的结局,那就是,即使是疯狂如斯者,在他痊愈之后,依然是这个旧有社会秩序的有力支持者,依然是循规蹈矩地主动被纳入这个现存的社会秩序之中。因此这段用文言文记述的、较之下面狂人的疯言疯语来说显得过于流畅的文字就显示出了某种可怕的力量,它的超然与冷静,正是鲁迅心中那挥之不去的悲观的反映。

这样的复杂性也同样存在于《狂人日记》的白话正文之中。第一至第三节,记述的是狂人的恐惧:他总觉得周围的世界不对劲,可是究竟是怎么个不对劲,他还不太清楚。然而狂人在试着弄清楚:"凡事总须研究,才会明白。古来时常吃人,我也还记得,可是不甚清楚。我翻开历史一查,这历史没有年代,歪歪斜斜的每叶上都写着'仁义道德'几个字。我横竖睡不着,仔细看了半夜,才从字缝里看出字来,满本都写着两个字是'吃人'!"这是狂人惊人的发现:原来我们的历史,表面是"仁义道德",骨子里却是"吃人"。而狂人之所以觉得不对劲,那不过是因为,下一个被吃的对象,就是他自己了。但是些什么人要吃他呢?狂人发现,要吃他的人不是地主、不是军阀,而是"他们——也有给知县打枷过的,也有给绅士掌过嘴的,也有衙役占了他妻子的,也有老子娘被债主逼死的;他们那时候的脸色,全没有昨天这么怕,也没有这么凶。"也就是说,"吃人"并不是某些人的特权和专利。相反,要吃他的人,本身其实也是各种各样的受害者,可也正是他们,又构成了"吃人"的主体。

接下来,狂人还有更为惊人的发现。原来"合伙吃我的人,便是我的哥哥!"这真的是让狂人最为震惊的,因为毕竟他们是亲兄弟。也正是因为这种原因,狂人的内心开始有所动摇。第八节里"我"与另一个人的辩论,其实正是狂人内心犹豫的写照。辩论的结果是,狂人重新确信了自己的怀疑。

狂人问道:"从来如此,便对么?"也正是这样的义正词严,使得狂人有了劝谏大哥的念头。第十节里,狂人对大哥讲了两个道理:一是,"大约当初野蛮的人,都吃过一点人。后来因为心思不同,有的不吃人了,一味要好,便变了人,变了真的人。有的却还吃,——也同虫子一样,有的变了鱼鸟猴子,一直变到人。有的不要好,至今还是虫子。这吃人的人比不吃人的人,何等惭愧。怕比虫子的惭愧猴子,还差得很远很远。"这意思是说,"人"其实是介于"虫子"与"真的人"之间的。二是,"你们可以改了,从真心改起!要晓得将来容不得吃人的人,活在世上。"这就是说,未来的世界是不能容忍还在吃人的"人"的,未来的世界应该是"真人"的世界。

但是,这场劝谏又不过是狂人的一场梦。更为可怕的是,当狂人由梦中醒来时,他终于得出了这样的结论:

"四千年来时时吃人的地方,今天才明白,我也在其中混了多年;大哥正管着家务,妹子恰恰死了,他未必不和在饭菜里,暗暗给我们吃。"

"我未必无意之中,不吃了我妹子的几片肉,现在也轮到我自己,……"

"有了四千年吃人履历的我,当初虽然不知道,现在明白,难见真的人!"

这才是鲁迅真正的深刻之所在:发现了吃人历史的狂人、向世人宣示了吃人历史的狂人,终于没能成为一个手握真理、高高在上的"启蒙者"。令狂人与启蒙者迥异的,正是狂人那最为恐怖的发现:原来那吃人的历史里也包含着自己!原来自己也无非是一个吃人者!原来自己与那些准备吃掉自己的人之间并无本质上的区别!

《狂人日记》发表在《新青年》上,而《新青年》正是"五四"时期宣扬启蒙思想最为重要的阵地。但是《狂人日记》却显示了复杂的两面:一方面,我们能从中看到鲁迅对于整个旧的历史的批判,所以他视"仁义道德"的历史为事实上是"吃人"的历史,所以他会追问:"从来如此,便对么?"从这里,我们当然能感应到与启蒙思想相应和的东西。另一方面,《狂人日记》又表现了对这种启蒙的人道主义的深刻怀疑,所以狂人才会由发现吃人的历史到发现大哥、母亲也吃人,到最后发现自己也无非是吃人历史中的一分子而已。鲁迅的超越与深刻,也正在这里。

(刘子杰)

狂 人 日 记

鲁 迅

某君昆仲,今隐其名,皆余昔日在中学时良友;分隔多年,消息渐阙。日前偶闻其一大病;适归故乡,迂道往访,则仅晤一人,言病者其弟也。劳君远道来视,然已早愈,赴某地候补矣。因大笑,出示日记二册,谓可见当日病状,不妨献诸旧友。持归阅一过,知所患盖"迫害狂"之类。语颇错杂无伦次,又多荒唐之言;亦不著月日,惟墨色字体不一,知非一时所书。间亦有略具联络者,今撮录一篇,以供医家研究。记中语误,一字不易;惟人名虽皆村人,不为世间所知,无关大体,然亦悉易去。至于书名,则本人愈后所题,不复改也。七年四月二日识。

一

今天晚上,很好的月光。

我不见他,已是三十多年;今天见了,精神分外爽快。才知道以前的三十多年,全是发昏;然而须十分小心。不然,那赵家的狗,何以看我两眼呢?

我怕得有理。

二

今天全没月光,我知道不妙。早上小心出门,赵贵翁的眼色便怪:似乎怕我,似乎想害我。还有七八个人,交头接耳的议论我,张着嘴,对我笑了一笑;我便从头直冷到脚跟,晓得他们布置,都已妥当了。

我可不怕，仍旧走我的路。前面一伙小孩子，也在那里议论我；眼色也同赵贵翁一样，脸色也都铁青。我想我同小孩子有什么仇，他也这样。忍不住大声说，"你告诉我！"他们可就跑了。

我想：我同赵贵翁有什么仇，同路上的人又有什么仇；只有廿年以前，把古久先生的陈年流水簿子，踹了一脚，古久先生很不高兴。赵贵翁虽然不认识他，一定也听到风声，代抱不平；约定路上的人，同我作冤对。但是小孩子呢？那时候，他们还没有出世，何以今天也睁着怪眼睛，似乎怕我，似乎想害我。这真教我怕，教我纳罕而且伤心。

我明白了。这是他们娘老子教的！

三

晚上总是睡不着。凡事须得研究，才会明白。

他们——也有给知县打枷过的，也有给绅士掌过嘴的，也有衙役占了他妻子的，也有老子娘被债主逼死的；他们那时候的脸色，全没有昨天这么怕，也没有这么凶。

最奇怪的是昨天街上的那个女人，打他儿子，嘴里说道，"老子呀！我要咬你几口才出气！"他眼睛却看着我。我出了一惊，遮掩不住；那青面獠牙的一伙人，便都哄笑起来。陈老五赶上前，硬把我拖回家中了。

拖我回家，家里的人都装作不认识我；他们的脸色，也全同别人一样。进了书房，便反扣上门，宛然是关了一只鸡鸭。这一件事，越教我猜不出底细。

前几天，狼子村的佃户来告荒，对我大哥说，他们村里的一个大恶人，给大家打死了；几个人便挖出他的心肝来，用油煎炒了吃，可以壮壮胆子。我插了一句嘴，佃户和大哥便都看我几眼。今天才晓得他们的眼光，全同外面的那伙人一模一样。

想起来，我从顶上直冷到脚跟。

他们会吃人，就未必不会吃我。

你看那女人"咬你几口"的话，和一伙青面獠牙人的笑，和前天佃户的话，明明是暗号。我看出他话中全是毒，笑中全是刀。他们的牙齿，全是白厉厉的排着，这就是吃人的家伙。

照我自己想,虽然不是恶人,自从踹了古家的簿子,可就难说了。他们似乎别有心思,我全猜不出。况且他们一翻脸,便说人是恶人。我还记得大哥教我做论,无论怎样好人,翻他几句,他便打上几个圈;原谅坏人几句,他便说"翻天妙手,与众不同"。我那里猜得到他们的心思,究竟怎样;况且是要吃的时候。

凡事总须研究,才会明白。古来时常吃人,我也还记得,可是不甚清楚。我翻开历史一查,这历史没有年代,歪歪斜斜的每叶上都写着"仁义道德"几个字。我横竖睡不着,仔细看了半夜,才从字缝里看出字来,满本都写着两个字是"吃人"!

书上写着这许多字,佃户说了这许多话,却都笑吟吟的睁着怪眼看我。

我也是人,他们想要吃我了!

四

早上,我静坐了一会儿。陈老五送进饭来,一碗菜,一碗蒸鱼;这鱼的眼睛,白而且硬,张着嘴,同那一伙想吃人的人一样。吃了几筷,滑溜溜的不知是鱼是人,便把他兜肚连肠的吐出。

我说"老五,对大哥说,我闷得慌,想到园里走走。"老五不答应,走了,停一会,可就来开了门。

我也不动,研究他们如何摆布我;知道他们一定不肯放松。果然!我大哥引了一个老头子,慢慢走来;他满眼凶光,怕我看出,只是低头向着地,从眼镜横边暗暗看我。大哥说,"今天你仿佛很好。"我说"是的。"大哥说,"今天请何先生来,给你诊一诊。"我说"可以!"其实我岂不知道这老头子是刽子手扮的!无非借了看脉这名目,揣一揣肥瘠;因这功劳,也分一片肉吃。我也不怕;虽然不吃人,胆子却比他们还壮。伸出两个拳头,看他如何下手。老头子坐着,闭了眼睛,摸了好一会,呆了好一会;便张开他鬼眼睛说:"不要乱想。静静的养几天,就好了。"

不要乱想,静静的养!养肥了,他们是自然可以多吃;我有什么好处,怎么会"好了"?他们这群人,又想吃人,又是鬼鬼祟祟,想法子遮掩,不敢直捷下手,真要令我笑死。我忍不住,便放声大笑起来,十分快活。自己晓得这笑声里面,有的是义勇和正气。老头子和大哥,都失了色,被我这勇气正气镇压住了。

但是我有勇气,他们便越想吃我,沾光一点这勇气。老头子跨出门,走不多远,便低声对大哥说道,"赶紧吃罢!"大哥点点头。原来也有你!这一件大发见,虽似意外,也在意中:合伙吃我的人,便是我的哥哥!

吃人的是我哥哥!

我是吃人的人的兄弟!

我自己被人吃了,可仍然是吃人的人的兄弟!

五

这几天是退一步想:假使那老头子不是刽子手扮的,真是医生,也仍然是吃人的人。他们的祖师李时珍做的"本草什么"上,明明写着人肉可以煎吃;他还能说自己不吃人么?

至于我家大哥,也毫不冤枉他。他对我讲书的时候,亲口说过可以"易子而食";又一回偶然议论起一个不好的人,他便说不但该杀,还当"食肉寝皮"。我那时年纪还小,心跳了好半天。前天狼子村佃户来说吃心肝的事,他也毫不奇怪,不住的点头。可见心思是同从前一样狠。既然可以"易子而食",便什么都易得,什么人都吃得。我从前单听他讲道理,也胡涂过去;现在晓得他讲道理的时候,不但唇边还抹着人油,而且心里满装着吃人的意思。

六

黑漆漆的,不知是日是夜。赵家的狗又叫起来了。

狮子似的凶心,兔子的怯弱,狐狸的狡猾,……

七

我晓得他们的方法,直捷杀了,是不肯的,而且也不敢,怕有祸祟。所以他们大家连络,布满了罗网,逼我自戕。试看前几天街上男女的样子,和这几天我大哥的作为,便足可悟出八九分了。最好是解下腰带,挂在梁上,自己紧紧勒死;他们没有杀人的罪名,又偿了心愿,自然都欢天喜地的发出一种呜呜咽咽的笑声。否则惊吓忧愁死了,虽则略瘦,也还可以首肯几下。

他们是只会吃死肉的!——记得什么书上说,有一种东西,叫"海乙那"

的,眼光和样子都很难看;时常吃死肉,连极大的骨头,都细细嚼烂,咽下肚子去,想起来也教人害怕。"海乙那"是狼的亲眷,狼是狗的本家。前天赵家的狗,看我几眼,可见他也同谋,早已接洽。老头子眼看着地,岂能瞒得我过。

最可怜的是我的大哥,他也是人,何以毫不害怕;而且合伙吃我呢?还是历来惯了,不以为非呢?还是丧了良心,明知故犯呢?

我诅咒吃人的人,先从他起头;要劝转吃人的人,也先从他下手。

八

其实这种道理,到了现在,他们也该早已懂得,……

忽然来了一个人;年纪不过二十左右,相貌是不很看得清楚,满面笑容,对了我点头,他的笑也不像真笑。我便问他,"吃人的事,对么?"他仍然笑着说,"不是荒年,怎么会吃人。"我立刻就晓得,他也是一伙,喜欢吃人的;便自勇气百倍,偏要问他。

"对么?"

"这等事问他什么。你真会……说笑话。……今天天气很好。"

天气是好,月色也很亮了。可是我要问你,"对么?"

他不以为然了。含含胡胡的答道,"不……"

"不对? 他们何以竟吃?!"

"没有的事……"

"没有的事? 狼子村现吃;还有书上都写着,通红斩新!"

他便变了脸,铁一般青。睁着眼说,"有许有的,这是从来如此……"

"从来如此,便对么?"

"我不同你讲这些道理;总之你不该说,你说便是你错!"

我直跳起来,张开眼,这人便不见了。全身出了一大片汗。他的年纪,比我大哥小得远,居然也是一伙;这一定是他娘老子先教的。还怕已经教给他儿子了;所以连小孩子,也都恶狠狠的看我。

九

自己想吃人,又怕被别人吃了,都用着疑心极深的眼光,面面相觑。……

去了这心思,放心做事走路吃饭睡觉,何等舒服。这只是一条门槛,一个关头。他们可是父子兄弟夫妇朋友师生仇敌和各不相识的人,都结成一伙,互相劝勉,互相牵掣,死也不肯跨过这一步。

十

大清早,去寻我大哥;他立在堂门外看天,我便走到他背后,拦住门,格外沉静,格外和气的对他说,

"大哥,我有话告诉你。"

"你说就是,"他赶紧回过脸来,点点头。

"我只有几句话,可是说不出来。大哥,大约当初野蛮的人,都吃过一点人。后来因为心思不同,有的不吃人了,一味要好,便变了人,变了真的人。有的却还吃,——也同虫子一样,有的变了鱼鸟猴子,一直变到人。有的不要好,至今还是虫子。这吃人的人比不吃人的人,何等惭愧。怕比虫子的惭愧猴子,还差得很远很远。"

易牙蒸了他儿子,给桀纣吃,还是一直从前的事。谁晓得从盘古开辟天地以后,一直吃到易牙的儿子;从易牙的儿子,一直吃到徐锡林;从徐锡林,又一直吃到狼子村捉住的人。去年城里杀了犯人,还有一个生痨病的人,用馒头蘸血舐。

"他们要吃我,你一个人,原也无法可想;然而又何必去入伙。吃人的人,什么事做不出;他们会吃我,也会吃你,一伙里面,也会自吃。但只要转一步,只要立刻改了,也就是人人太平。虽然从来如此,我们今天也可以格外要好,说是不能!大哥,我相信你能说,前天佃户要减租,你说过不能。"

当初,他还只是冷笑,随后眼光便凶狠起来,一到说破他们的隐情,那就满脸都变成青色了。大门外立着一伙人,赵贵翁和他的狗,也在里面,都探头探脑的挨进来。有的是看不出面貌,似乎用布蒙着;有的是仍旧青面獠牙,抿着嘴笑。我认识他们是一伙,都是吃人的人。可是也晓得他们心思很不一样,一种是以为从来如此,应该吃的;一种是知道不该吃,可是仍然要吃,又怕别人说破他,所以听了我的话,越发气愤不过,可是抿着嘴冷笑。

这时候,大哥也忽然显出凶相,高声喝道,

"都出去!疯子有什么好看!"

这时候,我又懂得一件他们的巧妙了。他们岂但不肯改,而且早已布置;

预备下一个疯子的名目罩上我。将来吃了,不但太平无事,怕还会有人见情。佃户说的大家吃了一个恶人,正是这方法。这是他们的老谱!

陈老五也气愤愤的直走进来。如何按得住我的口,我偏要对这伙人说,

"你们可以改了,从真心改起!要晓得将来容不得吃人的人,活在世上。

"你们要不改,自己也会吃尽。即使生得多,也会给真的人除灭了,同猎人打完狼子一样!——同虫子一样!"

那一伙人,都被陈老五赶走了。大哥也不知那里去了。陈老五劝我回屋子里去。屋里面全是黑沉沉的。横梁和椽子都在头上发抖;抖了一会,就大起来,堆在我身上。

万分沉重,动弹不得;他的意思是要我死。我晓得他的沉重是假的,便挣扎出来,出了一身汗。可是偏要说,

"你们立刻改了,从真心改起!你们要晓得将来是容不得吃人的人,⋯⋯"

十 一

太阳也不出,门也不开,日日是两顿饭。

我捏起筷子,便想起我大哥;晓得妹子死掉的缘故,也全在他。那时我妹子才五岁,可爱可怜的样子,还在眼前。母亲哭个不住,他却劝母亲不要哭;大约因为自己吃了,哭起来不免有点过意不去。如果还能过意不去,⋯⋯

妹子是被大哥吃了,母亲知道没有,我可不得而知。

母亲想也知道;不过哭的时候,却并没有说明,大约也以为应当的了。记得我四五岁时,坐在堂前乘凉,大哥说爷娘生病,做儿子的须割下一片肉来,煮熟了请他吃,才算好人;母亲也没有说不行。一片吃得,整个的自然也吃得。但是那天的哭法,现在想起来,实在还教人伤心,这真是奇极的事!

十 二

不能想了。

四千年来时时吃人的地方,今天才明白,我也在其中混了多年;大哥正管着家务,妹子恰恰死了,他未必不和在饭菜里,暗暗给我们吃。

我未必无意之中,不吃了我妹子的几片肉,现在也轮到我自己,⋯⋯

有了四千年吃人履历的我,当初虽然不知道,现在明白,难见真的人!

十 三

没有吃过人的孩子,或者还有?

救救孩子……

一九一八年四月

原载《鲁迅全集》第 1 卷,
人民文学出版社 1981 年版

鲁迅《阿Q正传》导读

 **作家简介**

　　鲁迅(1881—1936),原名周树人,字豫才。浙江绍兴人。鲁迅出生在破落的封建家庭,少年时接受过传统的私塾教育。后来他的祖父因科考作弊案而丢官罢职,鲁迅因此经历了家道中落的变故,饱尝了人情的冷暖、世态的炎凉。

　　鲁迅18岁时就离家出走到南京寻求出路,曾先后就读于南京江南水师学堂和矿路学堂。这期间,他阅读了严复翻译的《天演论》,受到了进化论的影响。1902年去日本留学,起初在仙台学医,后因发觉医学不能医治灵魂,因而弃医从文,企图改变国民精神。1906年到东京从事文学和革命活动,加入了革命团体光复会。1909年回国。

　　辛亥革命后,鲁迅曾任南京临时政府和北京政府教育部部员、佥事等职,兼在北京大学、女子师范大学等学校授课。1918年5月,首次以"鲁迅"为笔名,发表中国现代文学史上第一篇白话小说《狂人日记》,奠定了新文学运动的基石。五四运动前后,参加《新青年》杂志的工作。1918至1926年间,陆续创作出版了《呐喊》《坟》《热风》《彷徨》《野草》《朝花夕拾》《华盖集》《华盖集续编》等文集。

　　1926年8月,因支持北京学生爱国运动,为反动当局所通缉,南下到厦门大学任教。1927年1月到中山大学任教。1927年10月起定居上海。此后,受马克思主义的影响,表现出对进化论的怀疑。他和冯雪峰、柔石等人一起参与了"中国左翼作家联盟"的筹备和成立工作。这一时期他主要从事杂文创作,对国民党文化专制主义和其他社会黑暗势力展开了猛烈的抨击。1930年起,鲁迅先后参加中国自由运动大同盟、中国左翼作家联盟和中国民权保障同盟等进步组织,积极参加革命文艺运动运动。1936初"左联"解散后,积极参加文学界和文化界的抗日民族统一战线。1927至1936年,创作了《故事新编》中的大部分作品和大量的杂文,这些作品收录在《而已集》《三闲集》《二心集》《南腔北调集》《伪自由书》《准风月谈》《花边文学》《且介亭杂文》等文集中。他在1935年编选了《中国新文学大系·小说二集》。1936年10月19日因肺病逝世于上海。

时代背景

鲁迅的《阿Q正传》写于20世纪20年代初,当时正是五四新文学、新文化运动的高潮时期,具有鲜明的启蒙文学的特点。鲁迅在《〈阿Q正传〉的成因》(鲁迅《华盖集续编》)中写道:"他(孙伏园)正在晨报馆编副刊。不知是谁的主意,忽然要添一栏称为'开心话'的了,每周一次。他就要我来写一点东西。""阿Q的影像,在我心目中似乎确已有了好几年,但我一向毫无写他出来的意思。经这一提,忽然想起来了,晚上便写了一点,就是第一章:序。因为要切'开心话'这题目,就胡乱加上些不必有的滑稽,其实在全篇里也是不相称的。""但是,似乎渐渐认真起来了;伏园也觉得不很'开心',所以从第二章起,便移在'新文艺'栏里。"

在《俄文译本〈阿Q正传〉序及著者自叙传略》(鲁迅《集外集》)中,鲁迅说,他之所以要写《阿Q正传》,就是为了"要画出这样沉默的国民的魂灵来"。小说发表之后,人们也是从"国民性"这一角度来理解和接受阿Q形象的,而阿Q的"精神胜利法"则成了中国国民性的一个生动的诠释。正是这一主题,使得它切合了"五四"时期激荡的启蒙思想,从而成为备受推崇的作品。

但是鲁迅的复杂深刻,依然在这篇小说里留下了踪迹,使得这部因批判国民性而扬名的小说具有了鲁迅特有的悲观的质素。

作品评点

从以上对于作品成因的介绍中,我们可以引出两个问题:一是,鲁迅自己说,写作《阿Q正传》起初是出于好玩,连发表都是在"开心话"这样的栏目名下;但是后来"似乎渐渐认真起来了",发表时的栏目也换成了"新文艺"。这"认真"的结果之一,就是由起初的"不必有的滑稽"变成了后来的"不很'开心'"。我们想问的是,这"不很'开心'"在小说中是怎样表现出来的?紧接着就涉及第二个问题,那就是:这"认真"是不是就是鲁迅所说的"要画出这样沉默的国民的魂灵来"?如果是,那当然与鲁迅在小说中所批判的阿Q的"精神胜利法"是吻合的,但是,这是不是就是全部?因为鲁迅在《呐喊·自序》中曾经清楚地表达了自己对于所谓"启蒙"的悲观、犹豫的心态,那他在《阿Q正传》里会不会依然保留着这种悲观与犹豫?

在小说开头,我们看到的是一个全知全能的"叙述者",他静观默察、无所不知,又可潜入人物心灵,体验荒诞的表象下沉重的脉动。他能对阿Q的一切给出解释,并且还知道阿Q的一切问题之所在。从这个意义上说,小说的开头其实是在"启蒙者"的视角之下展开的:"启蒙者"对"沉默的国民"的种种劣根性表现出最大的不屑,同时"启蒙者"也抓住了"精神胜利法"这一病症,试图揭示国民之所以如此的深切缘由。

但是随着叙述的进行,一旦作者真正开始进入他所叙述的主人公——阿Q的内心世界,这样的自在与优越就逐渐地被一种深切的认同所替代,于是我们看到,叙述人的主观色彩逐渐消融于客观描写之中,全知叙述人不再高高在上对人物进行调侃和嘲讽,叙述人与人物之间的距离逐渐接近,叙述人在叙述中不知不觉地丧失了一部分权威性。这样的转变,我们可以从小说结尾部分的一段描写中看出:

"这刹那中,他的思想又仿佛旋风似的在脑里一回旋了。四年之前,他曾在山脚下遇见一只饿狼,永是不近不远的跟定他,要吃他的肉。他那时吓得几乎要死,幸而手里有一柄斫柴刀,才得仗这壮了胆,支持到未庄;可是永远记得那狼眼睛,又凶又怯,闪闪的像两颗鬼火,似乎远远的来穿透了他的皮肉。而这回他又看见从来没有见过的更可怕的眼睛了,又钝又锋利,不但已经咀嚼了他的话,并且还要咀嚼他皮肉以外的东西,永是不远不近的跟他走。

"这些眼睛们似乎连成一气,已经在那里咬他的灵魂。"

"'救命,……'"

小说写到这里,已经全然没有了刚开始时叙述者的那种悠然自得,相反,我们倒是能从中读出一种与作者连为一体的紧张感,仿佛这感觉不是阿Q的,而是作者自己的;那声"救命"仿佛也不是阿Q发出来的,而是作者在这样的紧张感的重压之下,不可抑制地脱口而出的自救之辞。这样,这篇小说就在作者的"认真"之中真正变得深刻起来:它由游戏文章开始,到逐渐"认真"从而加入了"国民性"批判的重大主题,到最后由认同对于阿Q的批判转而终于变成了对于阿Q的深深认同。这同时也是一个鲁迅把自己的生命体验逐渐融入进阿Q中的过程,与"狂人"最终发现自己不过也是"吃人者"的令人绝望的结局一样,在《阿Q正传》里,作者最终终于认识到原来自己并不是比阿Q超脱和优越的另一种人,相反,阿Q的困惑就是作者的困惑,阿Q的恐惧也就是作者的恐惧,别无二致。

理解了这些,我们在上面所提出的问题也就都有了答案,鲁迅笔下的阿Q的意义就不仅仅在于反抗封建传统,而在于对整个生存的世界无情的否定。

(刘子杰)

阿 Q 正 传

鲁 迅

第一章 序

我要给阿Q做正传,已经不止一两年了。但一面要做,一面又往回想,这足见我不是一个"立言"的人,因为从来不朽之笔,须传不朽之人,于是人以文传,文以人传——究竟谁靠谁传,渐渐的不甚了然起来,而终于归结到传阿Q,仿佛思想里有鬼似的。

然而要做这一篇速朽的文章,才下笔,便感到万分的困难了。第一是文章的名目。孔子曰,"名不正则言不顺"。这原是应该极注意的。传的名目很繁多:列传,自传,内传,外传,别传,家传,小传……,而可惜都不合。"列传"么,这一篇并非和许多阔人排在"正史"里;"自传"么,我又并非就是阿Q。说是"外传","内传"在那里呢?倘用"内传",阿Q又决不是神仙。"别传"呢,阿Q实在未曾有大总统上谕宣付国史馆立"本传"——虽说英国正史上并无"博徒列传",而文豪迭更司也做过《博徒别传》这一部书,但文豪则可,在我辈却不可的。其次是"家传",则我既不知与阿Q是否同宗,也未曾受他子孙的拜托;或"小传",则阿Q又更无别的"大传"了。总而言之,这一篇也便是"本传",但从我的文章着想,因为文体卑下,是"引车卖浆者流"所用的话,所以不敢僭称,便从不入三教九流的小说家所谓"闲话休题言归正传"这一句套话里,取出"正传"两个字来,作为名目,即使与古人所撰《书法正传》的"正传"字面上很相混,也顾不得了。

第二,立传的通例,开首大抵该是"某,字某,某地人也",而我并不知道阿Q姓什么。有一回,他似乎是姓赵,但第二日便模糊了。那是赵太爷的儿子进了秀才的时候,锣声镗镗的报到村里来,阿Q正喝了两碗黄酒,便手舞足蹈的说,这于他也很光彩,因为他和赵太爷原来是本家,细细的排起来他还比秀才长三辈呢。其时几个旁听人倒也肃然的有些起敬了。那知道第二天,地保便叫阿Q到赵太爷家里去;太爷一见,满脸溅朱,喝道:

"阿Q,你这浑小子!你说我是你的本家么?"

阿Q不开口。

赵太爷愈看愈生气了,抢进几步说:"你敢胡说!我怎么会有你这样的本家?你姓赵么?"

阿Q不开口,想往后退了;赵太爷跳过去,给了他一个嘴巴。

"你怎么会姓赵!——你那里配姓赵!"

阿Q并没有抗辩他确凿姓赵,只用手摸着左颊,和地保退出去了;外面又被地保训斥了一番,谢了地保二百文酒钱。知道的人都说阿Q太荒唐,自己去招打;他大约未必姓赵,即使真姓赵,有赵太爷在这里,也不该如此胡说的,此后便再没有人提起他的氏族来,所以我终于不知道阿Q究竟什么姓。

第三,我又不知道阿Q的名字是怎么写的。他活着的时候,人都叫他阿Quei,死了以后,便没有一个人再叫阿Quei了,那里还会有"著之竹帛"的事。若论"著之竹帛",这篇文章要算第一次,所以先遇着了这第一个难关。我曾经仔细想:阿Quei,阿桂还是阿贵呢?倘使他号叫月亭,或者在八月间做过生日,那一定是阿桂了。而他既没有号——也许有号,只是没有人知道他,——又未尝散过生日征文的帖子:写作阿桂,是武断的。又倘若他有一位老兄或令弟叫阿富,那一定是阿贵了;而他又只是一个人:写作阿贵,也没有佐证的。其余音Quei的偏僻字样,更加凑不上了。先前,我也曾问过赵太爷的儿子茂才先生,谁料博雅如此公,竟也茫然,但据结论说,是因为陈独秀办了《新青年》提倡洋字,所以国粹沦亡,无可查考了。我的最后的手段,只有托一个同乡去查阿Q犯事的案卷,八个月之后才有回信,说案卷里并无与阿Quei的声音相近的人。我虽不知道是真没有,还是没有查,然而也再没有别的方法了。生怕注音字母还未通行,只好用了"洋字",照英国流行的拼法写他为阿 Quei,略作阿 Q。这近于盲从《新青年》,自己也很抱歉,但茂才公尚且不知,我还有什么好办法呢。

第四,是阿 Q 的籍贯了。倘他姓赵,则据现在好称郡望的老例,可以照《郡名百家姓》上的注解,说是"陇西天水人也",但可惜这姓是不甚可靠的,因此籍贯也就有些决不定。他虽然多住未庄,然而也常常宿在别处,不能说是未庄人,即使说是"未庄人也",也仍然有乖史法的。

我所聊以自慰的,是还有一个"阿"字非常正确,绝无附会假借的缺点,颇可以就正于通人。至于其余,却都非浅学所能穿凿,只希望有"历史癖与考据癖"的胡适之先生的门人们,将来或者能够寻出许多新端绪来,但是我这《阿 Q 正传》到那时却又怕早经消灭了。

以上可以算是序。

第二章 优胜记略

阿 Q 不独是姓名籍贯有些渺茫,连他先前的"行状"也渺茫。因为未庄的人们之于阿 Q,只要他帮忙,只拿他玩笑,从来没有留心他的"行状"的。而阿 Q 自己也不说,独有和别人口角的时候,间或瞪着眼睛道:

"我们先前——比你阔的多啦!你算是什么东西!"

阿 Q 没有家,住在未庄的土谷祠里;也没有固定的职业,只给人家做短工,割麦便割麦,舂米便舂米,撑船便撑船。工作略长久时,他也或住在临时主人的家里,但一完就走了。所以,人们忙碌的时候,也还记起阿 Q 来,然而记起的是做工,并不是"行状";一闲空,连阿 Q 都早忘却,更不必说"行状"了。只是有一回,有一个老头子颂扬说:"阿 Q 真能做!"这时阿 Q 赤着膊,懒洋洋的瘦伶仃的正在他面前,别人也摸不着这话是真心还是讥笑,然而阿 Q 很喜欢。

阿 Q 又很自尊,所有未庄的居民,全不在他眼睛里,甚而至于对于两位"文童"也有以为不值一笑的神情。夫文童者,将来恐怕要变秀才者也;赵太爷钱太爷大受居民的尊敬,除有钱之外,就因为都是文童的爹爹,而阿 Q 在精神上独不表格外的崇奉,他想:我的儿子会阔得多啦!加以进了几回城,阿 Q 自然更自负,然而他又很鄙薄城里人,譬如用三尺长三寸宽的木板做成的凳子,未庄叫"长凳",他也叫"长凳",城里人却叫"条凳",他想:这是错的,可笑!油煎大头鱼,未庄都加上半寸长的葱叶,城里却加上切细的葱丝,他想:这也是错的,可笑！然而未庄人真是不见世面的可笑的乡下人呵,他们没有见过城里的煎鱼！

阿Q"先前阔",见识高,而且"真能做",本来几乎是一个"完人"了,但可惜他体质上还有一些缺点。最恼人的是在他头皮上,颇有几处不知起于何时的癞疮疤。这虽然也在他身上。而看阿Q的意思,倒也似乎以为不足贵的,因为他讳说"癞"以及一切近于"赖"的音,后来推而广之,"光"也讳,"亮"也讳,再后来,连"灯""烛"都讳了。一犯讳,不问有心与无心,阿Q便全疤通红的发起怒来,估量了对手,口讷的他便骂,气力小的他便打;然而不知怎么一回事,总还是阿Q吃亏的时候多。于是他渐渐的变换了方针,大抵改为怒目而视了。

谁知道阿Q采用怒目主义之后,未庄的闲人们便愈喜欢玩笑他。一见面,他们便假作吃惊的说:

"哙,亮起来了。"

阿Q照例的发了怒,他怒目而视了。

"原来有保险灯在这里！"他们并不怕。

阿Q没有法,只得另外想出报复的话来:

"你还不配……"这时候,又仿佛在他头上的是一种高尚的光荣的癞头疮,并非平常的癞头疮了;但上文说过,阿Q是有见识的,他立刻知道和"犯忌"有点抵触,便不再往底下说。

闲人还不完,只撩他,于是终而至于打。阿Q在形式上打败了,被人揪住黄辫子,在壁上碰了四五个响头,闲人这才心满意足的得胜的走了,阿Q站了一刻,心里想:我总算被儿子打了,现在的世界真不像样……于是也心满意足的得胜的走了。

阿Q想在心里的,后来每每说出口来,所以凡有和阿Q玩笑的人们,几乎全知道他有这一种精神上的胜利法,此后每逢揪住他黄辫子的时候,人就先一直对他说:

"阿Q,这不是儿子打老子,是人打畜生。自己说:人打畜生！"

阿Q两只手都捏住了自己的辫根,歪着头,说道:

"打虫豸,好不好？我是虫豸——还不放么？"

但虽然是虫豸,闲人也并不放,仍旧在就近什么地方给他碰了五六个响头,这才心满意足的得胜的走了,他以为阿Q这回可遭了瘟。然而不到十秒钟,阿Q也心满意足的得胜的走了,他觉得他是第一个能够自轻自贱的人,除了"自轻自贱"不算外,余下的就是"第一个"。状元不也是"第一个"么?"你算是什么东西"呢!?

阿 Q 以如是等等妙法克服怨敌之后,便愉快的跑到酒店里喝几碗酒,又和别人调笑一通,口角一通,又得了胜,愉快的回到土谷祠,放倒头睡着了。假使有钱,他便去押牌宝,一堆人蹲在地面上,阿 Q 即汗流满面的夹在这中间。声音他最响:

"青龙四百!"

"咳～～开～～啦!"桩家揭开盒子盖,也是汗流满面的唱"天门啦～～角回啦～～!人和穿堂空在那里啦～～!阿 Q 的铜钱拿过来～～!"

"穿堂一百——一百五十!"

阿 Q 的钱便在这样的歌吟之下,渐渐的输入别个汗流满面的人物的腰间。他终于只好挤出堆外,站在后面看,替别人着急,一直到散场,然后恋恋的回到土谷祠,第二天,肿着眼睛去工作。

但真所谓"塞翁失马安知非福"罢,阿 Q 不幸而赢了一回,他倒几乎失败了。

这是未庄赛神的晚上。这晚上照例有一台戏,戏台左近,也照例有许多的赌摊。做戏的锣鼓,在阿 Q 耳朵里仿佛在十里之外;他只听得桩家的歌唱了。他赢而又赢,铜钱变成角洋,角洋变成大洋,大洋又成了叠。他兴高采烈得非常:

"天门两块!"

他不知道谁和谁为什么打起架来了。骂声打声脚步声,昏头昏脑的一大阵,他才爬起来,赌摊不见了,人们也不见了,身上有几处很似乎有些痛,似乎也挨了几拳几脚似的,几个人诧异的对他看。他如有所失的走进土谷祠,定一定神,知道他的一堆洋钱不见了。赶赛会的赌摊多不是本村人,还到那里去寻根柢呢?

很白很亮的一堆洋钱!而且是他的——现在不见了!说是算被儿子拿去了罢,总还是忽忽不乐;说自己是虫豸罢,也还是忽忽不乐:他这回才有些感到失败的苦痛了。

但他立刻转败为胜了。他擎起右手,用力的在自己脸上连打了两个嘴巴,热刺刺的有些痛;打完之后,便心平气和起来,似乎打的是自己,被打的是别一个自己,不久也就仿佛是自己打了别人一般,——虽然还有些热刺刺,——心满意足的得胜的躺下了。

他睡着了。

第三章　续优胜记略

然而阿Q虽然常优胜，却直待蒙赵太爷打他嘴巴之后，这才出了名。

他付过地保二百文酒钱，忿忿的躺下了，后来想："现在的世界太不成话，儿子打老子……"于是忽而想到赵太爷的威风，而现在是他的儿子了，便自己也渐渐的得意起来，爬起身，唱着《小孤孀上坟》到酒店去。这时候，他又觉得赵太爷高人一等了。

说也奇怪，从此之后，果然大家也仿佛格外尊敬他。这在阿Q，或者以为因为他是赵太爷的父亲，而其实也不然，未庄通例，倘如阿七打阿八，或者李四打张三，向来本不算一件事，必须与一位名人如赵太爷者相关，这才载上他们的口碑。一上口碑，则打的既有名，被打的也就托庇有了名。至于错在阿Q，那自然是不必说。所以者何？就因为赵太爷是不会错的。但他既然错，为什么大家又仿佛格外尊敬他呢？这可难解，穿凿起来说，或者因为阿Q说是赵太爷的本家，虽然挨了打，大家也还怕有些真，总不如尊敬一些稳当。否则，也如孔庙里的太牢一般，虽然与猪羊一样，同是畜生，但既经圣人下箸，先儒们便不敢妄动了。

阿Q此后倒得意了许多年。

有一年的春天，他醉醺醺的在街上走，在墙根的日光下，看见王胡在那里赤着膊捉虱子，他忽然觉得身上也痒起来了。这王胡，又癞又胡，别人都叫他王癞胡，阿Q却删去了一个癞字，然而非常渺视他。阿Q的意思，以为癞是不足为奇的，只有这一部络腮胡子，实在太新奇，令人看不上眼，他于是并排坐下去了，倘是别的闲人们，阿Q本不敢大意坐下去。但这王胡旁边，他有什么怕呢？老实说：他肯坐下去，简直还是抬举他。

阿Q也脱下破夹袄来，翻检了一回，不知道因为新洗呢还是因为粗心，许多工夫，只捉到三四个。他看那王胡，却是一个又一个，两个又三个，只放在嘴里毕毕剥剥的响。

阿Q最初是失望，后来却不平了：看不上眼的王胡尚且那么多，自己倒反这样少，这是怎样的大失体统的事呵！他很想寻一两个大的，然而竟没有，好容易才捉到一个中的，恨恨的塞在厚嘴唇里，狠命一咬，劈的一声，又不及王胡响。

他癞疮疤块块通红了,将衣服摔在地上,吐一口唾沫,说:

"这毛虫!"

"癞皮狗,你骂谁?"王胡轻蔑的抬起眼来说。

阿Q近来虽然比较的受人尊敬,自己也更高傲些,但和那些打惯的闲人们见面还胆怯,独有这回却非常武勇了。这样满脸胡子的东西,也敢出言无状么?

"谁认便骂谁!"他站起来,两手叉在腰间说。

"你的骨头痒了么?"王胡也站起来,披上衣服说。

阿Q以为他要逃了,抢进去就是一拳。这拳头还未达到身上。已经被他抓住了,只一拉,阿Q跄跄踉踉的跌进去,立刻又被王胡扭住了辫子,要拉到墙上照例去碰头。

"'君子动口不动手'!"阿Q歪着头说。

王胡似乎不是君子,并不理会,一连给他碰了五下,又用力的一推,至于阿Q跌出六尺多远,这才满足的去了。

在阿Q的记忆上,这大约要算是生平第一件的屈辱,因为王胡以络腮胡子的缺点,向来只被他奚落,从没有奚落他,更不必说动手了。而他现在竟动手,很意外,难道真如市上所说,皇帝已经停了考,不要秀才和举人了,因此赵家减了威风。因此他们也便小觑了他么?

阿Q无可适从的站着。

远远的走来了一个人,他的对头又到了,这也是阿Q最厌恶的一个人,就是钱太爷的大儿子。他先前跑上城里去进洋学堂,不知怎么又跑到东洋去了,半年之后他回到家里来,腿也直了,辫子也不见了,他的母亲大哭了十几场,他的老婆跳了三回井。后来,他的母亲到处说:"这辫子是被坏人灌醉了酒剪去的。本来可以做大官,现在只好等留长再说了。"然而阿Q不肯信,偏称他"假洋鬼子",也叫作"里通外国的人",一见他,一定在肚子里暗暗的咒骂。

阿Q尤其"深恶而痛绝之"的,是他的一条假辫子。辫子而至于假,就是没有了做人的资格;他的老婆不跳第四回井,也不是好女人。

这"假洋鬼子"近来了。

"秃儿。驴……"阿Q历来本只在肚子里骂,没有出过声,这回因为正气忿,因为要报仇,便不由的轻轻的说出来了。

不料这秃儿却拿着一支黄漆的棍子——就是阿Q所谓哭丧棒——大踏步走了过来。阿Q在这刹那，便知道大约要打了，赶紧抽紧筋骨，耸了肩膀等候着，果然，拍的一声，似乎确凿打在自己头上了。

"我说他！"阿Q指着近旁的一个孩子，分辩说。

拍！拍拍！

在阿Q的记忆上，这大约要算是生平第二件的屈辱。幸而拍拍的响了之后，于他倒似乎完结了一件事，反而觉得轻松些，而且"忘却"这一件祖传的宝贝也发生了效力，他慢慢的走，将到酒店门口，早已有些高兴了。

但对面走来了静修庵里的小尼姑。阿Q便在平时，看见伊也一定要唾骂，而况在屈辱之后呢？他于是发生了回忆，又发生了敌忾了。

"我不知道我今天为什么这样晦气，原来就因为见了你！"他想。

他迎上去，大声的吐一口唾沫：

"咳，呸！"

小尼姑全不睬，低了头只是走。阿Q走近伊身旁，突然伸出手去摩着伊新剃的头皮，呆笑着，说：

"秃儿！快回去，和尚等着你……"

"你怎么动手动脚……"尼姑满脸通红的说，一面赶快走。

酒店里的人大笑了。阿Q看见自己的勋业得了赏识，便愈加兴高采烈起来：

"和尚动得，我动不得？"他扭住伊的面颊。

酒店里的人大笑了。阿Q更得意，而且为满足那些赏鉴家起见，再用力的一拧，才放手。

他这一战，早忘却了王胡，也忘却了假洋鬼子，似乎对于今天的一切"晦气"都报了仇；而且奇怪，又仿佛全身比拍拍的响了之后更轻松，飘飘然的似乎要飞去了。

"这断子绝孙的阿Q！"远远地听得小尼姑的带哭的声音。

"哈哈哈！"阿Q十分得意的笑。

"哈哈哈！"酒店里的人也九分得意的笑。

第四章 恋爱的悲剧

有人说：有些胜利者，愿意敌手如虎，如鹰，他才感得胜利的欢喜；假使如羊,如小鸡,他便反觉得胜利的无聊。又有些胜利者,当克服一切之后,看见死的死了,降的降了,"臣诚惶诚恐死罪死罪",他于是没有了敌人,没有了对手,没有了朋友,只有自己在上,一个,孤另另,凄凉,寂寞,便反而感到了胜利的悲哀。然而我们的阿Q却没有这样乏,他是永远得意的:这或者也是中国精神文明冠于全球的一个证据了。

看哪,他飘飘然的似乎要飞去了!

然而这一次的胜利,却又使他有些异样。他飘飘然的飞了大半天,飘进土谷祠,照例应该躺下便打鼾。谁知道这一晚,他很不容易合眼,他觉得自己的大拇指和第二指有点古怪:仿佛比平常滑腻些。不知道是小尼姑的脸上有一点滑腻的东西粘在他指上,还是他的指头在小尼姑脸上摩得滑腻了?……

"断子绝孙的阿Q!"

阿Q的耳朵里又听到这句话。他想:不错,应该有一个女人,断子绝孙便没有人供一碗饭,……应该有一个女人。夫"不孝有三无后为大",而"若敖之鬼馁而",也是一件人生的大哀,所以他那思想,其实是样样合于圣经贤传的,只可惜后来有些"不能收其放心"了。

"女人,女人!……"他想。

"……和尚动得……女人,女人!……女人!"他又想。

我们不能知道这晚上阿Q在什么时候才打鼾。但大约他从此总觉得指头有些滑腻,所以他从此总有些飘飘然:"女……"他想。

即此一端,我们便可以知道女人是害人的东西。

中国的男人,本来大半都可以做圣贤,可惜全被女人毁掉了。商是妲己闹亡的;周是褒姒弄坏的;秦……虽然史无明文,我们也假定他因为女人,大约未必十分错;而董卓可是的确给貂蝉害死了。

阿Q本来也是正人,我们虽然不知道他曾蒙什么明师指授过,但他对于"男女之大防"却历来非常严;也很有排斥异端——如小尼姑及假洋鬼子之类——的正气。他的学说是:凡尼姑,一定与和尚私通;一个女人在外面走,一定想引诱野男人;一男一女在那里讲话,一定要有勾当了。为惩治他们起见,所以他往往怒目而视,或者大声说几句"诛心"话,或者在冷僻处,便从后面掷一块小石头。

谁知道他将到"而立"之年,竟被小尼姑害得飘飘然了。这飘飘然的精神,在礼教上是不应该有的,——所以女人真可恶,假使小尼姑的脸上不滑腻,阿

Q便不至于被蛊,又假使小尼姑的脸上盖一层布,阿Q便也不至于被蛊了,——他五六年前,曾在戏台下的人丛中拧过一个女人的大腿,但因为隔一层裤,所以此后并不飘飘然,——而小尼姑并不然,这也足见异端之可恶。

"女……"阿Q想。

他对于以为"一定想引诱野男人"的女人,时常留心看,然而伊并不对他笑。他对于和他讲话的女人,也时常留心听,然而伊又并不提起关于什么勾当的话来。哦,这也是女人可恶之一节:伊们全都要装"假正经"的。

这一天,阿Q在赵太爷家里舂了一天米,吃过晚饭,便坐在厨房里吸旱烟。倘在别家,吃过晚饭本可以回去的了,但赵府上晚饭早,虽说定例不准掌灯,一吃完便睡觉,然而偶然也有一些例外:其一,是赵太爷未进秀才的时候,准其点灯读文章;其二,便是阿Q来做短工的时候,准其点灯舂米。因为这一条例外,所以阿Q在动手舂米之前,还坐在厨房里吸旱烟。

吴妈,是赵太爷家里唯一的女仆,洗完了碗碟,也就在长凳上坐下了,而且和阿Q谈闲天:

"太太两天没有吃饭哩,因为老爷要买一个小的……"

"女人……吴妈……这小孤孀……"阿Q想。

"我们的少奶奶是八月里要生孩子了……"

"女人……"阿Q想。

阿Q放下烟管,站了起来。

"我们的少奶奶……"吴妈还唠叨说。

"我和你困觉,我和你困觉!"阿Q忽然抢上去,对伊跪下了。

一刹时中很寂然。

"阿呀!"吴妈楞了一息,突然发抖,大叫着往外跑,且跑且嚷,似乎后来带哭了。

阿Q对了墙壁跪着也发楞,于是两手扶着空板凳,慢慢的站起来,仿佛觉得有些糟。他这时确也有些忐忑了,慌张的将烟管插在裤带上,就想去舂米。蓬的一声,头上着了很粗的一下,他急忙回转身去,那秀才便拿了一支大竹杠站在他面前。

"你反了,……你这……"

大竹杠又向他劈下来了。阿Q两手去抱头,拍的正打在指节上,这可很有一些痛。他冲出厨房门,仿佛背上又着了一下似的。

"忘八蛋!"秀才在后面用了官话这样骂。

阿Q奔入舂米场,一个人站着,还觉得指头痛,还记得"忘八蛋",因为这话是未庄的乡下人从来不用,专是见过官府的阔人用的,所以格外怕,而印象也格外深。但这时,他那"女……"的思想却也没有了。而且打骂之后,似乎一件事也已经收束,倒反觉得一无挂碍似的,便动手去舂米。舂了一会,他热起来了,又歇了手脱衣服。

脱下衣服的时候,他听得外面很热闹,阿Q生平本来最爱看热闹,便即寻声走出去了。寻声渐渐的寻到赵太爷的内院里,虽然在昏黄中,却辨得出许多人,赵府一家连两日不吃饭的太太也在内,还有间壁的邹七嫂,真正本家的赵白眼,赵司晨。

少奶奶正拖着吴妈走出下房来,一面说:

"你到外面来,……不要躲在自己房里想……"

"谁不知道你正经,……短见是万万寻不得的。"邹七嫂也从旁说。

吴妈只是哭,夹些话,却不甚听得分明。

阿Q想:"哼,有趣,这小孤孀不知道闹着什么玩意儿了?"他想打听,走近赵司晨的身边。这时他猛然间看见赵太爷向他奔来,而且手里捏着一支大竹杠。他看见这一支大竹杠,便猛然间悟到自己曾经被打,和这一场热闹似乎有点相关。他翻身便走,想逃回舂米场,不图这支竹杠阻了他的去路,于是他又翻身便走,自然而然的走出后门,不多工夫,已在土谷祠内了。

阿Q坐了一会,皮肤有些起栗,他觉得冷了,因为虽在春季,而夜间颇有余寒,尚不宜于赤膊,他也记得布衫留在赵家,但倘若去取,又深怕秀才的竹杠。然而地保进来了。

"阿Q,你的妈妈的!你连赵家的用人都调戏起来,简直是造反。害得我晚上没有觉睡,你的妈妈的!……"

如是云云的教训了一通,阿Q自然没有话。临末,因为在晚上,应该送地保加倍酒钱四百文,阿Q正没有现钱,便用一顶毡帽做抵押,并且订定了五条件:

一　明天用红烛——要一斤重的——一对,香一封,到赵府上去赔罪。

二　赵府上请道士祓除缢鬼,费用由阿Q负担。

三　阿Q从此不准踏进赵府的门槛。

四　吴妈此后倘有不测,惟阿Q是问。

五　阿Q不准再去索取工钱和布衫。

阿Q自然都答应了,可惜没有钱。幸而已经春天,棉被可以无用,便质了二千大钱,履行条约。赤膊磕头之后,居然还剩几文,他也不再赎毡帽,统统喝了酒了。但赵家也并不烧香点烛,因为太太拜佛的时候可以用,留着了。那破布衫是大半做了少奶奶八月间生下来的孩子的衬尿布,那小半破烂的便都做了吴妈的鞋底。

第五章　生计问题

阿Q礼毕之后,仍旧回到土谷祠,太阳下去了,渐渐觉得世上有些古怪。他仔细一想,终于省悟过来:其原因盖在自己的赤膊。他记得破夹袄还在,便披在身上,躺倒了,待张开眼睛,原来太阳又已经照在西墙上头了。他坐起身,一面说道,"妈妈的……"

他起来之后,也仍旧在街上逛,虽然不比赤膊之有切肤之痛,却又渐渐的觉得世上有些古怪了。仿佛从这一天起,未庄的女人们忽然都怕了羞,伊们一见阿Q走来,便个个躲进门里去。甚而至于将近五十岁的邹七嫂,也跟着别人乱钻,而且将十一岁的女儿都叫进去了。阿Q很以为奇,而且想:"这些东西忽然都学起小姐模样来了。这娼妇们……"

但他更觉得世上有些古怪,却是许多日以后的事。其一,酒店不肯赊欠了;其二,管土谷祠的老头子说些废话,似乎叫他走;其三,他虽然记不清多少日,但确乎有许多日,没有一个人来叫他做短工。酒店不赊,熬着也罢了;老头子催他走,噜苏一通也就算了;只是没有人来叫他做短工,却使阿Q肚子饿:这委实是一件非常"妈妈的"的事情。

阿Q忍不下去了,他只好到老主顾的家里去探问,——但独不许踏进赵府的门槛,——然而情形也异样:一定走出一个男人来,现了十分烦厌的相貌,像回复乞丐一般的摇手道:

"没有没有!你出去!"

阿Q愈觉得稀奇了。他想,这些人家向来少不了要帮忙,不至于现在忽然都无事,这总该有些蹊跷在里面了。他留心打听,才知道他们有事都去叫小Don。这小D,是一个穷小子,又瘦又乏,在阿Q的眼睛里,位置是在王胡之下的,谁料这小子竟谋了他的饭碗去。所以阿Q这一气,更与平常不同,当气愤愤的走着的时候,忽然将手一扬,唱道:

"我手执钢鞭将你打！……"

几天之后,他竟在钱府的照壁前遇见了小D。"仇人相见分外眼明",阿Q便迎上去,小D也站住了。

"畜生!"阿Q怒目而视的说,嘴角上飞出唾沫来。

"我是虫豸,好么?……"小D说。

这谦逊反使阿Q更加愤怒起来,但他手里没有钢鞭,于是只得扑上去,伸手去拔小D的辫子。小D一手护住了自己的辫根,一手也来拔阿Q的辫子,阿Q便也将空着的一只手护住了自己的辫根。从先前的阿Q看来,小D本来是不足齿数的,但他近来挨了饿,又瘦又乏已经不下于小D,所以便成了势均力敌的现象,四只手拔着两颗头,都弯了腰,在钱家粉墙上映出一个蓝色的虹形,至于半点钟之久了。

"好了,好了!"看的人们说,大约是解劝的。

"好,好!"看的人们说,不知道是解劝,是颂扬,还是煽动。

然而他们都不听。阿Q进三步,小D便退三步,都站着;小D进三步,阿Q便退三步,又都站着。大约半点钟,——未庄少有自鸣钟,所以很难说,或者二十分,——他们的头发里便都冒烟,额上便都流汗,阿Q的手放松了,在同一瞬间,小D的手也正放松了,同时直起,同时退开,都挤出人丛去。

"记着罢,妈妈的……"阿Q回过头去说。

"妈妈的,记着罢……"小D也回过头来说。

这一场"龙虎斗"似乎并无胜败,也不知道看的人可满足,都没有发什么议论,而阿Q却仍然没有人来叫他做短工。

有一日很温和,微风拂拂的颇有些夏意了,阿Q却觉得寒冷起来,但这还可担当,第一倒是肚子饿。棉被,毡帽,布衫,早已没有了,其次就卖了棉袄;现在有裤子,却万不可脱的;有破夹袄,又除了送人做鞋底之外,决定卖不出钱。他早想在路上拾得一注钱,但至今还没有见;他想在自己的破屋里忽然寻到一注钱,慌张的四顾,但屋内是空虚而且了然。于是他决计出门求食去了。

他在路上走着要"求食",看见熟识的酒店,看见熟识的馒头,但他都走过了,不但没有暂停,而且并不想要。他所求的不是这类东西了;他求的是什么东西,他自己不知道。

未庄本不是大村镇,不多时便走尽了。村外多是水田,满眼是新秧的嫩绿,夹着几个圆形的活动的黑点,便是耕田的农夫。阿Q并不鉴赏这田家乐,却只是走,因为他直觉的知道这与他的"求食"之道是很辽远的。但他终于走到静修庵的墙外了。

庵周围也是水田,粉墙突出在新绿里,后面的低土墙里是菜园。阿Q迟疑了一会,四面一看,并没有人。他便爬上这矮墙去,扯着何首乌藤,但泥土仍然簌簌的掉,阿Q的脚也索索的抖;终于攀着桑树枝,跳到里面了。里面真是郁郁葱葱,但似乎并没有黄酒馒头,以及此外可吃的之类。靠西墙是竹丛,下面许多笋,只可惜都是并未煮熟的,还有油菜早经结子,芥菜已将开花,小白菜也很老了。

阿Q仿佛文童落第似的觉到很冤屈,他慢慢走近园门去,忽而非常惊喜了,这分明是一畦老萝卜,他于是蹲下便拔,而门口突然伸出一个很圆的头来,又即缩回去了,这分明是小尼姑。小尼姑之流是阿Q本来视若草芥的,但世事须"退一步想",所以他便赶紧拔起四个萝卜,拧下青叶,兜在大襟里。然而老尼姑已经出来了。

"阿弥陀佛,阿Q,你怎么跳进园里来偷萝卜!……阿呀,罪过呵,阿唷,阿弥陀佛!……"

"我什么时候跳进你的园里来偷萝卜?"阿Q且看且走的说。

"现在……这不是?"老尼姑指着他的衣兜。

"这是你的?你能叫得他答应你么?你……"

阿Q没有说完话,拔步便跑;追来的是一匹很肥大的黑狗。这本来在前门的,不知怎的到后园来了。黑狗哼而且追,已经要咬着阿Q的腿,幸而从衣兜里落下一个萝卜来,那狗给一吓,略略一停,阿Q已经爬上桑树,跨到土墙,连人和萝卜都滚出墙外面了。只剩着黑狗还在对着桑树嗥,老尼姑念着佛。

阿Q怕尼姑又放出黑狗来,拾起萝卜便走,沿路又捡了几块小石头,但黑狗却并不再出现。阿Q于是抛了石块,一面走一面吃,而且想道,这里也没有什么东西寻,不如进城去……

待三个萝卜吃完时,他已经打定了进城的主意了。

第六章　从中兴到末路

在未庄再看见阿Q出现的时候,是刚过了这年的中秋。人们都惊异,说是阿Q回来了,于是又回上去想道,他先前那里去了呢?阿Q前几回的上城,大抵早就兴高采烈的对人说,但这一次却并不,所以也没有一个人留心到。他或者也曾告诉过管土谷祠的老头子,然而未庄老例,只有赵太爷钱太爷和秀才大爷上城才算一件事。假洋鬼子尚且不足数,何况是阿Q:因此老头子也就不替他宣传,而未庄的社会上也就无从知道了。

但阿Q这回的回来,却与先前大不同,确乎很值得惊异。天色将黑,他睡眼蒙胧的在酒店门前出现了,他走近柜台,从腰间伸出手来,满把是银的和铜的,在柜上一扔说,"现钱!打酒来!"穿的是新夹袄,看去腰间还挂着一个大搭连,沉钿钿的将裤带坠成了很弯很弯的弧线。未庄老例,看见略有些醒目的人物,是与其慢也宁敬的,现在虽然明知道是阿Q,但因为和破夹袄的阿Q有些两样了,古人云,"士别三日便当刮目相待",所以堂倌,掌柜,酒客,路人,便自然显出一种疑而且敬的形态来。掌柜既先之以点头,又继之以谈话:

"嚄,阿Q,你回来了!"

"回来了。"

"发财发财,你是——在……"

"上城去了!"

这一件新闻,第二天便传遍了全未庄。人人都愿意知道现钱和新夹袄的阿Q的中兴史,所以在酒店里,茶馆里,庙檐下,便渐渐的探听出来了。这结果,是阿Q得了新敬畏。

据阿Q说,他是在举人老爷家里帮忙。这一节,听的人都肃然了。这老爷本姓白,但因为合城里只有他一个举人,所以不必再冠姓,说起举人来就是他。这也不独在未庄是如此,便是一百里方圆之内也都如此,人们几乎多以为他的姓名就叫举人老爷的了。在这人的府上帮忙,那当然是可敬的。但据阿Q又说,他却不高兴再帮忙了,因为这举人老爷实在太"妈妈的"了。这一节,听的人都叹息而且快意,因为阿Q本不配在举人老爷家里帮忙,而不帮忙是可惜的。

据阿Q说,他的回来,似乎也由于不满意城里人,这就在他们将长凳称为条凳。而且煎鱼用葱丝,加以最近观察所得的缺点,是女人的走路也扭得不很好。然而也偶有大可佩服的地方,即如未庄的乡下人不过打三十二张的竹牌,只有假洋鬼子能够叉"麻酱",城里却连小乌龟子都叉得精熟的。什么假洋鬼子,只要放在城里的十几岁的小乌龟子的手里,也就立刻是"小鬼见阎王"。这一节,听的人都赧然了。

"你们可看见过杀头么?"阿Q说,"咳,好看。杀革命党。唉,好看好看,……"他摇摇头,将唾沫飞在正对面的赵司晨的脸上。这一节,听的人都凛然了。但阿Q又四面一看,忽然扬起右手,照着伸长脖子听得出神的王胡的后项窝上直劈下去道:

"嚓!"

王胡惊得一跳,同时电光石火似的赶快缩了头,而听的人又都悚然而且欣然了。从此王胡癞头癞脑的许多日,并且再不敢走近阿Q的身边;别的人也一样。

阿Q这时在未庄人眼睛里的地位,虽不敢说超过赵太爷,但谓之差不多,大约也就没有什么语病的了。

然而不多久,这阿Q的大名忽又传遍了未庄的闺中。虽然未庄只有钱赵两姓是大屋,此外十之九都是浅闺,但闺中究竟是闺中,所以也算得一件神异。女人们见面时一定说,邹七嫂在阿Q那里买了一条蓝绸裙,旧固然是旧的,但只化了九角钱。还有赵白眼的母亲——一说是赵司晨的母亲,待考,——也买了一件孩子穿的大红洋纱衫,七成新,只用三百大钱九二串。于是伊们都眼巴巴的想见阿Q,缺绸裙的想问他买绸裙,要洋纱衫的想问他买洋纱衫,不但见了不逃避,有时阿Q已经走过了,也还要追上去叫住他,问道:

"阿Q,你还有绸裙么?没有?纱衫也要的,有罢?"

后来这终于从浅闺传进深闺里去了。因为邹七嫂得意之余,将伊的绸裙请赵太太去鉴赏,赵太太又告诉了赵太爷而且着实恭维了一番。赵太爷便在晚饭桌上,和秀才大爷讨论,以为阿Q实在有些古怪,我们门窗应该小心些;但他的东西,不知道可还有什么可买,也许有点好东西罢。加以赵太太也正想买一件价廉物美的皮背心。于是家族决议,便托邹七嫂即刻去寻阿Q,而且为此新辟了第三种的例外:这晚上也姑且特准点油灯。

油灯干了不少了,阿Q还不到。赵府的全眷都很焦急,打着呵欠,或恨阿Q太飘忽,或怨邹七嫂不上紧。赵太太还怕他因为春天的条件不敢来,而赵太爷以为不足虑;因为这是"我"去叫他的,果然,到底赵太爷有见识,阿Q终于跟着邹七嫂进来了。

"他只说没有没有,我说你自己当面说去,他还要说,我说……"邹七嫂气喘吁吁的走着说。

"太爷!"阿Q似笑非笑的叫了一声,在檐下站住了。

"阿Q,听说你在外面发财,"赵太爷踱开去,眼睛打量着他的全身,一面说。"那很好,那很好的。这个,……听说你有些旧东西,……可以都拿来看一看,……这也并不是别的,因为我倒要……"

"我对邹七嫂说过了。都完了。"

"完了?"赵太爷不觉失声的说,"那里会完得这样快呢?"

"那是朋友的,本来不多。他们买了些,……"

"总该还有一点罢。"

"现在,只剩了一张门幕了。"

"就拿门幕来看看罢。"赵太太慌忙说。

"那么,明天拿来就是,"赵太爷却不甚热心了。"阿Q,你以后有什么东西的时候,你尽先送来给我们看,……"

"价钱决不会比别家出得少!"秀才说。秀才娘子忙一瞥阿Q的脸,看他感动了没有。

"我要一件皮背心。"赵太太说。

阿Q虽然答应着,却懒洋洋的出去了,也不知道他是否放在心上。这使赵太爷很失望,气忿而且担心,至于停止了打呵欠。秀才对于阿Q的态度也很不平,于是说,这忘八蛋要提防,或者竟不如吩咐地保,不许他住在未庄。但赵太爷以为不然,说这也怕要结怨,况且做这路生意的大概是"老鹰不吃窝下食",本村倒不必担心的;只要自己夜里警醒点就是了。秀才听了这"庭训",非常之以为然,便即刻撤消了驱逐阿Q的提议,而且叮嘱邹七嫂,请伊万不要向人提起这一段话。

但第二日,邹七嫂便将那蓝裙去染了皂,又将阿Q可疑之点传扬出去了,可是确没有提起秀才要驱逐他这一节。然而这已经于阿Q很不利。最先,地保寻上门了,取了他的门幕去,阿Q说是赵太太要看的,而地保也不还,并且要议定每月的孝敬钱。其次,是村人对于他的敬畏忽而变相了,虽然还不敢来放肆,却很有远避的神情,而这神情和先前的防他来"嚓"的时候又不同,颇混着"敬而远之"的分子了。

只有一班闲人们却还要寻根究底的去探阿Q的底细。阿Q也并不讳饰,傲然的说出他的经验来。从此他们才知道,他不过是一个小脚色,不但不能上墙,并且不能进洞,只站在洞外接东西。有一夜,他刚才接到一个包,正手再进去,不一会,只听得里面大嚷起来,他便赶紧跑,连夜爬出城,逃回未庄来了,从此不敢再去做。然而这故事却于阿Q更不利,村人对于阿Q的"敬而远之"

者,本因为怕结怨,谁料他不过是一个不敢再偷的偷儿呢?这实在是"斯亦不足畏也矣"。

第七章 革 命

宣统三年九月十四日——即阿Q将搭连卖给赵白眼的这一天——三更四点,有一只大乌篷船到了赵府上的河埠头。这船从黑魆魆中荡来,乡下人睡得熟,都没有知道;出去时将近黎明,却很有几个看见的了。据探头探脑的调查来的结果,知道那竟是举人老爷的船!

那船便将大不安载给了未庄,不到正午,全村的人心就很摇动。船的使命,赵家本来是很秘密的,但茶坊酒肆里却都说,革命党要进城,举人老爷到我们乡下来逃难了。惟有邹七嫂不以为然,说那不过是几口破衣箱,举人老爷想来寄存的,却已被赵太爷回复转去。其实举人老爷和赵秀才素不相能,在理本不能有"共患难"的情谊,况且邹七嫂又和赵家是邻居,见闻较为切近,所以大概该是伊对的。

然而谣言很旺盛,说举人老爷虽然似乎没有亲到,却有一封长信,和赵家排了"转折亲"。赵太爷肚里一轮,觉得于他总不会有坏处,便将箱子留下了,现就塞在太太的床底下。至于革命党,有的说是便在这一夜进了城,个个白盔白甲:穿着崇正皇帝的素。

阿Q的耳朵里,本来早听到过革命党这一句话,今年又亲眼见过杀掉革命党。但他有一种不知从那里来的意见,以为革命党便是造反,造反便是与他为难,所以一向是"深恶而痛绝之"的。殊不料这却使百里闻名的举人老爷有这样怕,于是他未免也有些"神往"了,况且未庄的一群鸟男女的慌张的神情,也使阿Q更快意。

"革命也好罢,"阿Q想,"革这伙妈妈的命,太可恶!太可恨!……便是我,也要投降革命党了。"

阿Q近来用度窘,大约略略有些不平;加以午间喝了两碗空肚酒,愈加醉得快,一面想一面走,便又飘飘然起来。不知怎么一来,忽而似乎革命党便是自己,未庄人却都是他的俘虏了。他得意之余,禁不住大声的嚷道:

"造反了!造反了!"

未庄人都用了惊惧的眼光对他看。这一种可怜的眼光,是阿Q从来没有见过的,一见之下,又使他舒服得如六月里喝了雪水,他更加高兴的走而且喊道：

"好，……我要什么就是什么，我欢喜谁就是谁。

得得，锵锵！

悔不该，酒醉错斩了郑贤弟，

悔不该，呀呀呀……

得得，锵锵，得，锵令锵！

我手执钢鞭将你打……"

赵府上的两位男人和两个真本家，也正站在大门口论革命，阿Q没有见，昂了头直唱过去。

"得得，……"

"老Q，"赵太爷怯怯的迎着低声的叫。

"锵锵"，阿Q料不到他的名字会和"老"字联结起来，以为是一句别的话，与己无干，只是唱。"得，锵，锵令锵，锵！"

"老Q。"

"悔不该……"

"阿Q！"秀才只得直呼其名了。

阿Q这才站住，歪着头问道，"什么？"

"老Q，……现在……"赵太爷却又没有话，"现在……发财么？"

"发财？自然。要什么就是什么……"

"阿……Q哥，像我们这样穷朋友是不要紧的……"赵白眼惴惴的说，似乎想探革命党的口风。

"穷朋友？你总比我有钱。"阿Q说着自去了。

大家都怃然，没有话。赵太爷父子回家，晚上商量到点灯。赵白眼回家，便从腰间扯下搭连来，交给他女人藏在箱底里。

阿Q飘飘然的飞了一通，回到土谷祠，酒已经醒透了。这晚上，管祠的老头子也意外的和气，请他喝茶；阿Q便向他要了两个饼，吃完之后，又要了一支点过的四两烛和一个树烛台，点起来，独自躺在自己的小屋里。他说不出的新鲜而且高兴，烛火像元夜似的闪闪的跳，他的思想也迸跳起来了：——

"造反？有趣，……来了一阵白盔白甲的革命党，都拿着板刀，钢鞭，炸弹，洋炮，三尖两刃刀，钩镰枪，走过土谷祠，叫道，'阿Q！同去同去！'于是一同去。……

这时未庄的一伙鸟男女才好笑哩,跪下叫道,'阿Q,饶命!'谁听他!第一个该死的是小D和赵太爷,还有秀才,还有假洋鬼子,……留几条么?王胡本来还可留,但也不要了。……

东西,……直走进去打开箱子来:元宝,洋钱,洋纱衫,……秀才娘子的一张宁式床先搬到土谷祠,此外便摆了钱家的桌椅,——或者也就用赵家的罢。自己是不动手的了,叫小D来搬,要搬得快,搬得不快打嘴巴。……

赵司晨的妹子真丑。邹七嫂的女儿过几年再说。假洋鬼子的老婆会和没有辫子的男人睡觉,吓,不是好东西!秀才的老婆是眼胞上有疤的。……吴妈长久不见了,不知道在那里,——可惜脚太大。"

阿Q没有想得十分停当,已经发了鼾声,四两烛还只点去了小半寸,红焰焰的光照着他张开的嘴。

"荷荷!"阿Q忽而大叫起来,抬了头仓皇的四顾,待到看见四两烛,却又倒头睡去了。

第二天他起得很迟,走出街上看时,样样都照旧。他也仍然肚饿,他想着,想不起什么来;但他忽而似乎有了主意了,慢慢的跨开步,有意无意的走到静修庵。

庵和春天时节一样静,白的墙壁和漆黑的门。他想了一想,前去打门,一只狗在里面叫。他急急拾了几块断砖,再上去较为用力的打,打到黑门上生出许多麻点的时候,才听得有人来开门。

阿Q连忙捏好砖头,摆开马步,准备和黑狗来开战。但庵门只开了一条缝,并无黑狗从中冲出,望进去只有一个老尼姑。

"你又来什么事?"伊大吃一惊的说。

"革命了……你知道?……"阿Q说得很含胡。

"革命革命,革过一革的,……你们要革得我们怎么样呢?"老尼姑两眼通红的说。

"什么?……"阿Q诧异了。

"你不知道,他们已经来革过了!"

"谁?……"阿Q更其诧异了。

"那秀才和洋鬼子!"

阿Q很出意外,不由的一错愕;老尼姑见他失了锐气,便飞速的关了门,阿Q再推时,牢不可开,再打时,没有回答了。

那还是上午的事。赵秀才消息灵,一知道革命党已在夜间进城,便将辫子盘在顶上,一早去拜访那历来也不相能的钱洋鬼子。这是"咸与维新"的时候了,所以他们便谈得很投机,立刻成了情投意合的同志,也相约去革命。他们想而又想,才想出静修庵里有一块"皇帝万岁万万岁"的龙牌,是应该赶紧革掉的,于是又立刻同到庵里去革命。因为老尼姑来阻挡,说了三句话,他们便将伊当作清政府,在头上很给了不少的棍子和栗凿。尼姑待他们走后,定了神来检点,龙牌固然已经碎在地上了,而且又不见了观音娘娘座前的一个宣德炉。这事阿 Q 后来才知道。他颇悔自己睡着,但也深怪他们不来招呼他。他又退一步想道:

"难道他们还没有知道我已经投降了革命党么?"

第八章 不准革命

未庄的人心日见其安静了。据传来的消息,知道革命党虽然进了城,倒还没有什么大异样。知县大老爷还是原官,不过改称了什么,而且举人老爷也做了什么——这些名目,未庄人都说不明白—— 官,带兵的也还是先前的老把总。只有一件可怕的事是另有几个不好的革命党夹在里面捣乱,第二天便动手剪辫子,听说那邻村的航船七斤便着了道儿,弄得不像人样子了。但这却还不算大恐怖,因为未庄人本来少上城,即使偶有想进城的,也就立刻变了计,碰不着这危险。阿 Q 本也想进城去寻他的老朋友,一得这消息,也只得作罢了。

但未庄也不能说是无改革。几天之后,将辫子盘在头顶上的逐渐增加起来了。早经说过,最先自然是茂才公,其次便是赵司晨和赵白眼,后来是阿 Q。倘在夏天,大家将辫子盘在头顶上或者打一个结,本不算什么稀奇事,但现在是暮秋,所以这"秋行夏令"的情形,在盘辫家不能不说是万分的英断,而在未庄也不能说无关于改革了。

赵司晨脑后空荡荡的走来,看见的人大嚷说,

"嚄,革命党来了!"

阿 Q 听到了很羡慕。他虽然早知道秀才盘辫的大新闻,但总没有想到自己可以照样做,现在看见赵司晨也如此,才有了学样的意思,定下实行的决心。他用一支竹筷将辫子盘在头顶上,迟疑多时,这才放胆的走去。

他在街上走,人也看他,然而不说什么话,阿 Q 当初很不快,后来便很不平。他近来很容易闹脾气了;其实他的生活,倒也并不比造反之前反艰难,人

见他也客气,店铺也不说要现钱。而阿Q总觉得自己太失意:既然革了命,不应该只是这样的。况且有一回看见小D,愈使他气破肚皮了。

小D也将辫子盘在头顶上了,而且也居然用一支竹筷。阿Q万料不到他也敢这样做,自己也决不准他这样做!小D是什么东西呢?他很想即刻揪住他,拗断他的竹筷,放下他的辫子,并且批他几个嘴巴,聊且惩罚他忘了生辰八字,也敢来做革命党的罪。但他终于饶放了,单是怒目而视的吐一口唾沫道,"呸!"

这几日里,进城去的只有一个假洋鬼子。赵秀才本也想靠着寄存箱子的渊源,亲身去拜访举人老爷的,但因为有剪辫的危险,所以也就中止了。他写了一封"黄伞格"的信,托假洋鬼子带上城,而且托他给自己介绍介绍,去进自由党。假洋鬼子回来时,向秀才讨还了四块洋钱,秀才便有一块银桃子挂在大襟上了;未庄人都惊服,说这是柿油党的顶子,抵得一个翰林,赵太爷因此也骤然大阔,远过于他儿子初隽秀才的时候,所以目空一切,见了阿Q,也就很有些不放在眼里了。

阿Q正在不平,又时时刻刻感着冷落,一听得这银桃子的传说,他立即悟出自己之所以冷落的原因了:要革命,单说投降,是不行的;盘上辫子,也不行的;第一着仍然要和革命党去结识。他生平所知道的革命党只有两个,城里的一个早已"嚓"的杀掉了,现在只剩了一个假洋鬼子。他除却赶紧去和假洋鬼子商量之外,再没有别的道路了。

钱府的大门正开着,阿Q便怯怯的蹩进去。他一到里面,很吃了惊,只见假洋鬼子正站在院子的中央,一身乌黑的大约是洋衣,身上也挂着一块银桃子,手里是阿Q曾经领教过的棍子,已经留到一尺多长的辫子都拆开了披在肩背上,蓬头散发的像一个刘海仙。对面挺直的站着赵白眼和三个闲人,正在必恭必敬的听说话。

阿Q轻轻的走近了,站在赵白眼的背后,心里想招呼,却不知道怎么说才好:叫他假洋鬼子固然是不行的了,洋人也不妥,革命党也不妥,或者就应该叫洋先生了罢。

洋先生却没有见他,因为白着眼睛讲得正起劲:

"我是性急的,所以我们见面,我总是说:洪哥!我们动手罢!他却总说道No! ——这是洋话,你们不懂的。否则早已成功了。然而这正是他做事小心的地方。他再三再四的请我上湖北,我还没有肯。谁愿意在这小县城里做事情。……"

"唔,……这个……"阿Q候他略停,终于用十二分的勇气开口了,但不知道因为什么,又并不叫他洋先生。

听着说话的四个人都吃惊的回顾他。洋先生也才看见:

"什么?"

"我……"

"出去!"

"我要投……"

"滚出去!"洋先生扬起哭丧棒来了。

赵白眼和闲人们便都吆喝道:"先生叫你滚出去,你还不听么!"

阿Q将手向头上一遮,不自觉的逃出门外;洋先生倒也没有追。他快跑了六十多步,这才慢慢的走,于是心里便涌起了忧愁:洋先生不准他革命,他再没有别的路;从此决不能望有白盔白甲的人来叫他,他所有的抱负,志向,希望,前程,全被一笔勾销了。至于闲人们传扬开去,给小D王胡等辈笑话,倒是还在其次的事。

他似乎从来没有经验过这样的无聊。他对于自己的盘辫子,仿佛也觉得无意味,要侮蔑;为报仇起见,很想立刻放下辫子来,但也没有竟放。他游到夜间,赊了两碗酒,喝下肚去,渐渐的高兴起来了,思想里才又出现白盔白甲的碎片。

有一天,他照例的混到夜深,待酒店要关门,才踱回土谷祠去。

拍,吧~~!

他忽而听得一种异样的声音,又不是爆竹。阿Q本来是爱看热闹,爱管闲事的,便在暗中直寻过去。似乎前面有些脚步声;他正听,猛然间一个人从对面逃来了。阿Q一看见,便赶紧翻身跟着逃。那人转弯,阿Q也转弯,既转弯,那人站住了,阿Q也站住。他看后面并无什么,看那人便是小D。

"什么?"阿Q不平起来了。

"赵……赵家遭抢了!"小D气喘吁吁的说。

阿Q的心怦怦的跳了。小D说了便走;阿Q却逃而又停的两三回。但他究竟是做过"这路生意"的人,格外胆大,于是蹩出路角,仔细的听,似乎有些嚷嚷,又仔细的看,似乎许多白盔白甲的人,络绎的将箱子抬出了,器具抬出了,秀才娘子的宁式床也抬出了,但是不分明,他还想上前,两只脚却没有动。

这一夜没有月,未庄在黑暗里很寂静,寂静到像羲皇时候一般太平。阿Q站着看到自己发烦,也似乎还是先前一样,在那里来来往往的搬,箱子抬出了,器具抬出了,秀才娘子的宁式床也抬出了,……抬得他自己有些不信他的眼睛了。但他决计不再上前,却回到自己的祠里去了。

土谷祠里更漆黑;他关好大门,摸进自己的屋子里。他躺了好一会,这才定了神,而且发出关于自己的思想来:白盔白甲的人明明到了,并不来打招呼,搬了许多好东西,又没有自己的份,——这全是假洋鬼子可恶,不准我造反,否则,这次何至于没有我的份呢?阿Q越想越气,终于禁不住满心痛恨起来,毒毒的点一点头:"不准我造反,只准你造反?妈妈的假洋鬼子,——好,你造反!造反是杀头的罪名呵,我总要告一状,看你抓进县里去杀头,——满门抄斩,——嚓!嚓!"

第九章　大　团　圆

赵家遭抢之后,未庄人大抵很快意而且恐慌,阿Q也很快意而且恐慌。但四天之后,阿Q在半夜里忽被抓到县城里去了。那时恰是暗夜,一队兵,一队团丁,一队警察,五个侦探,悄悄地到了未庄,乘昏暗围住土谷祠,正对门架好机关枪;然而阿Q不冲出。许多时没有动静,把总焦急起来了,悬了二十千的赏,才有两个团丁冒了险,逾垣进去,里应外合,一拥而入,将阿Q抓出来;直待擒出祠外面的机关枪左近,他才有些清醒了。

到进城,已经是正午,阿Q见自己被攒进一所破衙门,转了五六个弯,便推在一间小屋里。他刚刚一跄踉,那用整株的木料做成的栅栏门便跟着他的脚跟阖上了,其余的三面都是墙壁,仔细看时,屋角上还有两个人。

阿Q虽然有些忐忑,却并不很苦闷,因为他那土谷祠里的卧室,也并没有比这间屋子更高明。那两个也仿佛是乡下人,渐渐和他兜搭起来了,一个说是举人老爷要追他祖父欠下来的陈租,一个不知道为了什么事。他们问阿Q,阿Q爽利的答道,"因为我想造反。"

他下半天便又被抓出栅栏门去了,到得大堂,上面坐着一个满头剃得精光的老头子。阿Q疑心他是和尚,但看见下面站着一排兵,两旁又站着十几个长衫人物,也有满头剃得精光像这老头子的,也有将一尺来长的头发披在背后像那假洋鬼子的,都是一脸横肉,怒目而视的看他;他便知道这人一定有些来历,膝关节立刻自然而然的宽松,便跪了下去了。

"站着说!不要跪!"长衫人物都吆喝说。

阿Q虽然似乎懂得，但总觉得站不住，身不由己的蹲了下去，而且终于趁势改为跪下了。

"奴隶性！……"长衫人物又鄙夷似的说，但也没有叫他起来。

"你从实招来罢，免得吃苦。我早都知道了。招了可以放你。"那光头的老头子看定了阿Q的脸，沉静的清楚的说。

"招罢！"长衫人物也大声说。

"我本来要……来投……"阿Q胡里胡涂的想了一通，这才断断续续的说。

"那么，为什么不来的呢？"老头子和气的问。

"假洋鬼子不准我！"

"胡说！此刻说，也迟了。现在你的同党在那里？"

"什么？……"

"那一晚打劫赵家的一伙人。"

"他们没有来叫我。他们自己搬走了。"阿Q提起来便愤愤。

"走到那里去了呢？说出来便放你了。"老头子更和气了。

"我不知道，……他们没有来叫我……"

然而老头子使了一个眼色，阿Q便又被抓进栅栏门里了。他第二次抓出栅栏门，是第二天的上午。

大堂的情形都照旧。上面仍然坐着光头的老头子，阿Q也仍然下了跪。

老头子和气的问道，"你还有什么话说么？"

阿Q一想，没有话，便回答说，"没有。"

于是一个长衫人物拿了一张纸，并一支笔送到阿Q的面前，要将笔塞在他手里。阿Q这时很吃惊，几乎"魂飞魄散"了：因为他的手和笔相关，这回是初次。他正不知怎样拿；那人却又指着一处地方教他画花押。

"我……我……不认得字。"阿Q一把抓住了笔，惶恐而且惭愧的说。

"那么，便宜你，画一圆圈！"

阿Q要画圆圈了，那手捏着笔却只是抖。于是那人替他将纸铺在地上，阿Q伏下去，使尽了平生的力画圆圈。他生怕被人笑话，立志要画得圆，但这可恶的笔不但很沉重，并且不听话，刚刚一抖一抖的几乎要合缝，却又向外一耸，画成瓜子模样了。

阿Q正羞愧自己画得不圆，那人却不计较，早已擎了纸笔去，许多人又将他第二次抓进栅栏门。

他第二次进了栅栏,倒也并不十分懊恼。他以为人生天地之间,大约本来有时要抓进抓出,有时要在纸上画圆圈的,惟有圈而不圆,却是他"行状"上的一个污点。但不多时也就释然了,他想,孙子才画得很圆的圆圈呢。于是他睡着了。

然而这一夜,举人老爷反而不能睡:他和把总呕了气了。举人老爷主张第一要追赃,把总主张第一要示众。把总近来很不将举人老爷放在眼里了,拍案打凳的说道,"惩一儆百!你看,我做革命党还不上二十天,抢案就是十几件,全不破案,我的面子在那里?破了案,你又来迂。不成!这是我管的!"举人老爷窘急了,然而还坚持,说是倘若不追赃,他便立刻辞了帮办民政的职务。而把总却道,"请便罢!"于是举人老爷在这一夜竟没有睡,但幸而第二天倒也没有辞。

阿Q第三次抓出栅栏门的时候,便是举人老爷睡不着的那一夜的明天的上午了。他到了大堂,上面还坐着照例的光头老头子;阿Q也照例下了跪。

老头子很和气的问道,"你还有什么话么?"

阿Q一想,没有话,便回答说,"没有。"

许多长衫和短衫人物,忽然给他穿上一件洋布的白背心,上面有些黑字。阿Q很气苦;因为这很像是带孝,而带孝是晦气的。然而同时他的两手反缚了,同时又被一直抓出衙门外去了。

阿Q被抬上了一辆没有篷的车,几个短衣人物也和他同坐在一处。这车立刻走动了,前面是一班背着洋炮的兵们和团丁,两旁是许多张着嘴的看客,后面怎样,阿Q没有见。但他突然觉到了:这岂不是去杀头么?他一急,两眼发黑,耳朵里喤的一声,似乎发昏了。然而他又没有全发昏,有时虽然着急,有时却也泰然;他意思之间,似乎觉得人生天地间,大约本来有时也未免要杀头的。

他还认得路,于是有些诧异了:怎么不向着法场走呢?他不知道这是在游街,在示众。但即使知道也一样,他不过以为人生天地间,大约本来有时也未免要游街要示众罢了。

他省悟了,这是绕到法场去的路,这一定是"嚓"的去杀头。他悯悯的向左右看,全跟着蚂蚁似的人,而在无意中,却在路旁的人丛中发见了一个吴妈。很久违,伊原来在城里做工了。阿Q忽然很羞愧自己没志气:竟没有唱几句戏。他的思想仿佛旋风似的在脑里一回旋:《小孤孀上坟》欠堂皇,《龙虎斗》里的"悔不该……"也太乏,还是"手执钢鞭将你打"罢。他同时想将手一扬,才记得这两手原来都捆着,于是"手执钢鞭"也不唱了。

"过了二十年又是一个……"阿Q在百忙中,"无师自通"的说出半句从来不说的话。

"好！！！"从人丛里，便发出豺狼的嗥叫一般的声音来。

车子不住的前行，阿Q在喝彩声中，轮转眼睛去看吴妈，似乎伊一向并没有见他，却只是出神的看着兵们背上的洋炮。

阿Q于是再看那些喝彩的人们。

这刹那中，他的思想又仿佛旋风似的在脑里一回旋了。四年之前，他曾在山脚下遇见一只饿狼，永是不近不远的跟定他，要吃他的肉。他那时吓得几乎要死，幸而手里有一柄斫柴刀，才得仗这壮了胆，支持到未庄；可是永远记得那狼眼睛，又凶又怯，闪闪的像两颗鬼火，似乎远远的来穿透了他的皮肉。而这回他又看见从来没有见过的更可怕的眼睛了，又钝又锋利，不但已经咀嚼了他的话，并且还要咀嚼他皮肉以外的东西，永是不远不近的跟他走。

这些眼睛们似乎连成一气，已经在那里咬他的灵魂。

"救命，……"

然而阿Q没有说。他早就两眼发黑，耳朵里嗡的一声，觉得全身仿佛微尘似的迸散了。

至于当时的影响，最大的倒反在举人老爷，因为终于没有追赃，他全家都号咷了。其次是赵府，非特秀才因为上城去报官，被不好的革命党剪了辫子，而且又破费了二十千的赏钱，所以全家也号咷了。从这一天以来，他们便渐渐的都发生了遗老的气味。

至于舆论，在未庄是无异议，自然都说阿Q坏，被枪毙便是他的坏的证据；不坏又何至于被枪毙呢？而城里的舆论却不佳，他们多半不满足，以为枪毙并无杀头这般好看；而且那是怎样的一个可笑的死囚呵，游了那么久的街，竟没有唱一句戏：他们白跟一趟了。

一九二一年十二月

原载《鲁迅全集》第1卷，
人民文学出版社1981年版

郭沫若《凤凰涅槃》导读

 **作家简介**

郭沫若(1892—1978),原名郭开贞,号尚武。四川乐山人。郭沫若出生在一个中等地主家庭里,自小受到良好的传统文化的熏陶,广泛涉猎中国古代诗歌以及《庄子》《楚辞》《史记》《文选》等经典文学作品。1914年,郭沫若在其长兄郭开文的资助下赴日本留学,先后在日本东京第一高等学校、冈山第六高等学校、九州帝国大学医学部学习。在日本学习期间,他广泛接触西方文学和哲学,斯宾诺的泛神论、泰戈尔、歌德、海涅、惠特曼等人的作品对他影响巨大,中西方文化、文学的共同作用催生了他的浪漫主义文学观。1918年,郭沫若开始创作诗歌,"五四"运动使他长期积聚起来的"个人的郁积"与"民族的郁积"相结合,他由此进入了"诗的创作爆发期",出版了开一代诗风的诗集《女神》。1921年,郭沫若与成仿吾、郁达夫、张资平等留日学生组织文学团体——创造社。1923年归国,同年出版第二部诗集《星空》,以后又陆续出版诗集《瓶》《前茅》《恢复》。1924年,郭沫若再度远赴日本,并接受了马克思主义的影响。1925年参加"五卅"运动,同年担任广东大学文学院院长。1926年积极投身北伐战争,失败后被国民党通缉,1928年开始了长达十年的流亡日本的生活。在这期间,他运用马克思主义于古代史、古文字的研究上,取得了卓越的成果。全面抗战爆发后,郭沫若回国,担任中华全国文艺界抗敌协会理事及军事委员会政治部第三厅厅长。1949年,在全国第一次文代会上当选为中华全国文联主席。后来又担任过政务院副总理、中国科学院院长、全国人大常委会副委员长、全国政协副主席等职。

时代背景

《凤凰涅槃》是诗集《女神》中最具代表性的诗歌之一。诗歌写成于1920年1月,发表于同年1月30日的《时事新报》副刊《学灯》。当时正是中国动荡不安的时代,受俄国十月革命影响,爆发了伟大的"五四"爱国运动,新民主主义革命的狂风巨浪猛烈地冲击着旧中国的泥污。革命在发展,人民在发展,祖国有希望了,这一切给了诗人莫大的鼓舞和力量。郭沫若这一时期的诗歌抒发了他火山爆发式的澎湃感情,充满了对黑暗现实的强烈诅咒和对光明前途的热切希望,以及反抗封建束缚的强烈个性精神。《凤凰涅槃》深刻地反映了"五四"反帝反封建的时代特征。

作品评点

《凤凰涅槃》是一首近三百行的长诗。诗中,诗人诅咒了在帝国主义和封建主义统治下的旧中国。在旧的世界中,诗人看到的是"脓血污秽着的屠场""悲哀充塞着的囚牢""群鬼叫号着的坟墓"。为了追求光明的未来,凤凰展翅高飞,而"西方同是一座屠场""南方同是一座坟墓""北方同是一座地狱",人们就是生活在这样一个可怕的世界中。诗人徘徊了,怀疑了,向世界发出了自己的呼号:生活走向哪里?中国走向哪里?但徘徊与怀疑并没有妨碍诗人的憧憬与追求。面对这样的世界,凤凰衔来香草,决心将这一切连同自己和这个旧世界一起在烈火中统统烧毁。一切的一切都要在烈火中受到考验,或者变成灰烬,或者像凤凰那样在烈火中永生。而那些"凡鸟",他们心地卑劣且目光短浅,嘲笑凤凰"枉为这禽中的灵长",以为凤凰会死去,而不知凤凰在这灰烬中更生,比过去更加鲜艳美丽,而且永葆青春。诗人通过这一群"凡鸟"对凤凰的态度,生动而形象地刻画了社会上不同阶级的人们对革命所抱的各种态度。《凤凰更生歌》是诗中最重要、最热烈、最激昂的颂歌。诗人以高昂的情感与火一般的语言,热烈歌颂"光明更生""宇宙更生""凤凰更生",象征着祖国的新生。诗人在诗中给我们描绘了一个新世界的图景,这个新世界"新鲜""净朗""华美""芬芳"……新世界的一切一切,都是"欢唱",都是"和谐"。

在艺术上,诗歌塑造了有蜕旧变新精神的抒情形象"凤凰"。凤凰是具有反叛精神、勇于自我牺牲、追求光明的大智大勇的反抗者形象,也是诗人"自我"的形象。这个形象深刻地表达了旧中国必然在革命烈火中毁灭,新中国必然在革命烈火中诞生的时代主题。为了突出更生后的凤凰的光辉形象,诗人用了大量丰富华美的词汇、铿锵悠扬富有音乐感的诗句,用整齐划一的格式,每节只变动几个字,反复咏唱,把全诗逐步推向欢乐的高潮。读后令人精神振奋,具有极其强烈的艺术效果。《凤凰涅槃》在新诗艺术上所取得的成功是多方面的,它对后来新诗艺术的发展起到了巨大的推动作用。

周恩来曾经评价郭沫若是革命诗人,同时又是革命的战士。周扬也曾赞扬他曾经离开过诗、文艺,却没有离开过斗争。正因如此,郭沫若才能创作出《凤凰涅槃》这样极富战斗精神的诗歌。《凤凰涅槃》是伟大的"五四"运动的产儿,是诗人感情的"喷火口",它强烈地体现出了"五四"运动彻底的反帝反封建的革命精神,并开创了诗人既雄浑豪放,又绮丽清新的革命浪漫主义诗风,在郭沫若的诗歌创作道路上占有重要的位置。

(黄宾丽)

凤 凰 涅 槃

郭沫若

天方国古有神鸟名"菲尼克司"(Phoenix),满五百岁后,集香木自焚,复从死灰中更生,鲜美异常,不再死。

按此鸟殆即中国所谓凤凰:雄为凤,雌为凰。《孔演图》云:"凤凰火精,生丹穴。"《广雅》云:"凤凰……雄鸣曰即即,雌鸣曰足足。"

序 曲

除夕将近的空中,
飞来飞去的一对凤凰,
唱着哀哀的歌声飞去,
衔着枝枝的香木飞来,
飞来在丹穴山上。

山右有枯槁了的梧桐,

山左有消歇了的醴泉，
山前有浩茫茫的大海，
山后有阴莽莽的平原，
山上是寒风凛冽的冰天。

天色昏黄了，
香木集高了，
凤已飞倦了，
凰已飞倦了，
他们的死期将近了。

凤啄香木，
一星星的火点迸飞。
凰扇火星，
一缕缕的香烟上腾。

凤又啄，
凰又扇，
山上的香烟弥散，
山上的火光弥满。

夜色已深了，
香木已燃了，
凤已啄倦了，
凰已扇倦了，
他们的死期已近了！

啊啊！
哀哀的凤凰！
凤起舞，低昂！
凰唱歌，悲壮！

凤又舞,
凰又唱,
一群的凡鸟,
自天外飞来观葬。

凤　　歌

即即！即即！即即！
即即！即即！即即！
茫茫的宇宙,冷酷如铁！
茫茫的宇宙,黑暗如漆！
茫茫的宇宙,腥秽如血！

宇宙呀,宇宙,
你为什么存在？
你自从哪儿来？
你坐在哪儿在？
你是个有限大的空球？
你是个无限大的整块？
你若是有限大的空球,
那拥抱着你的空间
他从哪儿来？
你的外边还有些什么存在？
你若是无限大的整块,
这被你拥抱着的空间
他从哪儿来？
你的当中为什么又有生命存在？
你到底还是个有生命的交流？
你到底还是个无生命的机械？

昂头我问天,
天徒矜高,莫有点儿知识。

低头我问地，
地已死了，莫有点儿呼吸。
伸头我问海，
海正扬声而鸣咽。
啊啊！
生在这样个阴秽的世界当中，
便是把金钢石的宝刀也会生锈！
宇宙呀，宇宙，
我要努力地把你诅咒：
你脓血污秽着的屠场呀！
你悲哀充塞着的囚牢呀！
你群鬼叫号着的坟墓呀！
你群魔跳梁着的地狱呀！
你到底为什么存在？

我们飞向西方，
西方同是一座屠场。
我们飞向东方，
东方同是一座囚牢。
我们飞向南方，
南方同是一座坟墓。
我们飞向北方，
北方同是一座地狱。
我们生在这样个世界当中，
只好学着海洋哀哭。

凰　　歌

足足！足足！足足！
足足！足足！足足！
五百年来的眼泪倾泻如瀑。
五百年来的眼泪淋漓如烛。

流不尽的眼泪，
洗不净的污浊，
浇不熄的情炎，
荡不去的羞辱，
我们这缥缈的浮生
到底要向哪儿安宿？

啊啊！
我们这缥缈的浮生
好像那大海里的孤舟。
左也是溟漫，
右也是溟漫，
前不见灯台，
后不见海岸，
帆已破，
樯已断，
楫已飘流，
柁已腐烂，
倦了的舟子只是在舟中呻唤，
怒了的海涛还是在海中泛滥。

啊啊！
我们这缥缈的浮生
好像这黑夜里的酣梦。
前也是睡眠，
后也是睡眠，
来得如飘风，
去得如轻烟，
来如风，
去如烟，
眠在后，

睡在前,
我们只是这睡眠当中的
一刹那的风烟。

啊啊!
有什么意思?
有什么意思?
痴!痴!痴!
只剩些悲哀,烦恼,寂寥,衰败,
环绕着我们活动着的死尸,
贯串着我们活动着的死尸。

啊啊!
我们年青时候的新鲜哪儿去了?
我们年青时候的甘美哪儿去了?
我们年青时候的光华哪儿去了?
我们年青时候的欢爱哪儿去了?
去了!去了!去了!
一切都已去了,
一切都要去了。
我们也要去了,
你们也要去了,
悲哀呀!烦恼呀!寂寥呀!衰败呀!

凤 凰 同 歌

啊啊!
火光熊熊了。
香气蓬蓬了。
时期已到了。
死期已到了。
身外的一切!

身内的一切!

一切的一切!

请了! 请了!

群 鸟 歌

岩 鹰

哈哈,凤凰! 凤凰!

你们枉为这禽中的灵长!

你们死了吗? 你们死了吗?

从今后该我为空界的霸王!

孔 雀

哈哈,凤凰! 凤凰!

你们枉为这禽中的灵长!

你们死了吗? 你们死了吗?

从今后请看我花翎上的威光!

鸱 枭

哈哈,凤凰! 凤凰!

你们枉为这禽中的灵长!

你们死了吗? 你们死了吗?

哦! 是哪儿来的鼠肉的馨香?

家 鸽

哈哈,凤凰! 凤凰!

你们枉为这禽中的灵长!

你们死了吗? 你们死了吗?

从今后请看我们驯良百姓的安康!

鹦 鹉

哈哈,凤凰! 凤凰!

你们枉为这禽中的灵长!

你们死了吗? 你们死了吗?

从今后请听我们雄辩家的主张!

白　鹤

　　哈哈,凤凰! 凤凰!
　　你们枉为这禽中的灵长!
　　你们死了吗? 你们死了吗?
　　从今后请看我们高蹈派的徜徉!

凤 凰 更 生 歌

鸡　鸣

　　昕潮涨了,
　　昕潮涨了,
　　死了的光明更生了。

　　春潮涨了,
　　春潮涨了,
　　死了的宇宙更生了。

　　生潮涨了,
　　生潮涨了,
　　死了的凤凰更生了。

凤凰和鸣

　　我们更生了。
　　我们更生了。
　　一切的一,更生了。
　　一的一切,更生了。
　　我们便是他,他们便是我。
　　我中也有你,你中也有我。
　　我便是你。
　　你便是我。
　　火便是凰
　　凤便是火。
　　翱翔! 翱翔!

欢唱！欢唱！

我们光明呀！
我们光明呀！
一切的一，光明呀！
一的一切，光明呀！
光明便是你，光明便是我！
光明便是"他"，光明便是火！
　　火便是你！
　　火便是我！
　　火便是"他"！
　　火便是火！
　　翱翔！翱翔！
　　欢唱！欢唱！

我们新鲜呀！
我们新鲜呀！
一切的一，新鲜呀！
一的一切，新鲜呀！
新鲜便是你，新鲜便是我！
新鲜便是"他"，新鲜便是火！
　　火便是你！
　　火便是我！
　　火便是"他"！
　　火便是火！
　　翱翔！翱翔！
　　欢唱！欢唱！

我们华美呀！
我们华美呀！
一切的一，华美呀！

一的一切,华美呀!
华美便是你,华美便是我!
华美便是"他",华美便是火!
　　火便是你!
　　火便是我!
　　火便是"他"!
　　火便是火!
　　翱翔!翱翔!
　　欢唱!欢唱!

我们芬芳呀!
我们芬芳呀!
一切的一,芬芳呀!
一的一切,芬芳呀!
芬芳便是你,芬芳便是我!
芬芳便是"他",芬芳便是火!
　　火便是你!
　　火便是我!
　　火便是"他"!
　　火便是火!
　　翱翔!翱翔!
　　欢唱!欢唱!

我们和谐呀!
我们和谐呀!
一切的一,和谐呀!
一的一切,和谐呀!
和谐便是你,和谐便是我!
和谐便是"他",和谐便是火!
　　火便是你!
　　火便是我!

火便是"他"！
　　火便是火！
　　翱翔！翱翔！
　　欢唱！欢唱！

我们欢乐呀！
我们欢乐呀！
一切的一，欢乐呀！
一的一切，欢乐呀！
欢乐便是你，欢乐便是我！
欢乐便是"他"，欢乐便是火！
　　火便是你！
　　火便是我！
　　火便是"他"！
　　火便是火！
　　翱翔！翱翔！
　　欢唱！欢唱！

我们热诚呀！
我们热诚呀！
一切的一，热诚呀！
一的一切，热诚呀！
热诚便是你，热诚便是我！
热诚便是"他"，热诚便是火！
　　火便是你！
　　火便是我！
　　火便是"他"！
　　火便是火！
　　翱翔！翱翔！
　　欢唱！欢唱！

我们雄浑呀!
我们雄浑呀!
一切的一,雄浑呀!
一的一切,雄浑呀!
雄浑便是你,雄浑便是我!
雄浑便是"他",雄浑便是火!
  火便是你!
  火便是我!
  火便是"他"!
  火便是火!
  翱翔!翱翔!
  欢唱!欢唱!

我们生动呀!
我们生动呀!
一切的一,生动呀!
一的一切,生动呀!
生动便是你,生动便是我!
生动便是"他",生动便是火!
  火便是你!
  火便是我!
  火便是"他"!
  火便是火!
  翱翔!翱翔!
  欢唱!欢唱!

我们自由呀!
我们自由呀!
一切的一,自由呀!
一的一切,自由呀!
自由便是你,自由便是我!

自由便是"他",自由便是火!
　　火便是你!
　　火便是我!
　　火便是"他"!
　　火便是火!
　　翱翔!翱翔!
　　欢唱!欢唱!

我们恍惚呀!
我们恍惚呀!
一切的一,恍惚呀!
一的一切,恍惚呀!
恍惚便是你,恍惚便是我!
恍惚便是"他",恍惚便是火!
　　火便是你!
　　火便是我!
　　火便是"他"!
　　火便是火!
　　翱翔!翱翔!
　　欢唱!欢唱!

我们神秘呀!
我们神秘呀!
一切的一,神秘呀!
一的一切,神秘呀!
神秘便是你,神秘便是我!
神秘便是"他",神秘便是火!
　　火便是你!
　　火便是我!
　　火便是"他"!
　　火便是火!

翱翔！翱翔！
　　　欢唱！欢唱！

我们悠久呀！
我们悠久呀！
一切的一，悠久呀！
一的一切，悠久呀！
悠久便是你，悠久便是我！
悠久便是"他"，悠久便是火！
　　　火便是你！
　　　火便是我！
　　　火便是"他"！
　　　火便是火！
　　　翱翔！翱翔！
　　　欢唱！欢唱！

我们欢唱！
我们欢唱！
一切的一，常在欢唱！
一的一切，常在欢唱！
是你在欢唱？是我在欢唱？
是"他"在欢唱？是火在欢唱？
　　　欢唱在欢唱！
　　　只有欢唱！
　　　只有欢唱！
　　　只有欢唱！
　　　欢唱！
　　　　欢唱！
　　　　　欢唱！

原载1920年1月30日、31日
上海《时事新报·学灯》

郁达夫《沉沦》导读

 **作家简介**

郁达夫(1896—1945),原名郁文,字达夫。浙江富阳人。1913年东渡日本留学,1914年考入东京第一高等学校预科,1917年入东京帝国大学经济学部。在日本留学期间,郁达夫阅读了大量西方文学著作,并开始小说创作。1921年6月,在东京参与发起成立创造社,主张"为艺术而艺术",并于同年出版了他的第一部小说集《沉沦》(收录了《沉沦》《南迁》等小说),开创中国现代文学"自叙传"抒情小说的先河。其作品因对作家心境的大胆暴露而风行一时。1933年夏天,郁达夫移居杭州。后期代表作有小说《迟桂花》、散文《钓台的春昼》等。全面抗战爆发后,郁达夫赴南洋宣传抗日。后化名"赵廉",流亡于印度尼西亚苏门答腊岛等地。后因身份暴露,被迫为当地日军做翻译,但他仍在暗中为抗日做了很多事情。1945年8月不幸被日本宪兵秘密杀害。

 时代背景

郁达夫曾经说过:"我的这抒情时代,是在那荒淫惨酷,军阀专权的岛国里过的。眼看到的故国的陆沉,身受到的异乡的屈辱,与夫所感所思,所经所历的一切,剔括起来没有一点不是失望,没有一处不是忧伤,同初丧了夫主的少妇一般,毫无气力,毫无勇毅,哀哀切切,悲鸣出来的,就是那一卷当时很惹起了许多非难的《沉沦》。"(郁达夫《忏余独白》)这些话在一定程度上说明了《沉沦》的创作背景。"五四"时期是一个崇尚个性的时代,"五四"时期有很多表现自我、抒发主观情感的小说作品。当时留学日本的创造社成员们大多注重主观抒情。郁达夫的短篇小说《沉沦》创作完成于1921年5月。那时他阅读了大量的西方文学名著,受到19世纪欧洲浪漫主义文学的影响。那个时候,日本文坛正风行描写个人隐私生活的"私小说",郁达夫也受到了"私小说"的影响。《沉沦》虽然采用第三人称叙述,但写的仍然是作者的主观情绪,小说包含了作者自己的灵肉冲突,体现出"五四"知识分子对自身精神困境的自省与拷问。由《沉沦》小说集的出版开始,中国现代文学出现了一股主观抒情的"自叙传"小说的创作潮流。

作品评点

在"五四"时期,中国的新文学作家有两种主张:一是主张文学必须为人生,揭露出人生和社会的诸种问题,引起疗救的注意,最终推动社会前进。二是主张为艺术而艺术,认为文学创作首先应当注重自身的艺术性,而不是外在的功利目的。这便是两个文学团体——文学研究会和创造社的主要艺术主张。

但是,"为人生/为艺术""文学研究会/创造社"这样的划分有可能会遮蔽掉某个作家的复杂性,将一个作家的内心世界机械地割裂开来。比如郁达夫,他是创造社的成员,我们当然有理由认为他主张"为艺术而艺术"。可是郁达夫并不是只关心艺术而不顾及当时的社会人生,他那些较少有理性描述而大多是主观抒情的作品同样反映了那个时代的苦闷。这其实是他以自己独特的方式对社会和时代作出的承担。

郁达夫也和鲁迅一样忧国忧民,然而这种忧虑天下的情怀在他们作品中的表现形式却是不尽相同。鲁迅在作品中冷静地将人生和社会的阴暗面揭露出来,而郁达夫则是在小说中抒发一种异常强烈的情绪,书写那个时代的愤懑与忧伤。至少在当时,郁达夫的抒情方式很特别,它当然含有中国古典抒情传统的成分,比如《沉沦》第四部分中对景物的描写。然而,《沉沦》的情绪表达更主要的是通过对生理欲望的描写,在欲望的压抑当中透出强烈的苦闷、失望和忧伤。对欲望的直接描写是一件很危险的事情,那样很容易使作品走向粗俗。郁达夫也因此招致了责难和非议。然而,在《沉沦》这个短篇小说中,郁达夫对欲望的描写和情绪抒发的关系处理得恰到好处。欲望描写的背后隐含着时代的影子,《沉沦》中主人公在被压抑过程中透露出来的苦闷忧伤正是当时中国人的一种普遍心绪。郁达夫在小说的结尾将主人公的死亡归结于祖国的孱弱,很显然,他是试图以此沟通个人际遇与国家命运。然而,这种观念化的设计只会显得蹩脚和生硬,真正将个人与国家、时代连接起来的却是"欲望":小说中欲望的压抑当然是一种个人的经验,但正是在这个欲望张弛的过程当中,那个时代中国人心中的失望、苦闷等情绪才被淋漓尽致地展示出来了。

如果把鲁迅和郁达夫的小说进行比较,我们会发现,鲁迅的小说非常简洁,简洁当中透出一股穿透现实的力量。现实的复杂、人性的深刻也都在简洁的行文当中展开。而郁达夫的小说却显得相当繁复、绵密,这种繁复冲淡了小说的情节,但却有利于情绪的铺展。本来只能意会而难以言传的情绪在其中却得到了绝佳的表达。其实,鲁迅和郁达夫代表了那个时代中国作家的两种类型:关注外部现实和关注内心世界。但他们的作品都超越了当时的观念,都描摹出了现实和人心的丰富,这也是他们作为作家的成功之处。今天,我们也许无法完全体察到鲁迅和郁达夫当时的历史情境,但是无论如何,我们应当竭力去体会他们作品当中宽阔的艺术内涵,而不要被某种观念性的阐释限制住了我们的阅读感受。唯其如此,我们才能真正领略到中国现代文学的精髓,才能从中汲取到一种精神资源,"五四"的现代精神也才能真正与当下贯通起来。

(刘子杰)

沉　沦

郁达夫

一

他近来觉得孤冷得可怜。

他的早熟的性情,竟把他挤到与世人绝不相容的境地去,世人与他的中间介在的那一道屏障,愈筑愈高了。

天气一天一天的清凉起来,他的学校开学之后,已经快半个月了。那一天正是九月的二十二日。

晴天一碧,万里无云,终古常新的皎日,依旧在她的轨道上,一程一程的在那里行走。从南方吹来的微风,同醒酒的琼浆一般,带着一种香气,一阵阵的拂上面来。在黄苍未熟的稻田中间,在弯曲同白线似的乡间的官道上面,他一个人手里捧了一本六寸长的 Wordsworth① 的诗集,尽在那里缓缓的独步。在这大平原内,四面并无人影;不知从何处飞来的一声两声的远吠声,悠悠扬扬的传到他耳膜上来。他眼睛离开了书,同做梦似的向有犬吠声的地方看去,但看见了一丛杂树,几处人家,同鱼鳞似的屋瓦上,有一层薄薄的蜃气楼,同轻纱似的,在那里飘荡。

"Oh, you serene gossamer! You beautiful gossamer!"

这样的叫了一声,他的眼睛里就涌出了两行清泪来,他自己也不知道是什么缘故。

呆呆的看了好久,他忽然觉得背上有一阵紫色的气息吹来,息索的一响,道傍的一枝小草,竟把他的梦境打破了,他回转头来一看,那枝小草还是颠摇不已,一阵带着紫罗兰气息的和风,温微微的喷到他那苍白的脸上来。在这清和的早秋的世界里,在这澄清透明的以太中,他的身体觉得同陶醉似的酥软起来。他好像是睡在慈母怀里的样子。他好像是梦到了桃花源里的样子。他好像是在南欧的海岸,躺在情人膝上,在那里贪午睡的样子。

他看看四边,觉得周围的草木,都在那里对他微笑。看看苍空,觉得悠久无穷的大自然,微微的在那里点头。一动也不动的向天看了一会,他觉得天空中,有一群小天神,背上插着了翅膀,肩上挂着了弓箭,在那里跳舞。他觉得乐极了。便不知不觉开了口,自言自语的说:

"这里就是你的避难所。世间的一般庸人都在那里妒忌你,轻笑你,愚弄你;只有这大自然,这终古常新的苍空皎日,这晚夏的微风,这初秋的清气,还是你的朋友,还是你的慈母,还是你的情人,你也不必再到世上去与那些轻薄的男女共处去,你就在这大自然的怀里,这纯朴的乡间终老了罢。"

这样的说了一遍,他觉得自家可怜起来,好像有万千哀怨,横亘在胸中,一口说不出来的样子。含了一双清泪,他的眼睛又看到他手里的书上去。

  Behold her, single in the field,
  You solitary Highland lass!
  Reaping and singing by herself;

---

① Wordsworth(1770—1850)即华滋华斯,英国著名湖畔派诗人。作者译作"渭迟渥斯"。

> Stop here, or gently pass!
> Alone she cuts, and binds the grain,
> And sings a melancholy strain;
> Oh, listen! for the vale profound
> Is over flowing with the sound.

看了这一节之后,他又忽然翻过一张来,脱头脱脑的看到那第三节去。

> Will no one tell me what she sings? ——
> Perhaps the plaintive numbers flow
> For old, unhappy, far-off things,
> And battle long ago:
> Or is it some more humble lay,
> Familiar matter of today?
> Some natural sorrow, loss, or pain,
> That has been, and may be again?

这也是他近来的一种习惯,看书的时候,并没有次序的。几百页的大书,更可不必说了,就是几十页的小册子,如爱美生的《自然论》(*Emerson's On Nature*),沙罗的《逍遥游》(*Thoreau's Excursion*)之类,也没有完完全全从头至尾的读完一篇过。当他起初翻开一册书来看的时候,读了四行五行或一页二页,他每被那一本书感动,恨不得要一口气把那一本书吞下肚子里去的样子,到读了三页四页之后,他又生起一种怜惜的心来,他心里似乎说:

"像这样的奇书,不应该一口气就把它念完,要留着细细儿的咀嚼才好。一下子就念完了之后,我的热望也就不得不消灭,那时候我就没有好望,没有梦想了,怎么使得呢?"

他的脑里虽然有这样的想头,其实他的心里早有一些儿厌倦起来,到了这时候,他总把那本书收过一边,不再看下去。过几天或者过几个钟头之后,他又用了满腔的热忱,同初读那一本书的时候一样的,去读另外的书去;几日前或者几点钟前那样的感动他的那一本书,就不得不被他遗忘了。

放大了声音把渭迟渥斯的那两节诗读了一遍之后,他忽然想把这一首诗用中国文翻译出来。

《孤寂的高原刈稻者》

他想想看，The Solitary Highland Reaper 诗题只有如此的译法。

你看那个女孩儿，她只一个人在田里，
你看那边的那个高原的女孩儿，她只一个人冷清清地！
她一边刈稻，一边在那儿唱着不已：
她忽儿停了，忽儿又过去了，轻盈体态，风光细腻！
她一个人，刈了，又重把稻儿捆起，
她唱的山歌，颇有些儿悲凉的情味：
听呀听呀！这幽谷深深，
全充满了她的歌唱的清音。

有人能说否，她唱的究是什么？
或者她那万千的痴话
是唱着前代的哀歌，
或者是前朝的战事，千兵万马；
或者是些坊间的俗曲，
便是目前的家常闲说？
或者是些天然的哀怨，必然的丧苦，自然的悲楚，
这些事虽是过去的回思，将来想亦必有人指诉。

他一口气译了出来之后，忽又觉得无聊起来，便自嘲自骂的说：
"这算是什么东西呀，岂不同教会里的赞美歌一样的乏味么？
"英国诗是英国诗，中国诗是中国诗，又何必译来对去呢！"

这样的说了一句，他不知不觉便微微儿的笑了起来。向四边一看，太阳已经打斜了；大平原的彼岸，西边的地平线上，有一座高山，浮在那里，饱受了一天残照，山的周围酝酿成一层朦朦胧胧的岚气，反射出一种紫不紫红不红的颜色来。

他正在那里出神呆看的时候，哼的咳嗽了一声，他的背后忽然来了一个农夫。回头一看，他就把他脸上的笑容装改了一副忧郁的面色，好像他的笑容是怕被人看见的样子。

二

他的忧郁症愈闹愈甚了。

他觉得学校里的教科书,味同嚼蜡,毫无半点生趣。天气清朗的时候,他每捧了一本爱读的文学书,跑到人迹罕至的山腰水畔去贪那孤寂的深味去。在万籁俱寂的瞬间,在天水相映的地方,他看看草木虫鱼,看看白云碧落,便觉得自家是一个孤高傲世的贤人,一个超然独立的隐者。有时在山中遇着一个农夫,他便把自己当作了 Zaratustra①,把 Zaratustra 所说的话,也在心里对那农夫讲了。他的 megalomania 也同他的 hypochondria 成了正比例,一天一天的增加起来。他竟有接连四五天不上学校去听讲的时候。

有时候到学校里去,他每觉得众人都在那里凝视他的样子。他避来避去想避他的同学,然而无论到了什么地方,他的同学的眼光,总好像怀了恶意,射在他的背脊上面。

上课的时候,他虽然坐在全班学生的中间,然而总觉得孤独得很;在稠人广众之中,感得的这种孤独,倒比一个人在冷清的地方,感得的那种孤独,还更难受。看看他的同学们,一个个都是兴高采烈的在那里听先生的讲义,只有他一个人身体虽然坐在讲堂里头,心思却同飞云逝电一般,在那里作无边无际的空想。

好容易下课的钟声响了!先生退去之后,他的同学说笑的说笑,谈天的谈天,个个都同春来的燕雀似的,在那里作乐;只有他一个人锁了愁眉,舌根好像被千钧的巨石锤住的样子,兀的不作一声。他也很希望他的同学来对他讲些闲话,然而他的同学却都自家管自家的去寻欢乐去,一见了他那一副愁容,没有一个不抱头奔散的,因此他愈加怨他的同学了。

"他们都是日本人,他们都是我的仇敌,我总有一天来复仇,我总要复他们的仇。"

一到了悲愤的时候,他总这样的想的,然而到了安静之后,他又不得不嘲骂自家说:

"他们都是日本人,他们对你当然是没有同情的,因为你想得他们的同情,所以你怨他们,这岂不是你自家的错误么?"

他的同学中的好事者,有时候也有人来向他说笑的,他心里虽然非常感激,想同那一个人谈几句知心的话,然而口中总说不出什么话来;所以有几个

---

① Zaratustra,即查拉图斯特拉,公元前六七世纪波斯教的创始人。德国哲学家尼采(1844—1900)在《查拉图斯特拉如是说》一书中,借他来阐述其超人哲学。

解他的意的人,也不得不同他疏远了。

他的同学日本人在那里欢笑的时候,他总疑他们是在那里笑他,他就一霎时的红起脸来。他们在那里谈天的时候,若有偶然看他一眼的人,他又忽然红起脸来,以为他们是在那里讲他。他同他同学中间的距离,一天一天的远背起来,他的同学都以为他是爱孤独的人,所以谁也不敢来近他的身。

有一天放课之后,他挟了书包,回到他的旅馆里来,有三个日本学生系同他同路的。将要到他寄寓的旅馆的时候,前面忽然来了两个穿红裙的女学生。在这一区市外的地方,从没有女学生看见的,所以他一见了这两个女子,呼吸就紧缩起来。他们四个人同那两个女子擦过的时候,他的三个日本人的同学都问她们说:

"你们上那儿去?"

那两个女学生就作起娇声来回答说:

"不知道!"

"不知道!"

那三个日本学生都高笑起来,好像是很得意的样子;只有他一个人似乎是他自家同她们讲了话似的,害了羞,匆匆跑回旅馆里来。进了他自家的房,把书包用力的向席上一丢,他就在席上躺下了。他的胸前还在那里乱跳,用了一只手枕着头,一只手按着胸口,他便自嘲自骂的说:

"你这卑怯者!

"你既然怕羞,何以又要后悔?

"既要后悔,何以当时你又没有那样的胆量? 不同她们去讲一句话。

"Oh, coward, coward!"

说到这里,他忽然想起刚才那两个女学生的眼波来了。

那两双活泼泼的眼睛!

那两双眼睛里,确有惊喜的意思含在里头。然而再仔细想了一想,他又忽然叫起来说:

"呆人呆人!她们虽有意思,与你有什么相干?她们所送的秋波,不是单送给那三个日本人的么?唉!唉!她们已经知道了,已经知道我是支那人了,否则她们何以不来看我一眼呢!复仇复仇,我总要复他们的仇。"

说到这里,他那火热的颊上忽然滚了几颗冰冷的眼泪下来。他是伤心到极点了。这一天晚上,他记的日记说:

"我何苦要到日本来,我何苦要求学问。既然到了日本,那自然不得不被他们日本人轻侮的。中国呀中国!你怎么不富强起来,我不能再隐忍过去了。

"故乡岂不有明媚的山河,故乡岂不有如花的美女?我何苦要到这东海的岛国里来!

"到日本来倒也罢了,我何苦又要进这该死的高等学校。他们留了五个月学回去的人,岂不在那里享荣华安乐么?这五六年的岁月,教我怎么能挨得过去。受尽了千辛万苦,积了十数年的学识,我回国去,难道定能比他们来胡闹的留学生更强么?

"人生百岁,年少的时候,只有七八年的光景,这最纯最美的七八年,我就不得不在这无情的岛国里虚度过去,可怜我今年已经是二十一了。

"槁木的二十一岁!

"死灰的二十一岁!

"我真还不如变了矿物质的好,我大约没有开花的日子了。

"知识我也不要,名誉我也不要,我只要一个安慰我体谅我的'心'。一副白热的心肠!从这一副心肠里生出来的同情!从同情而来的爱情!

"我所要求的就是爱情!

"若有一个美人,能理解我的苦楚,她要我死,我也肯的。

"若有一个妇人,无论她是美是丑,能真心真意的爱我,我也愿意为她死的。

"我所要求的就是异性的爱情!

"苍天呀苍天,我并不要知识,我并不要名誉,我也不要那些无用的金钱,你若能赐我一个伊甸园内的'伊扶',使她的肉体与心灵,全归我有,我就心满意足了。"

三

他的故乡,是富春江上的一个小市,去杭州水程不过八九十里。这一条江水,发源安徽,贯流全浙,江形曲折,风景常新,唐朝有一个诗人赞这条江水说"一川如画"。他十四岁的时候,请了一位先生写了这四个字,贴在他的书斋里,因为他的书斋的小窗,是朝着江面的。虽则这书斋结构不大,然而风雨晦明,春秋朝夕的风景,也还抵得过滕王高阁。在这小小的书斋里过了十几个春秋,他才跟了他的哥哥到日本来留学。

他三岁的时候就丧了父亲,那时候他家里困苦得不堪。好容易他长兄在日本 W 大学卒了业,回到北京,考了一个进士,分发在法部当差,不上两年,武昌的革命起来了。那时候他已在县立小学堂卒了业,正在那里换来换去的换中学堂。他家里的人都怪他无恒性,说他的心思太活;然而依他自己讲来,他以为他一个人同别的学生不同,不能按部就班的同他们同在一处求学的。所以他进了 K 府中学之后,不上半年又忽然转到 H 府中学来;在 H 府中学住了三个月,革命就起来了。H 府中学停学之后,他依旧只能回到他那小小的书斋里来。第二年的春天,正是他十七岁的时候,他就进了大学的预科。这大学是在杭州城外,本来是美国长老会捐钱创办的,所以学校里浸润了一种专制的弊风,学生的自由,几乎被压缩得同针眼儿一般的小。礼拜三的晚上有什么祈祷会,礼拜日非但不准出去游玩,并且在家里看别的书也不准的,除了唱赞美诗祈祷之外,只许看新旧约书。每天早晨从九点钟到九点二十分,定要去做礼拜,不去做礼拜,就要扣分数记过。他虽然非常爱那学校近傍的山水景物,然而他的心里,总有些反抗的意思,因为他是一个爱自由的人,对那些迷信的管束,怎么也不甘心服从。住不上半年,那大学里的厨子,托了校长的势,竟打起学生来。学生中间有几个不服的,便去告诉校长,校长反说学生不是。他看看这些情形,实在是太无道理了,就立刻去告了退,仍复回家,到那小小的书斋里去。那时候已经是六月初了。

在家里住了三个多月,秋风吹到富春江上,两岸的绿树,就快凋落的时候,他又坐了帆船,下富春江,上杭州去。却好那时候石牌楼的 W 中学正在那里招插班生,他进去见了校长 M 氏,把他的经历说给了 M 氏夫妻听,M 氏就许他插入最高的班里去。这 W 中学原来也是一个教会学校,校长 M 氏,也是一个糊涂的美国宣教师;他看看这学校的内容倒比 H 大学不如了。与一位很卑鄙的教务长——原来这一位先生就是 H 大学的卒业生——闹了一场,第二年的春天,他就出来了。出了 W 中学,他看看杭州的学校,都不能如他的意,所以他就打算不再进别的学校去。

正是这个时候,他的长兄也在北京被人排斥了。原来他的长兄为人正直得很,在部里办事,铁面无私,并且比一般部内的人物又多了一些学识,所以部内上下,都忌惮他。有一天某次长的私人,来问他要一个位置,他执意不肯,因此次长就同他闹起意见来,过了几天他就辞了部里的职,改到司法界去做司法官去了。他的二兄那时候正在绍兴军队里做军官,这一位二兄军人习气颇深,挥金如土,专喜结交侠少。他们弟兄三人,到这时候都不能如意之所为,所以那一小市镇里的闲人都说他们的风水破了。

他回家之后,便镇日镇夜的蛰居在他那小小的书斋里。他父祖及他长兄所藏的书籍,就作了他的良师益友。他的日记上面,一天一天的记起诗来。有时候他也用了华丽的文章做起小说来,小说里就把他自己当作了一个多情的勇士,把他邻近的一家寡妇的两个女儿,当作了贵族的苗裔,把他故乡的风物,全编作了田园的清景;有兴的时候,他还把他自家的小说,用单纯的外国文翻译起来;他的幻想,愈演愈大了,他的忧郁病的根苗,大约也就在这时候培养成功的。

在家里住了半年,到了七月中旬,他接到他长兄的来信说:

> 院内近有派予赴日本考察司法事务之意,予已许院长以东行,大约此事不日可见命令。渡日之先,拟返里小住。三弟居家,断非上策,此次当偕伊赴日本也。

他接到了这一封信之后,心中日日盼他长兄南来,到了九月下旬,他的兄嫂才自北京到家。住了一月,他就同他的长兄长嫂同到日本去了。

到了日本之后,他的 Dreams of the romantic age 尚未醒悟,模模糊糊的过了半载,他就考入了东京第一高等学校。这正是他十九岁的秋天。

第一高等学校将开学的时候,他的长兄接到了院长的命令,要他回去。他的长兄就把他寄托在一家日本人的家里,几天之后,他的长兄长嫂和他的新生的侄女儿就回国去了。

东京的第一高等学校里有一班预备班,是为中国学生特设的。在这预科里预备一年,卒业之后,才能入各地高等学校的正科,与日本学生同学。他考入预科的时候,本来填的是文科,后来将在预科卒业的时候,他的长兄定要他改到医科去,他当时亦没有什么主见,就听了他长兄的话把文科改了。

预科卒业之后,他听说 N 市的高等学校是最新的,并且 N 市是日本产美人的地方,所以他就要求到 N 市的高等学校去。

四

他的二十岁的八月二十九日的晚上,他一个人从东京的中央车站乘了夜行车到 N 市去。

那一天大约刚是旧历的初三四的样子,同天鹅绒似的又蓝又紫的天空里,洒满了一天星斗。半痕新月,斜挂在西天角上,却似仙女的蛾眉,未加翠黛的样子。他一个人靠着了三等车的车窗,默默的在那里数窗外人家的灯火。火车在暗黑的夜气中间,一程一程的进去,那大都市的星星灯火,也一点一点的朦胧起来,他的胸中忽然生了万千哀感,他的眼睛里就忽然觉得热起来了。

"Sentimental, too sentimental!"
这样的叫了一声,把眼睛揩了一下,他反而自家笑起自家来。

"你也没有情人留在东京,你也没有弟兄知己住在东京,你的眼泪究竟是为谁洒的呀!或者是对于你过去的生活的伤感,或者是对你二年间的生活的余情,然而你平时不是说不爱东京的么?

"唉,一年人住岂无情。

"黄莺住久浑相识,欲别频啼四五声!"
胡思乱想的寻思了一会,他又忽然想到初次赴新大陆去的清教徒的身上去。

"那些十字架下的流人,离开他故乡海岸的时候,大约也是悲壮淋漓,同我一样的。"

火车过了横滨,他的感情方才渐渐儿的平静起来。呆呆的坐了一忽,他就取了一张明信片出来,垫在海涅(Heine)的诗集上,用铅笔写了一首诗寄他东京的朋友。

  峨眉月上柳梢初,又向天涯别故居。
  四壁旗亭争赌酒,六街灯火远随车。
  乱离年少无多泪,行李家贫只旧书。
  后夜芦根秋水长,凭君南浦觅双鱼。

在朦胧的电灯光里,静悄悄的坐了一会,他又把海涅的诗集翻开来看了。

  Ledet wohl, ihr glatten Saale,
  Glatte Herren, glatte Frauen!
  Auf die Berge will ich steigen,
  Lachend auf euch niederschauen!
         Heine's Harzreise

  浮薄的尘寰,无情的男女,
   你看那隐隐的青山,我欲乘风飞去,

且住且住，

　　我将从那绝顶的高峰，笑看你终归何处。

单调的轮声，一声声连连续续的飞到他的耳膜上来，不上三十分钟他竟被这催眠的车轮声引诱到梦幻的仙境里去了。

早晨五点钟的时候，天空渐渐儿的明亮起来。在车窗里向外一望，他只见一线青天还被夜色包住在那里。探头出去一看，一层薄雾，笼罩着一幅天然的画图，他心里想了一想：

"原来今天又是清秋的好天气，我的福分真可算不薄了。"

过了一个钟头，火车就到了N市的停车场。

下了火车，在车站上遇见了一个日本学生：他看看那学生的制帽上也有两条白线，便知道他也是高等学校的学生。他走上前去，对那学生脱了一脱帽，问他说：

"第X高等学校是在什么地方的？"

那学生回答说：

"我们一路去罢。"

他就跟了那学生跑出火车站来，在火车站的前头，乘了电车。

时光还早得很，N市的店家都还未曾起来。他同那日本学生坐了电车，经过了几条冷清的街巷，就在鹤舞公园前面下了车。他问那日本学生说：

"学校还远得很么？"

"还有二里多路。"

穿过了公园，走到稻田中间的细路上的时候，他看看太阳已经起来了，稻上的露滴，还同明珠似的挂在那里。前面有一丛树林，树林荫里，疏疏落落的看得见几椽农舍。有两三条烟囱筒子，突出在农舍的上面，隐隐约约的浮在清晨的空气里。一缕两缕的青烟，同炉香似的在那里浮动，他知道农家已在那里炊早饭了。

到学校近边的一家旅馆去一问，他一礼拜前头寄出的几件行李，早已经到在那里。原来那一家人家是住过中国留学生的，所以主人待他也很殷勤。在那一家旅馆里住下了之后，他觉得前途好像有许多欢乐在那里等他的样子。

他的前途的希望，在第一天的晚上，就不得不被目前的实情嘲弄了。原来他的故里，也是一个小小的市镇。到了东京之后，在人山人海的中间，他虽然时常觉得孤独,然而东京的都市生活,同他幼时的习惯尚无十分龃龉的地方。如今到了这N市的乡下之后,他的旅馆,是一家孤立的人家,四面并无邻舍,左首门外便是一条如发的大道,前后都是稻田,西面是一方池水,并且因为学校还没有开课,别的学生还没有到来,这一间宽旷的旅馆里,只住了他一个客人。白天倒还可以支吾过去,一到了晚上,他开窗一望,四面都是沉沉的黑影,并且因N市的附近是一大平原,所以望眼连天,四面并无遮障之处,远远里有一点灯火,明灭无常,森然有些鬼气。天花板里,又有许多虫鼠,息栗索落的在那里争食。窗外有几株梧桐,微风动叶,飒飒的响得不已,因为他住在二层楼上,所以梧桐的叶战声,近在他的耳边。他觉得害怕起来,几乎要哭出来了。他对于都市的怀乡病(Nostalgia)从未有比那一晚更甚的。

学校开了课,他朋友也渐渐儿的多起来。感受性非常强烈的他的性情,也同天空大地丛林野水融和了。不上半年,他竟变成了一个大自然的宠儿,一刻也离不了那天然的野趣了。

他的学校是在N市外,刚才说过市的附近是一大平原,所以四边的地平线,界限广大的很。那时候日本的工业还没有十分发达,人口也还没有增加得同目下一样,所以他的学校的近边,还多是丛林空地,小阜低岗。除了几家与学生做买卖的文房具店及菜馆之外,附近并没有居民。荒野的人间,只有几家为学生设的旅馆,同晓天的星影似的,散缀在麦田瓜地的中央。晚饭毕后,披了黑呢的缦斗(斗篷),拿了爱读的书,在迟迟不落的夕照中间,散步逍遥,是非常快乐的。他的田园趣味,大约也是在这Idyllic Wanderings的中间养成的。

在生活竞争不十分猛烈,逍遥自在,同中古时代一样的时候,在风气纯良,不与市井小人同处,清闲雅淡的地方,过日子正如做梦一样。他到了N市之后,转瞬之间,已经有半年多了。

熏风日夜的吹来,草色渐渐儿的绿起来。旅馆近旁麦田里的麦穗,也一寸一寸的长起来了。草木虫鱼都化育起来,他的从始祖传来的苦闷也一日一日的增长起来,他每天早晨,在被窝里犯的罪恶,也一次一次的加起来了。

他本来是一个非常爱高尚爱洁净的人,然而一到了这邪念发生的时候,他的智力也无用了,他的良心也麻痹了,他从小服膺的"身体发肤不敢毁伤"的圣训,也不能顾全了。他犯了罪之后,每深自痛悔,切齿的说,下次总不再犯了,然而到了第二天的那个时候,种种幻想,又活泼泼的到他的眼前来。他平时所看见的"伊扶"的遗类,都赤裸裸的来引诱他。中年以后的妇人的形体,在他的脑里,比处女更有挑发他情动的地方。他苦闷一场,恶斗一场,终究不得不做她们的俘虏。这样的一次成了两次,两次之后,就成了习惯了。他犯罪之后,每到图书馆里去翻出医书来看,医书上都千篇一律的说,于身体最有害的就是这一种犯罪。从此之后,他的恐惧心也一天一天的增加起来了。有一天他不知道从什么地方得来的消息,好像是一本书上说,俄国近代文学的创设者Gogol也犯这一宗病,他到死竟没有改过来,他想到了郭歌里,心里就宽了一宽,因为这《死了的灵魂》的著者,也是同他一样的。然而这不过自家对自家的宽慰而已,他的胸里,总有一种非常的忧虑存在那里。

因为他是非常爱洁净的,所以他每天总要去洗澡一次,因为他是非常爱惜身体的,所以他每天总要去吃几个生鸡子和牛乳;然而他去洗澡或吃牛乳鸡子的时候,他总觉得惭愧得很,因为这都是他的犯罪的证据。

他觉得身体一天一天的衰弱起来,记忆力也一天一天的减退了,他又渐渐儿的生了一种怕见人面的心思,见了妇人女子的时候,他觉得更加难受。学校的教科书,他渐渐的嫌恶起来,法国自然派的小说,和中国那几本有名的诲淫小说,他念了又念,几乎记熟了。

有时候他忽然做出一首好诗来,他自家便喜欢得非常,以为他的脑力还没有破坏。那时候他每对着自家起誓说:

"我的脑力还可以使得,还能做得出这样的诗,我以后决不再犯罪了。过去的事实是没法,我以后总不再犯罪了。若从此自新,我的脑力,还是很可以的。"

然而一到了紧迫的时候,他的誓言又忘了。

每礼拜四五,或每月的二十六七的时候,他索性尽意的贪起欢来。他的心里想,自下礼拜一或下月初一起,我总不犯罪了。有时候正合到礼拜六或月底的晚上,去剃头洗澡去,以为这就是改过自新的记号,然而过几天他又不得不吃鸡子和牛乳了。

他的自责心同恐惧心,竟一日也不使他安闲,他的忧郁症也从此厉害起来了。这样的状态继续了一二个月,他的学校里就放了暑假,暑假的两个月内,他受的苦闷,更甚于平时;到了学校开课的时候,他的两颊的颧骨更高起来,他的青灰色的眼窝更大起来,他的一双灵活的瞳人,变了同死鱼眼睛一样了。

五

秋天又到了。浩浩的苍空,一天一天的高起来。他的旅馆旁边的稻田,都带起黄金色来。朝夕的凉风,同刀也似的刺到人的心骨里去,大约秋冬的佳日,来也不远了。

一礼拜前的有一天午后,他拿了一本 Wordsworth 的诗集,在田塍路上逍遥漫步了半天。从那一天以后,他的循环性的忧郁症,尚未离他的身过。前几天在路上遇着的那两个女学生,常在他的脑里,不使他安静,想起那一天的事情,他还是一个人要红起脸来。

他近来无论上什么地方去,总觉得有坐立难安的样子。他上学校去的时候,觉得他的日本同学都似在那里排斥他。他的几个中国同学,也许久不去寻访了,因为去寻访了回来,他心里反觉得空虚。因为他的几个中国同学,怎么也不能理解他的心理。他去寻访的时候,总想得些同情回来的,然而到了那里,谈了几句以后,他又不得不自悔寻访错了。有时候和朋友讲得投机,他就任了一时的热意,把他的内外的生活都对朋友讲了出来,然而到了归途,他又自悔失言,心里的责备,倒反比不去访友的时候,更加厉害。他的几个中国朋友,因此都说他是染了神经病了。他听了这话之后,对了那几个中国同学,也同对日本学生一样,起了一种复仇的心。他同他的几个中国同学,一日一日的疏远起来。嗣后虽在路上,或在学校里遇见的时候,他同那几个中国同学,也不点头招呼。中国留学生开会的时候,他当然是不去出席的。因此他同他的几个同胞,竟宛然成了两家仇敌。

他的中国同学的里边,也有一个很奇怪的人,因为他自家的结婚有些道德上的罪恶,所以他专喜讲人家的丑事,以掩己之不善,说他是神经病,也是这一位同学说的。

他交游离绝之后,孤冷得几乎到将死的地步,幸而他住的旅馆里,还有一个主人的女儿,可以牵引他的心,否则他真只能自杀了。他旅馆的主人的女儿,今年正是十七岁,长方的脸儿,眼睛大得很,笑起来的时候,面上有两颗笑靥,嘴里有一颗金牙看得出来,因为她自家觉得她自家的笑容是非常可爱,所以她平时常在那里弄笑。

他心里虽然非常爱她,然而她送饭来或来替他铺被的时候,他总装出一种兀不可犯的样子来。他心里虽想对她讲几句话,然而一见了她,他总不能开口。她进他房里来的时候,他的呼吸竟急促到吐气不出的地步。他在她的面前实在是受苦不起了,所以近来她进他的房里来的时候,他每不得不跑出房外去。然而他思慕她的心情,却一天一天的浓厚起来。有一天礼拜六的晚上,旅馆里的学生,都上N市去行乐去了。他因为经济困难,所以吃了晚饭,上西面池上去走了一回,就回到旅舍里来枯坐。

回家来坐了一会,他觉得那空旷的二层楼上,只有他一个人在家。静悄悄的坐了半晌,坐得不耐烦起来的时候,他又想跑出外面去。然而要跑出外面去,不得不由主人的房门口经过,因为主人和他女儿的房,就在大门的边上。他记得刚才进来的时候,主人和他的女儿正在那里吃饭。他一想到经过她面前的时候的苦楚,就把跑出外面去的心思丢了。

拿出了一本 G. Gissing 的小说来读了三四页之后,静寂的空气里,忽然传了几声沙沙的泼水声音过来。他静静儿的听了一听,呼吸又一霎时的急了起来,面色也涨红了。迟疑了一会,他就轻轻的开了房门,拖鞋也不拖,幽脚幽手的走下扶梯去。轻轻的开了便所的门,他尽兀自的站在便所的玻璃窗口偷看。原来他旅馆里的浴室,就在便所的间壁,从便所的玻璃窗看去,浴室里的动静了了可看。他起初以为看一看就可以走的,然而到了一看之后,他竟同被钉子钉住的一样,动也不能动了。

那一双雪样的乳峰!

那一双肥白的大腿!

这全身的曲线!

呼气也不呼,仔仔细细的看了一会,他面上的筋肉,都发起痉挛来了。愈看愈颤得厉害,他那发颤的前额部竟同玻璃窗冲击了一下。被蒸气包住的那赤裸裸的"伊扶"便发了娇声问说:

"是谁呀?……"

他一声也不响,急忙跳出了便所,就三脚两步的跑上楼上去了。

他跑到了房里,面上同火烧的一样,口也干渴了。一边他自家打自家的嘴巴,一边就把他的被窝拿出来睡了。他在被窝里翻来覆去,总睡不着,便立起了两耳,听起楼下的动静来。他听听泼水的声音也息了,浴室的门开了之后,他听见她的脚步声好像是走上楼来的样子。用被包着了头,他心里的耳朵明明告诉他说:

"她已经立在门外了。"

他觉得全身的血液，都在往上奔注的样子。心里怕得非常，羞得非常，也喜欢得非常。然而若有人问他，他无论如何，总不肯承认说，这时候他是喜欢的。

他屏住了气息，尖着了两耳听了一会，觉得门外并无动静，又故意咳嗽了一声，门外亦无声响。他正在那里疑惑的时候，忽听见她的声音，在楼下同她的父亲在那里说话。他手里捏了一把冷汗，拚命想听出她的话来，然而无论如何总听不清楚。停了一会，她的父亲高声笑了起来，他把被蒙头的一罩，咬紧了牙齿说：

"她告诉了他了！她告诉了他了！"

这一天的晚上他一睡也不曾睡着。第二天的早晨，天亮的时候，他就惊心吊胆的走下楼来。洗了手面，刷了牙，趁主人和他的女儿还没有起来之先，他就同逃也似的出了那个旅馆，跑到外面来。

官道上的沙尘，染了朝露，还未曾干着。太阳已经起来了。他不问皂白，便一直的往东走去，远远有一个农夫，拖了一车野菜慢慢的走来。那农夫同他擦过的时候，忽然对他说：

"你早啊！"

他倒惊了一跳，那清瘦的脸上，又起了一层红潮，胸前又乱跳起来，他心里想：

"难道这农夫也知道了么？"

无头无脑的跑了好久，他回转头来看看他的学校，已经远得很了，举头看看，太阳也升高了。他摸摸表看，那银饼大的表，也不在身边。从太阳的角度看起来，大约已经是九点钟前后的样子。他虽然觉得饥饿得很，然而无论如何，总不愿意再回到那旅馆里去，同主人和他的女儿相见。想去买些零食充一充饥，然而他摸摸自家的袋看，袋里只剩了一角二分钱在那里。他到一家乡下的杂货店内，尽那一角二分钱，买了些零碎的食物，想去寻一处无人看见的地方去吃。走到了一处两路交叉的十字路口，他朝南的一望，只见与他的去路横交的那一条自北趋南的路上，行人稀少得很。那一条路是向南的斜低下去的，两面更有高壁在那里，他知道这路是从一条小山中开辟出来的。他刚才走来的那条大道，便是这山的岭脊，十字路当作了中心，与岭脊上的那条大道相交的横路，是两边低斜下去的。在十字路口迟疑了一会，他就取了那一条向南斜下的路走去。走尽了两面的高壁，他的去路就穿入大平原去，直通到彼岸的市

内。平原的彼岸有一簇深林,划在碧空的心里,他心里想:

"这大约就是 Ａ 神宫了。"

他走尽了两面的高壁,向左手斜面上一望,见沿高壁的那山面上有一道女墙,围住着几间茅舍,茅舍的门上悬着了"香雪海"三字的一方匾额。他离开了正路,走上几步,到那女墙的门前,顺手的向门一推,那两扇柴门竟自开了。他就随随便便的踏了进去。门内有一条曲径,自门口通过了斜面,直达到山上去的。曲径的两旁,有许多老苍的梅树种在那里,他知道这就是梅林了。顺了那一条曲径,往北的从斜面上走到山顶的时候,一片同图画似的平地,展开在他的眼前。这园自从山脚上起,跨有朝南的半山斜面,同顶上的一块平地,布置得非常幽雅。

山顶平地的西面是千仞的绝壁,与隔岸的绝壁相对峙,两壁的中间,便是他刚走过的那一条自北趋南的通路。背临着了那绝壁,有一间楼屋,几间平屋造在那里。因为这几间屋,门窗都闭在那里,他所以知道这定是为梅花开日,卖酒食用的。楼屋的前面,有一块草地,草地中间,有几方白石,围成了一个花园,圈子里,卧着一枝老梅,那草地的南尽头,山顶的平地正要向南斜下去的地方,有一块石碑立在那里,系记这梅林的历史的。他在碑前的草地上坐下之后,就把买来的零食拿出来吃了。

吃了之后,他兀兀的在草地上坐了一会。四面并无人声,远远的树枝上,时有一声两声的鸟鸣声飞来。他仰起头来看看澄清的碧落,同那皎洁的日轮,觉得四面的树枝房屋,小草飞禽,都一样的在和平的太阳光里,受大自然的化育。他那昨天晚上的犯罪的记忆,正同远海的帆影一般,不知消失到那里去了。

这梅林的平地上和斜面上,叉来叉去的曲径很多。他站起来走来走去的走了一会,方晓得斜面上梅树的中间,更有一间平屋造在那里。从这一间房屋往东的走去几步,有眼古井,埋在松叶堆中。他摇摇井上的唧筒看,呷呷的响了几声,却抽不起水来。他心里想:

"这园大约只有梅花开的时候,开放一下,平时总没有人住的。"

想到这里,他又自言自语的说:

"既然空在这里,我何妨去向园主人去借住借住。"想定了主意,他就跑下山来,打算去寻园主人去。他将走到门口的时候,却好遇见了一个五十来岁的农夫走进园来。他对那农夫道歉之后,就问他说:

"这园是谁的,你可知道?"

"这园是我经管的。"

"你住在什么地方的?"

"我住在路的那面。"

一边这样的说,一边那农民指着通路西边的一间小屋给他看。他向西一看,果然在西边的高壁尽头的地方,有一间小屋在那里。他点了点头,又问说:

"你可以把园内的那间楼屋租给我住住么?"

"可是可以的,你只一个人么?"

"我只一个人。"

"那你可不必搬来的。"

"这是什么缘故呢?"

"你们学校里的学生,已经有几次搬来过了,大约都因为冷静不过,住不上十天,就搬走的。"

"我可同别人不同,你但能租给我,我是不怕冷静的。"

"这样那里有不租的道理,你想什么时候搬来?"

"就是今天午后罢。"

"可以的,可以的。"

"请你就替我扫一扫干净,免得搬来之后着忙。"

"可以可以。再会!"

"再会!"

六

搬进了山上梅园之后,他的忧郁症又变起形状来了。

他同他的北京的长兄,为了一些儿细事,竟生起龃龉来。他发了一封长长的信,寄到北京,同他的长兄绝了交。

那一封信发出之后,他呆呆的在楼前草地上想了许多时候。他自家想想看,他便是世界上最不幸的人了。其实这一次的决裂,是发始于他的。同室操戈,事更甚于他姓之相争,自此之后,他恨他的长兄竟同蛇蝎一样。他被他人欺侮的时候,每把他长兄拿出来作比:

"自家的弟兄,尚且如此,何况他人呢!"

他每达到这一个结论的时候,必尽把他长兄待他苛刻的事情,细细回想出来。

把各种过去的事迹,列举出来之后,就把他长兄判决是一个恶人,他自家是一个善人。他又把自家的好处列举出来,把他所受的苦处,夸大的细数起来。他证明得自家是一个世界上最苦的人的时候,他的眼泪就同瀑布似的流下来。他在那里哭的时候,空中好像有一种柔和的声音在对他说:

"啊呀,哭的是你么?那真是冤屈了你了。像你这样的善人,受世人的那样的虐待,这可真是冤屈了你了。罢了罢了,这也是天命,你别再哭了,怕伤害了你的身体!"

他心里一听到这一种声音,就舒畅起来。他觉得悲苦的中间,也有无穷的甘味在那里。

他因为想复他长兄的仇,所以就把所学的医科丢弃了,改入文科里去,他的意思,以为医科是他长兄要他改的,仍旧改回文科,就是对他长兄宣战的一种明示。并且他由医科改入文科,在高等学校须迟卒业一年。他心里想,迟卒业一年,就是早死一岁,你若因此迟了一年,就到死可以对你长兄含一种敌意。因为他恐怕一二年之后,他们兄弟两人的感情,仍旧要和好起来;所以这一次的转科,便是帮他永久敌视他长兄的一个手段。

气候渐渐儿的寒冷起来,他搬上山来之后,已经有一个月了,几日来天气阴郁,灰色的层云,天天挂在空中。寒冷的北风吹来的时候,梅林的树叶,每息索息索的飞掉下来。

初搬来的时候,他卖了些旧书,买了许多烩饭的器具,自家烧了一个月饭,因为天冷了,他也懒得烧了。他每天的伙食,就一切包给了山脚下的园丁家包办,所以他近来只同退院的闲僧一样,除了怨人骂己之外,更没有别的事情了。

有一天早晨,他侵早的起来,把朝东的窗门开了之后,他看见前面的地平线上有几缕红云,在那里浮荡。东天半角,反照出一种银红的灰色。因为昨天下了一天微雨,所以他看了这清新的旭日,比平日更添了几分欢喜。他走到山的斜面上,从那古井里汲了水,洗了手面之后,觉得满身的气力,一霎时都回复了转来的样子。他便跑上楼去,拿了一本黄仲则的诗集下来,一边高声朗读,一边尽在那梅林的曲径里,跑来跑去的跑圈子。不多一会,太阳起来了。

从他住的山顶向南方看去,眼下看得出一大平原。平原里的稻田,都尚未收割起。金黄的谷色,以绀碧的天空作了背景,反映着一天太阳的晨光,那风景正同看密来(Millet)的田园清画一般。他觉得自家好像已经变了几千年前的原始基督教徒的样子,对了这自然的默示,他不觉笑起自家的气量狭小起来。

"饶赦了！饶赦了！你们世人得罪于我的地方，我都饶赦了你们罢，来，你们来，都来同我讲和罢！"手里拿着了那一本诗集，眼里浮着了两泓清泪，正对了那平原的秋色，呆呆的立在那里想这些事情的时候，他忽听见他的近边，有两人在那里低声的说：

"今晚上你一定要来的哩！"

这分明是男子的声音。

"我是非常想来的，但是恐怕……"

他听了这娇滴滴的女子的声音之后，好像是被电气贯穿了的样子，觉得自家的血液循环都停止了。原来他的身边有一丛长大的苇草生在那里，他立在苇草的右面，那一对男女，大约是在苇草的左面，所以他们两个还不晓得隔着苇草，有人站在那里。那男人又说：

"你心真好，请你今晚上来罢，我们到如今还没在被窝里睡过觉。"

"……"

他忽然听见两人的嘴唇，灼灼的好像在那里吮吸的样子。他同偷了食的野狗一样，就惊心吊胆的把身子屈倒去听了。

"你去死罢，你去死罢，你怎么会下流到这样的地步！"

他心里虽然如此的在那里痛骂自己，然而他那一双尖着的耳朵，却一言半语也不愿意遗漏，用了全副精神在那里听着。

地上的落叶索息索息的响了一下。

解衣带的声音。

男人嘶嘶的吐了几口气。

舌尖吮吸的声音。

女人半轻半重，断断续续的说：

"你！……你！……你快……快××罢。……别……别……别被人……被人看见了。"

他的面色，一霎时的变了灰色了。他的眼睛同火也似的红了起来。他的上颚骨同下颚骨呷呷的发起颤来。他再也站不住了。他想跑开去，但是他的两只脚，总不听他的话。他苦闷了一场，听听两人出去了之后，就同落水的猫狗一样，回到楼上房里去，拿出被窝来睡了。

七

  他饭也不吃,一直在被窝里睡到午后四点钟的时候才起来。那时候夕阳洒满了远近。平原的彼岸的树林里,有一带苍烟,悠悠扬扬的笼罩在那里。他跟跟跄跄的走下了山,上了那一条自北趋南的大道,穿过了那平原,无头无绪的尽是向南的走去。走尽了平原,他已经到了神宫前的电车停留处了。那时候却好从南面有一乘电车到来。他不知不觉就跳了上去,既不知道他究竟为什么要乘电车,也不知道这电车是往什么地方去的。

  走了十五六分钟,电车停了,开车的教他换车,他就换了一乘车。走了二三十分钟,电车又停了,他听见说是终点了,他就走了下来。他的前面就是筑港了。

  前面一片汪洋的大海,横在午后的太阳光里,在那里微笑。超海而南有一发青山,隐隐的浮在透明的空气里,西边是一脉长堤,直驰到海湾的心里去。堤外有一处灯台,同巨人似的,立在那里。几艘空船和几只舢板,轻轻的在系着的地方浮荡。海中近岸的地方,有许多浮标,饱受了斜阳,红红的浮在那里。远处风来,带着几句单调的话声,既听不清楚是什么话,也不知道是从那里来的。

  他在岸边上走来走去走了一会,忽听见那一边传过了一阵击磬的声来。他跑过去一看,原来是为唤渡船而发的。他立了一会,看有一只小火轮从对岸过来了。跟着了一个四五十岁的工人,他也进了那只小火轮去坐下了。

  渡到东岸之后,上前走了几步,他看见靠岸有一家大庄子在那里。大门开得很大,庭内的假山花草,布置得楚楚可爱。他不问是非,就踱了进去。走不上几步,他忽听得前面家中有女人的娇声叫他说:

  "请进来呀!"

  他不觉惊了一下,就呆呆的站住了。他心里想:

  "这大约就是卖酒食的人家,但是我听见说,这样的地方,总有妓女在那里的。"

  一想到这里,他的精神就抖擞起来,好像是一桶冷水浇上身来的样子。他的面色立时变了。要想进去又不能进去,要想出来又不得出来;可怜他那同兔儿似的小胆,同猿猴似的淫心,竟把他陷到一个大大的难境里去了。

  "进来吓!请进来吓!"

里面又娇滴滴的叫了起来,带着笑声。

"可恶东西,你们竟敢欺我胆小么?"

这样的怒了一下,他的面色更同火也似的烧了起来。咬紧了牙齿,把脚在地上轻轻的蹬了一蹬,他就捏了两个拳头,向前进去,好像是对了那几个年轻的侍女宣战的样子。但是他那青一阵红一阵的面色,和他的面上的微微儿在那里震动的筋肉,总隐藏不过。他走到那几个侍女的面前的时候,几乎要同小孩似的哭出来了。

"请上来!"

"请上来!"

他硬了头皮,跟了一个十七八岁的侍女走上楼去,那时候他的精神已经有些镇静下来了。走了几步,经过一条暗暗的夹道的时候,一阵恼人的花粉香气,同日本女人特有的一种肉的香味,和头发上的香油气息合作了一处,哼的扑上他的鼻孔来。他立刻觉得头晕起来,眼睛里看见了几颗火星,向后边跌也似的退了一步。他再定睛一看,只见他的前面黑暗暗的中间,有一长圆形的女人的粉面,堆着了微笑,在那里问他说:

"你!你还是上靠海的地方去呢?还是怎样?"

他觉得女人口里吐出来的气息,也热和和的喷上他的面来。他不知不觉把这气息深深的吸了一口。他的意识感觉到他这行为的时候,他的面色又立刻红了起来。他不得已只能含含糊糊的答应她说:

"上靠海的房间里去。"

进了一间靠海的小房间,那侍女便问他要什么菜。他就回答说:

"随便拿几样来罢。"

"酒要不要?"

"要的。"

那侍女出去之后,他就站起来推开了纸窗,从外边放了一阵空气进来。因为房里的空气,沉浊得很,他刚才在夹道中闻过的那一阵女人的香味,还剩在那里,他实在是被这一阵气味压迫不过了。

一湾大海,静静的浮在他的面前。外边好像是起了微风的样子,一片一片的海浪,受了阳光的返照,同金鱼的鱼鳞似的,在那里微动。他立在窗前看了一会,低声的吟了一句诗出来:

"夕阳红上海边楼。"

他向西的一望,见太阳离西南的地平线只有一丈多高了。呆呆的看了一会,他的心想怎么也离不开刚才的那个侍女。她的口里的头上的面上的和身体上的那一种香味,怎么也不容他的心思去想别的东西。他才知道他想吟诗的心是假的,想女人的肉体的心是真的了。

停了一会,那侍女把酒菜搬了进来,跪坐在他的面前,亲亲热热的替他上酒。他心里想仔仔细细的看她一看,把他的心里的苦闷都告诉了她,然而他的眼睛怎么也不敢平视她一眼,他的舌根怎么也不能摇动一摇动。他不过同哑子一样,偷看看她那搁在膝上一双纤嫩的白手,同衣缝里露出来的一条粉红的围裙角。

原来日本的妇人都不穿裤子,身上贴肉只围着一条短短的围裙。外边就是一件长袖的衣服,衣服上也没有钮扣,腰里只缚着一条一尺多宽的带子,后面结着一个方结。她们走路的时候,前面的衣服每一步一步的掀开来,所以红色的围裙,同肥白的腿肉,每能偷看。这是日本女子特别的美处;他在路上遇见女子的时候,注意的就是这些地方。他切齿的痛骂自己,畜生!狗贼!卑怯的人! 也便是这个时候。

他看了那侍女的围裙角,心头便乱跳起来。愈想同她说话,但愈觉得讲不出话来。大约那侍女是看得不耐烦起来了,便轻轻的问他说:

"你府上是什么地方?"

一听了这一句话,他那清瘦苍白的面上,又起了一层红色;含含糊糊的回答了一声,他呐呐的总说不出清晰的回话来。可怜他又站在断头台上了。

原来日本人轻视中国人,同我们轻视猪狗一样。日本人都叫中国人作"支那人",这"支那人"三字,在日本,比我们骂人的"贱贼"还更难听,如今在一个如花的少女前头,他不得不自认说:"我是支那人"了。

"中国呀中国,你怎么不强大起来!"

他全身发起抖来,他的眼泪又快滚下来了。

那侍女看他发颤发得厉害,就想让他一个人在那里喝酒,好教他把精神安镇安镇,所以对他说:

"酒就快没有了,我再去拿一瓶来罢?"

停了一会他听得那侍女的脚步声又走上楼来。他以为她是上他这里来的,所以就把衣服整了一整,姿势改了一改。但是他被她欺骗了。她原来是领了两三个另外的客人,上间壁的那一间房间里去的。那两三个客人都在那里

对那侍女取笑,那侍女也娇滴滴的说:

"别胡闹了,间壁还有客人在那里。"

他听了就立刻发起怒来。他心里骂他们说:

"狗才！俗物！你们都敢来欺侮我么？复仇复仇,我总要复你们的仇。世间那里有真心的女子！那侍女的负心东西,你竟敢把我丢了么？罢了罢了,我再也不爱女人了,我再也不爱女人了。我就爱我的祖国,我就把我的祖国当作了情人罢。"

他马上就想跑回去发愤用功。但是他的心里,却很羡慕那间壁的几个俗物。他的心里,还有一处地方在那里盼望那个侍女再回到他这里来。

他按住了怒,默默的喝干了几杯酒,觉得身上热起来。打开了窗门,他看太阳就快要下山去了。又连饮了几杯,他觉得他面前的海景都朦胧起来。西面堤外的灯台的黑影,长大了许多。一层茫茫的薄雾,把海天融混作了一处。在这一层浑沌不明的薄纱影里,西方的将落不落的太阳,好像在那里惜别的样子。他看了一会,不知道是什么缘故,只觉得好笑。呵呵的笑了一回,他用手擦擦自家那火热的双颊,便自言自语的说:

"醉了醉了！"

那侍女果然进来了。见他红了脸,立在窗口在那里痴笑,便问他说:

"窗开了这样大,你不冷的么？"

"不冷不冷,这样好的落照,谁舍得不看呢？"

"你真是一个诗人呀！酒拿来了。"

"诗人！我本来是一个诗人。你去把纸笔拿了来,我马上写首诗给你看看。"

那侍女出去了之后,他自家觉得奇怪起来。他心里想:

"我怎么会变了这样大胆的?"

痛饮了几杯新拿来的热酒,他更觉得快活起来,又禁不得呵呵笑了一阵。他听见间壁房间里的那几个俗物,高声的唱起日本歌来,他也放大了嗓子唱着说:

> 醉拍阑干酒意寒,江湖寥落又冬残。
> 剧怜鹦鹉中州骨,未拜长沙太傅官。
> 一饭千金图报易,几人五噫出关难。

> 茫茫烟水回头望，也为神州泪暗弹。

高声的念了几遍，他就在席上醉倒了。

八

一醉醒来，他看看自家睡在一条红绸的被里，被上有一种奇怪的香气。这一间房间也不很大，但已不是白天的那一间房间了。房中挂着一盏十烛光的电灯，枕头边上摆着了一壶茶，两只杯子。他倒了二三杯茶，喝了之后，就跟跟跄跄的走到房外去。他开了门，却好白天的那侍女也跑过来了。她问他说：

"你！你醒了么？"

他点了一点头，笑微微的回答说：

"醒了。便所是在什么地方的？"

"我领你去罢。"

他就跟了她去。他走过日间的那条夹道的时候，电灯点得明亮得很。远近有许多歌唱的声音，三弦的声音，大笑的声音传到他耳朵里来。白天的情节，他都想出来了。一想到酒醉之后，他对那侍女说的那些话的时候，他觉得面上又发起烧来。

从厕所回到房里之后，他问那侍女说：

"这被是你的么？"

侍女笑着说：

"是的。"

"现在是什么时候了？"

"大约是八点四五十分的样子。"

"你去开了账来罢！"

"是。"

他付清了账，又拿了一张纸币给那侍女，他的手不觉微颤起来。那侍女说：

"我是不要的。"

他知道她是嫌少了。他的面色又涨红了，袋里摸来摸去，只有一张纸币了，他就拿了出来给她说：

"你别嫌少了，请你收了罢。"

他的手震动得更加厉害，他的话声也颤动起来了。那侍女对他看了一眼，就低声的说：

"谢谢！"

他直的跑下了楼，套上了皮鞋，就走到外面来。

外面冷得非常，这一天大约是旧历的初八九的样子。半轮寒月，高挂在天空的左半边。淡青的圆形盖里，也有几点疏星，散在那里。

他在海边上走了一回，看看远岸的渔灯，同鬼火似的在那里招引他。细浪中间，映着了银色的月光，好像是山鬼的眼波，在那里开闭的样子。不知是什么道理，他忽想跳入海里去死了。

他摸摸身边看，乘电车的钱也没有了。想想白天的事情看，他又不得不痛骂自己。

"我怎么会走上那样的地方去的？我已经变了一个最下等的人了。悔也无及，悔也无及。我就在这里死了罢。我所求的爱情，大约是求不到的了。没有爱情的生涯，岂不同死灰一样么？唉，这干燥的生涯，这干燥的生涯，世上的人又都在那里仇视我，欺侮我，连我自家的亲弟兄，自家的手足，都在那里排挤我到这世界外去。我将何以为生，我又何必生存在这多苦的世界里呢！"

想到这里，他的眼泪就连连续续的滴了下来。他那灰白的面色，竟同死人没有分别了。他也不举起手来揩揩眼泪，月光射到他的面上，两条泪线，倒变了叶上的朝露一样放起光来。他回转头来看看他自家的又瘦又长的影子，就觉得心痛起来。

"可怜你这清影，跟了我二十一年，如今这大海就是你的葬身地了。我的身子，虽然被人家欺辱，我可不该累你也瘦弱到这步田地的。影子呀影子，你饶了我罢！"

他向西面一看，那灯台的光，一霎变了红一霎变了绿的在那里尽它的本职。那绿的光射到海面上的时候，海面就现出一条淡青的路来。再向西天一看，他只见西方青苍苍的天底下，有一颗明星，在那里摇动。

"那一颗摇摇不定的明星的底下，就是我的故国，也就是我的生地。我在那一颗星的底下，也曾送过十八个秋冬，我的乡土吓，我如今再也不能见你的面了。"

他一边走着，一边尽在那里自伤自悼的想这些伤心的哀话。走了一会，再向那西方的明星看了一眼，他的眼泪便同骤雨似的落下来了。他觉得四边的

景物,都模糊起来。把眼泪揩了一下,立住了脚,长叹了一声,他便断断续续的说:

"祖国呀祖国!我的死是你害我的!

"你快富起来!强起来罢!

"你还有许多儿女在那里受苦呢!"

一九二一年五月九日改作

原载《沉沦:郁达夫早期作品选》,
花城出版社 1982 年版

瞿秋白《饿乡纪程》导读

 **作家简介**

　　瞿秋白(1899—1935),原名瞿爽,后改为秋白。江苏常州人。瞿秋白出生在一个没落的官僚世家,早年经历了典当度日、母亲自杀、家人星散的悲剧,1916年离开旧家庭开始寻求新的人生。他先在武昌的外语学校学习英文,后只身来到北京,1918年开始接受当时的新思想,并更多地接受了俄国文学和革命的影响,逐渐形成新的人生观。"五四"时期,瞿秋白积极参加爱国学生运动和新文化运动,1920年被《晨报》聘为记者,赴苏访问,其间写成散文集《饿乡纪程》《赤都心史》。他还翻译介绍了马克思文艺论著和托尔斯泰、普希金、高尔基等苏俄作家作品。1922年加入中国共产党。中共三大至六大皆当选为中央委员。1923年参与创办上海大学,先后担任学务长和社会学系主任,主讲《社会学》《社会哲学概论》《社会科学概论》等课程,使许多青年接受了马克思主义的理论教育。1931至1933年,瞿秋白离开中共中央领导岗位,在上海同鲁迅一起领导了左翼文艺运动。这一时期,瞿秋白创作了大量杂文,多收在《乱弹及其他》中,此外还有《文艺杂著》一集。他选编了《鲁迅杂感选集》,并为其作有长篇序言,第一次运用马克思主义的观点,对鲁迅的思想和创作进行了深刻而有创见的分析。1933年来到中央革命根据地,任中央工农民主政府教育委员。1934年红军长征,他留在江西根据地工作。1935年2月在福建长汀被国民党军队逮捕,6月18日就义。瞿秋白牺牲后,鲁迅把他的译文编为《海上述林》。

 时代背景

　　从1920年10月16日起,瞿秋白经过3个月的艰辛,于1921年1月25日到达莫斯科。从1921年初到1922年底,他在苏俄度过了整整两个年头。他的主要工作,就是采访苏俄各方面的社会生活,向国内读者报道苏俄现状。从1920年10月18日在哈尔滨写的第一篇报道起,到1923年1月25日回到北京写的最后一篇报道止,他先后在北京《晨报》、上海《时事新报》等报章上发表了50篇通讯报道和专论,计20余万字。他用大量不可辩驳的事实表明俄国正在发生着深刻的伟大变革,苏维埃政府一方面采取各种有力的革命手段清除历史留下的污泥浊水,改造社会,另一方面又以最大的人力和物力抗击外国帝国主义的武装干涉,平定国内的白匪叛乱。就在这一时期,他创作了《饿乡纪程》(《新俄国游记》)、《赤都心史》,根据自己亲身的见闻向国人报道十月革命后的苏俄现实,以深沉的感情歌颂俄国十月革命以及人民面对困难的乐观精神。他的这一系列文章在当时的中国起到了振聋发聩的作用,让中国读者见到了人类的曙光,从而激励无数有志之士向往俄国,信仰马克思主义,投身于实际的革命斗争中去。

作品评点

在旅居的两年时间里,作为新闻记者的瞿秋白撰写了几十万字的通讯报道,真实而详尽地介绍和评论了苏俄正在发生的革命现实。他更在1922年的秋天,完成了专著《俄罗斯革命论》,对苏俄革命的历史、制度进行了更为深入的调查和研究。那么,瞿秋白为什么还要创作散文集《饿乡纪程》呢?他在《饿乡纪程·跋》中说:"这篇中所写,原为著者思想之经过;具体而论,是记'自中国至俄国'之路程,抽象而论,是记著者'自非饿乡至饿乡'之心程",是要抒写"心程中的变迁起伏"。由此我们可以看出,瞿秋白通过自己的文学创作,在描摹"社会的画稿"之余更是要记录"心弦上的乐谱"。

诗人不仅仅要表达属于自己的主观情绪,更要能够通过自己的方式把握世界,并能把对世界的整体性的感受表达出来,瞿秋白本质上就是这样一个诗人。在寻求对世界、社会的理解的历程中,瞿秋白确立了自己的政治立场和革命信念,而他把自己对世界的思考融入他的文字中,并以非常个性化的方式表现出来。正是字里行间留下的思想印痕使得《饿乡纪程》具有震撼心灵的力量。

"饿乡"是战斗者的心中圣地,探索者的希望所在。瞿秋白借用清代管异之称伯夷叔齐的首阳山为"饿乡",热烈地呼唤自己心中的"饿乡"——"我现在有我的饿乡了——苏维埃俄国。俄国怎样没有吃,没有穿,……饥,寒……暂且不管,……他始终是世界第一个社会革命的国家,世界革命的中心点,东西文化的接触地。"肩负着引导中国社会新生路的责任,他呼喊着:"一线的光明!一线的光明,血也似的红,就此一线便照遍了大千世界遍地。""你们罚我这个疯子,我不得不受罚。我决不忘记你们,我总想为大家辟一条光明的路。我愿意去,我不得不去。我现在挣扎起来了,我往饿乡去了!"这个"疯子"不同于鲁迅笔下害怕被黑暗世界吞噬的"狂人",他自觉地卸下了许多历史的重担,抛却怀疑和犹豫,热烈而真诚地拥抱心中的理想。于是,这个奋勇的少年人坚决地告别美食甘寝的"黑甜乡",满怀希望地追寻冰天雪地的"饿乡"。虽然慈母的怜爱、江南的风物,草虫天籁,哝哝情话,良朋密友都让他迷恋,但是,一切与旧世界相关的感情和精神上的联系都让他觉得不和谐,都要挥手作别。"五四"时期的很多散文作品抒发的是爱情自由、生活信念得不到实现之后的苦闷与哀伤,而《饿乡纪程》中的"我"是奋勇前进在西伯利亚漫天的暴风雪之中的先行者、探索者,他将个人的解放和成长与民族、人民的未来联系在一起,即使有痛苦和彷徨,也超越了孤芳自赏、顾影自怜的狭小格局。

瞿秋白非常注重"突出自己的个性,印取自己的思潮"。(瞿秋白《赤都心史·序》)可以说,贯穿《饿乡纪程》以及后来的散文集《赤都心史》的,最重要的就是革命者的个性。他总是以探索者的姿态真挚地表达自己对于历史事件、社会生活和各种具体现象独到的理解。正是这种真诚的革命者的个性使得他的作品视野开阔,视线所及总是广阔的社会人生画面。他匆匆地追寻革命的历史进程,似乎没有余裕的时间和心情去关注俄国的风土人情和奇闻轶事。《饿乡纪程》对进入苏俄的沿途进行了全面的观察与描绘,笔触涉及政治、经济、教育、文化、艺术、外交等各个方面,还有哈尔滨与俄国、日本与俄国的比较等等。作者在或简或繁的细节描写之中,总是穿插自己的理解与评论;即使写到人物,从革命领袖、工人农民到妇女儿童、各种类型的知识分子,范围涉及社会各个阶层,而着力刻画的也是人物独具社会意义的行为和心理。这一切都是通过瞿秋白个人的感受反映出来的,这就使得《饿乡纪程》带上"五四"初期散文的"随感录"色彩,每一处描写都贯注着一个革命者的严肃、紧张的思考。

《饿乡纪程》共十六个章节,前后各一篇绪言和跋。开篇回忆和反思自己的生活道路,以深情的笔调回忆家族的衰落、亲人分离以及自己的生活经历,在个人人生际遇的背后透露出强烈的时代气息,随后写到火车途经天津、哈尔滨到赤塔直至苏俄境内的各地的现状。这里所节选的章节,作者已经到达莫斯科,情不自禁地表达着自己的兴奋与期待:"进赤俄的东方稚儿预备着领受俄罗斯民族文化的甘露了。"第十六章更是以诗的语言,全章设喻,将故国比喻为严酷环境中兀傲独立的古树,呼唤以"春意的内力"促成老树的新生。文字饱含深情,有先觉的清醒与痛苦,有探索者的坚定与决绝,表达了一个革命者对祖国深沉的爱恋以及对民族未来的希冀。

瞿秋白的《饿乡纪程》向我们描摹了十月革命之后苏俄国内的真实状况。但是,长久打动人心的却是作者在富有个性色彩的文字中表现出来的五四青年告别旧我、追求信仰的个性魅力,以及由此带来的回荡在作品中那俄罗斯式的雄浑、深沉的情感。

(姚　涵)

饿乡纪程(节选)

瞿秋白

一　四

十天以来,伊尔库次克暮霭沉沉中的晚钟,沃木斯克追赃查贼时的骂呓,沿途褴褛瑟缩的人影,车行风掠雪碾的厉声,中古神教威权的想象,现代国际公法的痴念,远东泰西西伯利亚人文的混合,帝国主义狂暴之下的呻吟,人类文化热病之中的喘息,——一切一切融和会杂复映而成我的心灵之印象。亲亲热热抱着这一印象来到"现代的文明的"欧洲之遥远荒僻,"现代性"(contemporanéité)色彩还很淡很淡的边境,——十八日离沃木斯克,二十日到都明站(Tiumen)①,欧亚的交界。当晚到嘉德琳堡(Cathérinburg)②,那地矿产非常之丰富,宽洪大量的"天然",含笑看着:人类因"家事"扰攘,蜗角牛斗,还竟没闲暇去聘请他("天然")以奏天下太平的盛乐呢。依稀恍惚的幻想,伴着震荡飞掠的旅梦,掩没在寒衾里,二十一日清早醒来已在乌拉岭③(Ural)上

---

① 现译"秋明站"。
② 现译"叶卡捷琳堡",即斯维尔德沃夫斯克。
③ 现译"乌拉尔山"。

郭同站(Kordon)①。白雪四山掩抑那丰富的"天然",不见无产阶级实业家的轮椎,却只见诗人呼啸清新的美意。

长林迥密,随着高低转折的峰峦,蜿蜒漫衍,努力显现伟大雄厚的气概;闪铄晶光的雪影映射着寒厉勇猛的初日,黯云掩抑依徊时,却又不时微微的露出凄黯的神态;松杉的苍翠披着铠晶甲的圣衣,固然明明轩昂有骄色,表示他克己能耐忍受强暴的涵量,倏然忽起狂吼的怒风,号召四山的响应,万树枝头都起暴动,簌簌的雪花不由的纷纷堕落,虽则越显得寒厉的"冬之残酷",然而散见零星的翠色,好一似美人的眉飞目舞,已确然见温情密意的"春之和畅"之先声。一干一枝拥着寒雪,只觉得冷凄凄的外围掩抑他的个性,渴望和润的幻想虽充满了他的内力,究不敌漫天盖地宇宙的伟力。等到万树长林,震荡巨波泛滥的风暴,才能群起蜂涌,摇展飞动。其时虽得不着内力充分的发展,——本是盲然蠢动,何尝立刻得饮春风中的甘露,却也如巨潮澎湃,嚣然不可复当,暗示天意的回转。何况他们占东半球大陆的领袖地位,据高临下,安镇乌拉岭崇峻的峰头,为大地之脊,上接飞舞的长云,下临寒溅的小流,暗示全世纪以宇宙伟大的动力呢。

长蛇蜿蜒的火车在乌拉岭上缓缓的游行,山色清新时时投入车窗,成飞掠转折翠白相间的画影。顺山麓西下的时候经一小站。在山凹密林的中间,当窗突然显现可爱的俄国乡村。琐居复凑的木屋,盖着一片白雪,中间矗立希腊教堂的塔影,铜顶的光彩闪铄不定,和四围万树的雪枝相语,只有午钟初动,传响山壑时,突然打断他们密密相诉的情话。车窗外有一老人,掘着铁轨中的死雪,模糊的胡影里露着忠诚朴实的面貌,披着破旧油腻皮氅,把着铁铲,勤勤恳恳的一铲一铲抛那雪块。笑嬉嬉手挽手飞跑来了两个小孩,约摸七八岁。老人似乎和他们说着几句话,一个小孩就拿起雪铲帮着铲雪,那一个两手捧着雪块搬运;大约有十几分钟,铲雪的放下铲子,从破口袋里掏出来一块黑面包,捧雪的忙忙的抛下雪块赶来要着半块面包;两个小孩相对着吃,笑嬉嬉的似乎谈什么事情;忽然捧雪的捡起一块雪掷去,掷在那铲雪的肩上,两个又扭在一块,相打起来;一个翻倒在地,一个往前就逃,翻倒的站起来就追;那时老人举起铲子,只看见他蓬松胡须的嘴唇乱动,似乎说着一大篇话似的,小孩子却头也不回。我正看得出神,忽然"嘟"的一声汽笛,车已动了,那老人和小孩都渐渐不

---

① 现译"科东站"。

能看见了,只有那老人体力工作时和蔼沉静怡然自乐的笑容和小孩子活泼天真的神态,还在我心里留一印象。

二十二日晚下乌拉岭西麓。经小站,有一俄国村妇携着一筐鸡子要换食盐,——我们带的盐却很少——只得出三万苏维埃卢布买了他一百枚。问他为什么不愿意要钱,他说:"这样的布尔塞维克的钱有什么用处,反正什么也买不着,只有外国人带点子'product'①来就换些用用。盐呢,糖呢,布呢,少得很呵。那……那花花绿绿的纸票,干什么!我们自己也是拿东西换东西,'上面'还不准呢。"从此往西,每站都少许有些东西买,只算是偷做的生意。伊尔库次克到乌拉岭,沿路火车站上是绝对没有小买卖。到此才见物物交换的原人经济。此后共产党改变经济政策,三年来喘息方定,才着手于经济改造,经济组织因工商业的恢复,或者渐渐的进步到现代的文明,建筑起共产主义社会的基础。(这已是一九二一年三四月间的话。)那时呢,还只见一般可怜的"偷做生意者"呵。二十三日晨,经维阿德嘉(Viatka)②,二十四日到复洛葛达(Vologda)③。愈往西愈近俄国的工业区,已出中世纪而进现代,所以西来渐渐觉着有生意,车站上往来的行人也穿着得比较好些,整齐些,不象东西伯利亚的穷窘形状了。简单的物质文明的进步观念,原来在人类文化上有很大的意义的。"克己复礼"爱人如己的废除私有制,唯心的社会主义,究竟只饶幸他身家好,受祖父几世的教育文化,铸成这样社会主义家的慈善心肠,那知就这点教育文化也是唯物的经济组织中剥削劳动而得来的呢。只有这一带新俄罗斯居民,因经济组织的落后,虽政权入了共产党之手,何尝就能有全无私有观念的人呢。不仅如此,这一区(欧俄东部)入苏维埃版图,还在十月革命一年及一年半之后。风起潮涌的自由战激励他们驱逐地主,打破封建遗毒的偶象。等到农民得胜,初赖共产党的指挥,分到了土地,小资产阶级心理发现,屡次为白党利用扰攘多时。实际生活的教训和社会心理的内力如此之显著呵。唯心的"社会主义试验家",也只好干笑罢了。

复洛葛达离彼得城六百余俄里(一俄里抵中国二里),是北线(siévérney ligne)的腰站,从此折往南四百七十俄里就到莫斯科。

车轮雷辗,鼓动热烈的声浪,血气奋张,含着不定的希望,舞手蹈足似的前

---

① 意即"产品"。
② 现译"维亚特卡"。
③ 现译"沃洛格达"。

往,经俄国大河复尔嘉(Volga)①的上流,铁桥两面,望去已经隐约看得见两两三三的工厂的烟筒。二十五日早起,忙着整理什物,四十多天的火车生活快完了。天色清明,严肃的寒风,裹着拥锦的白云越发谨饬,宇宙含笑融容,都和煦我的心灵,使勿太沉寂。满目雪色长林,欣欣然迎我这万里羁客。苍苍的暮霭,渐渐地漫天掩地的下罩,东方故国送别的情意,涌出一丸冷月安慰我的回望。轮机轧轧,作谐和的震动,烟汽蓬勃喷涌,扑地成白云缭绕;夹着木柴火烬的飞舞,星星在长林墨影冻堤白雪上显现灿烂勇武的"红光",飞掠的车龙更抛拂他们成万条宛转的金翼。沿铁道两旁,行近莫斯科郊外的地方,夹着两排疏疏密密的雪树,车行拂掠着万条枝影前进,偶尔掠过林木的缺处,就突然放出晶光雪亮的寒月,寒芒直射,扑入车窗,如此闪闪飞舞突进,渐近莫斯科。已经遥遥看见城中电光明处,黑影中约略还辨得出喘息稀微的工厂烟汽。几分钟后已到莫斯科雅洛斯拉夫站(Yaroslavsky Wokzal)②。那时是一九二一年一月二十五日晚十一时光景,太阴历的庚申年十二月十七。寒月当空,杂嘈的人声中,知道已到"饿乡"了。

赤国的都城也就是四世纪前俄罗斯莫斯科时代皇朝的旧宫。处于欧洲无产阶级"心海"的涛巅,涌着俄罗斯劳动者心血热浪,颠危震荡于资本主义风飓之中的孤岛已经三年有余了。"赤都"第一夕的心影,留一深切的印象,东方稚儿渐渐自觉他的内力,于人类文化交流之中求一灯塔的动机已开,饿乡之"饿"如其不轧窒他的机括,前途大约就可以见平风静浪的海镜,只待于百忙之中,将就先镇定了原人时代海运的帆篷舵索,稳稳的去探奇险。

社会革命怒潮中的赤都只是俄劳动者社会心理的结晶。社会结构的幼稚,或者可以说现化人类文化的程度不过如此,群众心理的表现,大部分还只能如婴儿饥渴求饮的感觉。三年以来,奔腾澎湃的热浪在古旧黑暗的俄国内,劳动者的"生活突现",就只在勇往直前强力怒发的攻击,具体的实现成就这一"现代的莫斯科"。他们心波的起伏就是新俄社会进化的史事,他们心海的涵量就是新俄社会组织的法式。实际生活中的社会心理变迁再变迁,前进再前进,遥远的未来如果能允许俄国劳动者以胜利,也得先立条约:以他们在"实际生活学校"中的成绩作预支"胜利基金"的信用(Credit)。

---

① 现译"伏尔加河"。
② 现译"雅罗斯拉夫站"。

赤色的旗帜之下——新莫斯科——只能见很稀很少的唯心派社会主义试验法的痕迹。社会进化史是社会心理变迁的记录，就是只显露情感感觉流动的"阴影"；他不是社会思想，社会学说的学案，并无理性分别计较试验的公式图表，本来群众心理还非如个人心理之有理性意识（第六识）作用的表现。

一　五

白雪的沉影下，盖着六层的大楼，一面遥对克莱摩（Kremlin）皇宫①的殿阙，一面俯接帝国大剧院院顶上雄伟的铜马，这是旧时莫斯科最大的旅馆，现时俄罗斯联邦苏维埃社会主义共和国的外交人民委员会。四层楼上，一间办公室，窗帘华丽而破旧，稀微的雪影时时投射进来；和软的沙发，华美的桌椅时时偶然沾着年久的尘埃，欣欣然的欢迎远客；打字机声滴滴锩锩不停，套鞋沾着泥雪在光滑可爱的地板上时时作响；办事员都坐在破旧的皮大氅里手不停挥的签字画押，忙忙碌碌往来送稿；兴兴勃勃热闹的景象中，只有大病初愈的暖汽管，好一似血脉尚未流通，时时偷着放出冰凉的冷气，微微的暗笑呢。这就是外交人民委员会东方司司长杨松（Yason）的办公处。杨松微微含笑对着远来的新客道："我们这里怎么样！……可是很冷呵，你瞧我穿着皮大氅办公呢。……中国的劳动人民自然是对我们表很亲密的厚意，可惜协约国②封锁以来，谣言四布，他们未必得知此地的实情，或多误会。诸位到此，正可为正直的中国人民一开耳目，为中俄互相了解的先声。我们能不竭诚欢迎吗！不过我们处于极窘急的经济状况，一切招待有不周到的地方，还请原谅。……"

到莫斯科的第三天就得到外交人民委员会发给的"膳票"，并且派一人同往外交委员会的公共食堂。饭菜恶劣，比较起来，在现时的俄国还算是上上等的，有些牛油，白糖。同吃饭的大半都是外交委员会的职员。我看他们吃完之后各自包着面包油糖回去，因问一问同行的人。他说俄国现在什么都集中在国家手里，每人除办事而得口粮外，没处找东西吃用，所以如此。"譬如你们这种'双喜'烟，我已经一年多没抽到这样好的烟了。……你们通信，可不要写俄国的坏处呀……哼哼……"他忽然低声的问道："你们有鸦片烟吗?"……"怎么！竟没有！……我听说此地的中国人常常有抽的……"公共食堂是以前的

---

① 现译"克里姆林宫"。
② 第一次世界大战时，俄国加入协约国，十月革命后宣告退出；英、法、美、日等国即以协约国名义发动武装干涉。

旅馆,外交委员会职员大半都住在里面,却是很方便的。过不到几天(二月二日)外交委员会就派汽车送我们到一公寓。这公寓亦是旧时的旅馆"Knyaji Dvor"①。我们三人占了两间屋子。桌椅床铺电灯都很完全。草草收拾整理停妥,房间汽炉烧得暖暖的,吃饭在公寓里有饭堂。饱食暖居,凭窗闲望,金灿灿辉煌的大教堂基督寺的铜顶投影入目,四围琐琐的小树林,盖着寒雪,静沉沉的稳睡呢。这种物质生活的条件,虽然饮食营养太坏,亦满可以安心工作了。我想一切方便,都赖旧时旅馆的结构处置,公共居住公共消费,也可见资本主义给社会主义打得一好基础呵。三四个月之后,劳农政府实行新经济政策,食粮停发,饮食的方便,在我们公寓里,因此就消灭了。——这是后话。

东方稚儿已到饿乡了。回看东方的同胞在此究竟"如何"。我们到莫斯科十天之后,就刚值全俄华工大会。会中从俄国各地到的代表约有近二百人。所代表的人数尽在欧俄的总有四万多。他们有从法国德国欧战时逃回国没成而流落此地的,有向来在俄经商作工的。现在呢,工作的物质生活条件很窘,往往迫得营私舞弊。一百多代表中"识字知书"的很少,可是穿着倒还不错,——真可佩服的中国人的"天才"!然而他们听说我们来了,异常之高兴欢迎。长久不听见中国国内的消息,他们也正如渴得饮。我们随便谈谈国内的学潮,却也只激出几句爱国的论调。陈领事不敢出席,——不知因为什么,——各代表都不满意。会议中的要案,因为当时还禁止经商,大家都想回国,所以最重要的就是"回国问题"。——结果都推在领事身上。至于其余的组织问题,乱七八糟,不用说自然是中国式的组织!大会之中我因此得认识些中国侨工,后来也常往来。只可怜饿乡里的同胞未必认所居地为饿乡呵。

饿乡!饿乡!你还是磨炼我的心志,还是亏蚀我的精力呢?工作开始了,看着罢。

我们的工作条件是不很困难的。杨松介绍我们许多地方,可以搜集材料,访问要人。第一就见着俄罗斯共产党机关报《正道》(Pravda)②的主笔美史赤略夸夫(Méchtcheryakoff)③。他指示我们参观的手续,一切种种,从他开始。

---

① 即"贵族宫"。
② 即《真理报》。
③ 现译"麦什切利亚科夫"。

同时东方司还派一翻译郭质生①,他懂中国话,生长在中国,所以有中国名字,虽然他不能译得很好,我们也另有英文翻译,亦是外交委员会派来的,自己又可以说几句俄文,本来用不着他,然而后来我同郭质生竟成了终生的知己,他还告诉我们许多革命中的奇闻逸事,实际生活中的革命过程。因此我们正式的考察调查从那天见美史赤略夸夫起,"非正式的"考察调查也从那天见郭质生起。

雄伟壮丽的建筑,静悄悄的画室,女郎三五携着纸笔聚在一处一处大幅画帧之下。——这是德理觉夸夫斯嘉画馆(Trityakovskaya gallerèya)②,我们在莫斯科第一次游览之处。那地方名画如山积,山水林树,置身其中,几疑世外。兵火革命之中,还闪着这一颗俄罗斯文化的明星。铁道毁坏,书报稀少,一切文明受不幸的摧折,于此环境之中,回忆那德理觉夸夫斯嘉(Pavel Mihailovich Trityakovsky,1832—1898,这画馆的首创者)的石像,还安安逸逸陈列在他死时病榻之处,正可想起"文化"的真价值。俄罗斯文化的伟大,丰富,国民性的醇厚,孕育破天荒的奇才,诞生裂地轴的奇变,——俄罗斯革命的价值不是偶然的呵!社会之文化是社会精灵的结晶,社会之进化是社会心理的波动。感觉中的实际生活教训,几几乎与吾人以研究社会哲学的新方法。进赤俄的东方稚儿预备着领受新旧俄罗斯民族文化的甘露了。理智的研究侧重于科学的社会主义,性灵的营养,敢说陶融于神秘的"俄罗斯"。灯塔已见,海道虽不平静,拨准船舵,前进!前进!

一　六

荒凉广漠的大原,拥抱着环回纡折的峦谷,冷风凄雨,严霜寒雪,僵绝的冰流渐渐的溅裂,飞舞的沙砾阵阵的扫掠,一切"天然"的苛酷累年积月,层层抑遏,却有兀傲猖狂的古树,翘然矗立其中。臃肿的伟干,蜷曲的细枝,风伯雹神恨他的猖獗,严刑酷罚一日不离这"天然之叛贼",飔飔微动就已震颤,点滴僵石,却又木然,唉!积威之下,难道他畏怯至此!年龄无量数,幅员无量大,

---

① 郭质生(本名 B.C.Колоколов,1896—1979),俄国人,出生于中国新疆。回国后在外交人民委员会工作,后来成为苏联汉学家,曾翻译《红楼梦》等小说,编著《俄汉辞典》。

② 现译"特列嘉柯夫美术馆",位于莫斯科;该馆收藏了自11世纪以来的俄罗斯以及苏联造型艺术作品。

经受尝试无量苦,——不知道天地的长久,宇宙的辽阔,鳏寡孤独的惨戚。只时时飔拂自己的万里长枝,零星琐叶,从容徘徊于此惨忍不仁的"天然"间。似乎是已经老态龙钟,枝叶委琐,雨侵虫蚀,靡靡难振,然而又未尝闻斧斤之声而有丝毫转侧,受啄木之喙而起细微呻楚,确也崛然强项。只有凄微的风色,匿黯的日影,重云摩顶,孤鹄啼枝,添绘了几许悲愁的景象!回忆小阳春时几微流转些将近暖谷的和风,偶尔沾惠些尚未凝霜的甘露,虽则凄惨依然,预觉"严冬之恶神"狂暴,却还有余力作最后的奋斗,试一试防御的战术,居然能及时自显伟大的"春意之内力";那时何等光荣!殊不知道一切都如梦呓,到而今枉然多此悲叹。然而!……然而这春意之内力,他是自信的,不过何日得充分发展,何道得出此牢笼,他那时也许未尝想及。然而……然而他是自信的,神圣的古树呵,自有他永不磨灭的自信力。

果不其然!在荒原万万里的尽端,炎炎南国的风云飙起,震雷闪电,山崩海立,全宇宙动摇,全太阳系濒于绝对破灭的危险恐怖,天神战栗,地鬼惊啸。此中却还包孕着勃然兴起,炎然奋焰,生动的机兆,突现出春意之内力的光苗,他吐亿兆万丈的赤舌,几几乎横卷太空。我们的老树,冰雪的残余,支持力尽,远古以来积弱亏蚀,——况且赤舌的尖儿刚扫着他腐朽的老干,于是一旦崩裂,他所自信的春意之内力,乘此时机莽然超量的暴出,腐旧蚀败的根里,突然挺生新脆鲜绿的嫩芽,将代老树受未经尝试的苦痛。

可惜,狂波巨涛,既卷入深曲的港湾,转折力尽,又随"天然"的惰性律而将就渐静。赤舌的光苗于此渐黯渐黯。他国新林中的鲜芽受不足春之热力,又何从怒生呢?孤另另这一棵古树中的新枝,好不寂寞凄清。何况旧时残朽的枝叶,侵蚀的害虫,还有无数的遗留,苛酷的天然,依然如旧,或者暴风霹雷之后,天文的反动,更加暴虐苛刻,冷酷非常。春意的内力呵!你充满宇宙,暂借此一枝不自然,超其能量而暴发的新芽,略略发泄。还希望勇猛精进抗御万难,一往不返,尤其要毋负这老树兀岸高傲的故态呵!

原载《瞿秋白诗文选》,
人民文学出版社 1982 年版

丁玲《莎菲女士的日记》导读

 **作家简介**

  丁玲(1904—1986),原名蒋伟,字冰之。湖南临澧人。丁玲早年为求学漂泊于长沙、上海、北京等地,接触社会新思潮影响,并阅读了大量外国名著。1923年进入中国共产党创办的上海大学中文系学习。1927年开始发表小说,其中《莎菲女士的日记》是她这一时期的代表作品。这篇小说以大胆的女性自我描写和细腻的心理剖析引起文坛注意。丁玲1930年开始投身左翼文化运动,加入中国左翼作家联盟,担任党团书记,主编左联机关刊物《北斗》,发表小说《韦护》《水》《母亲》等。其中,《水》标志着她创作风格的明显转变。1936年,丁玲奔赴陕北,从事抗日救亡的宣传工作,后来主编延安的《解放日报》文艺版。延安时期,她写了小说《我在霞村的时候》《在医院中》、杂文《三八节有感》等作品,后来在延安整风时因这些作品而受到批判。但她运用阶级分析理论表现土地改革艰巨性和复杂性的小说《太阳照在桑干河上》,于1951年获得了苏联斯大林文学奖。1955年作为"丁陈反党集团"的主要人物遭到批判,流放北大荒12年,"文革"中被迫害入狱。1979年冤案平反,重返文坛,任中国作家协会主办的大型文学期刊《中国》的主编。1986年3月4日病逝于北京。

 时代背景

  《莎菲女士的日记》是丁玲在上海写成的,1928年2月10日发表在《小说月报》上。此时正值"五四"激进的思想解放运动已经落潮,轰轰烈烈的大革命也遭到了巨大的挫折之时,上海仍处在反革命势力镇压革命力量的恐怖阴云之下。当时丁玲作为一个在"五四"时期获得个性解放的知识青年,既对社会现状有着深深的不满,又找不到现实的出路,思想处于苦闷彷徨的状态之中。这篇小说中莎菲的形象正是"五四"退潮、大革命失败的社会环境中,现代知识女性叛逆、苦闷心情的反映。

作品评点

莎菲是接受了"五四"个性解放思潮影响而走出家门的现代知识女性,有着对封建礼教的蔑视反叛和对真挚爱情、个性自由的憧憬。莎菲一个人在病中的生活空虚沉闷,然而她并没有因为孤独而接受她所不爱的苇弟的感情;后来莎菲遇到凌吉士,被他漂亮的外表吸引。然而当她发现凌吉士迷人外表之下的灵魂极其庸俗苍白,不可能理解她的内心世界时,又陷入到极度矛盾的痛苦当中。最终理智和自尊战胜了情感与肉体的冲动,她拒绝了徒有其表的凌吉士。执着于理想爱情的莎菲不能接受现实中庸俗的感情,在对于爱情的态度上,莎菲表现出了与传统女性迥异的态度。她是一个受到过"五四"个性解放思想影响的现代知识女性,对于个性自由的理解使得她在对感情的追求上表现得相当主动大胆。当她见到凌吉士并被他外表所吸引时,放肆地将目光投在他身上,甚至煞费心机地在凌吉士寓所附近租借房子,采取种种手段引起他的注意。通过莎菲对于个人感情的态度,可以看出她对于传统礼教的不屑和叛逆,以及对个人自由的追求。然而,莎菲对于爱情的执着追求并不能保证她所憧憬的真正爱情的实现。性格软弱、头脑简单的苇弟虽然全身心地爱着莎菲,却只会把眼泪洒在她的手背上,而丝毫不能理解她矛盾复杂的内心;外表华美的凌吉士,灵魂却庸俗空虚,他对于莎菲有的是肉体的欲望,而不可能进入她的心灵世界。莎菲对于爱情的追求也包含着对于人的个性自由、对于一种有意义的人生的追求,她对于爱情的失望其实也是对于整个现实生活的失望。莎菲这个人物有着丰富的内涵,可以说她的遭遇体现了一代知识青年反抗的悲剧。"五四"落潮、大革命失败的特殊社会环境,现代知识分子理想追求幻灭后的苦闷,都注定了莎菲执着地追求人生意义而找不到出路,莎菲的遭遇正是那一代背负着时代苦闷的知识青年精神挣扎与痛苦的写照。

《莎菲女士的日记》的成功还得益于其对女性心理细腻而大胆的分析。这篇小说以日记体的第一人称写成,通过内心独白的方式揭示出人物充满矛盾的内心世界。这集中体现在小说中莎菲对于凌吉士感情矛盾的描写上。莎菲第一次遇到凌吉士就因为他潇洒迷人的外表而对他产生了极大的好感,但是对于真正爱情的执着信念却在不断地提醒她,真正的爱不应该仅是对漂亮外表的迷恋,还应该有着灵魂的碰撞与精神的相通。而且在后来的接触中,莎菲发现凌吉士漂亮的外表之下精神世界极其卑琐庸俗,他所寻求的只是金钱的享受和肉欲的满足。这与莎菲寻求的灵肉结合的爱情相去甚远,这使得她对这个徒有其表的家伙产生了鄙视的情绪。然而,在情感上莎菲仍然不能放弃他,她一次次告诉自己对这样一个没有灵魂的漂亮外表不能忘情是一种堕落,但是在见不到他时又不能自已地对他产生强烈渴望。这两种情绪在莎菲身上反复出现,展开激烈对抗,一面是肉的强烈冲动,一面是灵的清醒抵制。在这两者反复的矛盾斗争中,莎菲微妙而复杂的心理被真实而生动地表现了出来。

丁玲在《莎菲女士的日记》中塑造的莎菲这一人物,使得这篇小说在中国现代小说史上占有了自己的一席之地。

(王 霞)

莎菲女士的日记

丁 玲

十二月二十四

今天又刮风!天还没亮,就被风刮醒了。伙计又跑进来生炉。我知道,这是怎样都不能再睡得着了的。我也知道,不起来,便会头昏。睡在被窝里是太爱想到一些奇奇怪怪的事上去。医生说顶好能多睡,多吃,莫看书,莫想事,偏这就不能,夜晚总得到两三点才能睡着,天不亮又醒了。像这样刮风天,真不能不令人想到许多使人焦躁的事。并且一刮风,就不能出去玩,关在屋子里没有书看,还能做些什么?一个人能呆呆的坐着,等时间的过去吗?我是每天都在等着,挨着,只想这冬天快点过去;天气一暖和,我咳嗽总可好些,那时候,要回南便回南,要进学校便进学校,但这冬天可太长了。

太阳照到纸窗上时,我在煨第三次的牛奶。昨天煨了四次。次数虽煨得多,却不定是要吃,这只不过是一个人在刮风天为免除烦恼的养气法子。这固然可以混去一小点时间,但有时却又不能不令人更加生气,所以上星期整整的有七天没玩它,不过在没有想出别的法子时,是又不能不借重它来像一个老年人耐心着消磨时间。

报来了,便看报,顺着次序看那大号字标题的国内新闻,然后又看国外要闻,本埠琐闻……把教育界,党化教育,经济界,九六公债盘价……全看完,还要再去温习一次昨天前天已看熟了的那些招男女编级新生的广告,那些为分家产起诉的启事,连那些什么六〇六,百灵机,美容药水,开明戏,真光电影……都熟习了过后才懒懒的丢开报纸。自然,有时是会发现点新的广告,但也除不了是些绸缎铺五年六年纪念的减价,恕讣不周的讣闻之类。

报看完,想不出能找点出什么事做,只好一人坐在火炉旁生气。气的事,也是天天气惯了的。天天一听到从窗外走廊上传来的那些住客们喊伙计的声音,便头痛,那声音真是又粗,又大,又嘎,又单调:"伙计,开壶!"或是"脸水,伙计!"这是谁也可以想象出来的一种难听的声音。还有,那楼下电话也不断的有人在那电机旁大声的说话。没有一些声息时,又会感到寂沉沉的可怕,尤其是那四堵粉垩的墙。它们呆呆的把你眼睛挡住,无论你坐在哪方;逃到床上躺着吧,那同样的白垩的天花板,便沉沉的把你压住。真找不出一件事是能令人不生嫌厌的心的;如同那麻脸伙计,那有抹布味的饭菜,那扫不干净的窗格上的沙土,那洗脸台上的镜子——这是一面可以把你的脸拖到一尺多长的镜子,不过只要你肯稍微一偏你的头,那你的脸又会扁的使你自己也害怕……这都是可以令人生气了又生气。也许只我一人如是。但我宁肯能找到些新的不快活,不满足;只是新的,无论好坏,似乎都隔得我太远了。

吃过午饭,苇弟便来了。我一听到他那特有的急遽的皮鞋声从走廊的那端传来时,我的心似乎便从一种窒息中透出一口气来感到舒适。但我却不会表示,所以当苇弟进来时,我只能默默的望着他;他反以为我又在烦恼,握紧我一双手,"姊姊,姊姊"那样不断的叫着。我,我自然笑了!我笑的什么呢,我知道!在那两颗只望到我眼睛下面的跳动的眸子中,我准懂得那收藏在眼帘下面,不愿给人知道的是些什么东西!这有多么久了,你,苇弟,你在爱我!但他捉住过我吗?自然,我是不能负一点责,一个女人是应当这样。其实,我算够忠厚了;我不相信会有第二个女人这样不捉弄他的,并且我还在确确实实的可怜他,竟有时忍不住想去指点他:"苇弟,你不可以换个方法吗?这样只能反使我不高兴的……"对的,假使苇弟能够再聪明一点,我是可以比较喜欢他些,但他却只能如此忠实的去表现他的真挚!

苇弟看见我笑了,便很满足。跳过床头去脱大氅,还脱下他那顶大皮帽来。假使他这时再掉过头来望我一下,我想他一定可以从我的眼睛里得些不快活去。为什么他不可以再多的懂得我些呢?

我总愿意有那么一个人能了解得我清清楚楚的,如若不懂得我,我要那些爱,那些体贴做什么?偏偏我的父亲,我的姊姊,我的朋友都能如此盲目的爱惜我,我真不知他们所爱惜我的是些什么;爱我的骄纵,爱我的脾气,爱我的肺病吗?有时我为这些生气,伤心,但他们却都更容让我,更爱我,说一些错到更使我想打他们的一些安慰话。我真愿意在这种时候会有人懂得我,便骂我,我也可以快乐而骄傲了。

没有人来理我,看我,我会想念人家,或恼恨人家,但有人来后,我不觉得又会给人一些难堪,这也是无法的事。近来为要磨练自己,常常话到口边便咽住,怕又在无意中竟刺着了别人的隐处,虽说是开玩笑。因为如此,所以可以想象出来的,我是拿一种什么样的心情在陪苇弟坐。但苇弟若站起身来喊走时,我又会因怕寂寞而感到怅惘,而恨起他来。这个,苇弟是早就知道了的,所以他一直到晚上十点钟才回去。不过我却不骗人,并不骗自己,我清白,苇弟不走,不特于他没有益处,反只能让我更觉得他太容易支使,或竟更可怜他的太不会爱的技巧了。

十二月二十八

今天我请毓芳同云霖看电影。毓芳却邀了剑如来。我气得只想哭,但我却纵声的笑了。剑如,她是多么可以损害我自尊之心的;因为她的容貌,举止,无一不像我幼时所最投洽的一个朋友,所以我竟不觉的时常在追随她,她又特意给了我许多敢于亲近她的勇气。但后来,我却遭受了一种不可忍耐的待遇,无论什么时候想起,我都会痛恨我那过去的,已不可追悔的无赖行为:在一个星期中我曾足足的给了她八封长信,而未曾给人理睬过。毓芳真不知想的那一股劲,明我不愿再提起从前的事,却故意要邀着她来,像有心要挑逗我的愤恨一样,我真气了。

我的笑,毓芳和云霖是不会留意这有什么变异,但剑如,她是能感觉到;可是她会装,装糊涂,同我毫无芥蒂的说话。我预备骂她几句,不过话只到口边便想到我为自己定下的戒条。并且做得太认真,反令人越得意。所以我又忍下心去同她们玩。

到真光时，还很早，在门口又遇着一群同乡的小姐们，我真厌恶那些惯做的笑靥，我不去理她们，并且我无缘无故的生气到那许多去看电影的人。我乘毓芳同她们说到热闹中，我丢下我所请的客，悄悄回来了。

除了我自己，没有人会原谅我的。谁也在批评我，谁也不知道我在人前所忍受的一些人们给我的感触。别人说我怪僻，他们哪里知道我却时常在讨人好，讨人欢喜，不过人们太不肯鼓励我去说那太违心的话，常常给我机会，让我反省到我自己的行为，让我离人们却更远了。

夜深时，全公寓都静静的，我躺在床上好久了。我清清白白的想透了一些事，我还能伤心什么呢？

十二月二十九

一早毓芳就来电话。毓芳是好人，她不会扯谎，大约剑如是真病。毓芳说，起病是为我，要我去，剑如将向我解释。毓芳错了，剑如也错了，莎菲不是欢喜听人解释的人。根本我就否认宇宙间要解释。朋友们好，便好；合不来时，给别人点苦头吃，也是正大光明的事。我还以为我够大量，太没报复人了。剑如既为我病，我倒快活，我不会拒绝听别人为我而病的消息。并且剑如病，还可以减少点我从前自怨自艾的烦恼。

我真不知应怎样才能分析出我自己来。有时为一朵被风吹散了的白云，会感到一种渺茫的，不可捉摸的难过，但看到一个二十多岁的男子（苇弟其实还大我四岁）把眼泪一颗一颗掉到我手背时，却像野人一样在得意的笑了。苇弟从东城买了许多信纸信封来我这里玩，为了他很快乐，在笑，我便故意去捉弄，看到他哭了，我却快意起来，并且说："请珍重点你的眼泪吧，不要以为姊姊是像别的女人一样脆弱得受不起一颗眼泪……""还要哭，请你转家去哭，我看见眼泪就讨厌……"自然，他不走，不分辩，不负气，只蜷在椅角边老老实实无声的去流那不知从哪里得来的那末多的眼泪。我，自然，得意够了，是又会惭愧起来，于是用着姊姊的态度去喊他洗脸，抚摩他的头发。他镶着泪珠又笑了。

在一个老实人面前，我已尽自己的残酷天性去磨折了他，但当他走后，我真想能抓回他来，只请求他："我知道自己的罪过，请不要再爱这样一个不配承受那真挚的爱的女人了吧！"

一 月 一 号

我不知道那些热闹的人们是怎样的过年法,我只在牛奶中加了一个鸡子,鸡子还是昨天苇弟拿来的,一共是二十个,昨天煨了七个茶卤蛋,剩下的十三个,大约总够我两星期来吃它。若吃午饭时,苇弟会来,则一定有两个罐头的希望。我真希望他来。因为想到苇弟来,所以我便上单牌楼去买了四盒糖,两包点心,一篓橘子和苹果,是预备他来时给他吃的。我是准断定在今天只有他才能来。

但午饭吃过了,苇弟却没来。

我一共写了五封信,都是用前几天苇弟买来的好纸好笔。但我想能接得几个美丽的画片,却不能。连几个最爱弄这个玩艺儿的姊姊们都把我这应得的一份儿忘了。不得画片,不希罕,单单只忘了我,却是可气的事。不过为了自己从不曾给人拜过一次年,算了,这也是应该的。

晚饭还是我一人独吃。我烦恼透了。

夜晚毓芳云霖却来了,还引来一个高个儿少年,我想他们才真算幸福;毓芳有云霖爱她,她满意,他也满意。幸福不是在有爱人,是在两人都无更大的欲望,商商量量平平和和的过日子。自然,也有人将不屑于这平庸,但那只是另外人的,却与我的毓芳无关。

毓芳是好人,因为她有云霖,所以她"愿天下有情人皆成眷属"。她去年曾替玛丽作过一次恋爱婚姻介绍者。她又希望我能同苇弟好。因此她一来便问苇弟。但她却和云霖及那高个儿把我给苇弟买的东西吃完了。

那高个儿可真漂亮,这是我第一次感觉到男人的美,从来我是没有留心到。只以为一个男人的本行是在会说话,会看眼色,会小心就够了。今天我看了这高个儿,才懂得男人是另铸有一种高贵的模型,我看出那衬在他面前的云霖显得多么委琐,多么呆拙,……我直要可怜云霖,假使他知道了他在这个人前所衬出的不幸时,他将怎样伤心他那些所有的粗丑的眼神,举止。我更不知当毓芳拿着这一高一矮的男人相比时,是会起一种什么情感!

他,这生人,我将怎样去形容他的美呢?固然,他的颀长的身躯,白嫩的面庞,薄薄的小嘴唇,柔软的头发,都足以闪耀人的眼睛,但他却还另外有一种说不出,捉不到的丰仪来煽动你的心。如同,当我请问他的名字时,他是会用那种我想不到的不急遽的态度递过那只擎有名片的手来。我抬起头去,呀,我看见那两个鲜红的,嫩腻的,深深凹进的嘴角了。我能告诉人吗?我是用一种小儿要糖果的心情在望着那惹人的两个小东西?但我知道在这个社会里面是不会准许任我去取得我所要的来满足我的冲动,我的欲望,无论这是于人并没有损害的事;所以我只得忍耐着,低下头去,默默的去念那名片上的字:

"凌吉士,新加坡……"

凌吉士,他是能那样毫无拘束的在我这儿谈笑,像是在一个很熟的朋友处,难道我能说他这是有意来捉弄一个胆小的人?我为要强迫的去拒绝引诱,从不敢把眼光抬平去一望那可爱慕的火炉的一角。并且害得两只从不知羞惭的破烂拖鞋,也逼着我不准走到桌前的灯光处。我气我自己:怎么会那样拘束,不会调皮的应对?平日看不起别人的交际,今天才知道自己是显得又呆,又傻气。唉,他一定以为我是一个乡下才出来的姑娘了!

云霖同毓芳两人看见我木木的,以为我不欢喜这生人,常常去打断他的说话,不久带着他走了。这个我也能感激他们的好意吗?我望着那一高两矮的影子在楼下院子中消失时,我真不愿再回到这留得有那人的靴印,那人的声音,和那人吃剩的饼屑的屋子。

一 月 三 号

这两夜通宵通宵的咳嗽。对于药,简直就不会有信仰,药与病不是已毫无关系吗?我明明厌烦那苦水,但却又按时去吃它,假使连药也不吃,我能拿什么来希望我的病呢?神要人忍耐着生活,便安排许多痛苦在死的前面,使人不敢走近死亡。我呢,我是更为了我这短促的不久的生,所以我越求生得厉害;不是我怕死,是我总觉得我还没有享有得我生的一切。我要,我要使我快乐。无论在白天,在夜晚,我都在梦想可以使我没有什么遗憾在我死的时候的一些事情。我想我能睡在一间极精致的卧房的睡榻上,有我的姊姊们跪在榻前的熊皮毡子上为我祈祷,父亲悄悄的朝着窗外叹息,我读着许多封从那些爱我的人儿们寄来的长信,朋友们都纪念我流着忠实的眼泪……我迫切的需要这人间的感情,想占有许多不可能的东西。但人们给我的是什么呢?整整两天,又一人幽囚在公寓里,没有一个人来,也没有一封信来,我躺在床上咳嗽,坐在火炉旁咳嗽,走到桌子前也咳嗽,还想念这些可恨的人们……其实还是收到一封信的,不过这除了更加我一些不快外,也只不过是加我不快。这是一年前曾骚扰过我的一个安徽粗壮男人所寄来,我没看完就扯了。我真肉麻那满纸的"爱呀爱的！"我厌恨我不喜欢的人们的荩献……

我，我能说得出我真实的需要，是些什么呢？

一 月 四 号

事情不知错到什么地方去了。我为什么会想到搬家，并且在糊里糊涂中欺骗了云霖，好像扯谎也是本能一样，所以在今天能毫不费力的便使用了。假使云霖知道了莎菲也会哄骗他，他不知应如何伤心；莎菲是他们那样爱惜的一个小妹妹。自然我不是安心的，并且我现在在后悔。但我能决定吗，搬呢，还是不搬？

我不能不向我自己说："你是在想念那高个儿的影子呢！"是的，这几天几夜我是无时不神往到那些足以诱惑我的。为什么他不在这几天中单独来会我呢？他应当知道他是不该让我如此去思慕他。他应当来看我，说他也想念我才对。假使他来，我是不会拒绝去听他所说的一些爱慕我的话，我还将令他知道我所要的是些什么。但他却不来。我估定这像传奇中的事是难实现了。难道我去找他吗？一个女人这样放肆，是不会得好结果的。何况还要别人能尊敬我呢。我想不出好法子来，只好先去到云霖处试一试，所以吃过午饭，我便冒风向东城去。

云霖是京都大学的学生，他的住房便租在一家间于京都大学一院和二院之间青年胡同里。我到他那里时，幸好他没出去，毓芳也没来。云霖当然很诧异我在大风天出来，我说是到德国医院看病，顺便来这里。他也就毫不疑惑的，又来问我的病状，我却把话头故意引到那天晚上。不费一点气力，我便已打探得那人儿是住在第四寄宿舍，位置是在京都大学二院隔壁。不久，我又叹起气来，我用了许多言辞把在西城公寓里的生活，描摹得怎样的寂寞，黯淡，我又扯谎，说我唯一只想能贴近毓芳（我知道毓芳已预备搬来云霖处）。我要求云霖同我往近处找房。云霖是当然高兴这差事，不会迟疑的。

在找房的时候，凑巧竟碰着了凌吉士。他也陪着我们。我真高兴，高兴使我胆大了，我狠狠的望了他几次，他没有觉得，他问我的病，我说全好了，他不信似的在笑。

我看上了一间又低，又小，又霉的东房，这是在云霖的隔壁一家叫大元的公寓里。他和云霖都说太湿，我却执意要在第二天便搬来，理由是那边太使我厌倦，而我急切的要依着毓芳。云霖无法，就答应了。还说好第二天一早他和毓芳便过来替我帮忙。

我能告诉人，我单单选上这房子的用意吗？它位置在第四寄宿舍和云霖住所之间。

他不曾向我告别，我又转云霖处，尽我所有的大胆在谈笑。我把他什么细小处都审视遍了。我觉得都有我嘴唇放上去的需要。他不会也想到我是在打量他，盘算他吗？后来我特意说我想请他替我补英文，云霖笑，他听后却受窘了，不好意思的含含糊糊的回答，于是我向心里说，这还不是一个坏蛋呢，那样高大的一个男人却还会红脸？因此我的狂热更炎炽了。但我不愿让人懂得我，看得我太容易，所以我就驱遣我自己，很早的就回来了。

现在仔细一想，我唯恐我的任性，将把我送到更坏的地方去，暂时且住在这有洋炉的房里吧，难道我能说得上我是爱上了那南洋人吗？我还一丝一毫都不知道他呢。什么那嘴唇，那眉梢，那眼角，那指尖……多无意识！这并不是一个人所应须的，我着魔了，会想到那上面。我决计不搬，一心一意来养病。

我决定了。我懊悔，我懊悔我白天所做的一些不是，一个正经女人所做不出来的。

一月六号

都奇怪我，听说我搬了家，南城的金英，西城的江周，都来到我这低湿的小房里。我笑着，有时在床上打滚，她们都说我越小孩气了，我更大笑起来，我只想告诉她们我想的是什么。下午苇弟也来了。苇弟最不快活我搬家，因为我未曾同他商量，并且离他更远了。他见着云霖时，竟不理他，云霖摸不着他为什么生气，望着他。他却更板起脸孔。我好笑，我向自己说："可怜，冤枉他了，一个好人！"

毓芳不再向我说剑如。她决定两三天便搬来云霖处，因为她觉得我既这样想傍着她住，她不能让我一人寂寂寞寞的住在这里。她和云霖待我比以前更亲热。

一月十号

这几天我都见着凌吉士，但我从没同他多说过几句话，我决不先提到补英文事。我看见他一天要两次的往云霖处跑，我发笑，我断定他以前一定不会同云霖如此亲密的。我没有一次邀请他来我那儿去玩，虽说他问了几次搬了家如何，我都装出不懂的样儿笑一下便算回答。我是把所有的心计都放在这上面用，好像同着什么东西搏斗一样。我要那样东西，我还不愿意去取得，我务必想方设计的让他自己送来。是的，我了解我自己，不过是一个女性十足的女人，女人只把心思放到她要征服的男人们身上。我要占有他，我要他无条件的献上他的心，跪着求我赐给他的吻呢。我简直癫了，反反复复的只想着我所要施行的手段的步骤，我简直癫了！

毓芳、云霖看不出我的兴奋来，只说我病快好了。我也正不愿他们知道，说我病好，我就假装着高兴。

一月十二

毓芳已搬来，云霖却又搬走了。宇宙间竟会生出这样一对人来，为怕生小孩，便不肯住在一起。我猜想他们连自己也不敢断定：当两人抱在一床时是不会另外干出些别的事来，所以只好预先防范，不给那肉体接触的机会。至于那单独在一房时的拥抱和亲嘴，是不会发生危险，所以悄悄表演几次，便不在禁止之列。我忍不住嘲笑他们了，这禁欲主义者！为什么会不需要拥抱那爱人的裸露的身体？为什么要压制住这爱的表现？为什么在两人还没睡在一个被窝里以前，会想到那些不相干足以担心的事？我不相信恋爱是如此的理智，如此的科学！

他俩不生气我的嘲笑，他俩还骄傲着他们的纯洁，而笑我小孩气呢。我体会得出他们的心情，但我不能解释宇宙间所发生的许许多多奇怪的事。

这夜我在云霖处（现在要说毓芳处了）坐到夜晚十点钟才回来，说了许多关于鬼怪的故事。

鬼怪这东西，我是在一点点大的时候就听惯了，坐在姨妈怀里听姨爹讲《聊斋》是常事，并且一到夜里就爱听。至于怕，又是另外一件不愿告人的。因为一说怕，准就听不成，姨爹便会蹀过对面书房去，小孩就不准下床了。到进了学校，又从先生口里得知点科学常识，为了信服那位周麻子二先生，所以连书本也信服，从此鬼怪便不屑于害怕了。近来人是更在长高长大，说起来，总是否认有鬼怪的，但鸡粟却不肯因为不信便不出来，毫毛一根根也会竖起的。不过每次同人一说到鬼怪时，别人是不知道我想拗开些说到别的闲话上去，为的怕夜里一个人睡在被窝里时想到死去了的姨爹姨妈就伤心。

回来时，看到那黑魆魆的小胡同，真有点胆悸。我想，假使在哪个角落里露出一个大黄脸,或伸来一只毛手,又是在这样像冻住了的冷巷里,我不会以为是意外。但看到身边的这高大汉子(凌吉士)做镖手,大约总可靠,所以当毓芳问我时,我只答应"不怕,不怕"。

云霖也同我们出来,他回他的新房子去,他向南,我们向北,所以只走了三四步,便听不清那橡皮鞋底在泥板上发出的声音。

他伸来一只手,拢住了我的腰:

"莎菲,你一定怕哟!"

我想挣,但挣不掉。

我的头停在他的胁前,我想,如若在亮处,看起来,我会像个什么东西,被挟在比我高一个头还多的人腕中。

我把身一蹲,便窜出来了,他也松了手陪我站在大门边打门。

小胡同里黑极了,但他的眼睛望到何处,我却能很清楚的看见。心微微有点跳,等着开门。

"莎菲,你怕哟!"

门闩已在响,是伙计在问谁。我朝他说:

"再——"

他猛的却握住我的手,我也无力再说下去。

伙计看到我身后的大人,露着诧异。

到单独只剩两人在一房时,我的大胆,已经变得毫无用处了。想故意说几句客套话,也不会,只说:"请坐吧!"自己便去洗脸。

鬼怪的事,已不知忘到什么地方去了。

"莎菲!你还高兴读英文吗?"他忽然问。

这是他来找我,提到英文,自然他未必欢喜白白牺牲时间去替人补课,这意思,在一个二十岁的女人面前,怎能瞒过,我笑了(这是只在心里笑)。我说:

"蠢得很,怕读不好,丢人。"

他不说话,把我桌上摆的照片拿来玩弄着,这照片是我姊姊的一个刚满一岁的女儿的。

我洗完脸,坐在桌子那头。

他望望我,便又去望那小女孩,然后又望我。是的,这小女孩长的真像我,于是我问他:

"好玩吗?你说像我不像?"

"她,谁呀!"显然,这声音就表示着非常之认真。

"你说可爱不可爱?"

他只追问着是谁。

忽的,我明白了他意思,我又想扯谎了。

"我的。"于是我把像片抢过来吻着。

他信了。我竟愚弄了他,我得意我的不诚实。

这得意,似乎便能减少他的妩媚,他的英爽。要不,为什么当他显出那天真的诧愕时,我会忽略了他那眼睛,我会忘掉了他那嘴唇?否则,这得意一定将冷淡下我的热情。

然而当他走后,我却懊悔了。那不是明明安放着许多机会吗?我只要在他按住我手的当儿,另做出一种眼色,让他懂得他是不会遭拒绝,那他一定可以还会做出一些比较大胆的事。这种两性间的大胆,我想只要不厌烦那人,会像把肉体来融化了的感到快乐无疑。但我为什么要给人一些严厉,一些端庄呢?唉,我搬到这破房子里来,到底为的是些什么呢?

一月十五

近来我是不算寂寞了,白天便在隔壁玩,晚上又有一个新鲜的朋友陪我谈话。但我的病却越深了。这真不能不令我灰心,我要什么呢,什么也于我无益。难道我有所眷恋吗?一切又是多么的可笑,但死却不期然的会让我一想到便伤心。每次看见那克利大夫的脸色,我便想:是的,我懂得,你尽管说吧,是不是我已没希望了?但我却拿笑代替了我的哭。谁能知道我在夜深流出的眼泪的份量!

几夜凌吉士都接着接着来,他告人说是在替我补英文,云霖问我,我只好不答应。晚上我拿一本"Poor People"放在他面前,他真个便教起我来。我只好又把书丢开,我说:"以后你不要再向人说在替我补英文吧,我病,谁也不会相信这事的。"他赶忙便说:"莎菲,我不可以等你病好些就教你吗?莎菲,只要你喜欢。"

这新朋友似乎是来得如此够人爱,但我却不知怎的,反而懒于注意到这些事。我每夜看到他丝毫得不着高兴的出去,心里总觉得有点歉仄:我只好在他穿大氅的当儿向他说:"原谅我吧,我有病!"他会错了我的意思,以为我同他客气。"病有什么要紧呢,我是不怕传染的。"后来我仔细一想,也许这话是另含得有别的意思,我真不敢断定人的所作所为是像可以想象出来的那样单纯。

一月十六

今天接到蕴姊从上海来的信,更把我引到百无可望的境地。我哪里还能找得几句话去安慰她呢?她信里说:"我的生命,我的爱,都于我无益了……"那她是更不需要我的安慰,我为她而流的眼泪了。唉!从她信中,我可以揣想得出她婚后的生活,虽说她未肯明明的表白出来。神为什么要去捉弄这些在爱中的人儿?蕴姊是最神经质,最热情的人,自然她更受不住那渐渐的冷淡,那遮饰不住的虚情……我想要蕴姊来北京,不过这是做得到的吗?这还是疑问。

苇弟来的时候,我把蕴姊的信给他看:他真难过,因为那使我蕴姊感到生之无趣的人,不幸便是苇弟的哥哥。于是我又向他说了我许多新得的"人生哲学"的意义;他又尽他唯一的本能在哭。我只是很冷静的去看他怎样使眼睛变红,怎样拿手去擦干,并且我在他那些举动中,加上许多残酷的解释。我未曾想到在人世中,他是一个例外的老实人,不久,我一个人悄悄的跑出去了。

为要躲避一切的熟人,深夜我才独自从冷寂寂的公园里转来,我不知怎样的度过那些时间,我只想:"多无意义啊!倒不如早死了干净……"

一月十七

我想:也许我是发狂了!假使是真发狂,我倒愿意。我想,能够得到那地步,我总可以不会再感这人的麻烦了吧……

足足有半年为病而禁绝了的酒,今天又开始痛饮了。明明看到那吐出来的是比酒还红的血,但我心却像有什么别的东西主宰一样,似乎这酒便可在今晚致死我一样,我不愿再去细想到那些纠纠葛葛的事……

一月十八

现在我还睡在这床上,但不久就将与这屋分别了,也许是永别,我断得定我还能再亲我这枕头,这棉被……的幸福吗?毓芳,云霖,苇弟,金夏都守着一种沉默围绕着我坐着,焦急的等着天明了好送我进医院去。我是在他们忧愁的低语中醒来的,我不愿说话,我细想昨天下午的事,我闻到屋子中所遗留下来的酒气和腥气,才觉得心正在剧烈的痛,于是眼泪便汹涌了。因了他们的沉默,因了他们脸上所显现出来的凄惨和暗淡,我似乎感到这便是我死的预兆。假设我便如此长睡不醒了呢,是不是他们也将是如此沉默的围绕着我僵硬的尸体?他们看见我醒了,便都走拢来问我。这时我真感到了那可怕的死别!我握着他们,仔细望着他们每个的脸,似乎要将这记忆永远保存着。他们便把眼泪滴到我手上,好像觉得我就要长远离开他们而走向死之国一样。尤其是苇弟,哭得现出丑脸。唉,我想:朋友呵,请给我一点快乐吧……于是我反而笑了。我请他们替我清理一下东西,他们便在床铺底下拖出那口大藤箱来,在箱子里有几捆花手绢的小包,我说:"这我要的,随着我进'协和'吧。"他们便递给我,我给他们看,原来都满满是信札,我又向他们笑:"这,你们的也在内!"他们才似乎也快乐些了。苇弟又忙着从抽屉里递给我一本照片,是要我也带去的样子,我更笑了。这里面有七八张是苇弟的单像。我又容许了苇弟吻在我手上,并握着我的手在他脸上摩擦,于是这屋子才不至于像真有个僵尸停着的一样。天光这时也慢慢显出了鱼肚白。他们又忙乱了,慌着在各处找洋车。于是我病院的生活便开始了。

三 月 四 号

接蕴姊死电是二十天以前的事,而我的病却一天好一天了。所以在一号又由送我进院的几人把我送转公寓来,房子已打扫得干干净净。又因为怕我冷,特生了一个小小的洋炉。我真不知应怎样才能表示我的感谢,尤其是苇弟和毓芳。金和周又在我这儿住了两夜才走,都充当我的看护,我是每日都躺着,简直舒服得不像住公寓,同在家里也差不了什么了!毓芳还决定再陪我住几天,等天气暖和点便替我上西山去找房子,我便好专心去养病,我也真想能离开北京,可恨阳历三月了,还如是之冷!毓芳硬要住在这儿,我也不好十分拒绝,所以前两天为金和周搭的一个小铺又不能撤了。

近来在病院却把我自己的心又医转了,这实实在在是这些朋友们的温情把它又重暖了起来,觉得这宇宙还充满着爱呢。尤其是凌吉士,当他走到医院看我时,我便觉得很骄傲,我想他那种丰仪才够去看一个在病院女友的病,并且我也懂得,那些看护妇都在羡慕着我呢。有一天,那个很漂亮的密司杨问我:

"那高个儿,是你的什么人呢?"

"朋友!"我忽略了她问的无礼。

"同乡吗？"

"不，他是南洋的华侨。"

"那么是同学？"

"也不是。"

于是她狡猾的笑了，"就仅是朋友吗？"

自然，我可以不必脸红，并且还可以警诫她几句，但我却惭愧了。她看到我闭着眼装要睡的狼狈样儿，便很得意的笑着走去。后来我一直都恼着她。并且为了躲避麻烦，有人问起苇弟时，我便扯谎说是我的哥哥。有一个同周很好的小伙子，我便说是同乡，或是亲戚的乱扯。

当毓芳上课去后，我一个人留在房里时，我就去翻在一月多中所收到的信，我又很快活，很满足，还有许多人在纪念我呢。我是需要别人记念的，总觉得能多得点好意就好。父亲是更不必说，又寄了一张像来，只是白头发似乎又多了几根。姊姊们都好，可惜就为小孩们忙得很，不能多替我写信。

信还没看完，凌吉士又来了。我想站起来，但他却把我按住。他握着我的手时，我快活得真想哭了。我说：

"你想没想到我又会回转这屋子呢？"

他只瞅着那侧面的小铺，表示一种不高兴的样子，于是我告诉他从前的那两位客已走了，这是特为毓芳预备的。

他听了便向我说他今晚不愿再来，怕毓芳会厌烦他。于是我的心里更充满乐意了，便说："难道你就不怕我厌烦吗？"

他坐在床头更长篇的述说他这一个多月中的生活，怎样和云霖冲突，闹意见，因为他赞成我早些出院，而云霖执著说不能出来。毓芳也附着云霖，他懂得他认识我的时间太少，说话自然不会起影响，所以以后他不管这事了，并且在院中一和云霖碰见，自己便先回来了。

我懂得他的意思，但我却装着说：

"你还说云霖，不是云霖我还不会出院呢，住在里面真舒服多了。"

于是我又看见他默默的把头掉到一边去，不答应我的话。

他算着毓芳快来时，便走了，还悄悄告诉我说等明天再来。果然，不久毓芳便回来了。毓芳不曾问，我也不告诉她，并且她为我的病，不愿同我多说话，怕我费神，我更乐得藉此可以多去想些另外的小闲事。

三 月 六 号

当毓芳上课去后,把我一人撂在房里时,我便会想起这所谓男女间的怪事;其实,在这上面,不是我爱自夸,我所受的训练,至少也有我几个朋友们的相加或相乘,但近来我却非常之不能了解了。当独自同着那高个儿时,我的心便会跳起来,又是羞惭,又是害怕,而他呢,他只是那样随便的坐着,近乎天真的讲他过去的历史,有时握着我的手,不过非常之自然,然而我的手便不会很安静的被握在那大手中,慢慢的会发烧。一当他站起身预备走时,不由的我心便慌张了,好像我将跌入那可怕的不安中,于是我盯着他看,真说不清那眼光是求怜,还是怨恨;但他却忽略了我这眼光,偶尔懂得了,也只说:"毓芳要来了哟!"我应当怎样说呢?他是在怕毓芳!自然,我也不愿有人知道我暗地所想的一些不近情理的事,不过近来我又感到有让别人了解我感情的必要,几次我向毓芳含糊的说起我的心境,她还是那样忠实的替我盖被子,留心到我的药,我真不能不有点烦闷了。

三 月 八 号

毓芳已搬回去,苇弟却又想代替那看护的差事。我知道,如若苇弟来,一定比毓芳还好,夜晚若想茶吃时,总不至于因听到那浓睡中的鼾声而不愿搅扰人而把头缩进被窝里算了;但我自然拒绝他这好意,他固执着,我只好说:"你在这里,我有许多不方便,并且病呢,也好了。"他还要证明间壁的屋子空着,他可以住间壁;我正在无法时,凌吉士却来了,我以为他们还不认识,而凌吉士已握着苇弟的手,说是在医院见过两次。苇弟冷冷的不理他,我笑着对凌吉士说:"这是我的弟弟,小孩子,不懂交际,你常来同他玩罢。"苇弟真的变成了小孩子,丧着脸站起身就走了。我因为有人在面前便感得不快,也只好掩藏住,并且觉得有点对凌吉士不住,但他却毫没介意,反问我:"不是他姓白吗,怎会变成你的弟弟?"于是我笑了:"那么你是只准姓凌的人叫你做哥哥弟弟的!"于是他也笑了。

近来青年人在一处时,老喜欢研究到这一个"爱"字,虽说有时我也似乎懂得点,不过终究还是不很说得清。至于男女间的一些小动作,似乎我又太看得明白了。也许是因为我懂得了这些小动作,于"爱"才反迷糊,才没有勇气鼓吹恋爱,才不敢相信自己还是一个纯洁的够人爱的小女子,并且才会怀疑到世人所谓的"爱",以及我所接受的"爱"……

在我刚稍微有点懂事的时候,便给爱我的人把我苦够了,给许多无事的人以诬蔑我,凌辱我的机会,以至我顶亲密的小伴侣们也疏远了。后来又为了爱的胁迫,使我害怕得离开了我的学校。以后,人虽说一天天大了,但总常常感到那些无味的纠缠,因此有时不特怀疑到所谓"爱",竟会不屑于这种亲密。苇弟他说他爱我,为什么他只会常常给我一些难过呢?譬如今晚,他又来了,来了便哭,并且似乎带了很浓的兴味来哭一样,无论我说:"你怎么了,说呀!""我求你,说话呀,苇弟!……"他都不理会。这是从未有的事,我尽我的脑力也猜想不出他所骤遭的这灾祸。我应当把不幸朝那一方去揣测呢?后来,大约他是哭够了,才大声说:"我不喜欢他!""这又是谁欺侮了你呢,这样大嚷大闹的?""我不喜欢那高个子!那同你好的!"哦,我这才知道原来还是怄我的气。我不觉得笑了。这种无味的嫉妒,这种自私的占有,便是所谓爱吗?我发笑,而这笑,自然不会安慰到那有野心的男人的。并且因我不屑的态度,更激起他那不可抑制的怒气。我看着他那放亮的眼光,我以为他要噬人了,我想:"来吧!"但他却又低下头去哭了,还揩着眼泪,踉跄的又走出去。

这种表示,也许是称为狂热的,真率的爱的表现吧,但苇弟却不加思索地用在我面前,自然是只会失败;并不是我愿意别人虚伪,做作,我只觉得想靠这种小孩般举动来打动我的心,全是无用。或者因为我的心生来便如此硬;那我之种种不惬于人意而得来烦恼和伤心,也是应该的。

苇弟一走,自自然然我把我自己的心意去揣摩,去仔细回忆那一种温柔的,大方的,坦白而又多情的态度上去,光这态度已够人欣赏得像吃醉一般的感到那融融的蜜意,于是我拿了一张画片,写了几个字,命伙计即刻送到第四寄宿舍去。

三 月 九 号

我看见安安闲闲坐在我房里的凌吉士,不禁又可怜到苇弟,我祝祷世人不要像我一样,忽略了蔑视了那可贵的真诚而把自己陷到那不可拔的渺茫的悲境里;我更愿有那末一个真诚纯洁的女郎去饱领苇弟的爱,并填实苇弟所感得的空虚啊!

三 月 十 三

好几天又不提笔,不知是因为我心情不好,或是找不出所谓的情绪。我只知道,从昨天来我是更只想哭了。别人看到我哭,便以为我在想家,想到病,看见我笑呢,又以为我快乐了,还欣庆着这健康的光芒……但所谓朋友皆如是,我能告谁以我的不屑流泪,而又无力笑出的痴呆心境?因我看清了自己在人间的种种不愿舍弃的热望以及每次追求而得来的懊丧,所以连自己也不愿再同情这未能悟彻所引起的伤心。更哪能捉住一管笔去详细写出自怨和自恨呢!

是的,我好像又在发牢骚了。但这只是隐忍在心头而反复向自己说,似乎还无碍。因为我未曾有过那种胆量,给人看我的蹙紧眉头,和听我的叹气,虽说人们早已无条件的赠送过我以"狷傲""怪僻"等等好字眼。其实,我并不是要发牢骚,我只想哭,想有那末一个人来让我倒在他怀里哭,并告诉他:"我又糟蹋我自己了!"不过谁能了解我,抱我,抚慰我呢?是以我只能在笑声中咽住"我又糟蹋我自己了"的哭声。

我到底又为了什么呢,这真难说! 自然我未曾有过一刻私自承认我是爱恋上那高个儿了的,但他在我的心心念念中又蕴蓄着一种分析不清的意义。虽说他那颀长的身躯,嫩玫瑰般的脸庞,柔软的眼波,惹人的嘴角,是可以诱惑许多爱美的女子,并以他那娇贵的态度倾倒那些还有情爱的。但我岂肯为了这些无意识的引诱而迷恋到一个十足的南洋人! 真的,在他最近的谈话中,我懂得了他的可怜的思想;他需要的是什么? 是金钱,是在客厅中能应酬买卖中朋友们的年青太太,是几个穿得很标致的白胖儿子。他的爱情是什么? 是拿金钱在妓院中,去挥霍而得来的一时肉感的享受,和坐在软软的沙发上,拥着香喷喷的肉体,抽着烟卷,同朋友们任意谈笑,还把左腿叠压在右膝上;不高兴时,便拉倒,回到家里老婆那里去。热心于演讲辩论会,网球比赛,留学哈佛,做外交官,公使大臣,或继承父亲的职业,做橡树生意,成资本家……这便是他的志趣! 他除了不满于他父亲未曾给他过多的钱以外,便什么都是可使他在一夜不会做梦的睡觉;如有,便也只是嫌北京好看的女人太少,让他有时也会厌腻起游艺园,戏场,电影院,公园来……唉,我能说什么呢? 当我明白了那使我爱慕的一个高贵的美型里,是安置着如此的一个卑劣灵魂,并且无缘无故还接受过他的许多亲密,这亲密自然是还值不了在他从妓院中挥霍里剩余下的一半多! 想起那落在我发际的吻来,真又使我悔恨到想哭了! 我岂不是把我献给他任他来玩弄来比拟到卖笑的姊妹中去! 这只能责备我自己使我更难受,假设只要我自己肯,肯把严厉的拒绝放到我眸子中去,我敢相信他不会那样大胆,并且我也敢相信他之所以不会那样大胆,是由于他还未曾有过那恋爱的火焰燃炽,……唉!我应该怎样来诅咒我自己了!

三 月 十 四

这是爱吗,也许爱才具有如此的魔力,要不,为什么一个人的思想会变幻得如此不可测!当我睡去的时候,我看不起美人,但刚从梦里醒来,一揉开睡眼,便又思念那市侩了。我想:他今天会来吗?什么时候呢?早晨,过午,晚上?于是我跳下床来,急忙忙的洗脸,铺床,还把昨夜丢在地下的一本大书捡起,不住的在边缘处摩挲着,这是凌吉士昨夜遗忘在这儿的一本《威尔逊演讲录》。

三月十四晚上

我有如此一个美的梦想,这梦想是凌吉士所给我的。然而同时又为他而破灭。我因了他才能满饮着青春的醇酒,在爱情的微笑中度过了清晨;但因了他,我认识了"人生"这玩艺,而灰心而又想到死;至于痛恨到自己甘于堕落,所招来的,简直只是最轻的刑罚!真的,有时我为愿保存我所爱的,我竟想到"我有没有力去杀死一个人呢?"

我想遍了,我觉得为了保存我的美梦,为了免除使我生活的力一天天减少,顶好是即刻上西山去,但毓芳告诉我,说她所托找房子的那位住在西山的朋友还没有回信来,我又怎好再去询问或催促呢?不过我决心了,我决心让那高个子来尝一尝我的不柔顺,不近情理的倨傲和侮弄。

三 月 十 七

那天晚上苇弟赌着气回去,今天又小小心心的自己来和解,我不觉笑了。并感到他的可爱。如若一个女人只要能找得一个忠实的男伴,做一身的归落,我想谁也没有我苇弟可靠。我笑问:"苇弟,还恨姊姊不呢?"他羞惭的说:"不敢。姊姊,你了解我罢!我是除了希冀你不会摈弃我以外不敢有别的念头的。一切只要你好,你快乐就够了!"这还不真挚吗?这还不动人吗?比起那白脸庞红嘴唇的如何?但是后来我说:"苇弟,你好,你将来一定是一切都会很满意的。"他却露出凄然的一笑。"永世也不会!——但愿如你所说……"这又是什么呢?又是给我难受一下!我恨不得跪在他面前求他只赐我以弟弟或朋友的爱罢！单单为了我的自私,我愿我少些纠葛,多点快乐。苇弟爱我,并会说那样好听的话,但他忽略了：第一他应当真的减少他的热望,第二他也应隐藏起他的爱来。我为了这一个老实男人,感到无能的抱歉,也够受了。

三月十八

我又托夏在替我往西山找房了。

三月十九

凌吉士居然已几日不来我这里了。自然,我不会打扮,不会应酬,不会治理家事,我有肺病,无钱,他来我这里做什么！我本无须乎要他来,但他真的不来了却又更令我伤心,更证实他以前的轻薄。难道他也是如苇弟一样老实,当他看到我写给他的字条："我有病,请不要再来扰我,"就信为是真话,竟不敢违背,而果真不来么？我只想再见他一面,审看一下这高大的怪物到底是怎样的在觑看我。

三月二十

今天我往云霖处跑了三次,都未曾遇见我想见的人,似乎云霖也有点疑惑,所以他问我这几天见着凌吉士没有。我只好又怅怅的跑回来。我实在焦烦得很,我敢自己欺自己说我这几日没有思念到他吗？

晚上七点钟的时候,毓芳和云霖来邀我到京都大学第三院去听英语辩论会,乙组的组长便是凌吉士。我一听到这消息,心就立刻怦怦的跳起来。我只得拿病来推辞了这善意的邀请。我这无用的弱者,我没有胆量去承受那激动,我还是希望我能不见着他。不过在他俩走时,我却又请他俩致意到凌吉士,说我问候他。唉,这又是多无意识啊！

三月二十一

在我刚吃过鸡子牛奶,一种熟习的叩门声便响着,纸格上还映上一个颀长的黑影。我只想跳过去开门,但不知为一种什么情感所支使,我咽着气,低下头去了。

"莎菲,起来没有？"这声音是如此柔嫩,令我一听到会想哭。

为了知道我已坐在椅子上吗？为了知道我无能发气和拒绝吗？他轻轻的推开门便走进来了。我不敢仰起我滋润的眼皮来。

"病好些没有，刚起来吗？"

我答不出一句话。

"你真在生我的气啊。莎菲，你厌烦我，我只好走了。莎菲！"

他走，于我自然很合适，但我又猛然抬起头拿眼光止住了他开门的手。

谁说他不是一个坏蛋呢，他懂得了。他敢于把我的双手握得紧紧的。他说：

"莎菲，你捉弄我了。每天我走你门前过，都不敢进来，不是云霖告我说你不会生我气，那我今天还不敢来。你，莎菲，你厌烦我不呢？"

谁都可以体会得出来，假使他这时敢于拥抱住我，狂乱的吻我，我一定会倒在他手腕上哭了出来："我爱你呵！我爱你呵！"但他却如此的冷淡，冷淡得我又恨他了。然而我心里又在想："来呀，抱我，我要接吻在你脸上咧！"自然，他依旧还握着我的手，把眼光紧盯在我脸上，然而我搜遍了，在他的各种表示中，我得不着我所等待于他的赐与。为什么他仅仅只懂得我的无用，我的不可轻侮，而不够了解他在我心中所占的是一种怎样的地位！我恨不得用脚尖踢他出去，不过我又为了另一种情绪所支配，我向他摇头，表示不厌烦他的来到。

于是我又很柔顺的接受了他许多浅薄的情意，听他说着那些使他津津有回味的卑劣享乐，以及"赚钱和花钱"的人生意义。并承认他暗示我许多做女人的本分。这些又使我看不起他，暗骂他，嘲笑他，我拿我的拳头，隐隐痛击我的心，但当他扬扬的走出我房时，我受逼得又想哭了。因为我压制住我那狂热的欲念，我未曾请求他多留一会儿。

唉，他走了！

三月二十一夜

去年这时候，我过的是一种什么生活！为了有蕴姊千依百顺的疼我，我便装病躺在床上不肯起来。为了想蕴姊抚摩我，我伏在桌上想到一些小不满意的事而哼哼唧唧的哭。有时因在整日静寂的沉思里得了点哀戚，但这种淡淡的凄凉，更令我舍不得去扰乱这情调，似乎在这里面我也可以味出一缕甜意一样的。至于在夜深的法国公园，听躺在草地上的蕴姊唱《牡丹亭》，那是更不愿想到的事了。假使她不会被神捉弄般的去爱上那苍白脸色的男人,她一定不会死去的这样快,我当然不会一人漂流到北京,无亲无爱的在病中挣扎,虽说有几个朋友,他们也很体惜我,但在我所感应得出的我和他们的关系能和蕴姊的爱在一个天平上相称吗?想起蕴姊,我是真应当像从前在蕴姊面前撒娇一样的纵声大哭,不过这一年来,因为多懂得了一些事,虽说时时想哭却又咽住了,怕让人知道了厌烦。近来呢,我更是不知为了什么只能焦烦。而想得点空闲去思虑一下我所做的,我所想的,关于我的身体,我的名誉,我的前途的好处和歹处的时间也没有,整天把紊乱的脑筋只放到一个我不愿想到的去处,因为是我想逃避的,所以越把我弄成焦烦苦恼得不堪言说!但我除了说"死了也活该!"是不能再希冀什么了。我能求得一些同情和慰藉吗?然而我似乎在向人乞怜了。

晚饭一吃过,毓芳便和云霖来我这儿坐,到九点我还不肯放他俩走。我知道,毓芳碍住面子只好又坐下来,云霖借口要预备明天的课,执意一人走回去了。于是我隐隐的向毓芳吐露我近来所感得的窘状,我只想她能懂得这事,并且能硬自作主来把我的生活改变一下,做我自己所不能胜任的。但她完全把话听到反面去了。她忠实的告诫我:"莎菲,我觉得你太不老实,自然你不是有意,你可太不留心你的眼波了。你要知道,凌吉士他们比不得在上海同我们玩耍的那群孩子,他们很少机会同女人接近,受不起一点好意的,你不要令他将来感到失望和痛苦。我知道,你那里会爱他呢?"这错误是不是又该归到我,假设我不想求助于她而向她饶舌,是不是她不会说出这更令我生气,更令我伤心的话来?我噎着气又笑了:"芳姊,不要把我说得太坏了吓!"

毓芳愿意留下住一夜时,我又赶着她走了。

像那些才女们,因得了一点点不很受用,便能"我是多愁善感呀","悲哀呀我的心……""……"做出许多新旧的诗。我呢,没出息的,白白被这些诗境困着,连想以哭代替诗句来表现一下我的情感的搏斗都不能。光在这上面,为了不如人,也应撂开一切去努力做人才对,便退一千步说,为了自己的热闹,为了得一群浅薄眼光之赞颂,我也不该不拿起笔或枪来。真的便把自己陷到比死还难忍的苦境里,单单为了那男人的柔发,红唇……

我又梦想到欧洲中古的骑士风度,这拿来比拟是不会有错,如其有人看到凌吉士过的。他把那东方特长的温柔保留着。神把什么好的,都慨然赐给他了,但神为什么不再给他一点聪明呢?他还不懂得真的爱情呢,他确实不懂得,虽说他有了妻(今夜毓芳告我的),虽说他,曾在新加坡乘着脚踏车追赶坐洋车的女人,因而恋爱过一小段时间,虽说他曾在"韩家潭"住过夜。但他真得到一个女人的爱过么?他爱过一个女人么?我敢说不曾!

一种奇怪的思想又在我脑中燃炽了。我决定来教教这大学生。这宇宙并不是像他所懂的那样简单的啊!

三月二十二

在心的忙乱中,我勉强竟写了这些日记了。早先是因为蕴姊写信来要,再三再四的,我只好开始来写。现在是蕴姊又死了好久,我还舍不得不继续下去,心想便为了蕴姊在世时所谆谆向我说的一些话而便永远写下去做纪念蕴姊也好。所以无论我那样不愿提笔,也只得胡乱画下一页半页的字来。本来是睡了的,但望到挂在壁上蕴姊的像,忍不住又爬起为免掉想念蕴姊的难受而提笔了。自然,这日记,我是除了蕴姊不愿给任何人看。第一是因为这是特为了蕴姊要知道我的生活而记下的一些琐琐碎碎的事,二来我也怕别人给一些理智的面孔给我看,好更刺透我的心;似乎我自己也会因了别人所尊崇的道德而真的也感到像犯了罪一样的难受。所以这黑皮的小本子我是许久以来都安放在枕头底下的垫被的下层。今天不幸我却违背我的初意了,然而也是不得已,虽说似乎是出于毫未思考,原因是苇弟近来非常误解我,以致常常使得他自己不安,而又常常波及我。我相信在我平日的一举一动中,我都能表示出我的态度来。为什么他懂不了我的意思呢?难道我能直接的说明,和阻止他的爱吗?我常常想,假设这不是苇弟而是另外一人,我将会知道怎样处置是最合法的。偏偏又是如此令我忍不下心去的一个好人!我无法了,我只好把我的日记给他看,让他知道他在我的心里是怎样的无希望,并知道我是如何凉薄的反反复复的不足爱的女人。假设苇弟知道我,我自然是会将他当作我唯一可诉心肺的朋友,我会热诚的拥着他同他接吻。我将替他愿望那世界上最可爱,最美的女人……日记,苇弟是看过一遍,又一遍了,虽说他曾经哭过,但态度非常镇静,是出我意料之外的。我说:

"懂得了姊姊吗?"

他点头。

"相信姊姊吗?"

"关于哪方面的?"

于是我懂得那点头的意义。谁能懂得我呢,便能懂得了这只能表现我万分之一的日记,也只令我看到这有限的而伤心哟!何况,希求人了解,以想方设计用文字来反复说明的日记给人看,是多么可伤心的事!并且,后来苇弟还怕我以为他未曾懂得我,于是不住的说:

"你爱他!你爱他!我不配你!"

我真想一赌气扯了这日记。我能说我没有糟蹋这日记吗?我只好向苇弟说:"我要睡了,明天再来罢。"

在人里面,真不必求什么!这不是顶可怕的吗?假设蕴姊在,看见我这日记,我知道,她是会抱着我哭:"莎菲,我的莎菲!我为什么不再变得伟大点,让我的莎菲不至于这样苦啊……"但蕴姊已死了,我拿着这日记应怎样的来痛哭才对!

三月二十三

凌吉士向我说:"莎菲!你真是一个奇怪的女子。"我了解这并不是懂得了我的什么而说出的一句赞叹。他所以为奇怪的,无非是看见我的破烂了的手套,搜不出香水的抽屉,无缘无故扯碎了的新棉袍,保存着一些旧的小玩具,……还有什么?听见些不常的笑声,至于别的,他便无能去体会了,我也从未向他说过一句我自己的话。譬如他说:"我以后要努力赚钱呀。"我便笑;他说到邀起几个朋友在公园追着女学生时,"莎菲,那真有趣",我也笑。自然,他所说的奇怪,只是一种在他生活习惯上不常见的奇怪。并且我也很伤心,我无能使他了解我而敬重我。我是什么也不希求了,除了往西山去。我想到我过去的一切妄想,我好笑!

三月二十四

当他单独在我面前时,我觑着那脸庞,聆着那音乐般的声音,我心便在忍受那感情的鞭打!为什么不扑过去吻住他的嘴唇,他的眉梢,他的……无论什么地方?真的,有时话都到口边了:"我的王!准许我亲一下吧!"但又受理智,不,我就从没有过理智,是受另一种自尊的情感所裁制而又咽住了。唉!无论他的思想是怎样坏,而他使我如此癫狂的动情,是曾有过而无疑,那我为什么不承认我是爱上了他咧?并且,我敢断定,假使他能把我紧紧的拥抱着,让我吻遍他全身,然后他把我丢下海去,丢下火去,我都会快乐的闭着眼等待那可以永久保藏我那爱情的死的来到。唉!我竟爱他了,我要他给我一个好好的死就够了……

三月二十四夜深

我决心了。我为拯救我自己被一种色的诱惑而堕落,我明早便会到夏那儿去,以免看见凌吉士又痛苦,这痛苦已缠缚我如是之久了!

三月二十六

为了一种纠缠而去,但又遭逢着另一种纠缠,使我不得不又急速的转来了。在我去夏那儿的第二天,梦如便也去了。虽说她是看另一人去的,但使我很感到不快活。夜晚,她大发其对感情的一种新近所获得的议论,隐隐的含着讥刺向我,我默然。为不愿让她更得意,我睁着眼,睡在夏的床上等到了天明,我才又忍着气转来……

毓芳告诉我,说西山房子已找好了,并且又另外替我邀了一个女伴,也是养病的,而这女伴同毓芳又算是一个很好的朋友,听到这消息,应该是很欢喜吧,但我刚刚在眉头舒展了一点喜色,而一种黯然的凄凉便罩上了。虽说我从小便离开家,在外面混,但都有我的亲戚朋友随着我。这次上西山,固然说起来离城只有几十里,但在我,一个活了二十岁的人,开始一人跑到蓦生的地方去,还是第一次,假使我竟无声无息的死在那山上,谁是第一个发现我死尸的?我能担保我不会死在那里吗?也许别人会笑我担忧到这些小事,而我却真的哭过,当我问毓芳舍不舍得我时,毓芳却笑,笑我问小孩话,说是这一点点路有什么舍不得,直到毓芳准许了我每礼拜上山一次,我才不好意思的揩干眼泪。

下午我到苇弟那儿去了,苇弟也说他一礼拜上山一次,填毓芳不去的空日。

回来已夜了,我一人寂寂寞寞的在收拾东西,想到我要离开北京的这些朋友们,我又哭了。但一想到朋友们都未曾向我流泪,我又擦去我脸上的泪痕。我是将一人寂寂寞寞的离开这古城了。

在寂寞里,我又想到凌吉士了,其实,话不是这样说,凌吉士简直不能说"想起","又想起",完全是整天都在系念到他,只能说:"又来讲我的凌吉士吧。"这几天我故意造成的离别,在我是不可计的损失,我本想放松了他,而我把他捏得更紧了。我既不能把他从我心里压根儿拔去，我为什么要躲避着不见他的面呢？这真使我懊恼，我不能便如此同他离别，这样寂寂寞寞的走上西山……

三月二十七

一早毓芳便上西山去了，去替我布置房子，说好明天我便去。我为她这番盛情，我应怎样去找得那些没有的字来表示我的感谢。我本想再呆一天在城里，便也不好说出了。

我正焦急的时候，凌吉士才来，我握紧他双手，他说：

"莎菲！几天没见你了！"

我很愿意在这时我能哭得出来，抱着他哭，但眼泪只能噙在眼里，我只好又笑了。他听见明天我要上山时，显出的那惊诧和一种嗟叹，又很安慰到我，于是我真的笑了。他见到我笑，便把我的手反捏得紧紧的，紧得使我生痛。他怨恨似的说：

"你笑！你笑！"

这痛，是我从未有过的舒适，好像心里也正锥下去一个什么东西，我很想倒下他的手腕去，而这时苇弟却来了。

苇弟知道我恨他来，而他偏不走。我向着凌吉士使眼色，我说："这点钟有课吧？"于是我送凌吉士出来。他问我明早什么时候走，我告他；我问他还来不来呢，他说回头便来；于是我望着他快乐了，我忘了他是怎样可鄙的人格，和美的相貌了，这时他在我的眼里，是一个传奇中的情人。哈，莎菲有了一个情人了！……

三月二十七晚

自从我赶走苇弟到这时已是整整五个钟头了。在这五点钟里，我应怎样才想得出一个恰合的名字来称呼它？像热锅上的蚂蚁在这小房子里不安的坐下，又躺下，又站起，又跑到门缝边瞧，但是——他一定不来了，他一定不来了，于是我又想哭，哭我走得这样凄凉，北京城就没有一个人陪我一哭吗？是的，我是应该离开这冷酷的北京的，为什么我要舍不得这板床，这油腻的书桌，这三条腿的椅子……是的，明早我就要走了，北京的朋友们不会再腻烦莎菲的病。为了朋友们轻快的舒适，莎菲便为朋友们死在西山也是该的！但如此让莎菲一人得不着一点热情孤孤寂寂的上山去,想来莎菲便不死,也不会有损害或激动于人心吧……不想了!不想!有什么可想的?假使莎菲不如此贪心在攫取感情,那莎菲不是便很可满足于那些眉目间的同情了吗?……

关于朋友,我不说了。我知道永世也不会使莎菲感到满足这人间的友谊的!

但我能满足些什么呢?凌吉士答应我来,而这时已晚上九点了。纵是他来了,我会很快乐吗?他会给我所需要的吗?……

想起他不来,我又该痛恨我自己了!在很早的从前,我懂得对付哪一种男人便应用哪一种态度,而到现在反蠢了。当我问他还来不来时,我怎能显露出那希求的眼光,在一个漂亮人面前,是不应老实,让人瞧不起……但我爱他,为什么我要使用技巧?我不能直接向他表明我的爱吗?并且我觉得只要于人无损,便吻人一百下,为什么便不可以被准许呢?

他既答应来,而又失信,显见得是在戏弄我。朋友,留点好意在莎菲走时,总不至于是一种损失吧。

今夜我简直狂了。语言,文字是怎样在这时显得无用!我心像被许多小老鼠啃着一样,又像一盆火在心里燃烧。我想把什么东西都摔破,又想冒着夜气在外面乱跑去,我无法制止我狂热的感情的激荡,我便躺在这热情的针毡上,反过去也刺着,翻过来也刺着,似乎我又是在油锅里听到那油沸的响声,感到浑身的灼热……为什么我不跑出去呢?我等着一种渺茫的无意义的希望到来!哈……想到那红唇,我又癫了!假使这希望是可能的话——我独自又忍不住笑,我再三再四反复问我自己:"爱他吗?"我更笑了。莎菲不会傻到如此地步去爱上那南洋人。难道因了我不承认我的爱,便不可以被人准许做一点儿于人也无损的事?

假使今夜他竟不来,我怎能甘心便恝然上西山去……

唉!九点半了!

九点四十分了!

三月二十八晨三时

莎菲生活在世上,所要人们的了解她体会她的心太热烈太恳切了,所以长远的沉溺在失望的苦恼中,但除了自己,谁能够知道她所流出的眼泪的分量?

在这本日记里,与其说是莎菲生活的一段记录,不如直接算为莎菲眼泪的每一个点滴,是在莎菲心上,才觉得更切实。然而这本日记现在是要收束了,因为莎菲已无需乎此——用眼泪来泄愤和安慰,这原因是对于一切都觉得无意识,流泪更是这无意识的极深的表白。可是在这最后一页的日记上,莎菲应该用快乐的心情来庆祝,她从最大的那失望中,蓦然得到了满足,这满足似乎要使人快乐得到死才对。但是我,我只从那满足中感到胜利,从这胜利中得到凄凉,而更深的认识使我自己的可怜处,可笑处,因此把我这几月来所萦萦于梦想的一点"美"反飘渺了,——这个美便是那高个儿的丰仪!

  我应该怎样来解释呢?一个完全癫狂于男人仪表上的女人的心理!自然我不会爱他,这不会爱,很容易说明,就是在他丰仪的里面是躲着一个何等卑丑的灵魂!可是我又倾慕他,思念他,甚至于没有他,我就失掉一切生活意义的保障了;并且我常常想,假使有那末一日,我和他的嘴唇合拢来,密密的,那我的身体就从这心的狂笑中瓦解去,也愿意。其实,单单能获得骑士一般的那人儿的温柔的一抚摩,随便他的手尖触到我身上的任何部分,因此就牺牲一切,我也肯。

  我应当发癫,因为像这些幻想中的异迹,梦似的,终于毫无困难的都给我得到了。但是从这中间,我所感得的是我所想象的那些会醉我灵魂的幸福么?不啊!

  当他——凌吉士——在晚间十点钟来到时候,开始向我嗫嚅的表白,说他是如何的在想我……还使我心动过好几次;但不久我看到他那被情欲在燃烧的眼睛,我就害怕了。于是从他那卑劣的思想中所发出的更丑的誓语,又振起我的自尊心来!假使他把这串浅薄肉麻的情话去对别个女人说,一定是很动听的,可以得一个所谓的爱的心吧。但他却向我,就由这些话语的力,把我推得隔他更远了。唉,可怜的男子!神既然赋与你这样的一副美形,却又暗暗的捉弄你,把那样一个毫不相称的灵魂放到你人生的顶上!你以为我所希望的是"家庭"吗?我所欢喜的是"金钱"吗?我所骄傲的是"地位"吗?"你,在我面前,是显得多么可怜的一个男子啊!"我真要为他不幸而痛苦,然而他依样把眼光镇住我脸上,是被情欲之火燃烧得如何的怕人!倘若他只限于肉感的满足,那末他倒可以用他的色来摧残我的心;但他却哭声的向我说:"莎菲,你信我,我是不会负你的!"啊,可怜的人!他还不知道在他面前的这女人,是用如何的轻蔑去可怜他的使用这些做作,这些话!我竟忍不住而笑出声来,说他也知道爱,会爱我,这只是近于开玩笑!那情欲之火的巢穴——那两双灼闪的眼睛,不正在宣布他除了可鄙的浅薄的需要，别的一切都不知道么？

"喂，聪明一点，走开吧，'韩家潭'那个地方才是你寻乐的场所！"我既然认清他，我就应该这样说，教这个人类中最劣种的人儿滚开去。然而，虽说我暗暗地在嘲笑他，但当他大胆地贸然伸开手臂来拥我时，我竟又忘记了一切，我临时失掉了我所有的一些自尊和骄傲，我是完全被那仅有的一副好丰仪迷住了，在我心中，我只想："紧些！多抱我一会儿吧，明早我便走了！"假使我那时还有一点自制力，我该会想到他的美形以外的那东西，而把他像一块石头般，丢到房外去。

唉！我能用什么言语或心情来痛悔？他，凌吉士，这样一个可鄙的人，吻我了！我静静默默的承受着！但那时，在一个温润的软热的东西放到我脸上，我心中得到的是些什么呢？我不能像别的女人一样会晕倒在她那爱人的臂膀里！我是张大着眼睛望他，我想："我胜利了！我胜利了！"因为他所以使我迷恋的那东西，在吻我时，我已知道是如何的滋味——我同时鄙夷我自己了！于是我忽然伤心起来，我把他用力推开，我哭了。

他也许忽略了我的眼泪，以为他的嘴唇是给我如何的温软，如何的嫩腻，是把我的心融醉到发迷的状态里吧，所以他又挨我坐着，继续的说了许多所谓爱情表白的肉麻话。

"何必把你那令人惋惜处暴露得无余呢？"我真这样的又可怜起他来。

我说："不要乱想吧，说不定明天我便死去了！"

他听着，谁知道他对于这话是得到怎样的感触？他又吻我，但我躲开了，于是那嘴唇便落到我的手上……

我决心了，因为这时我有的是充足的清晰的脑力，我要他走，他带点抱怨颜色，缠着我。我想，"为什么你也是这样傻劲呢？"他于是直挨到夜十二点半钟才走。

他走后，我想起适间的事情。我就用所有的力量，来痛击我的心！为什么呢，给一个如此我看不起的男人接吻？既不爱他，还嘲笑他，又让他来拥抱？真的，单凭了一种骑士般的风度，就能使我堕落到如此地步么？

总之，我是给我自己糟蹋了，凡一个人的仇敌就是自己，我的天，这有什么法子去报复而偿还一切的损失？

好在在这宇宙间，我的生命只是我自己的玩品，我已浪费得尽够了，那末因这一番经历而使我更陷到极深的悲境里去，似乎也不成一个重大的事件。

但是我不愿留在北京,西山更不愿去了,我决计搭车南下,在无人认识的地方,浪费我生命的余剩;因此我的心从伤痛中又兴奋起来,我狂笑的怜惜我自己:

"悄悄地活下来,悄悄地死去,啊! 我可怜你,莎菲!"

原载《丁玲选集》第二卷,
四川人民出版社1984年版

茅盾《子夜》导读

 **作家简介**

　　茅盾(1896—1981),原名沈德鸿,字雁冰。浙江桐乡乌镇人。茅盾于1913年考入北京大学预科,毕业后任职于上海商务印书馆编译所,开始其文学活动。发表第一篇小说《幻灭》时开始使用"茅盾"这一笔名。1921年茅盾参与发起文学研究会,积极倡导"为人生的艺术",主编革新后的《小说月报》,使之成为中国新文学的重要阵地。1923年在上海大学教授"小说研究课"。国共分裂后隐居上海,不久流亡日本,创作了《蚀》三部曲和尚未完成的长篇小说《虹》。1930年春回国后,加入中国左翼作家联盟并担任执行书记等职务,写出了长篇小说《子夜》、短篇小说《林家铺子》等重要作品。全面抗战爆发后,他积极投身抗战宣传,创作颇丰。茅盾的小说创作善于对社会生活进行精密的观察、分析,反映时代和历史风貌,塑造典型人物形象。他的这种创作对于后来革命现实主义文学传统的形成和发展产生了深远的影响。茅盾的理论贡献主要体现在对于20世纪中国现实主义文学理论体系的建设方面。1949年后,茅盾曾担任中华人民共和国文化部部长、全国文联副主席、中国作家协会主席等职务。

 时代背景

　　《子夜》是茅盾最为重要的一部作品,也是中国现代文学史上一部相当重要的作品。《子夜》原名《夕阳》,1931年10月动笔,1932年12月完稿。这篇小说的写作与当时的国内外形势有着密切的关联。在当时国民党统治下半殖民地半封建性质的中国社会中,托派竟在1928至1929年挑起一场关于中国社会性质的论战。茅盾在谈到这部小说的创作意图时说,他写作《子夜》也是在试图以文学作品的形式,形象地参与到这场关于中国社会性质的大论战当中,反驳当时托派关于中国已经走上资本主义道路的说法,因而有了大规模地描写中国社会现象的企图。茅盾试图在这种体制宏大的长篇小说中反映中国社会的现状:民族工业在帝国主义经济侵略的压迫下,在世界经济恐慌的影响下,在农村破产的环境下,为了要自保,使用更加残酷的手段加紧对工人的剥削;因而引起了工人阶级的经济的、政治的斗争。而当时的南北大战,农村经济破产以及农民暴动又加深了民族工业的恐慌。小说在描写民族工业的艰难处境以及工人的反抗方面比较充分、成功,但对于农村的表现稍嫌薄弱。茅盾的这部作品真实生动地反映了20世纪30年代初中国广阔的社会现实,准确地把握了当时民族矛盾和社会矛盾以及各个阶级阶层之间错综复杂的社会关系,尤其是它深刻地揭示出了当时的中国民族资产阶级在帝国主义、买办资产阶级多重压迫下破产的必然命运。

作品评点

《子夜》最为突出的艺术成就体现在吴荪甫这一艺术形象的塑造上。吴荪甫是第二次国内革命战争时期半殖民地半封建这一特定历史环境下中国民族资本家的典型形象。作者将他置于由买办资本家赵伯韬、工人以及中小资本家朱吟秋等多方面构成的社会关系中来加以刻画,展现他性格的复杂性。一方面,他学习了欧美现代资本主义科学的管理方式,且有着在中国发展独立的民族工业的理想。在兼并小企业、与赵伯韬的较量中,他显现出了果敢、顽强、自信的性格,他的沉着干练与活跃的生命力似乎为民族资产阶级的振兴带来了希望;另一方面,他与买办资本家赵伯韬在公债市场上拼死一搏,惨遭失败后企图自杀,充分暴露了民族资产阶级软弱的一面。在社会政治经济关系的大网中,吴荪甫像困兽般在重重压迫下挣扎,而当他面对工人、农民运动时又露出压迫者凶狠的面孔。他采取种种手段将经济危机转嫁到工人头上,在遭到工人反抗时极力破坏甚至依靠军警和流氓武力镇压工人运动;在对待双桥镇农民运动的态度上也显示出了他对于革命的仇视。他曾游历欧美,接触过现代资本主义的文化,在家庭生活中却表现出专断的封建家长作风。吴荪甫的性格充分显示出20世纪30年代中国民族资产阶级的两重性。而且《子夜》将这一人物置于复杂的社会矛盾当中进行刻画,揭示了他的悲剧命运不仅仅是由于主观因素造成,而且也是当时中国民族资产阶级必然的历史命运。这表明中国并没有走上资本主义道路而是更加殖民地化了,从而回击了托派认为中国已经走上资本主义道路的说法。

《子夜》中作为吴荪甫对立面出现的买办资本家赵伯韬,其形象塑造得也比较成功。他与帝国主义以及反动统治势力均有着千丝万缕的联系,主宰着上海的金融市场。他不遗余力地设计吞并像吴荪甫这样的民族资本家的资产。腐朽糜烂的生活方式也揭示出他卑鄙无耻的性格特征。屠维岳也是小说塑造得相当出色的人物形象。一开始吴荪甫要开除他时,他坚决反抗。而在得到吴荪甫赏识后,他又死心塌地为其效忠,竭尽全力破坏工人运动。这其中既体现出其沉着干练的性格,又体现出其虚伪卑鄙残忍的本性,他的形象也因而具有了丰富的内涵。

恢宏严谨的结构是《子夜》另一重要的艺术特征。茅盾将复杂的社会生活、社会历史发展的进程以及日常生活的描写纳入小说的艺术框架之中,各条线索纷繁而有绪。小说将吴荪甫置于矛盾冲突的中心,通过他的活动安排人物事件、故事情节和环境场面,因而能够从众多线索中分出主要和次要线索,做到小说情节波澜起伏而又条理清晰。这种结构有利于从多个角度展现人物的性格,又有利于揭示生活中各种矛盾的内在联系和相互影响,复杂宏大的结构与其反映的纷繁丰富的现实达成了一致。

在《子夜》中,茅盾还特别注重细腻的心理刻画,追求社会历史剖析与人物内心世界展现的统一。茅盾将人物置于广阔的社会历史背景之下,不仅以多种艺术手法表现人物心理活动的丰富性、复杂性,而且注意揭示人物心理活动所带有的深刻的社会历史内容。

本文节选的是第五章的一部分,描写工人罢工风潮中吴荪甫与屠维岳之间的一次正面交锋。在这次对话中,吴荪甫的态度前倨后恭,先是对屠维岳透露削减工资之事而直接引发工人罢工反抗的行为表示恼怒,后又为屠维岳表现出的冷静机智而折服,反而对他大加赏识,利用提职加薪拉拢他。其中的对话表现出吴荪甫既狂傲又不失冷静大度,刚毅果断又不免犹疑不决的复杂心理;也栩栩如生地刻画出了屠维岳理智沉稳且颇有心机的性格特征,最后在吴荪甫对他不再追究责任反而赏识重用时,他的兴奋欣喜又透露出了他的奴才本性。

茅盾的《子夜》是中国现代文学史上一部重要的作品。它的出现,与老舍的《骆驼祥子》、巴金的《激流三部曲》等作品一起,标志着中国现代长篇小说的成熟。

(王　霞)

子夜(节选)

茅　盾

　　吴荪甫这才记起叫这屠维岳来问话,这已经是第二次了;第一次是让他白等了一个黄昏,此回却又碰到有事。他沉吟一下,就象很不高兴似的说道:

　　"叫他进来!"

　　高升奉命去了。吴荪甫坐在那里,一面翻阅厂中职员的花名册,一面试要想想那屠维岳是怎样的一个人;可是模糊得很。厂里的小职员太多,即使精明如荪甫,也不能把每个人都记得很清楚。他渐渐又想到昨天自己到厂里去开导女工们的情形,还有莫干丞的各种报告——一切都显得顺利,再用点手段,大概一场风潮就可以平息。

　　他的心头开朗起来了,所以当那个屠维岳进来的时候,他的常常严肃的紫脸上竟有一点笑影。

　　"你就是屠维岳么?"

　　吴荪甫略欠着身体问,一对尖利的眼光在这年青人的身上霍霍地打圈子。屠维岳鞠躬,却不说话;他毫没畏怯的态度,很坦白地也回看吴荪甫;他站在那里的姿势很大方,他挺直了胸脯;他的白净而精神饱满的脸儿上一点表情也不流露,只有他的一双眼睛却隐隐地闪着很自然而机警的光芒。

　　"你到厂里几年了?"

　　"两年又十天。"

　　屠维岳很镇静很确实地回答。尤其是这"确实",引起了吴荪甫心里的赞许。

　　"你是哪里人?"

　　"和三先生是同乡。"

　　"哦——也是双桥镇么?谁是你的保人?"

　　"我没有保人!"

吴荪甫愕然,右手就去翻开桌子上那本职员名册,可是屠维岳接着又说下去:

"也许三先生还记得,当初我是拿了府上老太爷的一封信来的。以后就派我在厂里帐房间办庶务,直到现在,没有对我说过要保人。"

吴荪甫脸上的肌肉似笑非笑地动了一下。他终于记起来了:这屠维岳也是已故老太爷赏识的"人才",并且这位屠维岳的父亲好象还是老太爷的好朋友,又是再上一代的老侍郎的门生。对于父亲的生活和思想素抱反感的荪甫突然间把屠维岳刚才给与他的好印象一变而为憎恶。他的脸放下来了,他的问话就直转到叫这个青年职员来谈话的本题:

"我这里有报告,是你泄漏了厂方要减削工钱的消息,这才引起此番的怠工!"

"不错。我说过不久要减削工钱的话。"

"嘿!你这样喜欢多嘴!这件事就犯了我的规则!"

"我记得三先生的'工厂管理规则'上并没有这一项的规定!"

屠维岳回答,一点畏惧的意思都没有,很镇静很自然地看着吴荪甫的生气的脸孔。

吴荪甫狞起眼睛看了屠维岳一会儿。屠维岳很自然很大方的站在那里,竟没有丝毫局促不安的神气。能够抵挡吴荪甫那样尖利狞视的职员,在吴荪甫真还是第一次遇到呢;他不由得暗暗诧异。他喜欢这样镇静胆大的年青人,他的脸色便放平了一些。他转了口气说:

"无论如何,你是不应该说的。你看你就闯了祸!"

"我不能承认。既然有了要减工钱的事,工人们迟早会知道。况且,即使三先生不减工钱,怠工或是罢工还是要爆发,一定要爆发!"

"你这话是什么意思?"

"我的意思是——工人们也已经知道三先生抛售的期丝不少,现在正要赶缫交货,她们便想乘这机会有点动作,占点便宜。"

吴荪甫的脸色突然变了,咬着牙齿喊道:

"什么!工人也知道我抛出了期丝?工人们连这个都知道了么?也是你说的么?"

"是的!工人们从别处听了来,再来问我的时候,我不能说谎话。三先生自然知道说谎的人是靠不住的!"

吴荪甫怒叫一声,在桌子上猛拍一下,霍地站起来:

"你这混蛋!你想讨好工人!"

屠维岳不回答,微笑着鞠躬,还是很自然,很镇静。

"我知道你和姓朱的女工吊膀子,你想收买人心!"

"三先生,请你不要把个人的私事牵进去!"

屠维岳很镇定而且倔强地说,他的机警的眼光现在微露愤意,看定了吴荪甫的面孔。

吴荪甫的脸色眼光也又已不同;现在是冷冷的坚定的,却是比生气咆哮的时候更可怕。从这脸色,从这眼光,屠维岳看得出他自己将有怎样的结果,然而他并不惧怕。他是聪明能干,又有胆量;但他又是倔强。"敬业乐业"的心思,他未始没有;但强要他学莫干丞那班人的方法博取这位严厉的老板的欢心,那他就不能。他微笑地站着,镇静地等候吴荪甫的最后措置。

死样的沉默压在这书房里。吴荪甫伸手要去按墙上的电铃钮了,屠维岳的运命显然在这一按中就要决定了;但在刚要碰到那电铃时,吴荪甫的手忽又缩回来,转脸对着屠维岳不转睛地瞧。机警,镇定,胆量,都摆出在这青年人的脸上。只要调度得当,这样的青年人很可以办点事;吴荪甫觉得他厂里的许多职员似乎都赶不上眼前这屠维岳。但是这个青年人可靠么?这年头儿,愈是能干愈是有魄力有胆气的青年人都有些不稳的思想。这一点却不是一眼看得出来的。吴荪甫沉吟又沉吟,终于坐在椅子里了,脸色也不像刚才那样可怕了,但仍是严厉地对着屠维岳喝道:

"你的行为,简直是主使工人们捣乱!"

"三先生应该明白,这不是什么人主使得了的事!"

"你煽动工潮!"

吴荪甫又是声色俱厉了。

没有回答。屠维岳把胸脯更挺得直些,微微冷笑。

"你冷笑什么?"

"我冷笑了么?——如果我冷笑,那是因为我想来三先生不应该不明白:无论什么人总是要生活,而且还要生活得比较好!这就是顶厉害的煽动力量!"

"咄!废话!工人比你明白,工人们知道顾全大局,知道劳资协调;昨天我到厂里对她们解释,不是风潮就平静了许多么?工会不是很拥护我的主张,正在竭力设法解决么？我也知道工人中间难免有危险分子，——有人在那里鼓动煽惑，他们嘴里说替工人谋利益，实在是打破工人饭碗，我这里都有调查，都有详细报告。我也很知道这班人也是受人愚弄，误入歧途。我是主张和平的，我不喜欢用高压手段，但我在厂里好比是一家之主，我不能容忍那种害群之马。我只好把这种人的罪恶揭露出来，让工人们自己明白，自己起来对付这种害群之马！——"

"三先生两次叫我来，就为的要把这番话对我说么？"

在吴荪甫的谈锋略一顿挫的时候，屠维岳就冷冷地反问，他的脸上依然没有流露任何喜惧的表情。

"什么！难道你另外还有想望？"

"没有。我以为三先生倒应该还有另外的话说。"

吴荪甫愕然看着这个年青人。他开始有点疑惑这个年青人不过是神经病者罢了，他很生气地喊道：

"走！把你的铜牌子留下，你走！"

屠维岳一点也不慌张，很大方地把他的职员铜牌子拿出来放在吴荪甫的书桌上，微笑着鞠躬，转身就要走了。可是吴荪甫忽又叫住了他：

"慢着！跟我一块儿上厂里去。让你再去看看工人们是多么平静，多么顾全大局！"

屠维岳站住了，回过身来看着吴荪甫的脸，不住地微笑。显然不是神经病的微笑。

"你笑什么？"

"我笑——大雷雨之前必有一个时间的平静，平静得一点风也没有！"

吴荪甫的脸色突然变了，但立刻又转为冷静。他的有经验的眼睛终于从这位青年人的态度上看出一些不寻常的特点，断定他确不是神经病者而是一个怪物了；他反倒很客气地问：

"难道莫干丞的报告不确实么？难道工会敢附和工人们来反对我么？"

"我并没知道莫干丞对三先生报告了些什么，我也知道工会不敢违背三先生的意思。但是三先生总应该知道工会的实在地位和力量？"

"什么？你说——"

"我说工会这东西，在三先生眼睛里，也许是见得有点力量，可是在工人一方面，却完全两样。"

"没有力量?"

"并不是这么简单。如果他们能得工人们的信仰,他们当然就有力量;可是他们要帮助三先生,他们就不能得到工人的信仰,他们这所谓工会就只是一块空招牌——不,我应该说连向来的空招牌也维持不下去了。大概三先生也很知道,空招牌虽然是空招牌,却也有几分麻醉的作用。现在工人闹得太凶,这班纸老虎可就出丑了;他们又要听三先生的吩咐,又要维持招牌,——我不如明明白白说,他们打算暗中得三先生的谅解,可是面子上做出来却还是代表工人说话。"

"要我谅解些什么?"

"每月的赏工加半成,端阳节另外每人二元的特别奖。"

"什么!赏工加半成?还要特别奖?"

"是——他们正在工人中间宣传这个口号,要想用这个来打消工人的要求米贴。如果他们连这一点都不办,工人就要打碎他们的招牌;他们既然是所谓'工会',就一定要玩这套戏法!"

吴荪甫陡的虎起了脸,勃然骂道:

"有这样的事!怎么不见莫干丞来报告,他睡昏了么?"

屠维岳微微冷笑。

过了一会儿,吴荪甫脸色平静了,拿眼仔细打量着屠维岳,突然问道:

"你为什么早不来对我说?"

"但是三先生早也不问。况且我以为二十元薪水办杂务的小职员没有报告这些事的必要。不过刚才三先生已经收回了铜牌子,那就情形不同了;我以家严和尊府的世谊而论,认为象朋友谈天那样说起什么工会,什么厂里的情形,大概不至于再引起人家的妒忌或者认为献媚倾轧罢!"

屠维岳冷冷地说,眼光里露出猖傲自负的神气。

觉得话里有刺,吴荪甫勉强笑了一笑;他现在觉得这位年青人固然可赞,却也有几分可怕,同时却也自惭为什么这样的人放在厂里两年之久却一向没有留意到。他转了口气说:

"看来你的性子很刚强?"

"不错,我没有别的东西可以自负,只好拿这刚强来自负了。"

屠维岳说的时候又微笑。

似乎并不理会屠维岳这句又带些刺的话,吴荪甫侧着头略想一想,忽然又大声说：

"赏工加半成，还要特别奖么？我不能答应！你看，不答应也要把这风潮结束！"

"不答应也行。但是另一样的结束。"

"工人敢暴动么？"

"那要看三先生办的怎样了。"

"依你说，多少总得给一点了，是不是？好！那我就成全了工会的戏法罢！"

"三先生喜欢这么办，也行。"

吴荪甫怫然，用劲地看了微笑着的屠维岳一眼。

"你想来还有别的办法罢。"

"三先生试想，如果照工会的办法，该花多少钱？"

"大概要五千块。"

"不错。五千的数目不算多。但有时比五千更少的数目能够办出更好的结果来，只要有人知道钱是应该怎样花的。"

屠维岳还是冷冷地说。他看见吴荪甫的浓眉毛似乎一动。可是那紫酱色的方脸上仍是一点表情都没流露。渐渐的两道尖利的眼光直逼到屠维岳脸上，这是能够射穿任何坚壁的枪弹似的眼光，即使屠维岳那样能镇定，也感得些微的不安了。他低下头去，把牙齿在嘴唇上轻轻地咬一下。

忽然吴荪甫站起来大声问道：

"你知道工人们现在干些什么？"

"不知道。三先生到了厂里就看见了。"

屠维岳抬起头来回答，把身体更挺直些。吴荪甫却笑了。他知道这个青年人打定了主意不肯随便说的事，无论如何是不说的；他有点不满于这种过分的倔强，但也赞许这样的坚定，要收服这个年青人为臂助的意思便在吴荪甫心里占了上风。他抓起笔来，就是那么站着，在一张信笺上飞快地写了几行字，回身递给屠维岳，微笑着说：

"刚才我收了你的铜牌子，现在我把这个换给你罢！"

信笺上是这样几个字："屠维岳君从本月份起，加薪五十元正。此致莫干翁台照。荪十九日。"

屠维岳看过后把这字条放在桌子上，一句话也不说，脸上仍是什么表情都没有。

"什么！你不愿意在我这里办事么？"

吴荪甫诧异地大叫起来，不转睛地看着这个年青人。

"多谢三先生的美意。可是我不能领受。凭这一张纸，办不了什么事。"

屠维岳第一次带些兴奋的神气说，很坦白地回看吴荪甫的注视。

吴荪甫不说话，突然伸手按一下墙上的电铃，拿起笔来在那张信笺上加了一句："自莫干丞以下所有厂中稽查管车等人，均应听从屠维岳调度，不得玩忽！"他掷下笔，便对着走进来的当差高升说：

"派汽车送这位屠先生到厂里去！"

屠维岳再接过那信笺看了一眼，又对吴荪甫凝视半晌，这才鞠躬说：

"从今天起，我算是替三先生办事了。"

"有本事的人，我总给他一个公道。我知道现在这时代，青年人中间很有些能干的人，可惜我事情忙，不能够常常和青年人谈话。——现在请你先回厂去，告诉工人们，我一定要设法使她们满意的。——有什么事，你随时来和我商量！"

吴荪甫满脸是得意的红光，在他尖利的观察和估量中，他断定厂里的工潮不久就可以结束。

然而象他那样的人，决不至于让某一件事的胜利弄得沾沾自喜，就此满足。他踱着方步，沉思了好半晌，忽然对于自己的"能力"怀疑起来了；他不是一向注意周密而且量才器使的么？可是到底几乎失却了这个屠维岳，而且对于此番的工潮不能预测，甚至即在昨天还没有正确地估量到工人力量的雄大。他是被那些没用的走狗们所蒙蔽，所欺骗，而且被那些跋扈的工人所威胁了！虽则目前已有解决此次工潮的把握——而且这解决还是于他有利，但不得不额外支出一笔秘密费，这在他还是严重的失败！

多化两三千块钱，他并不怎样心痛，有时高兴在总会里打牌，八圈麻雀输的还不止这一点数目；可是，因为手下人的不中用而要他掏腰包，则此风断不可长！外国的企业家果然有高掌远蹠的气魄和铁一样的手腕，却也有忠实而能干的部下，这样才能应付自如，所向必利。工业不发达的中国，根本就没有那样的"部下"；什么工厂职员，还不是等于乡下大地主门下的帮闲食客，只会偷懒，只会拍马，不知道怎样把事情办好。——想到这里的吴荪甫就不免悲观起来，觉得幼稚的中国工业界前途很少希望；单就下级管理人员而论，社会上亦没有储备着,此外更不必说了。

　　象莫干丞一类的人,只配在乡下收租讨帐;管车王金贞和稽查李麻子本来不过是流氓,吹牛,吃醋,打工人,拿津贴,是他们的本领;吴荪甫岂有不明白。然而还是用他们到现在,无非因为"人才难得",况且有吴荪甫自己一双尖眼监视在上,总该不致于出岔子,谁料到几乎败了大事呀?因为工人已经不是从前的工人了!

　　吴荪甫愈想愈闷,只在书房里转圈子。他从来不让人家看见他也有这样苦闷沮丧的时候,就是吴少奶奶也没有机会看到。他一向用这方法来造成人们对于他的信仰和崇拜。并且他又自信这是锻炼气度的最好方法。但有一缺点,即是每逢他闭门发闷的时候,总感到自己的孤独。他是一位能干出众的"大将军",但没有可托心腹的副官或参谋长。刚才他很中意了屠维岳,并且立即拔用,付以重任了;但现在他忽然有点犹豫了:屠维岳的才具,是看得准的,所不能无过虑者,是这位年青人的思想。在这时代,愈是头脑清楚,有胆量,有能力的青年,愈是有些不稳当的思想,共产主义的"邪说"已经风魔了这班英俊少年!

　　这一个可怕的过虑,几乎将吴荪甫送到完全的颓丧。老的,中年的,如莫干丞之流,完全是脓包,而年青的又不可靠,凭他做老板的一双手,能够转动企业的大轮子么?吴荪甫不由的脸色也变了。他咬一下牙齿,就拿起桌子上的电话筒来,发怒似的唤着;他决定要莫干丞去暗中监视屠维岳。

　　但在接通了线而且听得莫干丞的畏缩吞吐的语音时,吴荪甫蓦地又变了卦;他反而严厉地训令道:

　　"看见了我的手条么?……好!都要听从屠先生的调度!不准躲懒推托!……钱这方面么?他要支用一点秘密费的。他要多少,你就照付!……这笔帐,让他自己将来向我报销。听明白了么?"

　　放下电话耳机以后,吴荪甫苦笑一下。他只能冒险试用这屠维岳,而且只好用自己的一双眼睛去查察这可爱又可怕的年青人,而且他亦不能不维持自己的刚毅果断,不能让他的手下人知道他也有犹豫动摇的心情——既拔用了一个人,却又在那里不放心他。

　　他匆匆地跑出了书房,绕过一道游廊,就来到大客厅上。

　　他的专用汽车——装了钢板和新式防弹玻璃的,停在大客厅前的石阶级旁。司机和保镖的老关在那里说闲话。

小客厅的门半掩着。很活泼的男女青年的艳笑声从门里传出来。吴荪甫皱了眉头,下意识地走到小客厅门边一看,原来是吴少奶奶和林佩珊,还有范博文,三个头攒在一处。吴荪甫向来并不多管她们的闲事,此时却忽然老大不高兴,作势咳了一声,就走进小客厅,脸色是生气的样子。

吴少奶奶他们出惊地闪开,这才露出来还有一位七少爷阿萱夹在吴少奶奶和范博文的中间,仍是低着头看一本什么书。

吴荪甫走前一步,威严的眼光在屋子里扫射,最后落在阿萱的身上。

似乎也觉得了,阿萱仰起脸来,很无聊地放下了手里的书。林佩珊则移坐到靠前面玻璃窗的屋角,吃吃地掩着嘴偷笑。本来不过想略略示威的吴荪甫此时便当真有点生气了;然而还忍耐着,随手拿起阿萱放下的那本书来一看,却原来是范博文的新诗集。

原载《茅盾选集》第一卷,
四川人民出版社 1982 年版

巴金《家》导读

 **作家简介**

巴金(1904—2005),原名李尧棠、字芾甘,笔名佩竿、余一、王文慧等。四川成都人。巴金1920年入成都外国语专门学校。1923年离开家乡,就读于上海和南京的中学。1927年初,赴法国留学,创作了第一部长篇小说《灭亡》,发表时开始使用笔名"巴金"。1928年底回到上海,从事创作和翻译。1929至1937年,创作了《激流三部曲》中的《家》《爱情三部曲》(《雾》《雨》《电》)等中长篇小说,产生了广泛影响,被鲁迅称为是一个有热情的、有进步思想的作家,在屈指可数的好作家之列的作家。其间任文化生活出版社总编辑,主编有《文季月刊》等刊物和"文学丛刊"等丛书。抗日战争全面爆发后,巴金在各地致力于抗日救亡文化活动,编辑《呐喊》《救亡日报》等报刊,创作了《春》和《秋》。在抗战后期和抗战结束后,巴金创作转向对社会现实的批判,主要作品有《憩园》《第四病室》《寒夜》等中长篇小说。中华人民共和国成立后,巴金曾任全国文联副主席、中国作家协会主席、中国笔会中心主席、全国政协副主席等职,并主编《收获》杂志。

 时代背景

《家》写成于1931年,在上海《时报》连载。这部小说的生活基础来自巴金生活了十几年的封建大家庭。作者曾说:"那十几年的生活是一个多么可怕的梦魇!我读着线装书,坐在礼教的监牢里,眼看着许多人在那里挣扎、受苦,没有青春,没有幸福,永远做不必要的牺牲品,最后终于得着灭亡的命运。还不说我自己身受的痛苦……那几十年里面我已经用眼泪埋葬了不少的尸首,那些都是不必要的牺牲者。完全是被陈腐的封建道德、传统观念和两三个人的一时的任性杀死的。我离开旧家庭,就像摔掉一个可怕的阴影,我没有一点留恋……"因此,他写这样一部长篇小说是出于以下几个明确的目的:一是,控诉封建家族家长制和礼教的罪恶;二是,"我要为那过去无数无名的牺牲者喊一声冤!我要从恶魔的爪下救出那些失掉了青春的少年";三是,"我最后还要写一个叛徒,一个幼稚的然而大胆的叛徒。我要把希望寄托在他的身上,要他给我们带进来一点新鲜空气"。

巴金原打算在《家》中写一个旧式大家庭的衰败的历史,写了六章以后,他所挚爱的长兄自杀,这给巴金极大的刺激,他把自己所感受到的黑暗社会的压迫和反抗情绪,集中向旧家庭发泄,描写了一桩桩血案,更加义无反顾地攻击专制主义。他认为旧家庭所代表的专制制度,扼杀了包括他长兄在内的一切青年的幸福。这种反抗和破坏的情绪转化为《家》的激进的风格。

作品评点

巴金在《家》中为我们塑造了一系列栩栩如生的人物形象,他正是通过对人物形象的细致刻画,完成了其反封建的小说主题。小说里的人物形象可分三类:

第一类是封建统治的维护者。这类形象包括高公馆里的高老太爷和他的儿子克明、克安、克定及其眷属陈姨太、王氏、沈氏等。此外,还有社会上的封建军阀势力的代表——当地的督军和张军长、孔教会会长冯乐山等。高老太爷是封建专制家长和封建礼教的代表,也是小说中描绘得比较成功的反面人物。他顽固地按照封建观念和道德传统来治理这个家,用"万恶淫为首,百善孝为先"的说教来训诫他的子孙。但这个家族的内部却充满了钩心斗角、荒诞无耻的丑恶行径。封建地主阶级的孝子贤孙克明、克安、克定之流,表面上道貌岸然,实则是一帮灵魂卑鄙的无耻之徒。正是这帮封建礼教的维护者,制造了一幕又一幕的人间惨剧。

第二类是以觉慧、觉民、琴等为代表的旧制度的叛逆者,最具代表性的是觉慧。觉慧是高公馆中的三少爷,也是《家》中民主力量的主要代表人物,是《家》中第一个从封建家族中杀出来的"一个幼稚然而大胆的叛徒"。觉慧在封建大家庭中大胆地爱恋婢女鸣凤,热情地帮助二哥逃婚,批评大哥的"作揖主义""不抵抗主义",当面顶撞长辈,不顾一切地冲破封建大家庭的牢笼。巴金以他饱含激情的笔,层次分明地写出了觉慧在时代潮流的影响下,由不满、反抗到出走的反叛历程,同时也深刻地挖掘了觉慧的阶级局限性。

第三类是封建旧制度旧礼教的受害者。这类人物既包括觉新、钱梅芬等封建大家庭中的少爷小姐,也包括鸣凤、婉儿等被奴役的婢女下人。觉新是高家三兄弟中形象塑造得最为丰满的一个,堪称中国现代文学画廊中一个独特的艺术典型。他是一个充满矛盾、有着双重性格的人,在他身上,新与旧、爱与恨、幻想与现实、进取与屈从、欢乐与忧郁交织一处:他既要承担他作为高家长孙所要担负的家族的重任,又同觉慧、觉民一样感受到"五四"新思想的召唤;他既同情弟妹们的不幸,处处维护他们,同时又严格地遵守着封建的正统秩序;他既是旧礼教的维护者,又成为旧礼教的牺牲品……他的这种双重人格使得他常常陷入自责与悔恨之中,而他在精神上的矛盾和痛苦则带着新旧社会交替鲜明的时代烙印,是时代的缩影。

艺术上,《家》最大的成功,还是在人物塑造上。书中有名有姓的人物多达60多个,形象鲜明,各具特色。有的人物仅写三言两语,却也栩栩如生,跃然纸上。《家》在情节安排、组织结构等方面吸收了中国古典文学的优秀传统技巧,特别是受到《红楼梦》的明显影响,还借鉴了一些外国文学的表现方法,如心理描写等。整部作品流畅自然,亲切明快,语言富有感情色彩,便于和读者产生直接交流。《家》以它出色的艺术成就,尤其以它直指封建礼教、家族伦理制度的主题确立了巴金在现代文学史上的地位。

(黄宾丽)

家(节选)

巴 金

三十三

第二天午后觉慧去看觉民,把梅的结局告诉了哥哥,引出了觉民的一些眼泪。他们两人谈了不到一个钟头。觉慧动身回家时,觉民把他送到大门内。觉慧已经跨出了门槛,觉民忽然在后面唤他。

"你还有什么事情？"觉慧走回来问道。

觉民只是带着善意的微笑看他，半晌不说话。

觉慧似乎明白了，便亲切地说："二哥，你在这儿觉得寂寞吗？……我晓得你一定会感到寂寞。我也是。家里没有人了解我。黄妈一进屋来就要问起你，提到你，她就流眼泪。再不然我又会被嫂嫂她们缠住。妈、嫂嫂、二妹、三妹她们常常拉住我，问你的消息。可是她们的心跟我的心，你的心都隔得很远。我一个人在家里是完全孤立的。不过我应该忍耐，你也应该忍耐。你一定会得到胜利。"

"但是我有点害怕……"觉民只说了这半句。他的眼睛突然发亮了，那里面闪着泪光。

"你怕什么呢？你一定会得到胜利，"觉慧带笑地鼓舞道。

"我怕寂寞！我的心很寂寞！"

"不是有两颗心跟你的心共鸣吗？"觉慧极力保持着笑容说。

"正是因为有两颗心跟我的心隔得很近，所以我常常想看见你们。她是不便来的。你现在又走了。……"

觉慧知道自己的眼睛也湿了，却不愿意让哥哥看见，便把眼光从哥哥的脸上掉开，假装去看别处，一面拍着哥哥的肩头说："二哥，你忍耐着。你一定会得到胜利。这几天你总可以忍耐过去的，"他刚说到这里，就被另一个人的声音打岔了。黄存仁含笑地站在他们旁边，从容地说："你们为什么不到里头去说？不要太大意了。"觉慧答道："我回去了。"他跟黄存仁打个招呼，就转身走了。他还听见黄存仁在后面说一句："那么我们到里头去谈谈。"

觉慧在路上自语道："一定会胜利的。"但是在心里他却痛苦地想着："果然能够得到胜利吗？胜利究竟什么时候才来呢？"一直到他进了琴的家，他才决断地说："现在管不了这许多，无论如何我们要奋斗到底。"

他先见了姑母，然后到琴的房里去。他看见琴，第一句就说："我从二哥那儿来，他叫我告诉你，他很好。"

琴正在写信，连忙放下笔带笑说："谢谢他，谢谢你。你看我正在给他写信。"

"不消说，送信的差使又归我，"觉慧笑着说。他无意间瞥见信纸上的"梅表姐"三个字，似乎还有几处，便问道："你告诉他梅表姐的事情吗？我已经对他说过了。关于梅表姐的死你的意见怎样？"

"我在信里说我无论如何决不做第二个梅姐,而且妈也决不会让我做,她亲口向我说过。她昨天看见梅姐身后的情形和钱伯母的惨状,她也很感动。她说她愿意给我帮忙。"琴说着,现出了坚决的、愉快的表情,她的面容也不象前几天那样地憔悴了。

"好,这个消息倒应该让他早些知道,"觉慧说,便催促琴把信写好。两个人又谈了一些话。

觉慧又到觉民那里去,把琴的信交给觉民。觉民正在跟黄存仁谈得很高兴。觉慧也参加了他们的充满希望的谈话。过了将近一个钟头,他才回到家里,正要去见祖父,却看见祖父的窗下石阶上站着几个人,伸长了颈项在窃听什么。在高家,这样的事是常有的。觉慧想:"且不去管它。"他走进了堂屋,正要去揭祖父房间的门帘,忽然注意到里面有一个女人的声音在哭诉什么,这是五婶的声音。接着又是祖父的怒骂和咳嗽。

"我原说过总有一天会有把戏给我们看,"觉慧自语道。他便不去揭门帘了。

"你马上给我把他找回来,看我来责罚他!……真正把我气坏了!"祖父在房里用颤抖的、带怒的声音说,接着又是一阵咳嗽。他的咳嗽中间还夹杂着五婶的低泣。

克明的声音接连地答应着"是"。几分钟以后门帘一动,克明红着脸从里面出来。这时觉慧已经走出堂屋了。

站在祖父窗下窃听的人里面有一个是淑华,她看见觉慧,便走过来问:"三哥,你晓得五爸的事情吗?"

"我早就晓得了,"觉慧点头说。他低声问淑华:"他们怎样会晓得的?"他把嘴朝祖父的房间一努。

淑华开始卖弄似地说了下面的话:"五爸在外头讨了姨太太,租了小公馆,家里头没有一个人晓得。他把五婶陪嫁过来的金银首饰都拿去了,说是借给别人做样子,好久不还来。五婶向他追问,他总是一味支吾着,后来五婶追问得急了,他才说是弄掉了。他这两个月整天不在家,晚上回来得很晏,五婶自己一天忙着打牌,并不疑心什么。昨天早晨五婶在他的衣袋里偶尔找到一张女人的照片,问他是哪个,他不肯说。恰好五婶下午到商业场去买东西,碰见一个女人坐着五爸的轿子,在商业场门口下轿,而且高忠还跟在后面。她今天便找个机会把高忠留在家里,逼着他说出五爸的事情。高忠果然说出来了。

五爸拿去的首饰,有的是拿去当卖了,有的是给那个新姨太了。五婶才跑去告诉爷爷。……五爸的新姨太是个妓女,叫做什么'礼拜一'。……"

淑华絮絮地说着,好象她的嘴一张开,就永远闭不住似的。觉慧对她所叙述的事情一点也不觉得新奇。并且他比她知道得更多,他曾经亲眼看见四叔到"金陵高寓"去。他知道这个空虚的大家庭是一天一天地往衰落的路上走了。没有什么力量可以拉住它。祖父的努力没有用,任何人的努力也没有用。连祖父自己也已经走上这条灭亡的路了。似乎就只有他一个人站在通向光明的路口。他又一次夸张地感觉到自己的道德力量超过了这个快要崩溃的大家庭。热情鼓舞着他,他觉得自己的心从没有象今天这样地激动过。他相信所谓父与子间的斗争快要结束了,那些为着争自由、爱情与知识的权利的斗争也不会再有悲惨的终局了。梅的时代快要完全消灭,而让位给另一个新的时代,这就是琴的时代,或者更可以说是许倩如的时代,也就是他和觉民的时代。这一代青年的力量决不是那个腐败的、脆弱的、甚至包含着种种罪恶的旧家庭所能够抵抗的。胜利是确定的了,无论什么力量都不能够把胜利给他们夺去。他有着这样的自信。他猛然抖一下身子,好象要把肩上多年来的痛苦的重担甩掉。他拿骄傲的、憎恨的眼光向四下看,他想:"等着看罢,你们的末日就要来了。"

他的这种心情自然是淑华所不了解的,她看见觉慧并不答话,好象对她的话感不到一点兴趣似的,她便悄悄地走开了。她连忙走到堂屋里去,就站在祖父的房门口偷偷朝里张望。

觉慧回到了自己的房间。不久他从窗户里瞥见克明带着克定回来。接着祖父的房里起了骂声,显然是祖父在责骂克定。"且不去管它!"他还是这样想。骂声似乎停止了。窗下有许多人跑来跑去,似乎发生了意外的事情。"我原说我们家里的人都爱看把戏,"觉慧自语道。

外面响着唤人的声音。男人和女人气咻咻地跑着。

"快去看,爷爷要打五爸了!"窗下有一个小孩跑过,遇到一个人迎面走来便站住了,兴奋地说了这句话。这个小孩就是觉群。

"那么你跑出去干什么?"问这句话的是觉英。

"我去喊六弟来看!……五爸这样大个人还要挨打!"觉群笑着说,马上跑出去了。

"这样大个人还要挨打,"这句话引动了觉慧的好奇心。他走出房间向堂屋走去。祖父的房门口站了四五个女人,她们正俯着身子从门帘缝里偷看里面。他不愿意夹在她们中间,便又从堂屋走到窗下。石阶上站了许多人在窃听房里的人讲话。还有几个人跪在窗下那两把椅子上,把脸贴着窗纸,从小洞里去窥探里面的动作。

没有听见板子的声音,并没有人在挨打。

"你这样大个人,女儿也不小了,还不学好!你也不给贞儿留个好榜样!贞儿,你羞他,看他这样不要脸,还配做你的爹!"这是祖父的骂声,觉慧听了忍不住暗笑。

老太爷咳了两声嗽,过后静了片刻,忽然又大声骂起来:

"这样不要脸的东西!你读书简直读到牛肚皮里头去了!居然做得出这种丑事:把你妻子的首饰也骗去当卖了。我限你三天给我取回来!"他又骂了一些话,最后说:"你这个畜生,我看你自小聪明,对你有些偏爱,想不到你倒做出这种不要脸的事情。你自己说,你哪点对得起我?你欺骗我!我还把你当作好子弟。你,你混账!你还不给我打嘴巴!你自己动手!"

"爹,儿子知道错了。请爹饶恕儿子这回初犯,儿子下回再也不敢了,"克定做出可怜的声音哀求道。

"不,我不饶你!我要你自己打自己的嘴巴!"老太爷拍着桌子怒吼起来。

于是肉和肉撞击的声音开始了,很清脆的,是手打在脸颊上的声音。觉慧受了好奇心的鼓动,便又走进堂屋,到祖父的房门口,低声说了一句"让我看",就轻轻地推开了弯着身子在门帘缝里张望的淑华,自己靠近门框,注意地看里面。

克定身子挺直地跪在那里,两只手左右开弓地打自己的脸颊。他那张白皙的、清秀的长脸被打得通红。他还是不停地打着。他当着妻子和女儿的面做这种动作,自己也感到羞愧。

"不要打了!"老太爷吩咐说。克定立刻把手从脸上拿下来。

"我问你,你晓不晓得你吃的、穿的、用的是从哪儿来的?"老太爷问道。

"都是爹给的,"克定回答道。

"那么你懂得坐吃山空的话吗?畜生,我一死你靠谁养活?"老太爷越说越气,又吩咐:

"再给我打!重重地打!"

于是克定的手又举起来打在脸上了。

这种屈辱的举动还不能使老太爷满足,老太爷继续骂着,最后又叫克定自己说出来他怎样在三四个月里面结识了几个坏朋友,走上了邪路,跟私娼发生了关系;他又怎样组织了小公馆,怎样骗了妻子的首饰拿去当卖。

克定毫不隐瞒地叙说一切,自己骂自己,甚至供出了他的父亲完全不曾疑心到的许多事情。他说他怎样在外面打起父亲的招牌借了许多债,于是欠某人若干,某人若干,一一地报出数目来,这里面甚至有赌博上的负债。最后他还供出了克安的事情,他说他做这一切,得到了克安的帮忙,而且克安对这些负债也有一部分的责任。总之他把什么话都说出来了。这倒是老太爷意料不到的,而且也是觉慧意料不到的。

觉慧在五叔克定和哥哥觉民的身上看出了两个完全不同的人。觉民,那个十九岁的青年处在周围尽是敌人的环境里,单单被一种信仰,一种热情鼓舞着,他可以不顾一切,勇敢地跟环境战斗,使家里的人对他也没有办法。克定,这个三十三岁的人,又有了一个十三岁的女儿,他居然挺直地跪在地上,自己打耳光,责骂自己,屈辱自己,而且还牵连到别人。他一点也不反抗,无论在行为上或言语上。他做着他的父亲所吩咐他做的一切,一点也不迟疑,虽然事实上他并不相信那个老人的话。在那个顽固的老人的同样的威胁下这两代人却做出了完全不同的两种行为!那一个离开了家,躲在一个小房间里,坚持着自己的主张,使得祖父的命令无法执行;这一个却跪在老人的面前,做着胆小、虚伪的动作,给许多人供给了嘲笑的资料。觉慧这样想着,不能不为自己的一代人庆幸而且引以为自豪。他想:"这样的人只能够在你们的一代人中间找出来,在我们里面是不会有的。"他掉开头转身走了。

"畜生,你欠了这么多的债,哪里有钱来还啊?你以为我很有钱吗?现在水灾,兵灾,棒客①,粮税样样多。象你这样花钱如水,坐吃山空,我问你,还有几年好花?下一辈人将来靠什么?你嫁贞儿要不要陪奁?你还配做父亲!"老太爷骂着,骂着,又发出一阵大声的咳嗽。接着他又命令淑贞去把克安叫来。他要好好地痛骂克安一顿。然而不久淑贞就回来说克安不在家。这一来他的怒气更大了。他拍着桌子乱骂人,又把克定骂了一阵,但是也不能够使自己的怒气平静下去。他又问淑贞:"你四婶在哪儿?去把她给我喊来。"四太太王氏正站在窗下窃听消息,她想躲开,但是已经来不及了。淑贞出来叫她,她虽然

---

① 棒客:即土匪。

有些害怕,也只得硬着头皮走进房去了。

"爹喊媳妇……"王氏勉强在她的尖脸上堆起笑容,恭顺地问道。

老太爷看见王氏便大声问:"克安到哪儿去了?"她回答说不知道。老太爷又问克安什么时候回来,她依旧回答不知道。

"自己丈夫做的事你都不晓得!你真糊涂!"老太爷突然把桌子一拍就骂起来。

王氏没有话可说。她低着头,又是羞,又是气。她仿佛看见陈姨太站在旁边对她做鬼脸。但是在老太爷的面前她做媳妇的又不敢动一下,她流了眼泪,却不敢哭出声来。她只得把泪珠暗暗地吞在肚里。

老太爷又咳嗽起来,这一次却咳得很厉害,还吐了几口痰。陈姨太扭着身子在旁边殷勤地给他捶背,一面又说着"为着他们气坏身体太不值得"的话。

老太爷咳了许久才缓过气来。他的怒气已经消失了。一种从来没有感到过的悲哀突然袭来,很快地就把他征服了。他觉得异常疲倦。他只想休息,只想闭上眼睛,什么也不要看见。他倒在沙发的靠背上,向那些站在他面前的人挥手,说:"你们都给我走开,不要留一个,我不要看见你们。"他说完又长叹一声。

众人巴不得听见这句话,马上都退了出去。克定也从地上起来,轻脚轻手地走了。房里只剩下老太爷和陈姨太。

老太爷只想一个人安静地休息片刻。他把陈姨太也遣开了。他一个人躺在沙发上,微微地喘着气。他的眼睛半睁开。他的眼前出现了许多暗影。一些人影在他的面前晃了过去。他看不见一张亲切的笑脸。他隐隐约约地看见他的儿子们怎样地饮酒作乐,说些嘲笑他和抱怨他的话。他又看见他的孙儿们骄傲地走在一条新的路上,觉民居然敢违抗他的命令,他却不能处罚这个年轻的叛逆。他自己衰老无力地躺在这里,孤零零的一个老人,没有人来照料他。他从没有感觉到象现在这样的失望和孤独。他开始疑惑起来:他怎么会做了这样一场大梦?他又想,自己怎样地创造了一个大的家庭和一份大的家业,又怎样地用独断的手腕来处置和指挥一切,满心以为可以使这个家庭一天一天地兴盛发达下去。可是他的努力却只造成了今天他自己的孤独。今天他要用他的最后的挣扎来维持这个局面,也不可能了。事实已经十分明显:这个家庭如今走着下坡的路了。最后的结局是可以预料的。他自己虽然不愿意,然而他赤手空拳,也无法拦阻。他已经完了。没有人相信他。大家都在欺骗他。各人在走各人的路。连他喜欢的克定也会做出那种丢脸的事。还有克安。这些人都在做梦啊！高家垮了，他们还会有生路吗？这些败家子坐吃山空，还有什么前途？全完了，全完了！他做了多年的"四世同堂"的好梦，可是在梦景实现了以后，他现在得到的却是一个何等空虚的感觉！

失望，幻灭，黑暗。他现在衰弱地躺在这里，没有人理他，没有人来分担他的痛苦和孤寂。他这时候才明白他在这个家庭里的真正的地位了。他觉得他不仅丧失了他的骄傲，而且连他所赖以生活的东西也没有了。他第一次感到了失望，幻灭，黑暗。他第一次觉得自己好象有点做错了。但是他还不知道错在什么地方，而且这时候即使知道，也太迟了。

他的耳边仿佛响着克定夫妇的争吵，他好象又听见许多不调和的吵闹的声音。沈氏满脸眼泪，张开阔嘴说："请爹给我作主。"克定一边打自己的脸颊一边带可怜相说："他们都是这样说，我欠的账爹会替我还的。横竖我家是北门的首富，有的是用不完的钱。"他连忙用手蒙住两只耳朵，然而闹声还是不留情地闯进来。他的脑子被这些闹声搅乱了。他想站起来，走到另一个安静的地方去躲避，但是他试了几次，还用一只手撑着沙发的靠手，才勉强站了起来，而且十分吃力。他向着床走了两步。忽然一阵眼花，房屋开始颠倒地旋转起来，他的身子也不由得不跟着摇晃。于是眼前一片黑暗，他什么也不知道了，一直到陈姨太惊慌地尖声唤醒他的时候。

三 十 四

高老太爷病了。

高老太爷在床上呻吟。几个有名的医生请了来，奇怪的药和奇怪的药引一起放在药罐里，熬成了一碗一碗的浓黑的苦水，吞进了老太爷的肚里。一天，两天过去了，医生虽说病不要紧，然而老太爷服了药，病反而加重起来。第三天老太爷忽然坚持不肯服药，后来经过克明和觉新苦劝，才多少喝了一点。克明一连几天坐在家里，陪医生给老太爷看病，照料老太爷吃药，他连律师事务所也不去了。反正那里有书记照料，他已经向书记吩咐过，有事情就请另一位律师陈克家帮忙。克安有时在家写字做诗，有时出去看戏，或者到"金陵高寓"去玩。克定趁着老太爷生病管不到他的时候，整天躲在"金陵高寓"里面打牌，跟女人调笑。他只有早晚在家，而且照规矩早晚到老太爷的房里问安一次。老太爷的病并没有给这个家带来大的骚动。人们依旧在笑，在哭，在吵架,在斗争。便是少数因为他的病发愁的人,也以为他的病不要紧,不管他的病势一天一天地加重,或者更适当地说,他的身体一天一天地衰弱。

对于老太爷的病,医药并没有多大的效力。人们便求助于迷信。在某一些人,事实常常是这样的:他们对于人的信仰开始动摇时,他们就会去求神的帮助。这所谓神的帮助并不是象许愿、求签等等那样地简单。它有着很复杂的形式。这些全是由简单的脑筋想出来,而且只有简单的脑筋可以了解的,可是如今都由关心老太爷的陈姨太先后地提出来,得到太太们的拥护,而为那几个所谓"熟读圣贤书"的老爷们所主持而奉行了。

最初是几个道士在大厅上敲锣打鼓,作法念咒。到了夜深人静的时候便由陈姨太一个人在天井里拜菩萨。觉慧在玻璃窗里看清楚了她的动作:一个插香的架子上点了九炷香,又放了一对蜡烛,陈姨太打扮得齐齐整整,系上粉红裙子,立在香架前,口里念念有词,不住地跪拜。她跪下去又站起来,起来又跪下去,不知道接连做了多少次。一夜,两夜,三夜。……结果是——"见鬼!"觉慧这样地骂着。"你只配干这种事情!"

然而另一个花样又来了。这便是克明、克安、克定三弟兄的祭天。也是在夜深人静的时候,天井里摆了供桌,代替陈姨太的香架;桌上有大的蜡烛、粗的香、供奉的果品。仪式隆重多了,而且主祭的三位老爷做出过于严肃以至成为滑稽的样子。他们也行着跪拜礼,不过很快地就完结了,并不象陈姨太那样故意把时间拖长。可是觉慧仍旧用看陈姨太跪拜时的心情去看他的三个叔父的跪拜。他的批评也是同样的——"见鬼!"而且他确实知道几小时以前,克安还在戏园里看他喜欢的小旦张碧秀演戏,克定还在"金陵高寓"里打牌、喝酒,现在他们却跪在这里诵读愿意代替父亲先死的祷告辞了。

在觉慧想着"你们的手段不过如此"的时候,新的花样又来了。这个花样在觉慧的眼睛里的确是很新鲜的,这一次不是"见鬼",却是"捉鬼",——请了巫师(端公)到家里来捉鬼。

一天晚上天刚黑,高家所有的房门全关得紧紧的,整个公馆马上变成了一座没有人迹的古庙。不知道从什么地方来了一个尖脸的巫师。他披头散发,穿了一件奇怪的法衣,手里拿着松香,一路上洒着粉火,跟戏台上出鬼时所做的没有两样。巫师在院子里跑来跑去,做出种种凄惨的惊人的怪叫和姿势。他进了病人的房间,在那里跳着,叫着,把每件东西都弄翻了,甚至向床下也洒了粉火。不管病人在床上因为吵闹和恐惧而增加痛苦,更大声地呻吟,巫师依旧热心地继续做他的工作,而且愈来愈热心了,甚至向着病人做出了威吓的姿势,把病人吓得惊叫起来。满屋子都是浓黑的烟,爆发的火光和松香的气味。这样地继续了将近一个钟头。于是巫师呼啸地走出去了。又过了一些时候,这个公馆里才有了人声。

然而花样又来了。据说这一次的捉鬼不过捉了病人房里的鬼,这是不够的。在这个公馆里到处都有鬼,每个房间里都有很多的鬼,于是决定在第二天晚上举行大扫除,要捉尽每个房间里的鬼。巫师说,要把鬼捉尽了,老太爷的病才可以痊愈。

这种说法也有人不相信,而且也有人不赞成第二次的捉鬼,可是没有一个人敢出来反对。克明和觉新都不赞成这样的做法。但是陈姨太坚决主张它,太太们也同意,克安和克定也说"不妨试一下"。克明就勉强点了头。觉新更不敢说一个"不"字。觉慧虽然有勇气,然而没有人听他的话。于是第二次的滑稽戏又在预定的时间内公演了。每个房间都受到那种滑稽的、同时又是可怕的骚扰。有的人躲开了,小孩哭,女人叹息,男人摇头。

觉慧坐在自己的房里。虽然隔了一层板壁,他用耳朵差不多也可以"看见"嫂嫂房里的骚动。同时他还听见了凄惨的怪叫声。他的心里充满了愤怒,他觉得他的身子被压得不能够动弹了。他要站起来,摆脱身上的重压。他不能够屈服,不能够让这样的事情在他的眼前出现。他下了决心,关上房门等待着。

不久巫师走到了觉慧的房门口。房门紧紧闭着。在这个公馆里只有这两扇门是紧紧关住的。巫师敲门,苏福、赵升、袁成们也帮忙敲门,没有用。他们开始捶门,又叫"三少爷",也没有用。觉慧在里面大声说:"我不开。我屋里没有鬼!"他索性走到床前,躺下去,用手蒙住耳朵,不去听外面的叫声。

忽然有人在外面大声擂着门。觉慧从床上站起来,满脸通红,他好象看见了鸣凤的头发披散、泪痕狼藉的脸。他激怒了。他走到门前高声骂道:"我不开门!你们这样胡闹,究竟要做什么?"

"老三,快开门,"是他的三叔克明的声音。

"三少爷,开门,"是陈姨太的声音。

他想:"好,你们搬了救兵来了,"便气愤地答应一声:"我不开!"他又转身往里走。他捏紧拳头在房里走了几步。他觉得脑子快要爆炸了。他接连地念了几次:"我恨!我恨!……"

外面的声音不肯放松他,还是一声一声地追来,一声比一声高,而且外面的人也在愤怒地叫嚷。

"三少爷,你不顾到你爷爷的病?你不望你爷爷的病早些好吗?你还不开门!……你这样不孝顺他!"在那些声音里面觉慧注意到了陈姨太的尖锐的声音。这个声音挟着一种不可抗拒的力量向他打来。他受了伤,他的愤怒也因此增加了。

"老三,你要明白事理,大家都望爷爷病好。你是懂事的人,快快把门打开……"克明的话还没有说完,另一个声音又响起来了。

"三弟,快开门,我有话跟你说,"这是觉新的声音。

觉慧痛苦地想着:"你也是这样说!你自己做了懦夫还不够!"他不能够忍耐这个思想。他觉得他的心也快要炸裂了。

"好,我给你们打开罢,"他这样自语着,便走去开了门。门一开,立刻出现了几张涨红了的带怒容的脸。一些人要抢着进来,巫师自然是第一个。

"慢点!"觉慧拦住了他们,他站在门口,好象把守住一道关口似的。他的脸也挣红了。愤怒抓住了他,热情鼓舞着他。他完全忘记这些人是他的长辈。他愤怒地而且轻蔑地问道:"你们究竟要做什么?"他的憎恨的眼光在众人的脸上扫来扫去。

众人被他这一问弄得茫然不知所措。克明和觉新不好意思说出"捉鬼"两个字,而且他们根本就不相信捉鬼的办法。

"给你爷爷捉鬼,"满身香气的陈姨太挺身出来说,一面叫巫师进去。

"捉鬼?你倒见鬼!"觉慧把这句话向着陈姨太的脸上吐过去。"我说,你们不是要捉鬼,你们是要爷爷早一点死,你们怕他不会病死,你们要把他活活地气死,吓死!"他不顾一切地骂起来。

"你……"克明说了一个"你"字就说不下去了,他气得变了脸色,结结巴巴地说不下去。

"三弟!"觉新出来阻止觉慧说话。

"你还好意思说话?你真不害羞!"觉慧把眼光定在觉新的脸上说,"你也算读了十几年书,料不到你居然胡涂到这个地步!一个人生病,却找端公捉鬼。你们纵然自己发昏,也不该拿爷爷的性命开玩笑。我昨晚上亲眼看见,端公把爷爷吓成了那个样子。你们说是孝顺的儿孙,他生了病,你们还不肯让他安静!我昨晚上亲眼看见捉鬼的把戏。我说,我一定要看你们怎样假借了捉鬼的名义谋害他,我果然看见了。你们闹了一晚上还不够。今晚上还要闹。好,哪个敢进我的房间,我就要先给他一个嘴巴。我不怕你们!"觉慧愤怒地接连说了许多话,他完全不曾注意到他的语气太重了。在平时这样的话也许会给他招来不少的麻烦。这个时候反而因为语气太重的缘故,他倒得到胜利了。他站在门口,身子立得非常坚定,一只手拦住门不要人进来。他的面容异常严肃,眼光十分骄傲。他觉得自己理直气壮,完全不把他们放在眼里。他想:"你们自己要干这种下贱的事情,我为什么要把你们抬高呢!"

克明惭愧地红了脸。他明白觉慧说的都是真话。他这个日本留学生、省城有名的大律师,自然不会相信"捉鬼"的办法。他也知道这个办法没有好处,然而为了在家里不给自己招来麻烦,引起争吵,在外面又博得"孝顺"的名声,他居然做了他所不愿意做的事。那个时候他的确不曾想到病人的安宁,他一点也不曾替病人着想,而且他昨天亲眼看见"捉鬼"的办法在病人的身上产生了什么样的影响。……现在他没有理由,也没有勇气来责骂觉慧了。他指着觉慧,接连地说了几个"你"字,就掉转身,不声不响地走开了。

觉新又是气,又是悔,眼泪流在脸上,他也不去揩掉。他看见克明一走,也跟着溜走了。

陈姨太平日总是仗着别人的威势,现在看见克明一走,便好象失掉靠山似的,连一句话也不说了。她相信"捉鬼"的办法,她关心老太爷的病。她完全不了解觉慧的话。她恨觉慧,觉慧使她在人面前失了面子。可是没有老太爷在场,而且连克明也走开了,她一个人跟觉慧作对,不会占到便宜。她敷衍般地骂了觉慧几句,就带着满面羞容扭着身子走开了。可是在心里她咒骂着这个不孝顺爷爷的孙儿。

陈姨太一走,其余的人也就一哄而散了,再没有人来给巫师捧场。虽然巫师口里咕噜了一阵,虽然女佣中间有人暗暗地发出不满意觉慧的议论,但是这一次觉慧"大获全胜"了。这是完全出乎他意料之外的。

三 十 五

这一天觉慧睡得非常好。第二天早晨,他去看祖父的病,他以为祖父至少要骂他几句。

祖父床上的帐子挂起了半幅,把祖父的上半身露了出来。祖父侧着身子躺在那儿,头朝外面地搁在垫得高高的枕头上。脸上没有血色,瘦削的脸显得更瘦削了,嘴微微张开,口沫在两撇八字胡上面发亮。依旧是秃顶。高的颧骨上嵌着一对时开时闭的凹入的大眼睛。现在的祖父显得非常衰弱,可怜,不再是那个威严可怕的高老太爷了。

祖父正在困难地呼吸着。他看见觉慧走近,便睁大眼睛注意地看他,渐渐地脸上露出了笑容,虽然这个笑容是无力的,而且给人以凄惨的印象。"你来了,"祖父先说。祖父从来不曾对觉慧这样温和地说过话。

觉慧答应了一声,他不大明白祖父怎么一下子就变得和善了。

"你过来,"祖父很费力地说,又勉强笑了笑。觉慧把身子靠近床。

"你给我倒半杯茶来,"祖父说。

觉慧走到方桌前,在一个金红磁杯里倒了半杯热茶,送到祖父面前。祖父抬起头,觉慧连忙把杯子送到祖父的嘴边,祖父吃力地喝了两口茶,摇摇头说:"不要了,"疲倦地躺下去。觉慧把茶杯放回方桌上去,又走到祖父的床前来。

"你很好,"祖父把觉慧望了半晌,又用他的微弱的声音断续地说,"他们说……你脾气古怪……你要好好读书。"

觉慧不做声。

"我现在有些明白,"祖父吐了一口气,然后慢慢地说。"你看见你二哥吗?"

觉慧注意到祖父的声音改变了,他看见祖父的眼角嵌着两颗大的眼泪。为了这意料不到的慈祥和亲切(这是他从来不曾在祖父那里得到过的),他答应了一个"是"字。

"我……我的脾气……现在我不发气……我想看见他,你把他喊回来。……我不再……"祖父说,他从被里伸出右手来,揩了揩眼泪。

陈姨太刚梳好头、擦好粉、画好眉毛,从隔壁房间走进来。她看见这个情形,便责备觉慧道:"三少爷,你这样大,也该明白事理。你爷爷病到这样,你还要惹他伤心!"她还记得昨晚上的那件事。

祖父连忙阻止她说:"你不要怪他。"陈姨太扫兴地噘着嘴,便也不作声了。祖父又催促觉慧道:"你快去把你二哥喊回来。……冯家的亲事……暂时不提。……我怕我活不长了……我想看看他,……看看你们大家。"

觉慧从祖父的房里出来。他先到觉新的房里。觉新正在跟瑞珏谈话,两个人的脸上都带着愁容。

"爷爷喊我去把二哥找回来,他说冯家的亲事暂时不提了,"觉慧一进门,就高兴地大声说。

觉新惊喜地问:"真的?"他几乎不相信自己的耳朵了。

"当然是真的。爷爷说他现在明白了,"觉慧得意地说,"我原说我们会胜利。你看,我们到底胜利了!"他十分高兴地笑起来。

"告诉我,他怎样对你说的?"觉新笑着站起来,他去握瑞珏的手。瑞珏要把手缩回,却已经被他握在手里了。他们夫妇都很高兴。一个大问题就这样容易地解决了。对于他们这好象是一个奇迹,他们想这个奇迹会给他们带来幸福。

觉慧便把祖父的话重述了一遍,觉新夫妇注意地听着。觉慧愈说愈高兴,他的话还没有说完,忽然门帘一动,钱嫂进来说:"老太爷喊大少爷。"觉新马上出去了。

觉慧还没有走,他又跟嫂嫂谈了几句话,后来何嫂领了海臣从外面进来,他又逗海臣玩了一阵。

他跑到觉民的住处去,他的确是跑到那里去的。起初在家里他并不着急,他在快乐的谈话里耗费了一些时间,等到他走在街上的时候,他才想起他把事情耽误了,他本来应该把好消息早早告诉觉民的。

这个消息给觉民带来大的快乐。他们兴奋地交谈了几句话,便匆匆忙忙地离开了黄存仁的家。

他们先到琴那里去。这个消息如何带给琴以更大的快乐,这是他们预料到的。在这三个青年的面前立着美妙的前途,现在它比在任何时候都显得更近了,好象它就在他们的手边,他们只要一举手就可以拿到它。它的出现并不是象奇迹那样,这是他们的许多年来的痛苦的代价和挣扎的结果,所以他们更宝贵它。

他们就这样地把时间花费在兴奋的谈话上面,然后慢慢地走回家去。觉民还预备了一些话:怎样对祖父说,怎样对继母说,怎样对大哥说。他的心里充满着快乐。他觉得自己是凯旋地归来了。

觉民走进了公馆的大门,家里并没有什么变化;他走进二门,进了大厅,也没有什么变化;他再由侧门进到里面,也没有什么变化。还是从前那个家。觉民想:"我以为家里至少有些变化了,怎么还是跟从前一样?"他疑惑地想道。

然而他究竟看出一些变化来了。祖父的房里好象起了一阵骚动。有一些人急匆匆地从房里出来,又有一些人急匆匆地到那里去,都带着惊惶的表情,不敢大声说话。

"发生了什么事情?"觉慧惊疑地说,一把抓住觉民的膀子拉着他快快地走。他忽然感到一种预兆,他的心情马上改变了。

"说不定爷爷……"觉民只说了这几个字立刻咽住了。他的心颤抖起来,他害怕那个快到了手边的希望飞去了。

他们两个走进了祖父的房间,只见黑压压的站了一屋的人。他们看不见祖父。那些人的背给他们遮住了一切。他们隐约地听见一种轻微的怪声。没有人理会他们。他们努力挤进去,终于到了里面。他们看见祖父坐在床前沙发上,垂着头在那里抽气。轻微的怪声就是从他的口里发出来的。他们不明白他在做什么。

觉民看见这个情形,抑制不住感情的爆发,他要向祖父的身上扑过去。克明把他拦住了。克明惊讶地看他一眼,但是并不说一句话,只对他摇摇头。

"爷爷喊我把他找来的,说是想见他,"觉慧走上前去对克明解释道。

克明悲痛地把头摇了摇,低声说:"现在太晏了。"

"太晏了!"这三个字沉重地打在觉慧的头上。他几乎不懂得这个"太晏了"的意思。但是看见祖父痛苦地抽气的样子,他便明白现在的确是太迟了。他们将永远怀着隔膜,怀着祖孙两代的隔膜而分别了。

觉慧不能够忍耐了,他不顾一切地跑到祖父面前,摇着祖父的手,大声叫着:"爷爷! 爷爷! 我把二哥找来了!"

祖父不答应,只是微微地在抽气。

觉新和别人要拉开觉慧,觉慧索性把身子靠在祖父的膝前,一面摇着祖父,一面用悲惨的声音叫"爷爷"。觉民立在他的旁边,注意地看他。

祖父忽然嘘了一口气,把两只眼睛大大地睁开。他看看觉慧,好象不认得这个孙儿似的。他低声问:"你闹什么?"一面举起右手挥动一下,好象是叫他走开的样子。

觉慧把头仰起,死命地看着祖父的瘦削的脸。祖父脸上那种茫然的样子渐渐地消失了。嘴唇张开了,象要说话,但是并没有说出什么。他把头侧着去看觉民,嘴唇又动了一下。觉民叫了一声:"爷爷!"他似乎没有听见。他又把眼睛埋下去看觉慧。他的嘴唇又动了,瘦脸上的筋肉弛缓地动着,他好象要做一个笑容。可是两三滴眼泪开始落了下来。他伸手在觉慧的头上摩了一下,他又把手拿开,然后低声说:"你来了。他……他……他……"(觉慧拉着觉民的手接连说"他在这儿。"觉民也唤着:"爷爷。")"你回来了。……冯家的亲事不提了。……你们要好好读书。唉,"他吃力地叹了一口气,又慢慢地说:"要……扬名显亲啊。……我很累。……你们不要走。……我要走了。……"他愈说,声音愈低,他的头慢慢地垂下去,最后他完全闭了口。

克明走过来唤了两声"爹",老人并不答应。克明又去摩他的手,然后带哭地吐了三个字:"手冷了。"于是众人围上前去,大声叫着各样的称呼。呼唤声渐渐地停止了。忽然所有的人不知由谁领头,全跪下去,大声哭起来。在短时间内大家除了痛哭外,不曾想到别的事情。

死的消息比什么都传布得更快。不到几分钟,全公馆都知道老太爷去世了。一部分的仆人忙着往亲戚处报丧。很快地客人就来了。女客们还帮忙痛哭一场,有的还在哭声中诉说自己的心事。

工作开始了。男的、女的,都分配了工作。三四个女眷被派来守着尸首哭。死人已经被抬到卸下帐子的床上了。

工作进行得很快。许多人同时忙着。堂屋里的神主、供桌,其他的陈设以及壁上的画屏等等都搬到后面被称为"后堂屋"的桂堂里去了。不久棺材就抬了进来,这是几年前就买好的,寄放在别处。据说价钱并不贵:不过一千两银子。

做"开路"法事的道士请来了。他查定了小殓的时辰。殓衣、殓具等等也都很快地预备好了。人们把老太爷的尸体沐浴过了,穿上了殓衣,于是举行小殓,使死者舒舒服服地躺在棺材里,把他生前喜爱的东西都放到棺里去,满满地装了一棺材,不留一点儿空隙。

小殓完毕,时候已近傍晚。人们又请了一大群和尚来"转佛"。和尚共是一百零八个,每人捧了一支燃着的香,口里念着佛号,不住地在堂屋和天井里兜圈子,从这道门进堂屋,又从那道门走出去,走了阶上又走阶下。在和尚的后面跟着觉新和他的三个叔父。他们手里也捧着香。觉新领头走,因为他现在是"承重孙"了。

大殓的时候到了,就在第二天上午十点钟。日期和时辰也是道士决定的。那时哀哭的声音响成一片,也有人真正在流眼泪。觉慧没有参加,据说因为他的生肖跟大殓的时辰有冲突。不能够参加大殓的并不单是他一个人,另外还有几个。觉慧知道这是道士的胡说,不过他也不反对,他想:"我已经跟爷爷诀别过了,用不着管你们这些鬼把戏。横竖棺盖一钉牢,什么都完了。"

总之老太爷死了。他的死给这个家带来了大的变化。一切的事情都停顿了。堂屋成了灵堂，彩行的人来扎了素彩；大厅成了经堂。灵堂里有女人哀哭；经堂里有和尚念经。灵堂里挂起了挽联和祭幛；经堂里挂起了佛像和十座阎罗殿的图画。鬼又一次在这个公馆里出现了。

　　众人都忙着死人的事情，或者更可以说忙着借死人来维持自己的面子，表现自己的阔绰。三天以后"成服"，——纷至的礼物，盛大的仪式，众多的吊客。人们所要求的是这个，果然全实现了。只苦了灵帏里的女眷：因为客来得多，她们哭的次数也跟着加多了。这时候哭已经成了一种艺术，而且还有了应酬客人的功用。譬如她们正在说话或者正在吃东西，外面吹鼓手一旦吹打起来，她们马上就得放声大哭，自然哭得愈伤心愈好，不过事实上总是叫号的时候多，因为没有眼泪，她们只能够叫号了。她们也曾闹过笑话。譬如把唢呐的声音听错了，把"送客"误当作"客来"，哭了好久才知道冤枉哭了的；或者客已经进来了还不知道，灵帏里寂然无声，后来受了礼生①的暗示才突然爆发出哭声来的。

　　至于做承重孙和孝子的那几个人，虽然"报单"上说过"泣血稽颡"的话，但是他们整天躲在灵帏里，既不需要哭，又不必出来答礼。吊客来的时候，他们伏在铺了草荐的地上不动；吊客去了，他们可以睡下去或坐起来畅谈各种事情。

　　觉民两弟兄在这一天的确比较苦些。在别的日子他们可以实行消极抵抗的办法，就是说，完全不管。但是在"成服"的日子，他们却不得不出来"维持场面"（这是他们自己的说法）。不用说他们自己并不愿意，不过他们也不太重视这件事情。他们被安排在外面答礼，换句话说，就是陪着每一个客人磕几个头。每次当礼生唱到"孝子孝孙谢"时，他们已经磕了不少的头。他们每次看见叔父们和哥哥觉新头上戴着麻冠、脑后拖着长长的孝巾、穿着白布孝衣和宽大的麻背心、束着麻带、穿着草鞋、拿着哭丧棒、低着头慢慢地走路的神气，总要暗暗地发笑。他们感到了看滑稽戏时的那种心情。

　　觉民和觉慧就这样地被关在家里过了一个整天。第二天吃过早饭他们两个人都跑出去了。觉慧先走，他自然是到阅报处去工作，他一直到晚上才回家。那时觉民还不曾回来。

　　大厅上很清静，诵经的和尚早散去了。觉慧走进里面，堂屋里没有一个

---

① 礼生：即司仪。

人。灵前一对蜡烛上结了大烛花,烛油继续流下来,堆满了烛台。香炉里的香也已经燃完了。

"怎么今天就这样凄凉?他们都跑到哪儿去了?"他这样自语着,就走到供桌前拿起铗子把烛花挟去,又点燃了一炷香。

"不行。单分田、分东西,不把古玩字画拿出来分,这样分家还是不彻底!"忽然从祖父的房里送出来克定的声音。

"古玩字画是爹平生最喜欢的东西,他费了很大的苦心才搜集起来,我们做儿子的不能随便分散,"克明在房里解释道,他一面说话一面喘气。

"我并不希罕这些东西。不过现在不分,将来也会有人独吞的,"克安生气地大声说。"凡是爹的东西,都应该拿出来大家平分!"

"好!你们主张分,明天就分罢!凭良心说,我并没有独吞的心思,"克明说着,气恼地咳了两声嗽。

"三哥,你当然不会独吞。你做律师有那么多的收入,还希罕这一点小东西?"克定冷笑道。

于是房里起了一阵响动,接着是几个女人说话的声音。忽然门帘一动,克定从房里走出来,嘴里抱怨着:"什么遗命,遗赠,都是假造的!这样分法很不公平!"就往外面走了。

觉新神气沮丧地从房里走出来。

"你们就在分家了!这么快!"觉慧讥笑地说。

"我和妈不过做个傀儡罢了。我得了爷爷遗命所给的三千元西蜀商业公司的股票,四爸他们还不大肯承认,"觉新痛苦地回答道。

"姑妈呢?"觉民刚从外面走进来,听见觉新的话,就接口问道。

"姑妈只得了一点东西,还有五百块钱的股票,这还是列在'遗赠'里面的。陈姨太倒分得一所公馆,是爷爷遗命给她的。你要晓得我们家里就只有我们这一房跟姑妈的感情好,哪个肯替姑妈讲话?"觉新感叹地说。

"那么你为什么不讲话?"觉民责备道。

"三爸来了,"觉慧忽然低声插嘴道。

这时门帘又一动,克明带着咳嗽声从祖父的房里慢慢地走了出来。

三十六

瑞珏生产的日子近了。这件事情引起了陈姨太、四太太、五太太、和几个女佣的焦虑,起初她们还背着人暗暗地议论。后来有一天陈姨太就带着严肃的表情对克明几弟兄正式讲起"血光之灾"①来:长辈的灵柩停在家里,家里有人生产,那么产妇的血光就会冲犯到死者身上,死者的身上会冒出很多的血。唯一的免灾方法就是把产妇迁出公馆去。迁出公馆还不行,产妇的血光还可以回到公馆来,所以应该迁到城外。出了城还不行,城门也关不住产妇的血光,必须使产妇过桥。而且这样办也不见得就安全,同时还应该在家里用砖筑一个假坟来保护棺木,这样才可以避免"血光之灾"。

五太太沈氏第一个赞成这个办法,四太太王氏和克定在旁边附和。克安起初似乎不以为然,但是听了王氏几句解释的话也就完全同意了。克明和大太太周氏也终于同意了。长一辈的人中间只有三太太张氏一句话也不说。总之大家决定照着陈姨太的意见去做。他们要觉新马上照办,他们说祖父的利益超过一切。

这些话对觉新虽然是一个晴天霹雳,但是他和平地接受了。他没有说一句反抗的话。他一生就没有对谁说过一句反抗的话。无论他受到怎样不公道的待遇,他宁可哭在心里,气在心里,苦在心里,在人前他绝不反抗。他忍受一切。他甚至不去考虑这样的忍受是否会损害别人的幸福。

觉新回到房里,把这件事情告诉了瑞珏,瑞珏也不说一句抱怨的话。她只是哭。她的哭声就是她的反抗的表示。但是这也没有用,因为她没有力量保护自己,觉新也没有力量保护她。她只好让人摆布。

"你晓得我决不相信,然而我又有什么办法?他们都说'宁可信其有,不可信其无'啊!"觉新绝望地摊开手悲声说。

"我不怪你,只怪我自己的命不好,"瑞珏抽泣地说。"我妈又不在省城。你怎么担得起不孝的恶名?便是你肯担承,我也决不让你担承。"

"珏,原谅我,我太懦弱,连自己的妻子也不能够保护。我们相处了这几年……我的苦衷你该可以谅解。"

"你不要……这样说,"瑞珏用手帕揩着眼泪说,"我明白……你的……苦衷。你已经……苦够了。你待我……那样好,……我只有感激。"

"感激?你不是在骂我?你为我不晓得受了多少气!你现在怀胎快足月了,身体又不太好。我倒把你送到城外冷静的地方去,什么都不方便,让你一

---

① 在南方几省过去有这样的迷信,我的一个侄女就生在城外。

个人住在那儿。这是我对不起你。你说,别人家的媳妇会受到这种待遇吗?你还要说感激!"觉新说到这里就捧着头哭起来。

瑞珏却止了泪,静悄悄地立起来,不说一句话,就走了出去。过了片刻她牵着海臣走回来,何嫂跟在她的后面。

觉新还在房里揩眼泪。瑞珏把海臣送到他的面前,要海臣叫他"爹爹",要海臣把他的手拉下来,叫他抱着海臣玩。

觉新抱起海臣来,爱怜地看了几眼,又在海臣的脸颊上吻了几下,然后把海臣放下去,交给瑞珏。他又用苦涩的声音说:"我已经是没有希望的了。你还是好好地教养海儿罢,希望他将来不要做一个象我这样的人!"他说完就往外面走,一只手还在揉眼睛。

"你到哪儿去?"瑞珏关心地问道。

"我到城外去找房子。"他回过头去看她,泪水又迷糊了他的眼睛,他努力说出了这句话,就往外面走了。

这天觉新回来得很迟。找房子并不是容易的事,不过他第二天就办妥了。这是一个小小的院子,一排三间房屋,矮小的纸窗户,没有地板的土地,阳光很少的房间,潮湿颇重的墙壁。他再也找不到更适当的房子了。这里倒符合"要出城"、"要过桥"的两个主要条件。

房子租定了。在瑞珏迁去以前,陈姨太还亲自带了钱嫂去看过一次。王氏和沈氏也同去看了的。大家对房子没有意见了。觉新便开始筹备妻子的迁出。瑞珏本来要自己收拾行李,但是觉新阻止了她。觉新坚持说他会给她料理一切,不使她操一点心。他叫她坐在椅子上不要动,只是看他做种种事情。她不忍拂他的意,终于答应了。他找出每一件他以为她用得着的东西,又拿了它走到她的面前问道:"把这个也带去,好吗?"她笑着点了点头,他便把它拿去放在提箱或者网篮里面。差不多对每一次他同样的问话,她都带笑地点头同意,或者亲切地接连说着:"好!"即使那件东西是她用不着的,她也不肯说不要的话。后来他看见行李快收拾好了,便含笑地对她说:"你看,我做得这样好。我简直把你的心猜透了。我完全懂得你的心。"她也带笑答道:"你真把我的心猜透了。我要用什么东西,你完全晓得。你很会收拾。下回我要出远门,仍旧要请你给我收拾行李。"最后的一句话是信口说出来的。

"下回?下回你到哪儿去,我当然跟你一路去,我决不让你一个人走!"他带笑地说。

"我想到我妈那儿去,不过要去我们一路去,我下回决不离开你,"她含笑地回答。

觉新的脸色突然一变,他连忙低下头去。但是接着他又抬起头,勉强笑道:"是,我们一路去。"

他们两个人都在互相欺骗,都不肯把自己的真心显露。他们在心里明明想哭,在表面上却竭力做出笑容,但是笑容依旧掩饰不住他们的悲痛。他知道,她也知道。他知道她的心,她也知道他的心。然而他们故意把自己的心隐藏起来,隐藏在笑容里,隐藏在愉快的谈话里。他们宁愿自己同时在脸上笑,在心里哭,却不愿意在这时候看见所爱的人流一滴眼泪。

淑华同淑英来了,她们只看见他们两个人的外表上的一切。接着觉民和觉慧进来了,也只看见这两个人的外表上的一切。

然而觉民和觉慧是不能够沉默的。觉慧第一个发问道:"大哥,你当真要把嫂嫂送出去?"他虽然听见人说过这件事情,但是他还不相信,他以为这不过是说着玩的。可是刚才他从外面回来,在二门口碰到了袁成。这个中年仆人亲切地唤了一声:"三少爷。"他站住跟袁成讲了两句话。

"三少爷,你看少奶奶搬到城外头去好不好?"袁成的瘦脸本来有点黑,现在显得更黑了。他的眉毛也皱了起来。

觉慧吃惊地看了袁成一眼,答道:"我不赞成。我看不见得当真搬出去。"

"三少爷,你还不晓得。大少爷已经吩咐下来了,要我跟张嫂两个去服侍少奶奶。三少爷,依我们看,少奶奶这样搬出去不大好。不是喊泥水匠来修假坟吗?就说要搬也要找个好地方。偏偏有钱人家规矩这样多。大少爷为什么不争一下?我们底下人不懂事,依我们看,总是人要紧啊。三少爷,你可不可以去劝劝大少爷,劝劝太太?"袁成包了一眼眶的泪水,他激动地往下说:"少奶奶要紧啊。公馆里头哪一个不望少奶奶好!万一少奶奶有……"他结结巴巴地说不下去了。

"好,我去说,我马上就去找大少爷。你放心,少奶奶不会出事,"觉慧感动地、兴奋地而且用坚决的声音答道。

"三少爷,谢谢你。不过请你千万不要提到袁成的名字,"袁成低声说,他转过身走向门房去了。

觉慧立刻到觉新的房里去。房里的情形完全证实了袁成的话。

觉新皱着眉头看了觉慧一眼,默默地点了点头。

"你疯了?"觉慧惊讶地说,"你难道相信那些鬼话?"

"我相信那些鬼话?"觉新烦躁地说,"我不相信又有什么用处?他们都是那样主张!"他绝望地扭自己的手。

"我说你应该反抗,"觉慧愤怒地说。他并不看觉新,却望着窗外的景物。

"大哥,三弟的话很对,"觉民接着说;"我劝你不要就把嫂嫂搬出去,你先去向他们详细解说一番,他们会明白的。他们也是懂道理的人。"

"道理?"觉新依旧用烦躁的声音说,"连三爸读了多年的书,还到日本学过法律,都只好点头,我的解说还会有用吗?我担不起那个不孝的罪名,我只好听大家的话。不过苦了你嫂嫂。……"

"我有什么苦呢?搬到外头去倒清静得多。……况且有人照料,又有人陪伴。我想一定很舒服,"瑞珏装出笑容插嘴解释道。

"大哥,你又屈服!我不晓得你为什么总是屈服?你应该记得你已经付过了多大的代价!你要记住这是嫂嫂啊!嫂嫂要紧啊!公馆里头哪个不望嫂嫂好!"觉慧想起了袁成的话,气愤不堪地说。"譬如二哥,他几乎因为你的屈服就做了牺牲品,断送他自己,同时还断送另一个人。还是亏得他自己起来反抗,才有今天的胜利。"

觉民听见说到他的事情,不觉现出了得意的微笑,他觉得果然如觉慧所说,是他自己把幸福争回来的。

"三弟,你不要讲了,这不是你大哥的意思,这是我的意思,"瑞珏连忙替觉新解释道。

"不,嫂嫂,这不是你的意思,也不是大哥的意思,这是他们的意思,"觉慧挣红脸大声说。他马上向着觉新恳切地劝道:"大哥,你要奋斗啊!"

"奋斗,胜利,"觉新忍住心痛,嘲笑自己似地说。"不错,你们胜利了。你们反抗一切,你们轻视一切,你们胜利了。就因为你们胜利了,我才失败了。他们把他们对你们的怨恨全集中在我一个人身上。你们得罪了他们,他们只向我一个人报仇。他们恨我,挖苦我,背地骂我,又喊我做'承重老爷'。……你们可以说反抗,可以脱离家庭,可以跑到外面去。……我呢,你想我能够做什么?我能够一个人逃走吗?……许多事情你们都不晓得。为二弟的亲事,我不知道受了多少气!还有三弟,你在外面办刊物,跟那般新朋友往来,我为你也受过好多气!我都忍在心头。我的苦只有我一个人晓得。你们都可以向我说什么反抗,说什么奋斗。我又向哪个去说这些漂亮话?"觉新说到这里,实在忍不住,他忍了这许久的眼泪终于淌出来了。他不愿意别人看见他哭,更不愿意引起别人哭。……他觉得有什么东西沉重地压住他的身子,他不能够支持了。他连忙走到床前,倒下去。

到了这时,瑞珏的最后一道防线被攻破了。她收拾起假的笑容,伏在桌上低声哭起来。淑英和淑华便用带哭的声音劝她。觉民的眼睛也被泪水打湿了。他后悔不该只替自己打算,完全不注意哥哥的痛苦。他觉得他对待哥哥太苛刻了,他不应该那样对待哥哥。他想找些话安慰觉新。

然而觉慧的心情就不同了。觉慧没有流一滴眼泪。他在旁边观察觉新的举动。觉新的那些话自然使他痛苦。然而他觉得他不能够对觉新表示同情:在他的心里憎恨太多了,比爱还多。一片湖水现在他的眼里,一具棺材横在他的面前,还有……现在……将来。这些都是他所不能够忘记的。他每想起这些,他的心就被憎恨绞痛。他本来跟他的两个哥哥一样,也会从他们的慈爱的母亲那里接受了爱的感情。母亲在一小部分人中间留下爱的纪念死去以后,他也曾做过母亲教他们做的事:爱人,帮助人,尊敬长辈,厚待下人,他全做过。可是如今所谓长辈的人在他的眼前现出来是怎样的一副嘴脸,同时他看见在这个家里摧残爱的黑暗势力又如何地在生长。他还亲眼看见一些可爱的年轻的生命怎样地做了不必要的牺牲品。这些生命对于他是太亲爱了,他不能够失掉她们,然而她们终于跟他永别了。他也不能挽救她们。不但不能挽救她们,他还被逼着来看另一些可爱的年轻的生命走上灭亡的路。同情,他现在不能够给人以同情了,不管这个人就是他的哥哥。他一句话也不说,就拔步走了。他到了外房,正遇见何嫂牵着海臣的手走进房来。海臣笑嘻嘻地叫了一声"三爸",他答应着,心里非常难过。

回到自己的房里,觉慧突然感到了以前所不曾有过的孤寂,他的眼睛渐渐地湿了。他看人间好象是一个演悲剧的场所,那么多的眼泪,那么多的痛苦!许多的人生活着只是为着造就自己的灭亡,或者造就别人的灭亡。除了这个,他们就不能够做任何事情。在痛苦中挣扎,结果仍然不免灭亡,而且甚至于连累了别人:他的大哥的命运明明白白地摆在他的眼前。而且他知道这不仅是他的大哥一个人的命运,许多许多的人都走着这同样的路。"人间为什么会有这样多的苦恼?"他这样想着,种种不如意的事情都集在他的心头来了。

"为什么连袁成都懂得,大哥却不懂呢?"他怀疑地问自己。

"无论如何,我不跟他们一样,我要走我自己的路,甚至于踏着他们的尸首,我也要向前走去。"他被痛苦包围着,几乎找不到一条出路,后来才拿了这样的话来鼓舞自己。于是他动身到利群阅报处,会他的那些新朋友去了。

觉新也暂时止住了悲哀,陪着瑞珏到城外的新居去了。同去的有周氏和淑英、淑华两姊妹。觉新还带了一个女佣和一个仆人,就是张嫂和袁成,去服侍瑞珏。后来觉民和琴也去了。

瑞珏并不喜欢她的新居。她嫁到高家以后,就没有跟觉新分离过。现在她不得不一个人在外面居住,他们这次分居,时间至少是在一个月以上。这是第一次,却有这样长的期限,她又搬在这样一个阴暗潮湿的地方。这样想着,她纵然要拿一些愉快的思想安慰自己,事实上也是不可能的了。但是在人前她应该忍住自己的悲哀。虽然在别人忙着安置家具的时候,她闲着也曾背人弹了泪,但是到了别人闲着来跟她谈话时,她又是有说有笑的了。这倒也使那些关怀她的人略微放了心。

很快地就到了分别的时候,大家都要告辞进城去了。

"为什么一说走,就全走呢?琴妹和三妹晏一点走不好吗?"瑞珏不胜依恋地挽留道。

"晏了,城门就要关了。这儿离城门又远,我明天再来看你罢,"琴笑着回答。

"城门,"瑞珏接连地说了两次,好象不明白似的,而实际上她很清楚地知道如今在她跟他中间不仅隔着远的道路,而且还隔着几道城门。城门把她跟他隔断了,从今天傍晚到明天破晓之间,纵然她死在这里,他也不会知道,而且也不能够来看她。她的眼泪经不住她一急,就流出来了。"这儿冷清清的,怪可怕。"她不自觉地顺口说出了这样的话。

"嫂嫂,不要紧,我明天搬来陪你住,"淑华安慰她道。

"我去跟妈商量,我也来陪你,"淑英感动地接口说。

"珏,你忍耐一点,过两天你就会住惯了。这儿还有两个底下人,都是很可靠的。你用不着害怕。明天二妹她们当真搬过来陪你。我每天只要能抽空就会来看你。你好好地忍耐一下,一个多月很快地就过去了。"觉新勉强装出笑容安慰她道。其实他只想抱着她痛哭。

周氏也吩咐了几句话。众人接着说了几句便走了。瑞珏把他们送到门口,倚在门前看他们一个一个地上了轿。

觉新已经上轿了,忽然又走出来,回去问瑞珏,还要不要带什么东西。瑞珏不要什么,她说,需要的东西已经完全带来了。她还说:"你明天给我把海儿带来罢,我很想他。"又说:"你要当心照料海儿。"又说:"我妈那儿你千万不要去信,她得到这个消息会担心的。"

"我前两天就已经写信去了。我瞒着你,因为我知道你一定不让我写,"觉新柔声解释道。

"其实你不该去信。我妈要是晓得我现在……"她只说了半句,就连忙咽住了。她害怕她的话会伤害他。

"然而无论如何应该告诉她,要是她赶到省城来看你,也多一个人照料,"觉新低声分辩道。他不敢去想她咽住的那半句话。

两个人对望着,好象没有话说了,其实心里正有着千言万语。

"我走了,你也可以休息一会儿,"觉新带笑说,他站了几分钟,也只得走了。他上轿前还屡屡回头看她。

"你明天要早些来,"瑞珏说着,还倚在门口望他,一面不住地向他招手。等到他的轿子转了弯不见了时,她才捧着她的大肚皮一步一步地走进房去。

她想从网篮里取出几件东西。但是她觉得四肢没有力气,精神也有点恍惚,她几乎站不住了,便勉强走到床前,在床沿上坐下来。她忽然觉得胎儿在肚里动,又仿佛听见胎儿的声音。她这时真是悲愤交集,她气恼地接连用她的无力的手打肚皮,一面说:"你把我害了!"她低声哭着,一直到张嫂听见声音,跑来劝她的时候。

第二天觉新果然来得很早,而且带了海臣同来。淑华如约搬来了。淑英也来了,不过她没有得到父亲的许可,不能够搬到城外来住。后来琴也来了。这个小小的院子里又有了短时间的欢乐,有了笑声,还有别的。

然而在欢笑中光阴过得比平常更快,分别的时刻终于又到了。临行时海臣忽然哭起来不肯回去,说是要跟着妈妈留在这儿。这自然是不可能的。瑞珏说了许多话安慰他,骗他,才使他转啼为笑,答应好好地跟着爹爹回家。

瑞珏依然把觉新送到门口。"你明天还是早点来罢,"她说着,眼睛里闪起了泪光。

"明天我恐怕不能来。他们喊了泥水匠来给爷爷修假坟,要我监工,"他忧郁地说。但是他忽然注意到了她的眼角的泪珠,又不忍使她失望,便改口说:"我明天会想法来看你,我一定来。珏,你怎么这样容易伤心?你自己的身体要紧。要是你再有什么病痛,你叫我……"说到这里他把话咽住了。

"我自己也不晓得为什么缘故这样容易伤心,"瑞珏的脸上浮出了凄凉的微笑,她抱歉似地说,眼睛不肯离开他的脸,一只手还在摩抚海臣的脸颊。"每天你回去的时候,我总觉得好象不能再跟你见面一样。我很害怕,我自己也不明白为什么要害怕。"她说了又用手去揉眼睛。

"有什么害怕呢? 我们隔得这么近,我每天都可以来看你,现在又有三妹在这儿陪你,"觉新勉强装出笑容来安慰瑞珏。他不敢往下想。

"就是那座庙吗?"她忽然指着右边不远处突出的屋顶问道,"听说梅表妹的灵柩就停在那儿。我倒想去看看她。"

觉新随着瑞珏的手指看去,他的脸色马上变了。他连忙掉开头,一个可怕的思想开始咬他的脑子。他伸手去捏她的手,他把那只温软的手紧紧握着,好象这时候有人要把她夺去一般。"珏,你不要去!"他重复地说了两遍,用的是那样的一种声音,使得瑞珏许久都不能够忘记,虽然她不明白他为什么这样坚持地不要她到那里去。

他不再等她说什么,猝然放开她的手,再说一次:"我回去了,"又叫海臣唤了两声"妈妈",然后大步上了轿。两个轿夫抬起轿子放在肩上。海臣还在轿里唤"妈妈",他却默默地吞眼泪。

觉新回到家里,还不曾走进灵堂,就看见陈姨太从那里出来。

"大少爷,少奶奶还好吗?"她带笑地问。

"还好,难为你问,"觉新勉强装出笑脸来回答。

"快生产了罢?"

"恐怕还有几天。"

"那么,还不要紧。不过大少爷,请你记住,你不能进月房①啰,"陈姨太忽然收起笑容正经地对觉新说,说完就带着她平日常有的那股香气走开了。

这样的话觉新已经听到三次了。然而今天在这种情形里听到她用这种声音说了它出来,他气得半晌吐不出一个字。他呆呆地望着陈姨太的背影。他手里牵着的海臣在旁边仰起头唤"爹爹",他也没有听见。

<h1 style="text-align:center">三 十 七</h1>

四天后,觉新照常到瑞珏的新居去,这一天因为家里有事情,他去得比往

---

① 月房:即产妇的卧房。

日迟一点,到了那里已经是午后三点多钟了。

他走进院子,叫了一声"珏",连忙向她的房间走去。他刚把一只脚放进门槛,便给人拦住了。肥胖的张嫂带着庄严的表情站在房门口,拦住他,不要他进去。她说:"大少爷,你进来不得!"她再没有第二句话。然而他已经懂得了。

他毫不反抗地缩回了那只脚,怅惘地在中间房里立了半响。他忽然觉得有点紧张,就走到外面去了。接着砰的一声瑞珏的房门关上了。里面有脚步声,有陌生的女音在低声说话。

他立在窗下,望着小天井里的青草和野花出神。他有一种奇怪的感觉。这感觉究竟是苦是甜,是喜是悲,是愤怒或是满足,连他自己也说不出来,不过他觉得好象样样都有。几年以前他也曾有过跟这略略相似的感觉,但也只是略略相似而已,实际上却差了许多。他还记得在几年前,当他处在好象跟这相似而实际却跟这不同的情景里的时候,他曾经怀着感动的心情,流下喜悦的眼泪感谢她,照料她。他为她的挣扎而感到痛苦,他又为她给他带来的礼物而感到喜悦。他在旁边看见她经历了那一切而达到最后的胜利,他的心情也由紧张变到宽松,由痛苦变到喜悦。他看见了那个孩子,他的第一个孩子。他还记得他怎样从接生婆的手里接过了那个包裹在襁褓里的婴儿,带着感激与爱怜去吻那张红红的小脸,在心里宣誓要爱那个婴儿,要为婴儿牺牲一切,因为他已经把自己的生命寄托在那个初生孩子的身上了。他又走到妻的床前,看着妻的苍白的、疲倦的脸,摩抚她的一只手,低声问到她的健康,又从眼光里说出许多不能给别人听见的充满着感激与热爱的话。同样她也用得意与热爱的眼光看他,又看那个婴儿,又用感激的声音对他说:"我现在很好。你看,他不可爱吗?快给他起一个名字。"她的脸上是怎样地闪耀着喜悦的光辉,那种第一次做母亲的人的喜悦的光辉!

然而今天同样地她躺在床上,她开始在低声呻吟,房里有人在走动,有人严肃地低声说话。这一切似乎跟从前并没有不同,可是现在他和她却在这样的一个地方,而且两扇木板门隔开了他们,使他就在这一刻也不能够进去看她一眼,鼓舞她,安慰她,或者分担她的痛苦。现在他怀着一种跟从前完全两样的心情等待着将要发生的一切。他没有喜悦,没有满足,他只有恐怖,只有悔恨。他只有一个思想,这就是:"我害了她。"

"少奶奶,你觉得怎样?"张嫂的声音在问。

接着是一阵严肃的沉默。

"哎哟！……哇……哎哟……我痛啊！"

忽然一阵痛苦的叫声从窗里飞出来，直往他的耳朵里钻。这一阵声音使他浑身发抖。他咬紧牙齿，捏紧拳头，极力在挣扎。他起初甚至想："这不会是她的声音，她从来不曾有过这样大的声音。"然而房里除了她以外还有谁会发出这样的叫声呢？"一定是她，一定是珏，"他自语道。

"哇！……痛啊，……我痛啊！……哎哟！"声音更凄厉了，几乎不象是人的叫声。在房里，脚步声、人声、碗碟家具响动声跟这叫声响在一起。他用手蒙住耳朵，口里喃喃地自语："一定不是她，一定不是珏。她不会叫得象这样。"他疯狂似地走近窗前伸长了颈项去望。可是窗户紧紧关着。他只能听见声音，他不能够看见里面的情形。他绝望地掉转了身子。

"少奶奶，你要忍住，过一会儿就好了，"一个陌生的女音在说。

"我痛啊！……哇！"又是一声怪叫。

"嫂嫂，你忍耐些，这不过是短痛，过一会儿就好了，"是淑华的声音。

叫声渐渐地低下去，后来房里只有微弱的呻吟。

忽然门开了。他转过身去望。张嫂从里面匆匆忙忙地跑出来，到灶房里去了一趟，又很快地捧了一盆热水走回去。他迟疑一下，便走进中间屋子，眼睁睁地望着半掩的门，偶尔有一个人影在里面晃动，他的心跳得厉害，但是他还没有进去的念头。等到张嫂从另一间屋子走出来回到瑞珏的房里去时，他突然下了决心要跟着她进去。可是她一进屋就把房门关上了。

他推了几下门，里面没有一声回应。他绝望地放下手，正打算走出去，却又听见里面的怪叫声。他用力推门，他用力捶门。

"哪个？"房里有人在问，这是张嫂的声音。

"放我进来！"他叫道。声音里充满了恐怖、痛苦和愤怒。

没有人答应，也没有人开门。他的妻还在大声叫痛。

"放我进来！张嫂，放我进来！"他愤怒地叫着，一面继续用拳头在门上捶。

"大少爷，你进来不得！我不敢给你开门。太太、四太太、陈姨太她们都吩咐过的！……"张嫂走到门口在里面大声说。

张嫂似乎还在说话，但是他已经不去听她了。他明白她的意思。他记起家里那些长辈们曾经对他说过的话。他的希望、他的勇气都给那些话赶走了。他绝望地立在门前，不能够说一句话来驳倒张嫂。

"大少爷呢？他在哪儿？"在房里瑞珏用悲惨的声音叫起来，"他为什么还不来看我？……张嫂,你去把大少爷请来！我痛啊！……哇！……"

"珏,我在这儿,我在这儿！珏,我来了！开门！快放我进来！她要见我！你们放我进来!"他忘了自己地狂叫着,他用了他所能够叫出的最大的声音。他又用拳头去捶门。

"明轩,你在哪儿？为什么我看不见你？……我痛啊！你在哪儿？……你们为什么不让他进来？……哇！……"

"珏,我在这儿！我就进来！我要守住你！我不会离开你！……放我进来！你们放我进来！你们看她痛成这个样子,你们不可怜她吗?"他嘶声叫着,一面死命地捶着门。

房里静下来了。可是又起了一阵忙乱。有人在奔走,有人在呼唤。"嫂嫂！""少奶奶！"这些声音响成了一片。他想她一定是昏厥过去了。他更紧张,他用最大的声音叫着："珏,我在这儿！你听得见我的声音吗?"

房里的唤声停止了。仿佛瑞珏在说话,过后又是她的呻吟,声音非常微弱。

又过了一些时候。

"哇！我痛啊！……你们不来救我！……明轩,你在哪儿？你为什么也不来救我？……我痛啊！……"她又在里面怪声叫了。

"我在这儿！珏,我给你说我在这儿！我在这儿！珏,听见吗？……放我进来！……三妹,你是懂事的,你快给我开门！你放我进来罢!"他还在外面狂叫。

她的声音又停止了。房里没有人说话。忽然在严肃的静寂中,一个婴儿的哭声响了起来。是宏亮的啼声。

"谢天谢地！"他欣慰地说。他感到一阵轻松,好象心上的大石头已经搬开了。他想她的痛苦快要完了。

现在恐怖和痛苦都去远了。他又一次感到一种不能够用言语形容的喜悦。他的眼里充满了泪水。他感动地想道："我以后要加倍地爱她,看护她,也要爱这个孩子。"他一个人在房门外笑,又在房门外哭。

"嫂嫂！"过了好一会儿,忽然一个恐怖的叫声从房里飞奔出来,象一块巨石落到他的头上。

"她的手冷了！"这又是淑华的带哭的声音。

"少奶奶！"张嫂也开始叫了。

"嫂嫂!"和"少奶奶!"的声音又响成一片。在房里叫唤的只有两个人,因为除了接生婆以外就只有这两个人。竟然是如此凄凉!

觉新知道大祸临头了。他不敢多想。他又把拳头拚命地在门上擂,擂得门发出更大的响声。但是这也没有用。没有人理他。他嘶声叫着:"珏,"又叫:"放我进来!"然而两扇油漆脱落的木板门冷酷地遮住了房里的一切。它们拦住他,一点也不肯退让。它们甚至不让他救她,或者跟她见最后的一面。希望完全破灭了。

房里的女人开始哭起来。然而他还在门外叫:"珏,我在喊你,你听得见吗?……"这不仅是哀号与狂叫,这还是生命的呼声,他把他的全量的爱都贯注在这里面,要把她从到另一世界的途中唤回来。他不仅是在挽救别人的生命,他还是在挽救他自己的生命。他明白:没有了她,他的生存是怎么一回事情。

但是死来了。

里面有人走近门前,他以为张嫂来开门了。谁知却是接生婆抱着新生的婴儿在门缝里传出话来:"恭喜大少爷,是一位公子。"她说完就转身走开了。觉新还听到她一面拍着婴儿,一面自言自语:"可惜生下来就没有娘了。"

这句话刺痛了他的心,他没有一点做父亲时的喜悦。这个孩子似乎并不是他的爱儿,却是他的仇人,夺去了他的妻子的生命的仇人。

愤怒和悲哀混合在一起,紧紧地抓住了他。他更厉害地捶着门。然而两扇小门如今好象有了千斤的重量。

他本来下了决心要不顾一切地跑到里面去,跪倒在妻的床前,向她忏悔他这几年来的错误,哀求她的最后的宽恕,可是已经迟了。两扇木板门是多么脆弱的东西,如今居然变成了专制的君主,它们拦住了最后的爱,不许他进去跟他所爱的人诀别,甚至不许他到她面前痛哭一场。

他突然明白了,这两扇小门并没有力量,真正夺去了他的妻子的还是另一种东西,是整个制度,整个礼教,整个迷信。这一切全压在他的肩上,把他压了这许多年,给他夺去了青春,夺去了幸福,夺去了前途,夺去了他所最爱的两个女人。他现在开始觉得这个担子太重了,他想把它甩掉。他在挣扎。然而同时他又明白他是不能够抵抗这一切的,他是一个无力的、懦弱的人。他绝望了。他突然跪倒在门前。他伤心地哭着。这个时候他不是在哭她,他是在哭自己。房里的哭声和他的哭声互相应和。但这是多么不同的两种声音!

两乘轿子在院子的门前停下来。进来的是他的继母周氏和一个女客。袁成气咻咻地跟在后面。

周氏一进门就听见哭声,她的脸色马上变了,惊惶地对那个女客说:"完了!"她们连忙走进中间的屋子去。

"明轩,你在做什么?"周氏看见觉新跪在那里便吃惊地叫起来。

觉新回过头一看,马上站起来,摊开两只手抽泣地对周氏说:"妈,珏,珏。"这时他才看见了那个女客,便用惭愧的悲痛的声音招呼她,给她行了礼,于是大声哭起来。从房里送出来一阵婴儿的啼声。

女客不说话,她只顾用手帕揩眼睛。

房门已经开了,是袁成叫开的。周氏让女客进去,一面说:"亲家太太,请进去罢,我不能够进月房。"

女客答应一声便走进去了。接着房里又添了一种响亮的哭声:

"瑞珏,瑞珏,你就忍心这样去了?你不等着见妈一面吗?妈来了,妈从多远的路赶来照应你,妈有好多话要跟你讲。你有什么话,告诉我嘛!……瑞珏,你要活转来!妈来晏了,你为什么连一天也不肯多等?……你死得好惨呀!我苦命的儿!看你一个人在这儿冷清清的。要是我早来一天,你也不会死得这样可怜。……我的儿,我苦命的儿呀!妈对不起你……"

周氏和觉新清清楚楚地听见了这些话,它们好象是许多根针,一针一针地刺在他们的心上。

原载《巴金全集》第一卷,
人民文学出版社 1986 年版

老舍《骆驼祥子》导读

 **作家简介**

老舍(1899—1966),原名舒庆春,字舍予,满族人。老舍出生在北京一个贫民家庭,自幼熟悉底层市民生活,喜欢戏剧和民间说唱艺术。1924至1929年,在英国担任汉语教师,阅读了大量西欧文学名著,并开始了小说创作。作品《老张的哲学》《赵子曰》《二马》等小说,以北京市民社会为背景,用讽刺幽默的笔调表现生活。1930年回国后,先后在齐鲁大学和山东大学任教,直到1936年辞职专心创作。这期间创作逐渐成熟,社会视野逐渐扩大,小说主题日益深刻,艺术风格逐步形成。主要作品有《猫城记》《离婚》《骆驼祥子》《我这一辈子》《断魂枪》等。全面抗战爆发后,老舍被选为中华全国文艺界抗敌协会的常务理事兼总务部主任,积极投身于抗战文艺工作,创作了大量剧本、小说和民间通俗曲艺,重要作品有《四世同堂》等。解放后,担任中国文联副主席、中国作协副主席、北京文联主席等职,创作了许多表现新的北京市民社会的话剧剧本,代表作有《龙须沟》《茶馆》等。晚年写作自传体小说《正红旗下》,未完成即在"文化大革命"中投湖自尽。老舍曾被誉为"人民艺术家""语言艺术大师"。

 时代背景

《骆驼祥子》是老舍的代表作,最初连载于《宇宙风》(1936年9月至1937年10月),1939年出版单行本。老舍回国后面临的正是20世纪30年代动荡不安、民不聊生的中国,他被强烈的革命浪潮所包围,并深受五四新文化的影响。"在最近二三十年我们受了多少耻辱,多少变动,多少痛苦,为什么始终没有一本伟大的著作？不是文人只求玩弄文字，而精神上与别人一样麻木吗？我们不许再麻木下去，我们且少掀两回《说文解字》，而去看看社会，看看民间，看看枪炮一天打杀多少你的同胞，看看贪官污吏在那里耍什么害人的把戏。看生命，领略生命，解释生命，你的作品才有生命。"（老舍《论创作》）

1936年，老舍无意间听到两个车夫的故事，这故事很快就激活了他对当时病态的社会与底层人民的命运的思考。与其他作家不同的是，他的思考是从"文化"这个角度展开的。他的独特的生活经历使他成为一个写民间文化的高手，他所关注的，也正是特定文化背景下人的命运。

作品评点

《骆驼祥子》不是一部《子夜》式的社会悲剧，也不是《雷雨》式的人的命运悲剧，而是一部关于文化的悲剧。小说揭示了乡村民间文化价值趋向与都市民间文化价值趋向之间的冲突。

祥子18岁来到城市之后，依然保持着在乡村民间文化形态中所形成的生活态度，他具有中国农民的传统美德：诚实善良、朴素勤劳；不吃烟，不喝酒，不赌钱，没有任何不良嗜好。苦难的农村生活造就了他强烈的生存欲望，闭锁自守、自给自足的生产和生活方式又使他只相信个人的力量。因此到城里后他只想依靠自己的力气挣钱、买车，做一个独立的劳动者，再"到乡下娶个年轻力壮、吃得苦、能洗能做的姑娘"。他把自己封闭起来，既不关心外界的风吹草动，也不关心自己的同行，他只相信自己；甚至是对待金钱，他也认为存在别处他都不放心，只有在自己手里才觉得安心。

这样的生活态度既有积极的一面，也潜伏着悲剧的种子。可惜的是其中积极的部分却没能帮助祥子实现自己的理想，它自身却不断受到市民文化劣根性的侵蚀。对祥子命运起了重要作用的是虎妞，她是车厂老板的女儿，正是她的"治内"，将车厂变得如铁桶一般。市民社会的熏染使她变得强悍、狡猾、工于心计，其父的贪婪又扭曲了她作为一个正常女人的欲望。而祥子在她的引诱和俘虏之下，不仅身体遭到摧残，而且自信、单纯、勤俭等品行以及对自立精神的追求的信念也逐步瓦解，终于，他"由乡间带来的那点清凉劲毁尽了"。至此，市民文化的劣根性不仅造成了虎妞的沦落，更造成了祥子的沉沦。

老舍写道："祥子还在那文化之城，可是变成了走兽。一点也不是他的过错。他停止住思想,所以就杀了人,他也不负什么责任。"这正是老舍的深刻与独特之处:因为祥子的失败不仅仅是他个人的失败,更是他所代表的"文化"的失败。从《骆驼祥子》阴暗龌龊的图景中,我们能感触到老舍对病态的城市文明给人性带来伤害的深深的忧虑。它直接解剖了构成这一恶劣环境的各式人的心灵,揭示了文明失范如何引发了"人心所藏的污浊与兽性"。这种文化批判可以纳入"国民性批判"的主题,祥子与阿 Q 显然不同,他们的悲剧因而也就具有了不同的意义和力量。在 20 世纪 30 年代,像《骆驼祥子》这样在批判现实的同时又试图探索现代文明病源的作品是独树一帜的。

(刘清虎)

骆驼祥子(节选)

老 舍

到了六月,大杂院里在白天简直没什么人声。孩子们抓早儿提着破筐去拾所能拾到的东西;到了九点,毒花花的太阳已要将他们的瘦脊背晒裂,只好拿回来所拾得的东西,吃些大人所能给他们的食物。然后,大一点的要是能找到世界上最小的资本,便去连买带拾,凑些冰核去卖。若找不到这点资本,便结伴出城到护城河里去洗澡,顺手儿在车站上偷几块煤,或捉些蜻蜓与知了儿卖与那富贵人家的小儿。那小些的,不敢往远处跑,都到门外有树的地方,拾槐虫,挖"金钢"①什么的去玩。孩子都出去,男人也都出去,妇女们都赤了背在屋中,谁也不肯出来;不是怕难看,而是因为院中的地已经晒得烫脚。

直到太阳快落,男人与孩子们才陆续的回来,这时候院中有了墙影与一些凉风,而屋里圈着一天的热气,像些火笼;大家都在院中坐着,等着妇女们作饭。此刻,院中非常的热闹,好像是个没有货物的集市。大家都受了一天的热,红着眼珠,没有好脾气;肚子又饿,更个个急赤白脸。一句话不对路,有的便要打孩子,有的便要打老婆;即使打不起来,也骂个痛快。这样闹哄,一直到大家都吃过饭。小孩有的躺在院中便睡去,有的到街上去撒欢②。大人们吃饱

---

① 金钢,即槐虫的蛹。
② 撒欢,本来是指动物的欢奔乱跑,也用来说小孩子这种动作。

之后，脾气和平了许多，爱说话的才三五成团，说起一天的辛苦。那吃不上饭的，当已无处去当，卖已无处去卖——即使有东西可当或卖——因为天色已黑上来。男的不管屋中怎样的热，一头扎在炕上，一声不出，也许大声的叫骂。女的含着泪向大家去通融，不定碰多少钉子，才借到一张二十枚的破纸票。攥着这张宝贝票子，她出去弄点杂合面来，勾一锅粥给大家吃。

虎妞与小福子不在这个生活秩序中。虎妞有了孕，这回是真的。祥子清早就出去，她总得到八九点钟才起来；怀孕不宜多运动是传统的错谬信仰，虎妞既相信这个，而且要借此表示出一些身分：大家都得早早的起来操作，唯有她可以安闲自在的爱躺到什么时候就躺到什么时候。到了晚上，她拿着个小板凳到街门外有风的地方去坐着，直到院中的人差不多都睡了才进来，她不屑于和大家闲谈。

小福子也起得晚，可是她另有理由。她怕院中那些男人们斜着眼看她，所以等他们都走净，才敢出屋门。白天，她不是找虎妞来，便是出去走走，因为她的广告便是她自己。晚上，为躲着院中人的注目，她又出去在街上转，约摸着大家都躺下，她才偷偷的溜进来。

在男人里，祥子与二强子是例外。祥子怕进这个大院，更怕往屋里走。院里众人的穷说，使他心里闹得慌，他愿意找个清静的地方独自坐着。屋里呢，他越来越觉得虎妞像个母老虎。小屋里是那么热，憋气，再添上那个老虎，他一进去就仿佛要出不来气。前些日子，他没法不早回来，为是省得虎妞吵嚷着跟他闹。近来，有小福子作伴儿，她不甚管束他了，他就晚回来一些。

二强子呢，近年几乎不大回家来了。他晓得女儿的营业，没脸进那个街门。但是他没法拦阻她，他知道自己没力量养活着儿女们。他只好不再回来，作为眼不见心不烦。有时候他恨女儿，假若小福子是个男的，管保不用这样出丑；既是个女胎，干吗投到他这里来！有时候他可怜女儿，女儿是卖身养着两个弟弟！恨吧疼吧，他没办法。赶到他喝了酒，而手里没了钱，他不恨了，也不可怜了，他回来跟她要钱。在这种时候，他看女儿是个会挣钱的东西，他是作爸爸的，跟她要钱是名正言顺。这时候他也想起体面来：大家不是轻看小福子吗，她的爸爸也没饶了她呀，他逼着她拿钱，而且骂骂咧咧，似乎是骂给大家听——二强子没有错儿，小福子天生的不要脸。

他吵，小福子连大气也不出。倒是虎妞一半骂一半劝，把他对付走，自然他手里得多少拿去点钱。这种钱只许他再去喝酒，因为他要是清醒着看见它们,他就会去跳河或上吊。

六月十五那天,天热得发了狂。太阳刚一出来,地上已像下了火。一些似云非云,似雾非雾的灰气低低的浮在空中,使人觉得憋气儿。一点风也没有。祥子在院中看了看那灰红的天,打算去拉晚——过下午四点再出去;假若挣不上钱的话,他可以一直拉到天亮:夜间无论怎样也比白天好受一些。

虎妞催着他出去,怕他在家里碍事,万一小福子拉来个客人呢。"你当在家里就好受哪?屋子里一到晌午连墙都是烫的!"

他一声没出,喝了瓢凉水,走了出去。

街上的柳树,像病了似的,叶子挂着层灰土在枝上打着卷;枝条一动也懒得动的,无精打采的低垂着。马路上一个水点也没有,干巴巴的发着些白光。便道上尘土飞起多高,与天上的灰气联接起来,结成一片毒恶的灰沙阵,烫着行人的脸。处处干燥,处处烫手,处处憋闷,整个的老城像烧透的砖窑,使人喘不出气,狗爬在地上吐出红舌头,骡马的鼻孔张得特别的大,小贩们不敢吆喝,柏油路化开;甚至于铺户门前的铜牌也好像要被晒化。街上异常的清静,只有铜铁铺里发出使人焦燥的一些单调的叮叮当当。拉车的人们,明知不活动便没有饭吃,也懒得去张罗买卖;有的把车放在有些阴凉的地方,支起车棚,坐在车上打盹;有的钻进小茶馆去喝茶;有的根本没拉出车来,而来到街上看看,看看有没有出车的可能。那些拉着买卖的,即使是最漂亮的小伙子,也居然甘于丢脸,不敢再跑,只低着头慢慢的走。每一个井台都成了他们的救星,不管刚拉了几步,见井就奔过去;赶不上新汲的水,便和驴马们同在水槽里灌一大气。还有的,因为中了暑,或是发痧,走着走着,一头栽在地上,永不起来。

连祥子都有些胆怯了!拉着空车走了几步,他觉出由脸到脚都被热气围着,连手背上都流了汗。可是,见了座儿,他还想拉,以为跑起来也许倒能有点风。他拉上了个买卖,把车拉起来,他才晓得天气的厉害已经到了不允许任何人工作的程度。一跑,便喘不过气来,而且嘴唇发焦,明知心里不渴,也见水就想喝。不跑呢,那毒花花的太阳把手和脊背都要晒裂。好歹的拉到了地方,他的裤褂全裹在了身上。拿起芭蕉扇搧搧,没用,风是热的。他已经不知喝了几气凉水,可是又跑到茶馆去。两壶热茶喝下去,他心里安静了些。茶由口中进去,汗马上由身上出来,好像身上已是空膛的,不会再藏储一点水分。他不敢再动了。

坐了好久,他心中腻烦了。既不敢出去,又没事可作,他觉得天气仿佛存心跟他过不去。不,他不能服软。他拉车不止一天了,夏天这也不是头一遭,他不能就这么白白的"泡"一天。想出去,可是腿真懒得动,身上非常的软,好像洗澡没洗痛快那样,汗虽出了不少,而心里还不畅快。又坐了会儿,他再也坐不住了,反正坐着也是出汗,不如爽性出去试试。

一出来,才晓得自己的错误。天上那层灰气已散,不甚憋闷了,可是阳光也更厉害了许多:没人敢抬头看太阳在哪里,只觉得到处都闪眼,空中,屋顶上,墙壁上,地上,都白亮亮的,白里透着点红;由上至下整个的像一面极大的火镜,每一条光都像火镜的焦点,晒得东西要发火。在这个白光里,每一个颜色都刺目,每一个声响都难听,每一种气味都混含着由地上蒸发出来的腥臭。街上仿佛已没了人,道路好像忽然加宽了许多,空旷而没有一点凉气,白花花的令人害怕。祥子不知怎么是好了,低着头,拉着车,极慢的往前走,没有主意,没有目的,昏昏沉沉的,身上挂着一层黏汗,发着馊臭的味儿。走了会儿,脚心和鞋袜粘在一块,好像踩着块湿泥,非常的难过。本来不想再喝水,可是见了井不由的又过去灌了一气,不为解渴,似乎专为享受井水那点凉气,由口腔到胃中,忽然凉了一下,身上的毛孔猛的一收缩,打个冷战,非常舒服。喝完,他连连的打嗝,水要往上漾!

走一会儿,坐一会儿,他始终懒得张罗买卖。一直到了正午,他还觉不出饿来。想去照例的吃点什么,看见食物就要恶心。胃里差不多装满了各样的水,有时候里面会轻轻的响,像骡马似的喝完水肚子里光光的响动。

拿冬与夏相比,祥子总以为冬天更可怕。他没想到过夏天会这么难受。在城里过了不止一夏了,他不记得这么热过。是天气比往年热呢,还是自己的身体虚呢?这么一想,他忽然的不那么昏昏沉沉的了,心中仿佛凉了一下。自己的身体,是的,自己的身体不行了!他害了怕,可是没办法。他没法赶走虎妞,他将要变成二强子①,变成那回遇见的那个高个子,变成小马儿的祖父。祥子完了!

正在午后一点的时候,他又拉上个买卖。这是一天里最热的时候,又赶上这一夏里最热的一天,可是他决定去跑一趟。他不管太阳下是怎样的热了:假若拉完一趟而并不怎样呢,那就证明自己的身子并没坏;设若拉不下来这个

---

① 二强子即小福子的父亲,连同下句所提到的高个子,小马儿的祖父,都是拉了一辈子洋车,结果落了个衰老穷困的悲惨下场。

买卖呢,那还有什么可说的,一个跟头栽死在那发着火的地上也好!

刚走了几步,他觉到一点凉风,就像在极热的屋里由门缝进来一点凉气似的。他不敢相信自己;看看路旁的柳枝,的确是微微的动了两下。街上突然加多了人,铺户中的人争着往外跑,都攥着把蒲扇遮着头,四下里找:"有了凉风!有了凉风!凉风下来了!"大家几乎要跳起来嚷着。路旁的柳树忽然变成了天使似的,传达着上天的消息:"柳条儿动了!老天爷,多赏点凉风吧!"

还是热,心里可镇定多了。凉风——即使是一点点——给了人们许多希望。几阵凉风过去,阳光不那么强了,一阵亮,一阵稍暗,仿佛有片飞沙在上面浮动似的。风忽然大起来,那半天没有动作的柳条像猛的得到什么可喜的事,飘洒的摇摆,枝条都像长出一截儿来。一阵风过去,天暗起来,灰尘全飞到半空。尘土落下一些,北面的天边见了墨似的乌云。祥子身上没了汗,向北边看了一眼,把车停住,上了雨布,他晓得夏天的雨是说来就来,不容工夫的。

刚上好了雨布,又是一阵风,黑云滚似的已遮黑半边天。地上的热气与凉风搀合起来,夹杂着腥臊的干土,似凉又热;南边的半个天响晴白日,北边的半个天乌云如墨,仿佛有什么大难来临,一切都惊惶失措。车夫急着上雨布,铺户忙着收幌子,小贩们慌手忙脚的收拾摊子,行路的加紧往前奔。又一阵风。风过去,街上的幌子,小摊与行人,仿佛都被风卷了走,全不见了,只剩下柳枝随着风狂舞。

云还没铺满了天,地上已经很黑,极亮极热的晴午忽然变成黑夜了似的。风带着雨星,像在地上寻找什么似的,东一头西一头的乱撞。北边远处一个红闪,像把黑云掀开一块,露出一大片血似的。风小了,可是利飕有劲,使人颤抖。一阵这样的风过去,一切都不知怎好似的,连柳树都惊疑不定的等着点什么。又一个闪,正在头上,白亮亮的雨点紧跟着落下来,极硬的砸起许多尘土,土里微带着雨气。大雨点砸在祥子的背上几个,他哆嗦了两下。雨点停了,黑云铺匀了满天。又一阵风,比以前的更厉害,柳枝横着飞,尘土往四下里走,雨道往下落;风,土,雨,混在一处,联成一片,横着竖着都灰茫茫,冷飕飕,一切的东西都被裹在里面,辨不清哪是树,哪是地,哪是云,四面八方全乱,全响,全迷糊。风过去了,只剩下直的雨道,扯天扯地的垂落,看不清一条条的,只是那么一片,一阵,地上射起了无数的箭头,房屋上落下万千条瀑布。几分钟,天地已分不开,空中的河往下落,地上的河横着流,成了一个灰暗昏黄,有时又白亮亮的,一个水世界。

祥子的衣服早已湿透,全身没有一点干松地方;隔着草帽,他的头发已经全湿。地上的水过了脚面,已经很难迈步;上面的雨直砸着他的头与背,横扫着他的脸,裹着他的裆。他不能抬头,不能睁眼,不能呼吸,不能迈步。他像要立定在水中,不知道哪是路,不晓得前后左右都有什么,只觉得透骨凉的水往身上各处浇。他什么也不知道了,只心中茫茫的有点热气,耳旁有一片雨声。他要把车放下,但是不知放在哪里好。想跑,水裹住他的腿。他就那么半死半活的,低着头一步一步的往前曳。坐车的仿佛死在了车上,一声不出的任着车夫在水里挣命。

雨小了些,祥子微微直了直脊背,吐出一口气:"先生,避避再走吧!"

"快走!你把我扔在这儿算怎回事!?"坐车的跺着脚喊。

祥子真想硬把车放下,去找个地方避一避。可是,看看身上,已经全往下流水,他知道一站住就会哆嗦成一团。他咬上了牙,淌着水不管高低深浅的跑起来。刚跑出不远,天黑了一阵,紧跟着一亮,雨又迷住他的眼。

拉到了,坐车的连一个铜板也没多给。祥子没说什么,他已顾不过命来。

雨住一会儿,又下一阵儿,比以前小了许多。祥子一气跑回了家。抱着火,烤了一阵,他哆嗦得像风雨中的树叶。虎妞给他冲了碗姜糖水,他傻子似的抱着碗一气喝完。喝完,他钻了被窝,什么也不知道了,似睡非睡的,耳中刷刷的一片雨声。

到四点多钟,黑云开始显出疲乏来,绵软无力的打着不甚红的闪。一会儿,西边的云裂开,黑的云峰镶上金黄的边,一些白气在云下奔走;闪都到南边去,曳着几声不甚响亮的雷。又待了一会儿,西边的云缝露出来阳光,把带着雨水的树叶照成一片金绿。东边天上挂着一双七色的虹,两头插在黑云里,桥背顶着一块青天。虹不久消散了,天上已没有一块黑云,洗过的蓝空与洗过了的一切,像由黑暗里刚生出一个新的,清凉的,美丽的世界。连大杂院里的水坑上也来了几个各色的蜻蜓。

可是,除了孩子们赤着脚追逐那些蜻蜓,杂院里的人们并顾不得欣赏这雨后的晴天。小福子屋的后檐墙塌了一块,姐儿三个忙着把炕席揭起来,堵住窟窿。院墙塌了好几处,大家没工夫去管,只顾了收拾自己的屋里:有的台阶太矮,水已灌到屋中,大家七手八脚的拿着簸箕破碗往外淘水。有的倒了山墙,设法去填堵。有的屋顶漏得像个喷壶,把东西全淋湿,忙着往出搬运,放在炉旁去烤,或摆在窗台上去晒。在正下雨的时候,大家躲在那随时可以塌倒而把他们活埋了的屋中,把命交给了老天;雨后,他们算计着,收拾着那些损失;虽然大雨过去,一斤粮食也许落一半个铜子,可是他们的损失不是这个所能偿补的。他们花着房钱,可是永远没人来修补房子;除非塌得无法再住人,才来一两个泥水匠,用些素泥碎砖稀松的堵砌上——预备着再塌。房钱交不上,全家便被撵出去,而且扣了东西。房子破,房子可以砸死人,没人管。他们那点钱,只能租这样的屋子;破,危险,都活该!

最大的损失是被雨水激病。他们连孩子带大人都一天到晚在街上找生意,而夏天的暴雨随时能浇在他们的头上。他们都是卖力气挣钱,老是一身热汗,而北方的暴雨是那么急,那么凉,有时夹着核桃大的冰雹;冰凉的雨点,打在那开张着的汗毛眼上,至少教他们躺在炕上,发一两天烧。孩子病了,没钱买药;一场雨,催高了田中的老玉米与高粱,可是也能浇死不少城里的贫苦儿女。大人们病了,就更了不得;雨后,那诗人们吟咏着荷珠与双虹;穷人家——大人病了——便全家挨了饿。一场雨,也许多添几个妓女或小贼,多有些人下到监狱去;大人病了,儿女们作贼作娼也比饿着强!雨下给富人,也下给穷人;下给义人,也下给不义的人。其实,雨并不公道,因为下落在一个没有公道的世界上。

祥子病了。大杂院里的病人并不止于他一个。

祥子昏昏沉沉的睡了两昼夜,虎妞着了慌。到娘娘庙,她求了个神方:一点香灰之外,还有两三味草药。给他灌下去,他的确睁开眼看了看,可是待了一会儿又睡着了。嘴里唧唧咕咕的不晓得说了些什么。虎妞这才想起去请大夫。扎了两针,服了剂药,他清醒过来,一睁眼便问:"还下雨吗?"

第二剂药煎好,他不肯吃。既心疼钱,又恨自己这样的不济,居然会被一场雨给激病,他不肯喝那碗苦汁子。为证明他用不着吃药,他想马上穿起衣裳就下地。可是刚一坐起来,他的头像有块大石头赘着,脖子一软,眼前冒了金花,他又倒下了。什么也无须说了,他接过碗来,把药吞下去。

他躺了十天。越躺着越起急,有时候他趴在枕头上,有泪无声的哭。他知道自己不能去挣钱,那么一切花费就都得由虎妞往外垫;多咱把她的钱垫完,多咱便全仗着他的一辆车子;凭虎妞的爱花爱吃,他供给不起,况且她还有了孕呢!越起不来越爱胡思乱想,越想越愁得慌,病也就越不容易好。

刚顾过命来,他就问虎妞:"车呢?"

"放心吧,赁给丁四拉着呢!"

"啊!"他不放心他的车,唯恐被丁四,或任何人,给拉坏。可是自己既不能下地,当然得赁出去,还能闲着吗?他心里计算:自己拉,每天好歹一背拉①总有五六毛钱的进项。房钱,煤米柴炭,灯油茶水,还先别算添衣服,也就将够两个人用的,还得处处抠搜②,不能像虎妞那么满不在乎。现在,每天只进一毛多钱的车租,得干赔上四五毛,还不算吃药。假若病老不好,该怎办呢?是的,不怪二强子喝酒,不怪那些苦朋友们胡作非为,拉车这条路是死路!不管你怎样卖力气,要强,你可就别成家,别生病,别出一点岔儿。哼!他想起来,自己的头一辆车,自己攒下的那点钱,又招谁惹了谁了?不因生病,也不是为成家,就那么无情无理的丢了!好也不行,歹也不行,这条路上只有死亡,而且说不定哪时就来到,自己一点也不晓得。想到这里,由忧愁改为颓废,嗐,干它的去,起不来就躺着,反正是那么回事!他什么也不想了,静静的躺着。不久他又忍不下去了,想马上起来,还得去苦奔;道路是死的,人心是活的,在入棺材以前总是不断的希望着。可是,他立不起来。只好无聊的,乞怜的,要向虎妞说几句话:

"我说那辆车不吉祥,真不吉祥!"

"养你的病吧!老说车,车迷!"

他没再说什么。对了,自己是车迷!自从一拉车,便相信车是一切,敢情……

病刚轻了些,他下了地。对着镜子看了看。他不认得镜中的人了:满脸胡子拉茬,太阳与腮都瘪进去,眼是两个深坑,那块疤上有好多皱纹!屋里非常的热闷,他不敢到院中去,一来是腿软得像没了骨头,二来是怕被人家看见他。不但在这个院里,就是东西城各车口上,谁不知道祥子是头顶头的③棒小伙子。祥子不能就是这个样的病鬼!他不肯出去。在屋里,又憋闷得慌。他恨不能一口吃壮起来,好出去拉车。可是,病是毁人的,它的来去全由着它自己。

歇了有一个月,他不管病完全好了没有,就拉上车。把帽子戴得极低,为是教人认不出来他,好可以缓着劲儿跑。"祥子"与"快"是分不开的,他不能大模大样的慢慢蹭,教人家看不起。

---

① 背拉,即平均。
② 抠搜,即俭省。
③ 头顶头的,即第一等的。

身子本来没好利落,又贪着多拉几号,好补上病中的亏空,拉了几天,病又回来了。这回添上了痢疾。他急得抽自己的嘴巴,没用,肚皮似乎已挨着了腰,还泻。好容易痢疾止住了,他的腿连蹲下再起来都费劲,不用说想去跑一阵了。他又歇了一个月!他晓得虎妞手中的钱大概快垫完了!

到八月十五,他决定出车;这回要是再病了,他起了誓,他就去跳河!

在他第一次病中,小福子时常过来看看。祥子的嘴一向干不过虎妞,而心中又是那么憋闷,所以有时候就和小福子说几句。这个,招翻了虎妞。祥子不在家,小福子是好朋友;祥子在家,小福子就不是,按照虎妞的想法,"来吊棒①!好不要脸!"她力逼着小福子还上欠着她的钱,"从此以后,不准再进来!"

小福子失去了招待客人的地方,而自己的屋里又是那么破烂——炕席堵着后檐墙,她无可如何,只得到"转运公司"②去报名。可是,"转运公司"并不需要她这样的货。人家是介绍"女学生"与"大家闺秀"的,门路高,用钱大,不要她这样的平凡人物。她没了办法。想去下窑子,既然没有本钱,不能混自家的买卖,当然得押给班儿里。但是,这样办就完全失去自由,谁照应着两个弟弟呢?死是最简单容易的事,活着已经是在地狱里。她不怕死,可也不想死,因为她要作些比死更勇敢更伟大的事。她要看着两个弟弟都能挣上钱,再死也就放心了。自己早晚是一死,但须死一个而救活了俩!想来想去,她只有一条路可走:贱卖。肯进她那间小屋的当然不肯出大价钱,好吧,谁来也好吧,给个钱就行。这样,倒省了衣裳与脂粉;来找她的并不敢希望她打扮得怎么够格局,他们是按钱数取乐的;她年纪很轻,已经是个便宜了。

虎妞的身子已不大方便,连上街买趟东西都怕有些失闪,而祥子一走就是一天,小福子又不肯过来,她寂寞得像个被拴在屋里的狗。越寂寞越恨,她以为小福子的减价出售是故意的气她。她才不能吃这个瘪子③:坐在外间屋,敞开门,她等着。有人往小福子屋走,她便扯着嗓子说闲话,教他们难堪,也教小福子吃不住。小福子的客人少了,她高了兴。

小福子晓得这么下去,全院的人慢慢就会都响应虎妞,而把自己撵出去。她只是害怕,不敢生气,落到她这步田地的人晓得把事实放在气和泪的前边。她带着小弟弟过来,给虎妞下了一跪。什么也没说,可是神色也带出来:这一

---

① 吊棒,下流话,即调情。
② 给暗娼介绍生意的地方。
③ 吃瘪子,即受窘,作难。

跪要还不行的话,她自己不怕死,谁可也别想活着!最伟大的牺牲是忍辱,最伟大的忍辱是预备反抗。

虎妞倒没了主意。怎想怎不是味儿,可是带着那么个大肚子,她不敢去打架。武的既拿不出来,只好给自己个台阶:说是逗着小福子玩呢,谁想弄假成真,小福子的心眼太死。这样解释开,她们又成了好友,她照旧给小福子维持一切。

自从中秋出车,祥子处处加了谨慎,两场病教他明白了自己并不是铁打的。多挣钱的雄心并没完全忘掉,可是屡次的打击使他认清楚了个人的力量是多么微弱;好汉到时候非咬牙不可,但咬上牙也会吐了血!痢疾虽然已好,他的肚子可时时的还疼一阵。有时候腿脚正好蹓开了,想试着步儿加点速度,肚子里绳绞似的一拧,他缓了步,甚至于忽然收住脚,低着头,缩着肚子,强忍一会儿。独自拉着座儿还好办,赶上拉帮儿车的时候,他猛孤丁的收住步,使大家莫名其妙,而他自己非常的难堪。自己才二十多岁,已经这么闹笑话,赶到三四十岁的时候,应当怎样呢?这么一想,他轰的一下冒了汗!

为自己的身体,他很愿再去拉包车。到底是一工儿活有个缓气的时候;跑的时候要快,可是休息的工夫也长,总比拉散座儿轻闲。他可也准知道,虎妞绝对不会放手他,成了家便没了自由,而虎妞又是特别的厉害。他认了背运。

半年来的,由秋而冬,他就那么一半对付,一半挣扎,不敢大意,也不敢偷懒,心中憋憋闷闷的,低着头苦奔。低着头,他不敢再像原先那么楞葱似的,什么也不在乎了。至于挣钱,他还是比一般的车夫多挣着些。除非他的肚子正绞着疼,他总不肯空放走一个买卖,该拉就拉,他始终没染上恶习。什么故意的绷大价,什么中途倒车,什么死等好座儿,他都没学会。这样,他多受了累,可是天天准进钱。他不取巧,所以也就没有危险。

可是,钱进得太少,并不能剩下。左手进来,右手出去,一天一个干净。他连攒钱都想也不敢想了。他知道怎样省着,虎妞可会花呢。虎妞的"月子"①是转过年二月初的。自从一入冬,她的怀已显了形,而且爱故意的往外腆着,好显出自己的重要。看着自己的肚子,她简直连炕也懒得下。作菜作饭全托付给了小福子,自然那些剩汤腊水的就得教小福子拿去给弟弟们吃。

---

① 妇女生产,习惯上须休息一个月,俗称"坐月子"。

这个,就费了许多。饭菜而外,她还得吃零食,肚子越显形,她就觉得越须多吃好东西;不能亏着嘴。她不但随时的买零七八碎的,而且嘱咐祥子每天给她带回点儿来。祥子挣多少,她花多少,她的要求随着他的钱涨落。祥子不能说什么。他病着的时候,花了她的钱,那么一还一报,他当然也得给她花。祥子稍微紧一紧手,她马上会生病,"怀孕就是害九个多月的病,你懂得什么?"她说的也是真话。

到过新年的时候,她的主意就更多了。她自己动不了窝,便派小福子一趟八趟的去买东西。她恨自己出不去,又疼爱自己而不肯出去,不出去又憋闷的慌,所以只好多买些东西来看着还舒服些。她口口声声不是为她自己买而是心疼祥子:"你苦奔了一年,还不吃一口哪?自从病后,你就没十分足壮起来;到年底下还不吃,等饿得像个瘪臭虫哪?"祥子不便辩驳,也不会辩驳;及至把东西做好,她一吃便是两三大碗。吃完,又没有运动,她撑得慌,抱着肚子一定说是犯了胎气!

过了年,她无论如何也不准祥子在晚间出去,她不定哪时就生养,她害怕。这时候,她才想起自己的实在岁数来,虽然还不肯明说,可是再也不对他讲"我只比你大'一点'了。"她这么闹哄,祥子迷了头。生命的延续不过是生儿养女,祥子心里不由的有点喜欢,即使一点也不需要一个小孩,可是那个将来到自己身上,最简单而最玄妙的"爸"字,使铁心的人也得要闭上眼想一想,无论怎么想,这个字总是动心的。祥子,笨手笨脚的,想不到自己有什么好处和可自傲的地方;一想到这个奇妙的字,他忽然觉出自己的尊贵,仿佛没有什么也没关系,只要有了小孩,生命便不会是个空的。同时,他想对虎妞尽自己所能的去供给,去伺候,她现在已不是"一"个人;即使她很讨厌,可是在这件事上她有一百成的功劳。不过,无论她有多么大的功劳,她的闹腾劲儿可也真没法受。她一会儿一个主意,见神见鬼的乱哄,而祥子必须出去挣钱,需要休息,即使钱可以乱花,他总得安安顿顿的睡一夜,好到明天再去苦曳。她不准他晚上出去,也不准他好好的睡觉,他一点主意也没有,成天际晕晕忽忽的,不知怎样才好。有时候欣喜,有时候着急,有时候烦闷,有时候为欣喜而又要惭愧,有时候为着急而又要自慰,有时候为烦闷而又要欣喜,感情在他心中绕着圆圈,把个最简单的人闹得不知道了东西南北。有一回,他竟自把座儿拉过了地方,忘了人家雇到哪里!

灯节左右,虎妞决定教祥子去请收生婆,她已支持不住。收生婆来到,告诉她还不到时候,并且说了些要临盆时的征象。她忍了两天,就又闹腾起来。把收生婆又请了来,还是不到时候。她哭着喊着要去寻死,不能再受这个折磨。祥子一点办法没有,为表明自己尽心,只好依了她的要求,暂不去拉车。

一直闹到月底,连祥子也看出来,这是真到了时候,她已经不像人样了。收生婆又来到,给祥子一点暗示,恐怕要难产。虎妞的岁数,这又是头胎,平日缺乏运动,而胎又很大,因为孕期里贪吃油腻;这几项合起来,打算顺顺当当的生产是希望不到的。况且一向没经过医生检查过,胎的部位并没有矫正过;收生婆没有这份手术,可是会说:就怕是横生逆产呀!

在这杂院里,小孩的生与母亲的死已被大家习惯的并为一谈。可是虎妞比别人都更多着些危险,别个妇人都是一直到临盆那一天还操作活动,而且吃得不足,胎不会很大,所以倒能容易产生。她们的危险是在产后的失调,而虎妞却与她们正相反。她的优越正是她的祸患。

祥子,小福子,收生婆,连着守了她三天三夜。她把一切的神佛都喊到了,并且许下多少誓愿,都没有用。最后,她嗓子已哑,只低唤着"妈哟!妈哟!"收生婆没办法,大家都没办法,还是她自己出的主意,教祥子到德胜门外去请陈二奶奶——顶着一位虾蟆大仙。陈二奶奶非五块钱不来,虎妞拿出最后的七八块钱来:"好祥子,快快去吧!花钱不要紧!等我好了,我乖乖的跟你过日子!快去吧!"

陈二奶奶带着"童儿"——四十来岁的一位黄脸大汉——快到掌灯的时候才来到。她有五十来岁,穿着蓝绸子袄,头上戴着红石榴花,和全份的镀金首饰。眼睛直勾勾的,进门先净了手,而后上了香;她自己先磕了头,然后坐在香案后面,呆呆的看着香苗。忽然连身子都一摇动,打了个极大的冷战,垂下头,闭上眼,半天没动静。屋中连落个针都可以听到,虎妞也咬上牙不敢出声。慢慢的,陈二奶奶抬起头来,点着头看了看大家;"童儿"扯了扯祥子,教他赶紧磕头。祥子不知道自己信神不信,只觉得磕头总不会出错儿。迷迷糊糊的,他不晓得磕了几个头。立起来,他看着那对直勾勾的"神"眼,和那烧透了的红亮香苗,闻着香烟的味道,心中渺茫的希望着这个阵式里会有些好处,呆呆的,他手心上出着凉汗。

虾蟆大仙说话老声老气的,而且有些结巴:"不,不,不要紧!画道催,催,催生符!"

"童儿"急忙递过黄绵纸,大仙在香苗上抓了几抓,而后沾着吐沫在纸上画。

画完符,她又结结巴巴的说了几句:大概的意思是虎妞前世里欠这孩子的债,所以得受些折磨。祥子晕头打脑的没甚听明白,可是有些害怕。

陈二奶奶打了个长大的哈欠,闭目愣了会儿,仿佛是大梦初醒的样子睁开了眼。"童儿"赶紧报告大仙的言语。她似乎很喜欢:"今天大仙高兴,爱说话!"然后她指导着祥子怎样教虎妞喝下那道神符,并且给她一丸药,和神符一同服下去。

陈二奶奶热心的等着看看神符的效验,所以祥子得给她预备点饭。祥子把这个托付给小福子去办。小福子给买来热芝麻酱烧饼和酱肘子;陈二奶奶还嫌没有盅酒吃。

虎妞服下去神符,陈二奶奶与"童儿"吃过了东西,虎妞还是翻滚的闹。直闹了一点多钟,她的眼珠已慢慢往上翻。陈二奶奶还有主意,不慌不忙的教祥子跪一股高香。祥子对陈二奶奶的信心已经剩不多了,但是既花了五块钱,爽性就把她的方法都试验试验吧;既不肯打她一顿,那么就依着她的主意办好了,万一有些灵验呢!

直挺挺的跪在高香前面,他不晓得求的是什么神,可是他心中想要虔诚。看着香火的跳动,他假装在火苗上看见了一些什么形影,心中便祷告着。香越烧越矮,火苗当中露出些黑道来,他把头低下去,手扶在地上,迷迷糊糊的有些发困,他已两三天没得好好的睡了。脖子忽然一软,他唬了一跳,再看,香已烧得剩了不多。他没管到了该立起来的时候没有,挂着地就慢慢立起来,腿已有些发木。

陈二奶奶和"童儿"已经偷偷的溜了。

祥子没顾得恨她,而急忙过去看虎妞,他知道事情到了极不好办的时候。虎妞只剩了大口的咽气,已经不会出声。收生婆告诉他,想法子到医院去吧,她的方法已经用尽。

祥子心中仿佛忽然的裂了,张着大嘴哭起来。小福子也落着泪,可是处在帮忙的地位,她到底心里还清楚一点。"祥哥!先别哭!我去上医院问问吧?"

没管祥子听见了没有,她抹着泪跑出去。

她去了有一点钟。跑回来,她已喘得说不上来话。扶着桌子,她干嗽了半天才说出来:医生来一趟是十块钱,只是看看,并不管接生。接生是二十块。要是难产的话,得到医院去,那就得几十块了。"祥哥!你看怎办呢?!"

祥子没办法，只好等着该死的就死吧！

愚蠢与残忍是这里的一些现象；所以愚蠢，所以残忍，却另有原因。

虎妞在夜里十二点，带着个死孩子，断了气。

原载《中国新文学大系1937—1949　第八集　长篇小说卷一》，上海文艺出版社1990年版

沈从文《边城》导读

 **作家简介**

沈从文(1902—1988),原名沈岳焕。湘西凤凰县人。沈从文14岁高小毕业后入伍。1923年至北京,欲入大学而不成,窘困中开始用"休芸芸"这一笔名进行创作。20世纪30年代起,开始用小说构造他心中的"湘西世界",完成一系列重要作品《边城》《长河》等。他以"乡下人"的主体视角审视当时城乡对峙的现状,批判现代文明在进入中国的过程中所显露出的丑陋。沈从文一生创作结集约有八十多部,早期的小说集有《蜜柑》《雨后及其他》《神巫之爱》等。20世纪30年代后,主要结集的小说有《龙朱》《虎雏》《阿黑小史》《月下小景》《八骏图》《如蕤集》《从文小说习作选》《新与旧》等,中长篇小说《边城》《长河》,散文《湘行散记》,文论《废邮存底》《烛虚》《云南看云集》等。1949年后,他长期在中国历史博物馆、故宫博物院工作,后为中国社会科学院历史研究所研究员,著有《中国古代服饰研究》等专著。

 时代背景

处于创作高峰期的沈从文代表了当时"京派"文学的最高峰,他独特的风格是"京派"文学审美特质中最引人注目的部分。这一时期最能代表其创作成就的正是写于1934年的中篇小说《边城》。

《边城》讲述了一个生命形式与现实处境发生冲突并最终导致生命形式走向毁灭的故事。这个故事寄寓了沈从文对黑暗现实,特别是都市文明的不满和反抗。沈从文以他独特的优美笔调使这个本来田园诗般恬静的故事带上了深沉的悲剧意味,从而使得这个发生在边陲之地的故事具有了人类生命形态与历史现实冲突的本质意味。老船夫和翠翠一直过着的,其实是一种超越功利、生死、爱恨的平静、宽容、自足的生活。他们不要求别人给予什么,也没有什么强加于人,这种生活的自足与完美给人一种超越现实步入神性之地的幻想。汪曾祺称《边城》的生活是真实的,同时又是理想化了的,是一种理想化了的现实。"《边城》是一个温暖的作品,但是后面隐伏着作者的很深的悲剧感。""《边城》是一个怀旧的作品,一种带着痛惜情绪的怀旧。"(汪曾祺《又读〈边城〉》)

作品评点

沈从文对世界的感知的基点,是他对于生活在具体环境中的"人"的理解。他常常用到"人事"这个词,它不同于"人生",更多的时候是人与人、人与社会、人与整个自然之间的关系。他所关注的是人生的真相,而他所看到的真相并不同于那个时代大多数人所看到的——个人属于自己,无须依附于其他什么。相反,沈从文看到的,是各种阻碍着自己随心发展的东西,是生命的美好同时也是脆弱:它需要太多的外界的东西来维护。这样的思考在他的作品中有着突出的表现,比如《边城》。

《边城》中对"人事"的表现体现在其中的数次"误会"中,最关键的误会是老船夫误将天保视作翠翠钟情的对象,以一种暧昧的言辞将天保和傩送无意间带入竞争之中。当真相大白之时,真正陷入两难的却是老船夫和翠翠自己。"神性自足"的生活从此出现了颠覆的裂痕。《边城》中的悲剧,实际上就是"神性"的生命形式与现实处境之间的深刻冲突,老船夫就像一面镜子,将其置之于社会现实之中,就能照见常态生活中不符合人性、不完美,甚至是愚昧、残忍的一面。然而这种愚昧和残忍却又是人类社会与生俱来的,很难被摆脱,甚至都很难被察觉,翠翠和老船夫的天真又使得事情长久得不到澄清,生命形式的自足力量与现实情境的世俗要求,呈现出一种力量对峙的均衡。这种均衡被天保的意外死亡打破,他的死,由于无法找出一个可以直接对其负责的现实力量,导致了与之相关的每个人都陷入了微妙的负疚与怨恨并存的心理状态。这对老船夫自足的生活无疑是重重的一击,一切就此被决定了,命运最终使生命形式与现实情境的"对峙—均衡"走向终结。风雨飘摇之夜,白塔的坍塌,不过是这一终结的象征。

自足—均衡—破灭，这就是《边城》中"神性"的生命形式具有象征意味的历程。正是在这里，我们可以看到沈从文对于整个社会、民族、国家的深沉思考，于他而言，文学创作和生命的意义是联系在一起的，他看到，这样的"神性"难以持存的历史其实正是当时整个社会的历史，恰恰是整个社会的卑微局面，造成了《边城》中那无以言传的悲剧。也正因为这"神性"易碎，所以他才格外珍视，因为在他看来，唯有这"神性"，方能抵挡甚至是拯救人们在苍茫历史之中的沉沦，才能使得人们获得升华，去接近"美"，接近"爱"，接近生命的最高意义，接近你心中的"神"。

（武春野）

边　城

沈从文

一

　　由四川过湖南去，靠东有一条官路。这官路将近湘西边境到了一个地方名为"茶峒"的小山城时，有一小溪，溪边有座白色小塔，塔下住了一户单独的人家。这人家只一个老人，一个女孩子，一只黄狗。

　　小溪流下去，绕山岨流，约三里便汇入茶峒的大河，人若过溪越小山走去，则只一里路就到了茶峒城边。溪流如弓背，山路如弓弦，故远近有了小小差异。小溪宽约廿丈，河床为大片石头作成。静静的水即或深到一篙不能落底，却依然清澈透明，河中游鱼来去皆可以计数。小溪既为川湘来往孔道，水常有涨落。限于财力不能搭桥，就安排了一只方头渡船，这渡船一次连人带马，约可以载二十位，搭客过河人数多时则反复来去。渡船头竖了一枝小小竹竿，挂着一个可以活动的铁环，溪岸两端水面牵了一段废缆，有人过渡时，把铁环挂在废缆上，船上人引手攀缘那横缆，慢慢的牵船过对岸去。船将拢岸了，管理这渡船的，一面口中嚷着"慢点慢点"，自己霍的跃上了岸，拉着铁环，于是人货牛马全上了岸，翻过小山不见了。渡头为公家所有，故过渡人不必出钱，有人心中不安，抓了一把钱掷到船板上时，管渡船的必为一一拾起，依然塞到那人手心里去，俨然吵嘴时的认真神气："我有了口粮，三斗米，七百钱，够了！谁要这个?!"

　　但不成,不管如何还是有人把钱的。管船人也为了心安起见,便把这些钱托人到茶峒去买茶叶和草烟,将茶峒出产的上等草烟,挂在自己腰带边,过渡的谁需要这东西皆慷慨奉赠,有时从神气上估计估计那远路人对于身边草烟引起了相当的注意时,便把一小束草烟扎到那人包袱上去,一面说,"不吸这个吗,这好的,这妙的,送人也很合式!"茶叶则在六月里放进大缸里去,用开水泡好,给过路人解渴。

　　管理这渡船的,就是住在塔下的那个老人。活了七十年,从二十岁起便守在这小溪边,五十年来不知把船来去渡了若干人。年纪虽那么老了,本来应当休息了,但天不许他休息,他仿佛便不能够同这一分生活离开。他从不思索自己的职务对于本人的意义,只是静静的很忠实的在那里活下去。代替了天,使他在日头升起时,感到生活的力量,当日头落下时,又不至于思量与日头同时死去的,是那个伴在他身旁的女孩子。他唯一的朋友为一只渡船与一只黄狗,唯一的亲人便只那个女孩子。

　　女孩子的母亲,老船夫的独生女,十五年前同一个茶峒军人,很秘密的背着那忠厚爸爸发生了暧昧关系。有了小孩子后,这屯戍军士便想约了她一同向下游逃去。但从逃走的行为上看来,一个违悖了军人的责任,一个却必得离开孤独的父亲。经过一番考虑后,军人见她无远走勇气,自己也不便毁去作军人的名誉,就心想:一同去生既无法聚首,一同去死当无人可以阻拦,首先服了毒。事情业已为作渡船夫的父亲知道,父亲却不加上一个有分量的字眼儿,只作为并不听到过这事情一样,仍然把日子很平静的过下去。女儿一面怀了羞惭一面却怀了怜悯,仍守在父亲身边,待到腹中小孩生下后,却到溪边吃了许多冷水死去了。在一种奇迹中这遗孤居然已长大成人,一转眼间便十三岁了。为了住处两山多篁竹,翠色逼人而来,老船夫随便为这可怜的孤雏拾取了一个近身的名字,叫作"翠翠"。

　　翠翠在风日里长养着,故把皮肤变得黑黑的,触目为青山绿水,故眸子清明如水晶。自然既长养她且教育她,故天真活泼,处处俨然如一只小兽物。人又那么乖,如山头黄麂一样,从不想到残忍事情,从不发愁,从不动气。平时在渡船上遇陌生人对她有所注意时,便把光光的眼睛瞅着那陌生人,作成随时皆可举步逃入深山的神气,但明白了人无机心后,就又从从容容的在水边玩耍了。

老船夫不论晴雨,皆守在船头,有人过渡时,便略弯着腰,两手缘引了竹缆,把船横渡过小溪。有时疲倦了,躺在临溪大石上睡着了,人在隔岸招手喊过渡,翠翠不让祖父起身,就跳下船去,很敏捷的替祖父把路人渡过溪,一切皆溜刷在行,从不误事。有时又与祖父黄狗一同在船上,过渡时与祖父一同动手,船将近岸边,祖父正向客人招呼:"慢点,慢点"时,那只黄狗便口衔绳子,最先一跃而上,且俨然懂得如何方为尽职似的,把船绳紧衔着拖船拢岸。

风日清和的天气,无人过渡,镇日长闲,祖父同翠翠便坐在门前大岩石上晒太阳,或把一段木头从高处向水中抛去,嗾使身边黄狗自岩石高处跃下,把木头衔回来,或翠翠与黄狗皆张着耳朵,听祖父说些城中多年以前的战争故事。或祖父同翠翠两人,各把小竹作成的竖笛,逗在嘴边吹着迎亲送女的曲子,过渡人来了,老船夫放下了竹管,独自跟到船边去,横溪渡人,在岩上的一个,见船开动时,于是锐声喊着:

"爷爷,爷爷,你听我吹——你唱!"

爷爷到溪中央便很快乐的唱起来,哑哑的声音同竹管声振荡在寂静空气里,溪中仿佛也热闹了一些。(实则歌声的来复,反而使一切更寂静一些了。)

有时过渡的是从川东过茶峒的小牛,是羊群,是新娘子的花轿,翠翠必争着作渡船夫,站在船头,懒懒的攀引缆索,让船缓缓的过去,牛羊花轿上岸后,翠翠必跟着走,站到小山头,目送这些东西走去很远了,方回转船上,把船牵靠近家的岸边。且独自低低的学小羊叫着,学母牛叫着,或采一把野花缚在头上,独自装扮新娘子。

茶峒山城只隔渡头一里路,买油买盐时,逢年过节祖父得喝一杯酒时,祖父不上城,黄狗就伴同翠翠入城里去备办东西。到了买杂货的铺子里,有大把的粉条,大缸的白糖,有炮仗,有红蜡烛,莫不给翠翠一种很深的印象,回到祖父身边,总把这些东西说个半天。那里河边还有许多船,比起渡船来全大得多,有趣味得多,翠翠也不容易忘记。

二

茶峒地方凭水依山筑城,近山的一面,城墙如一条长蛇,缘山爬去。临水一面则在城外河边留出余地设码头,湾泊小小篷船,船下行时运桐油青盐,染色的棓子。上行则运棉花,棉纱,以及布匹杂货同海味。贯串各个码头有一条河街,人家房子多一半着陆,一半在水,因为余地有限,那些房子莫不设吊脚楼。河中涨了春水,到水进街后,河街上人家,便各用长长的梯子,一端搭在屋檐口,一端搭在城墙上,人人皆骂着嚷着,带了包袱、铺盖、米缸,从梯子上进城里去,水退时,方又从城门口出城。水若特别猛一些,沿河吊脚楼,必有一处两处为水冲去,大家皆在城上头呆望,受损失的也同样呆望着,对于所受的损失仿佛无话可说,与在自然安排下,眼见其他无可挽救的不幸来时相似。涨水时在城上还可望着骤然展宽的河面,流水浩浩荡荡,随同山水从上流浮沉而来的有房子、牛、羊、大树。于是在水势较缓处,税关趸船前面,便常常有人驾了小舢版,一见河心浮沉而来的是一匹牲畜,一段小木,或一只空船;船上有一个妇人或一个小孩哭喊的声音,便急急的把船桨去,在下游一些迎着了那个目的物,把它用长绳系定,再向岸边桨去。这些勇敢的人,也爱利,也仗义,同一般当地人相似。不拘救人救物,却同样在一种愉快冒险行为中,做得十分敏捷勇敢,使人见及不能不为之喝彩。

那条河水便是历史上知名的酉水,新名字叫作白河。白河到下游辰州与沅水汇流后,便略显浑浊,有出山泉水的意思。若溯流而上,则三丈五丈的深潭皆清澈见底。深潭中为白日所映照,河底小小白石子,有花纹的玛瑙石子,皆看得明明白白。水中游鱼来去,皆如浮在空气里。两岸多高山,山中多可以造纸的细竹,长年作深翠颜色,逼人眼目。近水人家多在桃杏花里,春天时只需注意,凡有桃花处必有人家,凡有人家处必可沽酒。夏天则晒晾在日光下耀目的紫花布衣裤,可以作为人家所在的旗帜。秋冬来时,房屋在悬崖上的,滨水的,无不朗然入目,黄泥的墙,乌黑的瓦,位置则永远那么妥贴,且与四围环境极其调和,使人迎面得到的印象,非常愉快。一个对于诗歌图画稍有兴味的旅客,在这小河中,蜷伏于一只小船上,作三十天的旅行,必不至于感到厌烦,正因为处处有奇迹,自然的大胆处与精巧处,无一处不使人神往倾心。

白河的源流,从四川边境而来,故凡从白河上行的小船,春水发时可以直达川属的秀山。但属于湖南境界的,则茶峒为最后一个水码头。这条河水的河面,在茶峒时虽宽约半里,当秋冬之际水落时,河床流水处还不到二十丈,其余皆一滩青石。小船到此后,既无从上行,故凡川东的进出口货物,皆由这地方落水起岸。出口货物俱由脚夫用杉木扁担压在肩膊上挑抬而来,入口货物也莫不从这地方成束成担的用人力搬去。

这地方城中只驻扎一营由昔年绿营屯丁改编而成的戍兵,及五百家左右的住户。(这些住户中,除了一部分拥有了些山田同油坊,或放账屯油、屯米、屯棉纱的小资本家外,其余多数皆为当年屯戍来此有军籍的人家。)地方还有个厘金局,办事机关在城外河街下面小庙里,局长则住在城中。一营兵士驻在老参将衙门,除了号兵每天上城吹号玩,使人知道这里还驻有军队以外,其余兵士皆仿佛并不存在。冬天的白日里,到城里去,便只见各处人家门前皆晾晒有衣服同青菜。红薯多带藤悬挂在屋檐下。用棕衣作成的口袋,装满了栗子榛子,也多悬挂在檐口下。各处有大小鸡叫着玩着。间或有什么男子,占据在自己屋前门限上锯木,或用斧头劈树,把劈好的柴堆到敞坪里去一座一座如宝塔。又或可以见到几个妇人,穿了浆洗得极硬的蓝布衣裳,胸前挂有白布围裙,躬着腰在日光下一面说话一面作事。一切总永远那么静寂,所有人民每个日子皆在这种单纯寂寞里过去。一分安静增加了人对于"人事"的思索力,增加了梦,在这小城中生存的,各人也一定皆各在分定一份日子里,怀了对于人事爱憎必然的期待。但这些人想些什么?谁知道。住在城中较高处,门前一站便可以眺望对河以及河中的景致,船来时,远远的就从对河滩上看着无数纤夫。那些纤夫也有从下游地方,带了细点心洋糖之类,拢岸时却拿进城中来换钱的。船来时,小孩子的想象,当在那些拉船人方面。大人呢,孵一窠小鸡,养两只猪,托下行船夫带两丈官青布,或一坛好酱油,一个双料的美孚灯罩回来,便占去了大部分作主妇的心了。

这小城里虽那么安静和平,但地方既为川东商业交易接头处,故城外小小河街,却不同了一点。也有商人落脚的客店,坐镇不动的理发馆。此外饭店,杂货铺,油行,盐栈,花衣庄,莫不各有一种地位,装点了这条河街。还有卖船上檀木活车竹缆与罐锅铺子,介绍水手职业吃码头饭的人家。小饭店门前,常有煎得焦黄的鲤鱼豆腐,身上装饰了红辣椒丝,卧在浅口钵头里,钵旁大竹筒中插着大把红筷子,不拘谁个愿意花点钱,这人就可以傍了门前长案坐下来,抽出一双筷子到手上,那边一个眉毛扯得极细脸上擦了白粉的妇人,就走过来问:"大哥,副爷要甜酒?要烧酒?"男子火焰高一点的,谐趣的,对内掌柜有点意思的,必装成生气似的说:"吃甜酒?又不是小孩,还问人吃甜酒!"那么,醇冽的烧酒,从大瓮里用木滤子舀出,倒进土碗里,即刻就来到身边案桌上了。杂货铺卖美孚油,及点美孚油的洋灯,与香烛纸张。油行屯桐油。盐栈堆火井出的青盐。花衣庄则有白棉纱,大布,棉花,以及包头的黑绉绸出卖。卖船上用物的,百物罗列,无所不备,且间或有重至百斤以外的铁锚,搁在门外路旁,等候主顾问价的。专以介绍水手为事业,吃水码头饭的,则在河街的家中,终日大门敞开着,常有穿青羽缎马褂的船主与毛手毛脚的水手进出,地方像茶馆却不卖茶,不是烟馆又可以抽烟。来到这里的,虽说所谈的是船上生意经,然而船只的上下,划船拉纤人大都有一定规矩,不必作数目上的讨论。他们来到这里大多数倒是在"联欢"。以"龙头管事"作中心,谈论点本地时事,两省商务上情形,以及下游的"新事"。邀会的,集款时大多数皆在此地,爬骰子看点数多少轮作会首时,也常常在此举行,真真成为他们生意经的,有两件事:买卖船只,买卖媳妇。

　　大都市随了商务发达而产生的某种寄食者,因为商人的需要,水手的需要,这小小边城的河街,也居然有那么一群人,聚集在一些有吊脚楼的人家。这种妇人不是从附近乡下弄来,便是随同川军来湘流落后的妇人,穿了假洋绸的衣服,印花标布的裤子,把眉毛扯得成一条细线,大大的发髻上敷了香味极浓俗的油类,白日里无事,皆坐在门口做鞋子,在鞋尖上用红绿丝线挑绣双凤,或靠在临河窗口上看水手起货,听水手爬桅子唱歌。到了晚间,则轮流的接待商人同水手,切切实实尽一个妓女应尽的义务。

　　由于边地的风俗淳朴,便是作妓女,也永远那么浑厚,遇不相熟的人,做生意时得先交钱,再关门撒野,人既相熟后,钱便在可有可无之间了。妓女多靠四川商人维持生活,但恩情所结,则多在水手方面。感情好的,互相咬着嘴唇咬着颈脖发了誓,约好了"分手后各人皆不许胡闹",四十天或五十天,在船上浮着的那一个,同在岸上蹲着的这一个,便皆呆着打发这一堆日子,尽把自己的心紧紧缚定远远的一个人。尤其是妇人,痴到无可形容,男子过了约定时间不回来,做梦时,就总常常梦船拢了岸,一个人摇摇荡荡的从船跳板到了岸上,直向身边跑来。或日中有了疑心,则梦里必见男子在桅上向另一方面唱歌,却不理会自己。性格弱一点儿的,接着就在梦里投河吞鸦片烟,强一点儿的便手执菜刀,直向那水手奔去。他们生活虽那么同一般社会疏远,但是眼泪与欢乐,在一种爱憎得失间,揉进了这些人生活里时,也便同另外一片土地另外一些人相似,全个身心为那点爱憎所浸透,见寒作热,忘了一切。若有多少不同处,不过是这些人更真切一点,也更近于糊涂一点罢了。短期的包定,长期的嫁娶,一时间的关门,这些关于一个女人身体上的交易,由于民情的淳朴,身当其事的不觉得如何下流可耻,旁观者也就从不用读书人的观念,加以指摘与轻视。这些人既重义轻利,又能守信自约,即便是娼妓,也常常较之知羞耻的城市中人还更可信任。

掌水码头的名叫顺顺，一个前清时便在营伍中混过日子来的人物，革命时在著名的陆军四十九标做个什长。同样做什长的，有因革命成了伟人名人的，有杀头碎尸的，他却带着少年喜事得来的脚疯痛，回到了家乡，把所积蓄的一点钱，买了一条六桨白木船，租给一个穷船主，代人装货在茶峒与辰州之间来往。运气好，半年之内船皆不坏事，于是他从所赚的钱上，又讨了一个略有产业的白脸黑发小寡妇。数年后，在这条河上，他就有了八只船，一个妻子，两个儿子了。

但这个大方洒脱的人，事业虽十分顺手，却因欢喜交朋结友，慷慨而又能济人之急，便不能同贩油商人一样大大发作起来。自己既在粮子里混过日子，明白出门人的甘苦，理解失意人的心情，故凡因船失事破产的船家，过路的退伍兵士，游学文人，凡到了这个地方，闻名求助的莫不尽力帮助。一面从水上赚来钱，一面就这样洒脱散去。这人虽然脚上有点小毛病，还能泅水，走路难得其平，为人却那么公正无私。水面上各事原本极其简单，一切皆为一个习惯所支配，谁个船碰了头，谁个船妨害了别一个人别一只船的利益，皆照例有习惯方法来解决。惟运用这种习惯规矩排调一切的，必需一个高年硕德的中心人物。某年秋天，那原来一个人死去了，顺顺作了这样一个代替者。那时他还只五十岁，明事明理，为人既正直和平，又不爱财，故无人对他年龄怀疑。

到如今，他的儿子大的已十六岁，小的已十四岁。两个年青人皆结实如小公牛，能驾船，能泅水，能走长路。凡从小乡城里出身的年青人所能够作的事，他们无一不作，作去无一不精。年纪较长的，如他们爸爸一样，豪放豁达，不拘常套小节。年幼的则气质近于那个白脸黑发的母亲，不爱说话，眼眉却秀拔出群，一望即知其为人聪明而又富于感情。

两兄弟既年已长大，必需在各一种生活上来训练他们的人格，作父亲的就轮流派遣两个小孩子各处旅行；向下行船时，多随了自己的船只充伙计，甘苦与人相共。荡桨时选最重的一把，背纤时拉头纤二纤，吃的是乾鱼，辣子，臭酸菜，睡的是硬邦邦的舱板。向上行从旱路走去，则跟了川东客货，过秀山龙潭酉阳作生意，不论寒暑雨雪，必穿了草鞋按站赶路。且佩了短刀，遇不得已必需动手，便霍的把刀抽出，站到空阔处去，等候对面的一个，接着就同这个人用肉搏来解决。帮里的风气，既为"对付仇敌必需用刀，联结朋友也必需用刀"，故需要刀时，他们也就从不让它失去那点机会。学贸易，学应酬，学习到一个新地方去生活，且学习用刀保护身体同名誉，教育的目的，似乎在使两个孩子学得做人的勇气与义气。一分教育的结果，弄得两个人皆结实如老虎，却又和气亲人，不骄惰，不浮华，故父子三人在茶峒边境上，为人所提及时，人人对这个名姓无不加以一种尊敬。

作父亲的当两个儿子很小时，就明白大儿子一切与自己相似，却稍稍见得溺爱那第二个儿子。由于这点不自觉的私心，他把长子取名天保，次子取名傩送。天保佑的在人事上或不免有龃龉处，至于傩神所送来的，照当地习气，人便不能稍加轻视了。傩送美丽得很，茶峒船家人拙于赞扬这种美丽，只知道为他取出一个浑名为"岳云"。虽无什么人亲眼看到过岳云，一般的印象，却从戏台上小生岳云，得来一个相近的神气。

三

两省接壤处，十余年来主持地方军事的，注重在安辑保守，处置极其得法，并无变故发生。水陆商务既不至于受战争停顿，也不至于为土匪影响，一切莫不极有秩序，人民也莫不安分乐生。这些人，除了家中死了牛，翻了船，或发生别的死亡大变，为一种不幸所绊倒，觉得十分伤心外，中国其他地方正在如何不幸挣扎中的情形，似乎就永远不会为这边城人民所感到。

边城所在一年中最热闹的日子，是端午，中秋，与过年。三个节日过去三五十年前如何兴奋了这地方人，直到现在，还毫无什么变化，仍能成为那地方居民最有意义的几个日子。

端午日，当地妇女小孩子，莫不穿了新衣，额角上用雄黄蘸酒画了个王字。任何人家到了这天必皆可以吃鱼吃肉。大约上午十一点钟左右，全茶峒人就皆吃了午饭，把饭吃过后，在城里住家的，莫不倒锁了门，全家出城到河边看划船。河街有熟人的，可到河街吊脚楼门口边看，不然就站在税关门口与各个码头上看。河中龙船以长潭某处作起点，税关前作终点，因为这一天军官税官以及当地有身分的人，莫不在税关前看热闹。划船的事各人在数天以前就早有了准备，分组分帮各自选出了若干身体结实手脚伶俐的小伙子，在潭中练习进退，船只的形式，与平常木船皆不相同，形体一律又长又狭，两头高高翘起，船身绘着朱红颜色长线，平常时节多搁在河边干燥洞穴里，要用它时，拖下水去。每只船可坐十二个到十八个桨手，一个带头的，一个鼓手，一个锣手。桨手每人持一支短桨，随了鼓声缓促为节拍，把船向前划去。坐在船头上，头上缠裹着红布包头，手上擎两枝小令旗，左右挥动，指挥船只的进退。擂鼓打锣的，多坐在船只的中部,船一划动便即刻蓬蓬铿铿把锣鼓很单纯的敲打起来,为划桨水手调理下桨节拍。一船快慢既不得不靠鼓声,故每当两船竞赛到剧烈时,鼓声如雷鸣,加上两岸人呐喊助威,便使人想起梁红玉老鹳河时水战擂鼓,牛皋水擒杨幺时也是水战擂鼓。凡把船划到前面一点的,必可在税关前领赏,一匹红,一块小银牌,不拘缠挂到船上某一个人头上去,皆显出这一船合作的光荣。好事的军人,当每次某一只船胜利时,必在水边放些表示胜利庆祝的五百响鞭炮。

赛船过后,城中的戍军长官,为了与民同乐,增加这节日的愉快起见,便把绿头长颈大雄鸭,颈脖上缚了红布条子,放入河中,尽善于泅水的军民人等,自由下水追赶鸭子。不拘谁把鸭子捉到,谁就成为这鸭子的主人。于是长潭换了新的花样,水面各处是鸭子,各处有追赶鸭子的人。

船与船的竞赛,人与鸭子的竞赛,直到天晚方能完事。

掌水码头的龙头大哥顺顺,年青时节便是一个泅水的高手,入水中去追逐鸭子,在任何情形下总不落空。但一到次子傩送年过十二岁时,已能入水闭气氽着到鸭子身边,再忽然从水中冒水而出,把鸭子捉到,这作爸爸的便解嘲似的说:"好,这种事有你们来作,我不必再下水了。"于是当真就不下水与人来竞争捉鸭子。但下水救人呢,当作别论。凡帮助人远离患难,便是入火,人到八十岁,也还是成为这个人一种不可逃避的责任!

天保傩送两人皆是当地泅水划船好选手。

端午又快来了,初五划船,河街上初一开会,就决定了属于河街的那只船当天入水。天保恰好在那天应向上行,随了陆路商人过川东龙潭送节货,故参加的就只傩送。十六个结实如牛犊的小伙子,带了香、灯、鞭炮,同一个用生牛皮蒙好绘有朱红太极图的高脚鼓,到了搁船的河上游山洞边,烧了香灯,把船拖入水后,各人上了船,燃着鞭炮,擂着鼓,这船便如一枝箭似的,很迅速的向下游长潭射去。

那时节还是上午,到了午后,对河渔人的龙船也下了水,两只龙船就开始预习种种竞赛的方法。水面上第一次听到了鼓声,许多人从这鼓声中,感到了节日临近的欢悦。住临河吊脚楼有所盼望的,也莫不因鼓声想到远人。在这个节日里,必然有许多船只可以赶回,也有许多船只合在半路过节,这之间,便有些眼目所难见的人事哀乐,在这小山城河街间,让一些人嬉喜,也让一些人皱眉!

蓬蓬鼓声掠水越山到了渡船头那里时，最先注意到的是那只黄狗。那黄狗汪汪的吠着，受了惊似的绕屋乱走，有人过渡时，便随船渡过河东岸去，且跑到那小山头向城里一方面大吠。

翠翠正坐在门外大石上用棕叶编蚱蜢蜈蚣玩，见黄狗先在太阳下睡着，忽然醒来便发疯似的乱跑，过了河又回来，就问它骂它：

"狗，狗，你做什么！不许这样子！"

可是一会儿那声音被她发现了，她于是也绕屋跑着，且同黄狗一块儿渡过了小溪，站在小山头听了许久，让那点迷人的鼓声，把自己带到一个过去的节日里去。

四

还是两年前的事。五月端阳，渡船头祖父找人作了代替，便带了黄狗同翠翠进城，过大河边去看划船。河边站满了人，四只朱色长船在潭中滑着，龙船水刚刚涨过，河中水皆豆绿色，天气又那么明朗，鼓声蓬蓬响着，翠翠抿着嘴一句话不说，心中充满了不可言说的快乐。河边人太多了一点，各人皆尽张着眼睛望河中，不多久，黄狗还在身边，祖父却挤得不见了。

翠翠一面注意划船，一面心想"过不久祖父总会找来的"。但过了许久，祖父还不来，翠翠便稍稍有点儿着慌了。先是两人同黄狗进城前一天，祖父就问翠翠："明天城里划船，倘若一个人去看，人多怕不怕？"翠翠就说："人多我不怕，但自己只是一个人可不好玩。"于是祖父想了半天，方想起一个住在城中的老熟人，赶夜里到城里去商量，请那老人来看一天渡船，自己却陪翠翠进城玩一天。且因为那人比渡船老人更孤单，身边无一个亲人，也无一只狗，因此便约好了那人早上过家中来吃饭，喝一杯雄黄酒。第二天那人来了，吃了饭，把职务委托那人以后，翠翠等便进了城。到路上时，祖父想起什么似的，又问翠翠："翠翠，翠翠，人那么多，好热闹，你一个人敢到河边看龙船吗？"翠翠说："怎么不敢？可是一个人有什么意思。"到了河边后，长潭里的四只红船，把翠翠的注意力完全占去了，身边祖父似乎也可有可无了。祖父心想："时间还早，到收场时，至少还得三个时刻。溪边的那个朋友，也应当来看看年青人的热闹，回去一趟，换换地位还赶得及。"因此就告翠翠，"人太多了，站在这里看，不要动，我到别处去有事情，无论如何总赶得回来伴你回家。"翠翠正为两只竞速并进的船迷着，祖父说的话毫不思索皆答应了。祖父知道黄狗在翠翠身边，也许比他自己在她身边还稳当,于是便回家看船去了。

祖父到了那渡船处时,见代替他的老朋友,正站在白塔下注意听远处鼓声。

祖父喊他,请他把船拉过来,两人渡过小溪仍然站到白塔下去。那人问老船夫为什么又跑回来,祖父就说想替他一会儿故把翠翠留在河边,自己赶回来,好让他也过河边去看看热闹,且说,"看得好,就不必再回来,只须见了翠翠告她一声,翠翠到时自会回家的,小丫头不敢回家,你就伴她走走!"但那替手对于看龙船已无什么兴味,却愿意同老船夫在这溪边大石上各自再喝两杯烧酒。老船夫十分高兴,把酒葫芦取出,推给城中来的那一个。两人一面谈些端午旧事,一面喝酒,不到一会,那人却在岩石上为烧酒醉倒了。

人既醉倒了,无从入城,祖父为了责任又不便与渡船离开,留在河边的翠翠便不能不着急了。

河中划船的决了最后胜负后,城里军官已派人驾小船在潭中放了一群鸭子,祖父还不见来。翠翠恐怕祖父也正在什么地方等着她,因此带了黄狗各处丛中挤着去找寻祖父,结果还是不得祖父的踪迹。后来看看天快要黑了,军人扛了长凳出城看热闹的,皆已陆续扛了那凳子回家。潭中的鸭子只剩下三五只,捉鸭人也渐渐的少了。落日向上游翠翠家中那一方落去,黄昏把河面装饰了一层薄雾。翠翠望到这个景致,忽然起了一个怕人的想头,她想:"假若爷爷死了?"

她记起祖父嘱咐她不要离开原来地方那一句话,便又为自己解释这想头的错误,以为祖父不来必是进城去或到什么熟人处去,被人拉着喝酒,故一时不能来的。正因为这也是可能的事,她又不愿在天未断黑以前,同黄狗赶回家去,只好站在那石码头边等候祖父。

再过一会,对河那两只长船已泊到对河小溪里去不见了,看龙船的人也差不多全散了。吊脚楼有娼妓的人家,已上了灯,且有人敲小斑鼓弹月琴唱曲子。另外一些人家,又有划拳行酒的吵嚷声音。同时停泊在吊脚楼下的一些船只,上面也有人在摆酒炒菜,把青菜萝卜之类,倒进滚热油锅里去时发出吵——的声音。河面已朦朦胧胧,看去好像只有一只白鸭在潭中浮着,也只剩一个人追着这只鸭子。

翠翠还是不离开码头,总相信祖父会来找她,同她一起回家。

吊脚楼上唱曲子声音热闹了一些,只听到下面船上有人说话,一个水手说:"金亭,你听你那婊子陪川东庄客喝酒唱曲子,我赌个手指,说这是她的声音!"另一个水手就说:"她陪他们喝酒唱曲子,心里可想我。她知道我在船上!"先前那一个又说:"身体让别人玩着,心还想着你;你有什么凭据?"另一个说:"有凭据。"于是这水手吹着唿哨,作出一个古怪的记号,一会儿,楼上歌声便停止了。歌声停止后,两个水手皆笑了。两人接着便说了些关于那个女人的一切,使用了不少粗鄙字眼,翠翠很不习惯把这种话听下去,但又不能走开。且听水手之一说楼上妇人的爸爸是被人杀死的,一共杀了十七刀,翠翠心中那个古怪的想头,"爷爷死了呢?"便仍然占据到心里有一忽儿。

两个水手还正在谈话,潭中那只白鸭慢慢的向翠翠所在的码头边游来,翠翠想:"再过来些我就捉住你!"于是静静的等着,但那鸭子将近岸边三丈远近时,却有个人笑着,喊那船上水手,原来水中还有个人,那人已把鸭子捉到手,却慢慢的"踹水"游近岸边的。船上人听到水面的喊声,在隐约里也喊道:"二老,二老,你真能干,你今天得了五只罢。"那水上人说:"这家伙狡猾得很,现在可归我了。""你这时捉鸭子,将来捉女人,一定有同样的本领。"水上那一个不再说什么,手脚并用的拍着水傍了码头。湿淋淋的爬上岸时,翠翠身旁的黄狗,仿佛警告水中人似的,汪汪的叫了几声,那人方注意到翠翠。码头上已无别的人,那人问:

"是谁人?"

"是翠翠!"

"翠翠又是谁?"

"是碧溪岨撑渡船的孙女。"

"你在这儿做什么?"

"我等我爷爷。我等他来。"

"等他来他可不会来,你爷爷一定到城里军营里喝了酒,醉倒后被人抬回去了!"

"他不会这样子,他答应来找我,他就一定会来的。"

"这里等也不成,到我家里去,到那边点了灯的楼上去,等爷爷来找你好不好?"

翠翠误会邀他进屋里去那个人的好意,正记着水手说的妇人丑事,她以为那男子就是要她上有女人唱歌的楼上去,本来从不骂人,这时正因等候祖父太久了,心中焦急得很,听人要她上去,以为欺侮了她,就轻轻的说:

"悖时砍脑壳的!"

话虽轻轻的,那男的却听得出,且从声音上听得出翠翠年纪,便带笑说:"怎么,你骂人!你不愿意上去,要耽在这儿,回头水里大鱼来咬了你,可不要叫喊!"

翠翠说:"鱼咬了我也不管你的事。"

那黄狗好像明白翠翠被人欺侮了,又汪汪的吠起来,那男子把手中白鸭举起,向黄狗吓了一下,便走上河街去了。黄狗为了自己被欺还想追过去,翠翠便喊:"狗,狗,你叫人也看人叫!"翠翠意思仿佛只在告给狗"那轻薄男子还不值得叫",但男子听去的却是另外一种好意,放肆的笑着,不见了。

又过了一阵,有人从河街拿了一个废缆做成的火炬,喊叫着翠翠的名字来找寻她,到身边时翠翠却不认识那个人。那人说:老船夫回到家中,不能来接她,故搭了过渡以口信来告翠翠要她即刻就回去。翠翠听说是祖父派来的,就同那人一起回家,让打火把的在前引路,黄狗时前时后,一同沿了城墙向渡口走去。翠翠一面走一面问那拿火把的人,是谁告他就知道她在河边。那人说这是二老告他的,他是二老家里的伙计,送翠翠回家后还得回转河街。

翠翠说:"二老他怎么知道我在河边?"

那人便笑着说:"他从河里捉鸭子回来,在码头上见你,他说好意请你上家里坐坐,等候你爷爷,你还骂过他!"

翠翠带了点儿惊讶轻轻的问:"二老是谁?"

那人也带了点儿惊讶说:"二老你还不知道?!就是傩送二老!就是岳云!他要我送你回去!"

傩送二老在茶峒地方不是一个生疏的名字!

翠翠想起自己先前骂人那句话,心里又惊又害羞,再也不说什么,默默的随了那火把走去。

翻过了小山岨,望得见对溪家中火光时,那一方面也看见了翠翠方面的火把,老船夫即刻把船拉过来,一面拉船一面哑声儿喊问:"翠翠,翠翠,是不是你?"翠翠不理会祖父,口中却轻轻的说:"不是翠翠,不是翠翠,翠翠早被大河里鲤鱼吃去了。"翠翠上了船,二老派来的人,打着火把走了,祖父牵着船问:"翠翠,你怎么不答应我,生我的气了吗?"

翠翠站在船头还是不作声。翠翠对祖父那一点儿埋怨,等到把船拉过了溪,一到了家中,看明白了醉倒的另一个老人后,就完事了。但另一件事,属于自己不关祖父的,却使翠翠沉默了一个夜晚。

五

两年日子过去了。

这两年来两个中秋节,恰好皆无月亮可看,凡在这边城地方,因看月而起整夜男女唱歌的故事,皆不能如期举行,故两个中秋留给翠翠的印象,极其平淡无奇。两个新年虽照例可以看到军营里与各乡来的狮子龙灯,在小教场迎春,锣鼓喧阗很热闹,到了十五夜晚,城中舞龙耍狮子的镇筸兵士,还各自赤裸着肩膊,往各处去欢迎炮仗烟火。城中军营里,税关局长公馆,河街上一些大字号,莫不预先截老毛竹筒,或镂空棕榈树根株,用洞硝拌和矿炭钢砂,一千捶八百捶把烟火做好。好勇取乐的光身军士,玩着灯打着鼓来了,小鞭炮如落雨的样子,从悬到长竿尖端的空中落到玩灯的肩背上,锣鼓催动急促的拍子,大家皆为这事情十分兴奋。鞭炮放过一阵后,用长凳绑着的大筒灯火,在敞坪一端燃起了引线,先是哑哑的流泻白光,慢慢的这白光便吼啸起来,作出如雷如虎惊人的声音,白光向上空冲去,高至二十丈,下落时便洒散着满天花雨。玩灯的兵士,在火花中绕着圈子,俨然毫不在意的样子。翠翠同他的祖父,也看过这样的热闹,留下一个热闹的印象,但这印象不知为什么原因,总不如那个端午所经过的事情甜而美。

翠翠为了不能忘记那件事,上年一个端午又同祖父到城边河街去看了半天船,一切玩得正好时,忽然落了行雨,无人衣衫不被雨湿透,为了避雨,祖孙二人同那只黄狗,走到顺顺吊脚楼上去,挤在一个角隅里。有人扛凳子从身边过去,翠翠认得那人是去年打了火把送她回家的人,就告给祖父:

"爷爷,那个人去年送我回家,他拿了火把走路时,真像个喽啰!"

祖父当时不作声,等到那人回头又走过面前时,就一把抓住那个人,笑嘻嘻说:

"嗨嗨,你这个人!要你到我家喝一杯也不成,还怕酒里有毒,把你这个真命天子毒死!"

那人一看是守渡船的,且看到了翠翠,就笑了。"翠翠,你长大了!二老说你在河边大鱼会吃你,我们这里河中的鱼,现在可吞不下你了。"

翠翠一句话不说,只是抿起嘴唇笑着。

这一次虽在这喽啰长年口中听到个"二老"名字,却不曾见及这个人。从祖父与那长年谈话里,翠翠听明白了二老是在下游六百里外青浪滩过端午的。但这次不见二老却认识了"大老",且见着了那个一地出名的顺顺。大老把河中的鸭子捉回家里后,因为守渡船的老家伙称赞了那只肥鸭两次,顺顺就要大老把鸭子给翠翠。且知道祖孙二人所过的日子,十分拮据,节日里自己不能包粽子,又送了许多三角粽子。

　　那水上名人同祖父谈话时,翠翠虽装作眺望河中景致,耳朵却把每一句话听得清清楚楚。那人向祖父说翠翠长得很美,问过翠翠年纪,又问有不有人家。祖父则很快乐的夸奖了翠翠不少,且似乎不许别人来关心翠翠的婚事,故一到这件事便闭口不谈。

　　回家时,祖父抱了那只白鸭子同别的东西,翠翠打火把引路。两人沿城墙走去,一面是城,一面是水。祖父说:"顺顺是好人,大方得很。大老也很好。这一家人都好!"翠翠说:"一家人都好,你认识他们一家人吗?"祖父不明白这句话的意思所在,因为今天太高兴一点,便笑着说:"翠翠,假若大老要你做媳妇,请人来做媒,你答应不答应?"翠翠就说:"爷爷,你疯了! 再说我就生你的气!"

　　祖父话虽不说了,心中却很显然的还转着这些不好的可笑的念头。翠翠着了恼,把火炬向路两旁乱晃着,向前快快的走去了。

　　"翠翠,莫闹,我摔到河里去,鸭子会走脱的!"

　　"谁也不希罕那只鸭子!"

　　祖父明白翠翠为什么事不高兴,祖父便唱起摇橹人驶船下滩时催橹的歌声,声音虽然哑沙沙的,字眼儿却稳稳当当毫不含糊。翠翠一面听着一面向前走去,忽然停住了发问:

　　"爷爷,你的船是不是正在下青浪滩呢?"

　　祖父不说什么,还是唱着,两人皆记顺顺家二老的船正在青浪滩过节,但谁也不明白另外一个人的记忆所止处。祖孙二人便沉默的一直走还家中。到了渡口,那代理看船的,正把船泊在岸边等候他们。几人渡过溪到了家中,剥粽子吃,到后那人要进城去,翠翠赶即为那人点上火把,让他有火把照路。人过了小溪上小山时,翠翠同祖父在船上望着,翠翠说:

　　"爷爷,看喽啰上山了啊!"

　　祖父把手攀引着横缆,注目溪面的薄雾,仿佛看到了什么东西,轻轻的吁了一口气。祖父静静的拉船过对岸家边时,要翠翠先上岸去,自己却守在船边,因为过节,明白一定有乡下人从城里看龙船,还得乘黑赶回家乡。

六

白日里,老船夫正在渡船上,同个卖皮纸的过渡人有所争持。一个不能接受所给的钱,一个却非把钱送给老人不可。正似乎因为那个过渡人送钱气派,使老船夫受了点压迫,这撑渡船人就俨然生气似的,迫着那人把钱收回,使这人不得不把钱捏在手里,但船拢岸时,那人跳上了码头,一手铜钱向船舱里一撒,却笑眯眯的匆匆忙忙走了。老船夫手还得拉着船让别一个人上岸,无法去追赶那个人,就喊小山头的孙女:

"翠翠,翠翠,为我拉着那个卖皮纸的小伙子,不许他走!"

翠翠不知道是怎么会事,当真便同黄狗去拦着那第一个下山人。那人笑着说:

"不要拦我!……"

正说着,第二个商人赶来了,就告给翠翠是什么事情。翠翠明白了,更拉着卖纸人衣服不放,只说:"不许走!不许走!"黄狗为了表示同主人的意见一致,也便在翠翠身边汪汪汪的吠着。其余商人皆笑着,一时不能走路,祖父气呼呼的赶来了,把钱强迫塞到那人手心里,且搭了一大束草烟到那商人担子上去,搓着两手笑着说:"走呀!你们上路走!"那些人于是全笑着走了。

翠翠说:"爷爷,我还以为那人偷你东西同你打架!"

祖父就说:

"他送我好些钱,我才不要这些钱!告他不要钱,他还同我吵,不讲道理!"

翠翠说:"全还给他了吗?"

祖父抿着嘴把头摇摇,装成狡猾得意神气笑着,把扎在腰带上留下的那枚单铜子取出,送给翠翠。且说:

"他得了我们那把烟叶,可以吃到镇筸城!"

远处鼓声又蓬蓬的响起来了,黄狗张着两个耳朵听着。翠翠问祖父,听不听到什么声音。祖父一注意,知道是什么声音了,便说:

"翠翠,端午又来了。你记不记得去年天保大老送你那只肥鸭子。早上大老同一群人上川东去,过渡时还问你。你一定忘记那次落的行雨。我们这次若去,又得打火把回家;你记不记得我们两人用火把照路回家?"

翠翠还正想起两年前的端午一切事情哪。但祖父一问,翠翠却微带点儿恼着的神气,把头摇摇,故意说:"我记不得,我记不得。"其实她那意思就是"我怎么记不得?!"

祖父明白那话里意思,又说:"前年还更有趣,你一个人在河边等我,差点儿不知道回来,我还以为大鱼会吃掉你!"

提起旧事翠翠嗤的笑了。

"爷爷,你还以为大鱼会吃掉我?!是别人家说我,我告给你!你那天只是恨不得让城中的那个爷爷把装酒的葫芦吃掉!你这种记性!"

"我人老了,记性也坏透了。翠翠,现在你也人大了,一个人一定敢上城看船不怕鱼吃掉你了。"

"人大了就应当守船呢。"

"人老了才当守船。"

"人老了应当歇憩!"

"你爷爷还可以打老虎,人不老!"祖父说着,于是,把膀子弯曲起来,努力使筋肉在局束中显得又有力又年青,且说:"翠翠,你不信,你咬。"

翠翠睨着腰背微驼的祖父,不说什么话。远处有吹唢呐的声音,她知道那是什么事情,且知道唢呐方向。要祖父同她下了船,把船拉过家中那边岸旁去。为了想早早的看到那迎婚送亲的喜轿,翠翠还爬到屋后塔下去眺望。过不久,那一伙人来了,两个吹唢呐的,四个强壮乡下汉子,一顶空花轿,一个穿新衣的团总儿子模样的青年,另外还有两只羊;一个牵羊的孩子,一坛酒,一盒糍粑;一个担礼物的人。一伙人上了渡船后,翠翠同祖父也上了渡船,祖父拉船,翠翠却傍花轿站定,去欣赏每一个人的脸色与花轿上的流苏。拢岸后,团总儿子模样的人,从扣花抱肚里掏出了一个小红纸包封,递给老船夫。这是规矩,祖父再不能说不接收了。但得了钱祖父却说话了,问那个人,新娘是什么地方人,明白了,又问姓什么,明白了,又问多大年纪,一起皆弄明白了,吹唢呐的一上岸后又把唢呐呜呜喇喇吹起来,一行人便翻山走了。祖父同翠翠留在船上,感情仿佛皆追着那唢呐声音走去,走了很远的路方回到自己身边来。

祖父掂着那红纸包封的分量说:"翠翠,宋家堡子里新嫁娘只十五岁。"

翠翠明白祖父这句话的意思所在,不作理会,静静的把船拉动起来。

到了家边,翠翠跑还家中去取小小竹子做的双管唢呐,请祖父坐在船头吹《娘送女》曲子给她听,她却同黄狗躺到门前大岩石上荫处看天上的云。白日渐长,不知什么时节,祖父睡着了,翠翠同黄狗也睡着了。

七

到了端午。祖父同翠翠在三天前业已预先约好,祖父守船,翠翠同黄狗过顺顺吊脚楼去看热闹。翠翠先不答应,后来答应了。但过了一天,翠翠又翻悔回来,以为要看两人去看,要守船两人守船。祖父明白那个意思,是翠翠玩心与爱心相战争的结果。为了祖父的牵绊,应当玩的也无法去玩,这不成!祖父含笑说:"翠翠,你这是为什么?说定了的又翻悔,同茶峒人平素品德不相称。我们应当说一是一,不许三心二意。我记性并不坏到这样子,把你答应了我的即刻忘掉!"祖父虽那么说,很显然的事,祖父对于翠翠的打算是同意的。但人太乖了,祖父有点愀然不乐了。见祖父不再说话,翠翠就说:"我走了,谁陪你?"

祖父说:"你走了,船陪我。"

翠翠把眉毛皱拢去苦笑着:"船陪你,嗨,嗨,船陪你。"

祖父心想:"你总有一天会要走的。"但不敢提这件事。祖父一时无话可说,于是走过屋后塔下小圃里去看葱,翠翠跟过去。

"爷爷,我决定不去,要去让船去,我替船陪你!"

"好,翠翠,你不去我去,我还得戴了朵红花,装刘老太进城去见世面!"

两人皆为这句话笑了许久。

祖父理葱,翠翠却摘了一根大葱吹着,有人在东岸喊过渡,翠翠不让祖父占先,便忙着跑下去,跳上了渡船,援着横溪缆子拉船过溪去接人。一面拉船一面喊祖父:

"爷爷,你唱,你唱!"

祖父不唱,却只站在高岩上望翠翠,把手摇着,一句话不说。

祖父有点心事。

翠翠一天比一天大了,无意中提到什么时,会红脸了。时间在成长她,似乎正催促她,使她在另外一件事情上负点儿责。她欢喜看扑粉满脸的新嫁娘,欢喜说到关于新嫁娘的故事,欢喜把野花戴到头上去,还欢喜听人唱歌。茶峒人的歌声,缠绵处她已领略得出。她有时仿佛孤独了一点,爱坐在岩石上去,向天空一片云一颗星凝眸。祖父若问:"翠翠,想什么,"她便带着点儿害羞情绪,轻轻的说:"翠翠不想什么。"但在心里却同时又自问:"翠翠,你想什么?"同时自己也在心里答着:"我想的很远,很多。可是我不知想些什么!"她的确在想,又的确连自己也不知在想些什么。这女孩子身体既发育得很完全,在本身上因年龄自然而来的一件"奇事",也使她多了些思索。

祖父明白这类事情对于一个女子的影响,祖父心情也变了些。祖父是一个在自然里活了七十年的人,但在人事上的自然现象,就有了些不能安排处。因为翠翠的长成,使祖父记起了些旧事,从掩埋在一大堆时间里的故事中,重新找回了些东西。

翠翠的母亲,某一时节原同翠翠一个样子。眉毛长,眼睛大,皮肤红红的。也乖得使人怜爱——也懂在一些小处,使家中长辈快乐。也仿佛永远不会同家中这一个分开。但一点不幸来了,她认识了那个兵。这些事从老船夫说来谁也无罪过,只应由天去负责。翠翠的祖父口中不怨天,心却不能完全同意这种不幸的安排。到底还像年青人,说是放下了,也正是不能放下的莫可奈何容忍到的一件事!

并且那时还有个翠翠。如今假若翠翠又同妈妈一样,老船夫的年龄,还能把小雏儿再抚育下去吗?人愿意神却不同意!人太老了,应当休息了,凡是一个良善的乡下人,所应得到的劳苦与不幸,全得到了。假若另外高处有一个上帝,这上帝且有一双手支配一切,很明显的事,十分公道的办法,是应把祖父先收回去,再来让那个年青的在新的生活上得到应分接受那幸或不幸,才合道理。

可是祖父不那么想。他为翠翠担心。他有时便躺到门外岩石上,对着星子想他的心事。他以为死是应当快到了的,正因为翠翠人已长大了,证明自己也真正老了。无论如何,得让翠翠有个着落。翠翠既是她那可怜母亲交把他的,翠翠大了,他也得把翠翠交给一个可靠人,手续清楚,他的事才算完结!翠翠应分交给谁?必须什么样的人才不委屈她?

前几天顺顺家天保大老过溪时,同祖父谈话,这心直口快的青年人,第一句话就说:

"老伯伯,你翠翠长得真标致,再过两年,若我有闲空能留在茶峒照料事情,不必像老鸦到处飞,我一定每夜到这溪边来为翠翠唱歌。"

祖父用微笑奖励这种自白。一面把船拉动,一面把那双小眼睛瞅着大老。

于是大老当真又说:

"翠翠太娇了,我担心她只宜于听点茶峒人的歌声,不能作茶峒女子做媳妇的一切正经事。我要个能听我唱歌的情人,却更不能缺少个照料家务的媳妇。'又要马儿不吃草,又要马儿走得好,'唉,这两句话恰是古人为我说的!"

祖父慢条斯理把船转了头,让船尾傍岸,就说:

"大老,也有这种事儿!你瞧着吧。"

那青年走去后,祖父温习着那些出于一个男子口中的真话,实在又愁又喜。翠翠若应当交把一个人,这个人是不是适宜于照料翠翠?当真交把了他,翠翠是不是愿意?

八

初五大清早落了点毛毛雨,上游且涨点了"龙船水",河水已作豆绿色。祖父上城买办过节的东西,戴了个棕粑叶"斗篷",携带了一个篮子,一个装酒的大葫芦,肩头上持了个褡裢,其中放了一吊六百钱,就走了。因为是节日,这一天从小村小寨带了铜钱担了货物上城去办货掉货的极多,这些人起身也极早,故祖父走后,黄狗就伴同翠翠守船。翠翠头上戴了一个崭新的斗篷,把过渡人一趟一趟的送来送去。黄狗坐在船头,每当船拢岸时必先跳上岸边去衔绳头,引起每个过渡人的兴味。有些过渡乡下人也携了狗上城,照例如俗话说的,"狗离不得屋",一离了自己的家,即或傍着主人,也变得非常老实了,到过渡时,翠翠的狗必走过去嗅嗅,从翠翠方面讨取了一个眼色,似乎明白翠翠的意思,就不敢有什么举动。直到上岸后,把拉绳子的事情作完,眼见到那只陌生的狗上小山去了,也必跟着追去。或者向狗主人轻轻吠着,或者逐着那陌生的狗,必得翠翠带点儿嗔恼的嚷着:"狗,狗,你狂什么?还有事情做,你就跑呀!"于是这黄狗赶快跑回船上来,且依然满船闻嗅不已。翠翠说:"这算什么轻狂举动!跟谁学得的!还不好好蹲到那边去!"狗俨然极其懂事,便即刻到它自己原来地方去,只间或又像想起什么似的,轻轻的吠几声。

雨落个不止,溪面一片烟,翠翠在船上无事可作时,便算着老船夫的行程。她知道他这一去应到什么地方碰到什么人,谈些什么话,这一天城门边应当是些什么情形,河街上应当是些什么情形,"心中一本册",她完全如同亲眼见到的那么明明白白。她又知道祖父的脾气,一见城中相熟粮子上人物,不管是马夫火夫,总会把过节时应有的颂祝说出。这边说,"副爷,你过节吃饱喝饱!"那一个便也将说,"划船的,你吃饱喝饱!"这边若说着如上的话,那边人说,"有什么可以吃饱喝饱?四两肉,两碗酒,既不会饱也不会醉!"那么,祖父必很诚实邀请这熟人过碧溪岨喝个够量。倘若有人当时就想喝一口祖父葫芦中的酒,这老船夫也从不吝啬,必很快的就把葫芦递过去。酒喝过了,那兵营中人卷舌子舐着嘴唇,称赞酒好,于是又必被勒迫着喝第二口。酒在这种情形下少起来了,就又跑到原来铺上去,加满为止。翠翠且知道祖父还会到码头上去同刚拢岸一天两天的上水船水手谈谈话,问问下河的米价盐价,有时还弯着腰钻进那带有海带鱿鱼味,以及其他油味、醋味、柴烟味的船舱里去,水手们从小坛中抓出一把红枣,递给老船夫,过一阵,等到祖父回家被翠翠埋怨时,这红枣便成为祖父与翠翠和解的工具。祖父一到河街上,且一定有许多铺子上商人送他粽子与其他东西,作为对这个忠于职守的划船人一点敬意,祖父虽嚷着"我带了那么一大堆,回去会把老骨头压断",可是不管如何,这些东西多少总得领点情。走到卖肉案桌边去,他想"买肉"人家却不愿接钱,屠户若不接钱,他却宁可到另外一家去,决不想沾那点便宜。那屠户说,"爷爷,你为人那么硬算什么?又不是要你去做犁口耕田!"但不行,他以为这是血钱,不比别的事情,你不收钱他会把钱预先算好,猛的把钱掷到大而长的钱筒里去,攫了肉就走去的。卖肉的明白他那种性情,到他称肉时总选取最好的一处,且把分量故意加多,他见及时却将说:"喂喂,大老板,凡事公平,我不要你那些好处!腿上的肉是城里斯文人炒鱿鱼肉丝用的肉,莫同我开玩笑!我要夹项刀头肉,我要浓的,糯的,我是个划船人,我要拿去燉葫萝卜喝酒的!"得了肉,把钱交过手时,自己先数一次,又嘱咐屠户再数,屠户却照例不理会他,把一手钱哗的向长竹筒口丢去,他于是简直是妩媚的微笑着走了。屠户与其他买肉人,见到他这种神气,必笑个不止。……

翠翠还知道祖父必到河街上顺顺家里去。

翠翠温习着两次过节两个日子所见所闻的一切,心中很快乐,好像目前有一个东西,同早间在床上闭了眼睛所看到那种捉摸不定的黄葵花一样,这东西仿佛很明朗的在眼前,却看不准,抓不住。

翠翠想:"白鸡关真出老虎吗?"她不知道为什么忽然想起白鸡关。

于是又想:"三十二个人摇六匹橹,上水走风时张起个大篷,一百幅白布拼成的一片东西,先在这样大船上过洞庭湖,多可笑……"她不明白洞庭湖有多大,也就从没见过这种大船,更可笑的,还是她自己也不知道为什么却想到这个问题!

一群过渡人来了,有担子,有跑差模样的人物,另外还有母女二人。母亲穿了新浆洗得硬朗的蓝布衣服,女孩子脸上涂着两饼红色,穿了不甚称身的新衣,上城到亲戚家中去拜节看龙船的。等待众人上船稳定后,翠翠一面望着那小女孩,一面把船拉过溪去。那小孩从翠翠估来年纪也将十岁了,神气却很娇,似乎从不能离开过母亲。脚下穿得是一双尖头新油过的钉鞋,上面沾污了些黄泥。裤子是那种翻紫的葱绿布做的。见翠翠尽是望她,她也便看着翠翠,眼睛光光的如同两粒水晶球。那母亲模样的妇人便问翠翠,年纪有几岁。翠翠笑着,不高兴答应,却反问小女孩今年几岁。听那母亲说十二岁时,翠翠忍不住笑了。那母女显然是财主人家的妻女,从神气上就可看出的。翠翠注视那女孩,发现了女孩子手上还戴得有一副麻花绞的银手镯,闪着白白的亮光,心中有点儿爱慕。船傍岸后,人陆续的上了岸,妇人从身上摸出一铜子,塞到翠翠手中,就走了,翠翠当时竟忘了祖父的规矩了,也不说道谢,也不把钱退还,只望着这一行人中那个女孩子身后发痴,一行人正将翻过小山时,翠翠忽又忙匆匆的追上去,在山头上把钱还给那妇人。那妇人说:"这是送你的!"翠翠不说什么,只微笑把头尽摇,且不等妇人来得及说第二句话,就很快的向自己渡船边跑去了。

到了渡船上,溪那边又有人喊过渡,翠翠把船又拉回去。第二次过渡是七个人,又有两个女孩子,也同样因为看龙船特意换了干净衣服,相貌却并不如何美观,因此使翠翠更不能忘记先前那一个。

今天过渡的人特别多,其中女孩子比平时更多,翠翠既在船上拉缆子摆渡,故见到什么好看的,极古怪的,人乖的,眼睛眶子红红的,莫不在记忆中留下个印象。无人过渡时,等着祖父祖父又不来,便尽只反复温习这些女孩子的神气。且轻轻的无所谓的唱着:

"白鸡关出老虎咬人,不咬别人,团总的小姐派第一。……大姐戴副金簪子,二姐戴副银钏子,只有我三妹没得什么戴,耳朵上长年戴条豆芽菜。"

城中有人下乡的,在河街上一个酒店前面,曾见及那个撑渡船的老头子,把葫芦嘴推让给一个年青水手,请水手喝他新买的白烧酒,翠翠问及时,那城中人就告给她所见到的事情。翠翠笑祖父的慷慨不是时候,不是地方。过渡人走了,翠翠就在船上又轻轻的哼着巫师迎神的歌玩。

那首歌声音既极柔和,快乐中又微带忧郁,歌调末尾说:

> 福禄绵绵是神恩,
> 和风和雨神好心,

好酒好饭当前陈,
肥猪肥羊火上烹!
……
洪秀全,李鸿章,
你们在生是霸王,
杀人放火尽节全忠各有道,
今来坐席又何妨!
……
慢慢吃,慢慢喝,
月白风清好过河!
醉时携手同归去,
我当为你再唱歌!

唱完了这歌,翠翠觉得有一丝儿凄凉。她想起秋末还愿时田坪中的火燎同鼓角。

远处鼓声已起来了,她知道绘有朱红长线的龙船这时节已下河了,细雨还依然落个不止,溪面一片烟。

九

祖父回家时,大约已将近平常吃早饭时节了,肩上手上皆是东西,一上小山头便喊翠翠,要翠翠拉船过小溪来迎接他。翠翠眼看到多少人皆进了城,正在船上急得莫可奈何,听到祖父的声音,精神旺了,锐声答着:"爷爷,爷爷,我来了!"老船夫从码头边上了渡船后,把肩上手上的东西皆搁到船头上,一面帮着翠翠拉船,一面向翠翠笑着,如同一个小孩子,神气充满了谦虚与羞怯。"你急坏了,是不是?"翠翠本应埋怨祖父的,但她却回答说:"爷爷,我知道你在河街上劝人喝酒,好玩得很。"翠翠还知道祖父极高兴到河街上去玩,但如此说来,将更使祖父害羞乱嚷了,故不提出。

翠翠把搁在船头的东西一一估记在眼里,不见了酒葫芦。翠翠嗤的笑了。

"爷爷,你倒大方,请副爷同船上人吃酒,连葫芦也吃到肚里去了!"

祖父笑着:

"那里,那里,我那葫芦被顺顺大哥,扣下了,他见我在河街上请人喝酒,就说：'喂,喂,摆渡的张横,这不成的。你不开糟坊,如何这样子。把你那个放下来,请我全喝了罢。'他当真那么说,请我全喝了罢。我把葫芦放下了。但我猜想他是同我闹着玩的。他家里还少热酒吗？翠翠,你说,……"

"爷爷,你以为人家真想喝你的酒,便是同你开玩笑吗？"

"那是怎么的？"

"你放心,人家一定因为你请客不是地方,故扣下你的葫芦,等等就会为你送来的,你还不明白,真是！——"

"唉,当真会是这样的！"

说着船已拢了岸,翠翠抢先为祖父搬东西,但结果却只拿了那尾鱼,那个花褡裢;褡裢中钱已用光了,却有一包白糖,一包小饼子。

两人刚把新买的东西搬运到家中,对溪就有人喊过渡,祖父要翠翠看着肉菜免得被野猫拖去,争着下溪去做事,一会儿,便同那个过渡人嚷着到家中来了。原来这人便是送酒葫芦的。只听到祖父说："翠翠,你猜对了。人家当真把酒葫芦送来了！"

翠翠来不及向灶边走去,祖父同一个年纪青青的脸黑肩膊宽的人物,便进到屋里了。

翠翠同客人皆笑着,让祖父把话说下去。客人又望着翠翠笑,翠翠仿佛明白为什么被人望着,有点不好意思起来,走到灶边烧火去了。溪边又有人喊过渡。翠翠赶忙跑出门外船上去,把人渡过了溪。恰好又有人过溪。天虽落小雨,过渡人却分外多,一连三次。翠翠在船上一面作事一面想起祖父的趣处。不知怎的,从城里被人打发来送酒葫芦的,她觉得好像是个熟人。可是眼睛里像是熟人,却不明白在什么地方见过面。但也正像是不肯把这人想到某方面去,方猜不着这来人的身分。

祖父在岩坎上边喊："翠翠,翠翠,你上来歇歇,陪陪客！"本来无人过渡便想上岸去烧火,但经祖父一喊,反而不上岸了。

来客问祖父"进不进城看船",老渡船夫就说"应当看守渡船"。两人又谈了些别的话。到后来客方言归正传:

"伯伯,你翠翠像个大人了,长得很好看！"

撑渡船的笑了。"口气同哥哥一样,倒爽快呢。"这样想着,却那么说："二老,这地方配受人称赞的只有你,人家都说你好看！'八面山的豹子,地地溪的锦鸡,'全是特为颂扬你这个人好处的警句！"

"但是,这很不公平。"

"很公平的!我听船上人说,你上次押船,船到三门下面白鸡关滩出了事,从急浪中你援救过三个人,你们在滩上过夜,被村子里女人见着了,人家在你棚子边唱歌一夜,是不是真事?"

"不是女人唱歌一夜,是狼嗥。那地方著名多狼,只想得机会吃我们!"

老船夫笑了,"那更妙!人家说的话还是很对的。狼是只吃姑娘,吃小孩,吃标致青年,像我这种老骨头,它不会要的!"

那二老说:"伯伯,你到这里见过两万个日头,别人家全说我们这个地方风水好,出大人,不知为什么原因,如今还不出大人?"

"你是不是说风水好应出有大名头的人?我以为这种人,不生在我们这个小地方,也不碍事。我们有聪明,正直,勇敢,耐劳的年青人,就够了。像你们父子兄弟,为本地也增光!"

"伯伯,你说得好,我也是那么想。地方不出坏人出好人,如伯伯那么样子,人虽老了,还硬朗得同棵楠木树一样,稳稳当当的活到这块地面,又正经,又大方,难得的咧。"

"我是老骨头了,还说什么。日头,雨水,走长路,挑分量沉重的担子,大吃大喝,挨饿受寒,自己分上的皆拿过了,不久就会躺到这冰凉土地上喂蛆吃的。这世界有得是你们小伙子分上的一切,好好的干,日头不辜负你们,你们也莫辜负日头!"

"伯伯,看你那么勤快,我们年青人不敢辜负日头!"

说了一阵,二老想走了,老船夫便站到门口去喊叫翠翠,要她到屋里来烧水煮饭,掉换他自己看船。翠翠不肯上岸,客人却已下船了,翠翠把船拉动时,祖父故意装作埋怨神气说:

"翠翠,你不上来,难道要我在家里做媳妇煮饭吗?"

翠翠斜睨了客人一眼,见客人正盯着她,便把脸背过去,抿着嘴儿,很自负的拉着那条横缆,船慢慢拉过对岸了。客人站在船头同翠翠说话:

"翠翠,吃了饭,同你爷爷去看划船吧?"

翠翠不好意思不说话,便说:"爷爷说不去,去了无人守这个船!"

"你呢?"

"爷爷不去我也不去。"

"你也守船吗?"

"我陪我爷爷。"

"我要一个人来替你们守渡船,好不好?"

砰的一下船头已撞到岸边土坎上了,船拢岸了。二老向岸上一跃,站在岸上说:

"翠翠,难为你!……我回去就要人来替你们,你们快吃饭,一同到我家里去看船,今天人多咧。"

翠翠不明白这陌生人的好意,不懂得为甚么一定要到他家中去看船,抿着小嘴笑笑,就把船拉回去了。到了家中一边溪岸后,只见那个人还正在对溪小山上。翠翠回转家中,到灶口边去烧火,一面把带点湿气的草塞进灶里去,一面向正在把客人带回的那一葫芦酒试着的祖父询问:

"爷爷,那人说回去就要人来替你,要我们两人去看船,你去不去?"

"你高兴去吗?"

"两人同去我高兴。那个人很好,我像认得他,他是谁?"

祖父心想:"这倒对了,人家也觉得你好!"祖父笑着说:"翠翠,你不记得你以前在大河边时,有个人说要让大鱼咬你吗?"

翠翠明白了,却仍然装不明白问:"他是谁?"

"顺顺船总家的二老,他认识你你不认识他啊!"他抿了一口酒,像赞美这个酒又像赞美另一个人,低低的说:"好的,妙的,这是难得的。"

过渡的人在门外坎下叫唤着,老祖父口中还是"好的,妙的,……"匆匆的下船做事去了。

十

吃饭时隔溪有人喊过渡,翠翠抢着下船,到了那边,方知道原来过渡的人,便是船总顺顺家派来作替手的水手,一见翠翠就说道:"二老要你们一吃了饭就去,他已下河了。"见了祖父又说:"二老要你们吃了饭就去,他已下河了。"

张耳听听,便可听出远处鼓声已较密,从鼓声里使人想到那些极狭的船,在长潭中笔直前进时,水面上画着如何美丽的长长的线路!

新来的人茶也不吃,便在船头站妥了,翠翠同祖父吃饭时,邀他喝一杯,只是摇头推辞。祖父说:

"翠翠,我不去,你同小狗去好不好?"

"要不去我也不想去!"

"我去呢?"

"我本来也不想去,但我愿意陪你去。"

祖父微笑着,"翠翠,翠翠,你陪我去,好的,你陪我去!"

……

祖父同翠翠到城里大河边时河边早站满了人。细雨已经停止,地面还是湿湿的,祖父要翠翠过河街船总家吊脚楼上去看船,翠翠却以为站在河边较好。两人虽在河边站定,不多久,顺顺便派人把他们请去了。吊脚楼上也有了很多的人。早上过渡时,为翠翠所注意的乡绅妻女,受顺顺的款待,占据了最好窗口,一见到翠翠,那女孩子就说:"你来,你来!"翠翠带着点儿羞怯走去,坐在他们身边后,祖父便走开了。

祖父并不看龙船竞渡,却为一个熟人拉到河上游半里路远近,到一个新碾坊看水碾子去了。老船夫对于水碾子原来就极有兴味的。倚山滨水来一座小小茅屋,屋中有那么一个圆石片子,固定在一个横轴上,斜斜的搁在石槽里,当水闸门抽去时,流水冲激地下的暗轮,上面的石片便飞转起来。作主人的管理这个东西,把毛谷倒进石槽中去,把碾好的米弄出放在屋角隅筛子里,再筛去糠灰。地上全是糠灰,自己头上包着块白布帕子,头上肩上也全是糠灰。天气好时就在碾坊前后隙地里种些萝卜青菜大蒜四季葱。水沟坏了,就把裤子脱去,到河里去堆砌石头修理泄水处。管理一个碾坊比管理一只渡船有趣味,一看也就明白了。但一个撑渡船的想有座碾坊,那是不可能的妄想,凡碾坊照例是属于当地小财主的。那熟人把老船夫带到碾坊边时,就告给他这碾坊业主为谁。两人一面各处视察一面说话。

那熟人用脚踢着新碾盘说:

"中寨人自己坐在高山上,却欢喜来到这大河边置产业;这是中寨王团总的,大钱七百吊!"

老船夫转着那双小眼睛,很羡慕的去看一切,把头点着,且对于碾坊中物件一一加以很得体的批评。后来两人就坐到那还未完工的白木条凳上去,熟人又说到这碾坊的将来,似乎是团总女儿陪嫁的妆奁。那人于是想起了翠翠,且记起大老托过他的事情来了,便问道:

"伯伯,你翠翠今年十几岁?"

"十四岁。"老船夫说过这句话后,便接着在心中计算过去的年月。

"十四岁多能干!将来谁得她真有福气!"

"有什么福气？又无碾坊陪嫁，一个光人。"

"别说一个光人，两只手敌得五座碾坊！洛阳桥也是鲁班两只手造的！……"这样那样的说着，那人笑了。

老船夫也笑了，心想："翠翠将来也去造洛阳桥吧，新鲜事！"

那人过了一会又说：

"茶峒人年青男子眼睛光，选媳妇也极在行。伯伯，你若不多我的心时，我就说个笑话给你听。"

老船夫问："是什么笑话。"

那人说："伯伯你若不多心时，这笑话也可以当真话去听咧。"

接着说的下去就是顺顺家大老如何在人家赞美翠翠，且如何托他来探听老船夫口气那么一件事。末了同老船夫来转述另一回会话的情形。"我问他：'大老，大老，你是说真话还是说笑话？'他就说：'你为我去探听探听那老的，我欢喜翠翠，想要翠翠，是真话呀！'我说：'我这口钝得很，说出了口老的一巴掌打来呢？'他说：'你怕打，你先当笑话去说，不会挨打的！'所以，伯伯，我就把这件真事情当笑话来同你说了。你试想想，他初九从川东回来见我时，我应当如何回答他？"

老船夫记前一次大老亲口所说的话，知道大老的意思很真，且知道顺顺也欢喜翠翠，故心里很高兴。但这件事照规矩得这个人带封点心亲自到碧溪岨家中去说，方见得慎重其事，老船夫就说："等他来时你说：老家伙听过了笑话后，自己也说了个笑话，他说，'车是车路，马是马路，大老走的是车路，应当由大老爹爹作主，请了媒人来同我说，走的是马路，应当自己作主，站在渡口对溪高崖上，为翠翠唱三年六个月的歌。'"

"伯伯，若唱三年六个月的歌动得翠翠的心，我赶明天就自己来唱歌了。"

"你以为翠翠肯了我还会不肯吗？"

"不咧，人家以为你肯了翠翠便无有不肯呢。"

"不能那么说，这是她的事呵！"

"便是她的事，人家也仍然以为在日头月光下唱三年六个月的歌，还不如得伯伯说一句话好！"

"那么，我说，我们就这样办，等他从川东回来时要他同顺顺去说明白，我呢，我也先问问翠翠；若以为听了三年六个月的歌再跟那唱歌人走去有意思些，我就请你劝大老走他那弯弯曲曲的马路。"

"那好的。见了他我就说：'笑话吗，我已说过了，真话呢，看你自己的命运去了。'当真看他的命运去了，不过我明白他的命运，还是在你老人家手上捏着的。"

"不是那么说！我若捏得定这件事，我马上就答应了。"

这里两人把话说妥后，就过另一处看一只顺顺新近买来的三舱船去了，河街上顺顺吊脚楼方面，却有了如下事情。

翠翠虽被那乡绅女人喊到身边去坐，地位非常之好，从窗口望出去，河中一切朗然在望，然而心中可不安宁。挤在其他几个窗口看热闹的人，似乎皆常常把眼光从河中景物挪到这边几个人身上来。还有些人故意装成有别的事情样子，从楼这边走过那一边，事实上却全为的是好仔细看看翠翠这方面几个人。翠翠心中老不自在，只想借故跑去。一会儿河下的炮声响了，几只从对河取齐的船只直向这方面划来，先是四条船皆相去不远，如四枝箭在水面射着，到了一半，已有两只船占先了些，再过一会子，那两只船中间便又有一只超过了并进的船只而前，看看船到了税局门前时，第二次炮声又响，那船便胜利了。这时节胜利的已判明属于河街人所划的一只，各处便皆响着庆祝的小鞭炮。那船于是沿了河街吊脚楼划去，鼓声蓬蓬作响，河边与吊脚楼各处，皆呐喊表示快乐的祝贺。翠翠眼见在船头站定摇动小旗指挥进退头上包着红布的那个年青人，便是送酒葫芦到碧溪岨的二老，心中便印着三年前的旧事，"大鱼吃掉你！""吃掉不吃掉，不用你管！""好的，我不管！""狗，狗，你也看人叫！"想起狗，翠翠才注意到自己身边那只黄狗，已不知跑到什么地方去，便离了坐位，在楼上各处找寻她的黄狗，把船头人忘掉了。

她一面在人丛里找寻黄狗，一面听人家正说些什么话。

一个大脸妇人问："是谁家的人，坐到顺顺家当中窗口前的那块好地方？"

一个妇人就说："是王乡绅大姑娘，今天说是自己来看船，其实来看人，同时也让人看！人家有本领坐那好地方！"

"看谁人，被谁看？"

"那乡绅想同顺顺成为一对亲家呢？"

"是大老，还是二老呢？"

"是二老呀，等等你们看这岳云，就会上楼来看他丈母娘的！"

另有一个便插嘴说："事弄妥了，好得很呢，人家有一座崭新碾坊陪嫁，比十个长年还好一些。"

有人问:"二老怎么样?"

有人就轻轻的说:"二老已说过了,这不必看,第一件事我就不想作那个碾坊的主人!"

"你听岳云二老说吗?"

"我听别人说的。还说二老欢喜一个撑渡船的。"

"他不要碾坊,要渡船吗?"

"那谁知道。横顺人是'牛肉炒韭菜,只看各人心里爱什么就吃什么。'渡船不会不如碾坊!"

当时各人眼睛对着河里,口中说着这些话,却无一个人回头来注意到身后边的翠翠。

翠翠脸发火烧走到另外一处去,又听有两个人提及这件事。且说:"一切早安排好了,只须要二老一句话。"又说:"只看二老今天那么一股劲儿,就可以猜想得出这劲儿是岸上一个黄花姑娘给他的!"

谁是激动二老的黄花姑娘?

翠翠人矮了些,在人背后已望不见河中情形,只听到敲鼓声渐近渐激越,岸上呐喊声自远而近,便知道二老的船正经过楼下。楼上人也大喊着,杂夹叫着二老的名字,乡绅太太那方面,且有人放小百子鞭炮。忽然又用另外一种惊讶声音喊着,且同时便见许多人出门向河下走去。翠翠不知出了什么事,心中有点迷乱,正不知走回原来座位边去好,还是依然站在人背后好。只见那边正有人拿了个托盘,装了一大盘粽子同细点心,在请乡绅太太小姐用点心,不好意思再过那边去,便想也挤出大门外到河下去看看。从河街一个盐店旁边甬道下河时,正在一排吊脚楼的梁柱间,迎面碰头一群人,拥着那个头包红布的二老来了。原来二老因失足落水,已从水中爬起来了。路太窄了一些,翠翠虽闪过一旁,仍然得肘子触着肘子。二老一见翠翠就说:

"翠翠,你来了,爷爷也来了吗?"

翠翠脸还发着烧不便作声,心想:"黄狗跑到什么地方去了呢?"

二老又说:

"怎不到我家楼上去看呢?我已要人替你弄了个好位子。"

翠翠心想:"碾坊陪嫁,希奇事情咧。"

二老不能逼迫翠翠回去,到后便各自走开了。翠翠到河下时,心中充满了一种说不分明的东西。是烦恼吧,不是!是忧愁吧,不是!是快乐吧,不,有什么事情使这个女孩子快乐呢？是生气了吧，——是的，她当真仿佛觉得自己是在生一个人的气。河边人太多了，码头边浅水中，船桅船篷上，以至于吊脚楼的柱子上，也莫不有人。翠翠自言自语说："人那么多，有什么可看的？"先还以为可以在什么船上发现她的祖父，但搜寻了一阵，各处却无祖父的影子。她挤到水边去，一眼便看到了自己家中那条黄狗，同顺顺家一个长年，正在去岸数丈一只空船上看热闹。翠翠锐声叫喊，黄狗张着耳叶昂头四面一望，便猛的扑下水中，向翠翠方面泅来了。到了身边时狗身上已全是水，把水抖着且跳跃不已，翠翠便说："得了，你又不翻船，谁要你落水呢？"

翠翠同黄狗找祖父去，在河街上一个木行前恰好遇着了祖父。

老船夫说："翠翠，我看了个好碾坊，碾盘是新的，水车是新的，屋上稻草也是新的！水坝管着一绺水，抽水闸时水车转得如陀螺。"

翠翠带着点做作问："是谁的？"

"是谁的？住在山上的王团总的。我听人说是那中寨人为女儿作嫁妆的东西，好不阔气，包工就是七百吊大制钱，还不管风车，不管家什！"

"谁讨那个人家的女儿？"

祖父望着翠翠干笑着，"翠翠，大鱼咬你，大鱼咬你。"

翠翠因为对于这件事心中有了个数目，便仍然装着全不明白，只询问祖父，"谁个人得到那个碾坊？"

"岳云二老！"祖父说了又自言自语的说："有人羡慕二老得到碾坊，也有人羡慕碾坊得到二老！"

"谁羡慕呢，祖父？"

"我羡慕。"祖父说着便又笑了。

翠翠说："爷爷，你醉了。"

"可是二老还称赞你长得美呢。"

翠翠说："爷爷，你疯了。"

祖父说："爷爷不醉不疯，……去，我们看他们放鸭子去。"他还想说，"二老捉得鸭子，一定又会送给我们的。"话不及说，二老来了，站在翠翠面前笑着。

于是三个人回到吊脚楼上去。

十 一

有人带了礼物到碧溪岨，掌水码头的顺顺，当真请了媒人为儿子向渡船的认亲戚来了。老船夫慌慌张张把这个人渡过溪口,一同到家里去。翠翠正在屋门前剥豌豆,来了客并不如何注意。但一听到客人进门说"贺喜贺喜",心中有事,不敢再蹲在屋门边,就装作追赶菜园地的鸡,拿了竹响篙唰唰的摇着,一面口中轻轻喝着,向屋后白塔跑去了。

来人说了些闲话,言归正传转述到顺顺的意见时,老船夫不知如何回答,只是很惊惶的搓着两只茧结的大手,且神气中则只像在说:"那好的,那妙的。"其实这老头子却不曾说过一句话。

来人把话说完后,就问作祖父的意见怎么样。老船夫笑着把头点着说:"大老想走车路,这个很好。可是我得问问翠翠,看她自己主张怎么样。"来人被打发走后,祖父在船头叫翠翠下河边来说话。

翠翠拿了一簸箕豌豆下到溪边,上了船,娇娇的问他的祖父:"爷爷,你有什么事?"祖父笑着不说什么,只看翠翠。看了许久。翠翠坐到船头,低下头去剥豌豆,耳中听着远处竹篁里的黄鸟叫。翠翠想:"日子长咧,爷爷话也长了。"翠翠心跳着。

过了一会祖父说:"翠翠,翠翠,先前那个人来作什么,你知道不知道。"

翠翠说:"我不知道。"说后脸同颈脖全红了。

祖父看看那种情景,明白翠翠的心事了,便把眼睛向远处望去,在空雾里望见了十五年前翠翠的母亲,老船夫心中异常柔和了。轻轻的自言自语说:"每一只船总要有个码头,每一只雀儿得有个窠。"他同时想起那个可怜的母亲过去的事情,心中有了一点隐痛,却勉强笑着。

翠翠呢,正从山中黄鸟杜鹃叫声里,以及伐竹人吵吵一下一下的砍伐竹声音里,想到许多事情。老虎咬人的故事,与人对骂时四句头的山歌,造纸作坊中的方坑,熔铁炉里泄出的铁汁,耳朵听来的,眼睛看到的,她似乎皆去温习它。她其所以这样作,又似乎全只为了希望忘掉眼前的一桩事而起。但她实在有点误会了。

祖父说:"翠翠,船总顺顺家里请人来为大老作媒,讨你作媳,问我愿不愿。我呢,人老了。再过三年两载会过去的,我没有不愿的事情。这是你自己的事,你自己想想,自己来说。愿意,就成了;不愿意,也好。"

翠翠弄明白了,人来做媒的大老,不曾把头抬起,心忡忡的跳着,脸烧得厉害,仍然剥她的豌豆,且随手把空豆荚抛到水中去,望着它们在流水中从从容容的流去,自己也俨然从容了许多。

见翠翠总不作声,祖父于是笑了,且说:"翠翠,想几天不碍事。洛阳桥并不是一个晚上弄得好的,要日子咧。前次那人来的就向我说到这件事,我已经就告过他:车是车路,马是马路,想爸爸作主,请媒人正正经经来说是车路;要自己作主,站到对溪高崖竹林里为你唱三年六个月的歌是马路,——你若欢喜走马路,我相信人家会为你在日头下唱热情的歌,在月光下唱温柔的歌,一直唱到吐血喉咙烂!"

翠翠不作声,心中只想哭,可是也无理由可哭。祖父还是再说下去,便引到死去了的母亲来了。说了一阵,沉默了。翠翠悄悄把头撂过一些,祖父眼中业已酿了一汪眼泪。翠翠又惊又怕怯生生的说:"爷爷,你怎么的?"祖父不作声,用大手掌擦着眼睛,小孩子似的咕咕笑着,跳上岸跑回家中去了。

翠翠想赶去却不赶去。

雨后放晴的天气,日头炙到人肩上背上已有了点儿力量。溪边芦苇水杨柳,菜园中菜蔬,莫不繁荣滋茂,带着一分有野性的生气。草丛里绿色蚱蜢各处飞着,翅膀搏动空气时皆习习作声。枝头新蝉声音已渐渐宏大。两山深翠逼人的竹篁中,有黄鸟与竹雀杜鹃鸣叫。翠翠感觉着,望着,听着,同时也思索着:

"爷爷今年七十岁……三年六个月的歌——谁送那只白鸭子呢?……得碾子的好运气,碾子得谁更是好运气?……"

痴着,忽地站起,半簸箕豌豆便倾倒到水中去了。伸手把那簸箕从水中捞起时,隔溪有人喊过渡。

十二

翠翠第二天第二次在白塔下菜园地里,被祖父询问到自己主张时,仍然心儿冬冬的跳着,把头低下不作理会,只顾用手去掐葱。祖父笑着,心想:"还是等等看,再说下去这一坪葱会全掐掉了。"同时似乎又觉得这其间有点古怪处,不好再说下去,便自己按捺到言语,用一个做作的笑话,把问题引到另外一件事情上去了。

天气渐渐的越来越热了。近六月时,天气热了些,老船夫把一个满是灰尘的黑缸子,从屋角隅里搬出,自己还匀出闲工夫,拼了几方木板,作成一个圆盖,锯木头作成一个架子,且削刮了个大竹筒,用葛藤系定,放在缸边作为舀茶的家具。自从这茶缸移到屋门溪边后,每早上翠翠就烧一大锅开水,倒进那缸子里去。有时缸里加些茶叶,有时却只放下一些用火烧焦的锅巴,乘那东西还燃着时便抛进缸里去。老船夫且照例准备了些发痧肚痛治疮疮疡子的草根木皮,把这些药搁在家中当眼处,一见过渡人神气不对,就忙匆匆的把药取来,善意的勒迫这过路人使用他的药方,且告人这许多救急丹方的来源,(这些丹方自然全是他从城中军医同巫师学来的。)他终日裸着两只膀子,在溪中方头船上站定,头上还常常是光光的,一头短短白发,在日光下如银子。翠翠依然是个快乐人,屋前屋后跑着唱着,不走动时就坐在门前高崖树荫下,吹小竹管儿玩。爷爷仿佛把大老提婚的事早已忘掉,翠翠自然也早忘掉这件事情了。

可是那做媒的不久又来探口气了,依然是同从前一样,祖父把事情成否全推到翠翠身上去,打发了媒人上路。回头又同翠翠谈了一次,也依然不得结果。

老船夫猜不透这事情在这什么方面有个疙瘩,解除不去,夜里躺在床上便常常陷入一种沉思里去,隐隐约约体会到一件事情,便是……想到了这里时,他笑了,为了害怕而勉强笑了。其实他有点忧愁,因为他忽然觉得翠翠一切全像那个母亲,而且隐隐约约便感觉到这母女二人共通的命运。一堆过去的事情蜂拥而来,不能再睡下去了,一个人便跑出门外,到那临溪高崖上去,望天上的星辰,听河边纺织娘以及一切虫类如雨的声音,许久许久还不睡觉。

这件事翠翠是毫不注意的,这小女孩子日里尽管玩着,工作着,也同时为一些很神秘的东西驰骋她那颗心,但一到夜里,却甜甜的睡眠了。

不过一切皆得在一份时间中变化。这一家安静平凡的生活,也因了一堆接连而来的日子,在人事上把那安静空气完全打破了。

船总顺顺家中一方面,则天保大老的事已被二老知道了,傩送二老同时也让他哥哥知道了弟弟的心事。这一对难兄难弟原来皆爱上了那个撑渡船的外孙女。这事情在茶峒人并不希奇,茶峒人的俗话说:"火是各处可烧的,水是各处可流的,日月是各处可照的,爱情是各处可到的。"有钱船总儿子,爱上一个弄渡船的穷人家女儿,不能成为希罕的新闻,有一点困难处,只是这两兄弟到了谁应取得这个女人作媳妇时,是不是也还得照茶峒人规矩,来一次流血的挣扎?

兄弟两人在这方面是不至于动刀的,但也不作兴有"情人奉让"如大都市懦怯男子爱与仇对面时作出的可笑行为。

那哥哥同弟弟在河上游一个造船的地方看他家中那一只新船,在新船旁把一切心事全告给了弟弟,且附带说明,这点爱还是两年前植下根基的。弟弟微笑着,把话听下去。两人从造船处沿了河岸又走到王乡绅新碾坊去,那大哥就说:

"二老,你倒好,有座碾坊,我呢,若把事情弄好了,我应当划渡船了。我欢喜这个事情,我还想把碧溪岨两个山头买过来在界线上种大南竹,围着这一条小溪作为我的寨子!"

那二老仍然的听着,把手中拿的一把弯月形镰刀随意斫削路旁的草木,到了碾坊时,却站住了向他哥哥说:

"大老,你信不信这女子早已有了个人?"

"我不信。"

"大老,你信不信这碾坊将来归我?"

"我不信。"

两人进了碾坊。

二老说:"你不必——大老,我再问你假若我不想得这座碾坊,却打量要那只渡船,而且这念头还三年前的事你信不信呢?"

那大哥真着了一惊,望了一下坐在碾盘横轴上的傩送二老,知道二老不是说谎,于是站近了一点,伸手在二老肩上拍打了一下,且想把二老拉下来。他明白了这件事,他笑了。他说,"我相信的,你说的是真话!"

二老把眼睛望着他的哥哥,很诚实的说:

"大老,相信我,这是真事。我早就那么打算到了。家中不答应,那边若答应了,我当真预备去弄渡船的!——你告我,你呢?"

"爸爸已听了我的话,为我要城里的杨马兵做保山,向划渡船说亲去了!"大老说到这个求亲手续时,好像知道二老要笑他,又解释要保山去的用意,只是"因为老的说车有车路,马有马路,我就走了车路。"

"结果呢?"

"得不到什么结果。"

"马路呢?"

"马路呢,那老的说若走马路,得在碧溪岨对溪高崖上唱三年六个月的歌。"

"这并不是个坏主张!"

"是呀,一个结巴人话说不出还唱得出。可是这件事轮不到我了,我不是竹雀,不会唱歌。鬼知道那老的存心是要把孙女儿嫁个会唱歌的水车,还是预备规规矩矩嫁个人!"

"那你怎么样?"

"我想告那老的,要他说句实在话。只一句话。不成,我跟船下桃源去了;成呢,便是要我撑渡船,我也答应了他。"

"唱歌呢?"

"这是你的拿手好戏,你要去做竹雀你就去罢,我不会捡马粪塞你嘴巴的。"

二老看到哥哥那种样子,便知道为这件事哥哥感到的是一种如何烦恼了。他明白他哥哥的性情,代表了茶峒人粗卤爽直一面,弄得好,掏出心子来给人也很慷慨作去,弄不好,亲舅舅也必一是一二是二。大老何尝不想在车路上失败时走马路;但他一听到二老的坦白陈述后,他就知道马路只二老有分,他自己的事不能提了。因此他有点气恼,有点愤慨,自然是无从掩饰的。

二老想出了个主意,就是两兄弟月夜里同过碧溪岨去唱歌,莫让人知道是弟兄两个,两人轮流唱下去,谁得到回答,谁便继续用那张唱歌胜利的嘴唇,服侍那划渡船的外孙女。大老不善于唱歌,轮到大老时也仍然由二老代替。两人凭命运来决定自己的幸福,这么办可说是极公平了。提议时,那大老还以为他自己不会唱,也不想请二老替他作竹雀。但二老那种诗人性格,却使他很固持的要哥哥实行这个办法。二老说必需这样作,一切方公平一点。

大老把弟弟提议想想,作了一个苦笑。"×娘的,自己不是竹雀,还请老弟做竹雀?好,就是这样子,我们各人轮流唱,我也不要你帮忙,一切我自己来吧。树林子里的猫头鹰,声音不动听,要老婆时,也仍然是自己叫下去,不请人帮忙的!"

两人把事情说妥当后,算算日子,今天十四,明天十五,后天十六,接连而来的三个日子,正是有大月亮天气。气候既到了中夏,半夜里不冷不热,穿了白家机布汗褂,到那些月光照及的高崖上去,遵照当地的习惯,很诚实与坦白去为一个"初生之犊"的黄花女唱歌。露水降了,歌声涩了,到应当回家了时,就趁残月赶回家去。或过那些熟识的整夜工作不息的碾坊里去,躺到温暖的谷仓里小睡,等候天明。一切安排皆极其自然,结果是什么,两人虽不明白,但也看得极其自然。两人便决定了从当夜起始,来作这种为当地习惯所认可的竞争。

十 三

黄昏来时翠翠坐在家中屋后白塔下,看天空为夕阳烘成桃花色的薄云。十四中寨逢场,城中生意人过中寨收买山货的很多,过渡人也特别多,祖父在溪中渡船上,忙个不息。天快夜了,别的雀子皆似乎在休息了,只杜鹃叫个不息。石头泥土为白日晒了一整天,草木为白日晒了一整天,到这时节皆放散一种热气。空气中有泥土气味,有草木气味,且有甲虫类气味。翠翠看着天上的红云,听着渡口飘乡生意人的杂乱声音,心中有些儿薄薄的凄凉。

黄昏照样的温柔,美丽,平静。但一个人若体念到这个当前一切时,也就照样的在这黄昏中会有点儿薄薄的凄凉。于是,这日子成为痛苦的东西了。翠翠觉得好像缺少了什么。好像眼见到这个日子过去了,想在一件新的人事上攀住它,但不成。好像生活太平凡了,忍受不住。

"我要坐船下桃源县过洞庭湖,让爷爷满城打锣去叫我,点了灯笼火把去找我。"

她便同祖父故意生气似的,很放肆的去想到这样一件事,她且想象祖父用各种方法寻觅她皆无结果,到后如何躺在渡船上。

"人家喊,'过渡,过渡,老伯伯,你怎么的!''怎么的!翠翠走了,下桃源县了!''那你怎的?''怎么的吗?拿了把刀,放在包袱里,搭下水船去杀了她!'……"

翠翠仿佛听着这种对话,吓怕起来了,一面锐声喊着她的祖父,一面从坎上跑向溪边渡口去。见到了祖父正把船拉在溪中心,船上人嗯嗯说着话,小小心子还依然跳跃不已。

"爷爷,爷爷,你拉回来呀!"

那老船夫不明白她的意思,还以为是翠翠要为他代劳了,就说:

"翠翠,等一等,我就回来!"

"你不拉回来了吗?"

"我就回来!"

翠翠坐在溪边,望着溪面为暮色所笼罩的一切,且望到那只渡船上一群过渡人,其中有个吸旱烟的打着火镰吸烟,且把烟杆在船边剥剥的敲着烟灰,忽然哭起来了。

祖父把船拉回来时,见翠翠痴痴的坐在岸边,问她是什么事,翠翠不作声。

祖父要她去烧火煮饭,想了一会儿,觉得自己哭得可笑,一个人便回到屋中去。坐在黑黝黝的灶边把火烧燃后,她又走到门外高崖上去,喊叫她的祖父,要他回家里来,在职务上毫不儿戏的老船夫,因为明白过渡人皆是赶回城中吃晚饭的人,来一个就渡一个,不便要人站在那岸边呆等,故不上岸来。只站在船头告翠翠,且让他做点事,把人渡完事后,就会回家里吃饭。

翠翠第二次请求祖父祖父不理会,她坐在悬崖上,很觉得悲伤。

天夜了,有一匹大萤火虫尾上闪着蓝光,很迅速的从翠翠身旁飞过去,翠翠想,"看你飞得多远!"便把眼睛随着那萤火虫的明光追去。杜鹃又叫了。

"爷爷,为什么不上来?我要你!"

在船上的祖父听到这种带着娇有点儿埋怨的声音,一面粗声粗气的答道:"翠翠,我就来,我就来!"一面心中却自言自语:"翠翠,爷爷不在了,你将怎么样?"

老船夫回到家中时,见家中还黑黝黝的,只灶间有火光,见翠翠坐在灶边矮条凳上,用手蒙着眼睛。

走过去才晓得翠翠已哭了许久。祖父一个下半天来,皆弯着个腰在船上拉来拉去,歇歇时手也酸了,腰也酸了,照规矩,一到家里就会嗅到锅中所焖瓜菜的味道,且可见到翠翠安排晚饭在灯光下跑来跑去的影子。

祖父说:"翠翠,我来慢了,你就哭,这还成吗?我死了呢?"

翠翠不作声。

祖父又说:"不许哭,做一个大人,不管有什么事皆不许哭,要硬扎一点,结实一点,方配活到这块土地上!"

翠翠把手从眼睛边移开,靠近了祖父身边去,"我不哭了。"

两人作饭时,祖父为翠翠说到一些有趣味的故事。因此提到了死去了的翠翠的母亲。两人在豆油灯下把饭吃过后,老船夫因为工作疲倦,喝了半碗白酒,故饭后兴致极好,又同翠翠到门外高崖上月光下去说故事。说了些那个可怜母亲的乖巧处,同时且说到那可怜母亲性格强硬处,使翠翠听来神往倾心。

翠翠抱膝坐在月光下,傍着祖父身边,问了许多关于那个可怜母亲的故事。间或吁一口气,似乎心中压上了些分量沉重的东西,想挪移得远一点,才吁着这种气,可是却无从把东西挪开。

月光如银子,无处不可照及,山上篁竹在月光下皆成为黑色。身边虫声繁密如落雨。间或不知道从什么地方,忽然会有一只草莺"落落落落嘘!"哽着她的喉咙,不久之间,这小鸟儿又好像明白这是半夜,便仍然闭着那小小眼儿安睡了。

祖父夜来兴致很好,为翠翠把故事说下去,就提到了本城人二十年前唱歌的风气,如何驰名于川黔边地。翠翠的父亲,便是唱歌的第一手,能用各种比喻解释爱与憎的结子,这些事也说到了。翠翠母亲如何爱唱歌,且如何同父亲在未认识以前在白日里对歌,一个在半山上竹篁里砍竹子,一个在溪面渡船上拉船,这些事也说到了。

翠翠问:"后来怎么样?"

祖父说:"后来的事长得很,最重要的事情,就是这种歌唱出了你。"

十　四

老船夫做事累了睡了,翠翠哭倦了也睡了。翠翠不能忘记祖父所说的事情,梦中灵魂为一种美妙歌声浮起来了,仿佛轻轻的各处飘着,上了白塔,下了菜园,到了船上,又复飞窜过悬崖半腰——去作什么呢? 摘虎耳草! 白日里拉船时,她仰头望着崖上那些肥大虎耳草已极熟习。

一切皆像是祖父说的故事,翠翠只迷迷糊糊的躺在粗麻布帐子里草荐上,以为这梦做得顶美顶甜。祖父却在床上醒着张起个耳朵听对溪高崖上大唱了半夜的歌。他知道那是谁唱的,他知道是河街上天保大老走马路的第一着,又忧愁又快乐的听下去。翠翠因为日里哭倦了,睡得正好,他就不去惊动她。

第二天,天一亮翠翠就同祖父起身了,用溪水洗了脸,把早上说梦的忌讳去掉了,翠翠赶忙同祖父去说昨晚上所梦的事情。

"爷爷,你说唱歌,我昨天就在梦里听到一种歌声,又软又缠绵,我像跟了这声音各处飞,飞到对溪悬崖半腰,摘了一大把虎耳草,得到了虎耳草,我可不知道把这个东西交给谁去了。我睡得真好,梦的真有趣!"

祖父温和悲悯的笑着,并不告给翠翠昨晚上的事实。

祖父心里想:"做梦一辈子更好,还有人在梦里作宰相咧。"

昨晚上唱歌的,老船夫还以为是天保大老,日来便要翠翠守船,借故到城里去送药,在河街见到了大老,就一把拉住那小伙子,很快乐的说:

"大老,你这个人,又走车路又走马路,是怎样一个狡猾东西!"

但老船夫却作错了一件事情,把昨晚唱歌人"张冠李戴"了。这两弟兄昨晚上同时到碧溪岨去,为了作哥哥的走车路占了先,无论如何也不肯先开腔唱歌,一定得让那弟弟先唱。弟弟一开口,哥哥却因为明知不是敌手,更不能开口了。翠翠同她祖父晚上听到的歌声,便全是那个傩送二老所唱的。大老伴弟弟回家时,就决定了同茶峒地方离开,驾家中那只新油船下驶,好忘却了上面的一切。这时正想下河去看新船装货。老船夫见他冷冷的,不明白他的意思,就用眉眼做了一个可笑的记号,表示他明白大老的冷淡处是装成的,表示他有消息可以奉告。

他拍了大老一下,轻轻的说:

"你唱得很好,别人在梦里听着你那个歌,为那个歌带得很远,走了不少的路!"

大老望着弄渡船的老船夫涎皮的老脸,轻轻的说:

"算了吧,你把宝贝女儿送给了竹雀吧。"

这句话使老船夫完全弄不明白他的意思。大老从一个吊脚楼甬道走下河去了,老船夫也跟着下去,到了河边,见那只新船正在装货,许多油篓子搁到岸边,一个水手正在用茅草扎成长束,备作船舷上挡浪用的茅把,还有人在河边用脂油擦桨板。老船夫问那个坐在大太阳下扎茅把的水手,这船什么日子下行,谁押船。那水手把手指着大老。老船夫搓着手说:

"大老,听我说句正经话,你那件事走车路,不对;走马路,你有分的!"

那大老把手指着窗口说:"伯伯,你看那边,你要竹雀做孙女婿,竹雀在那里啊!"

老船夫抬头望着二老,正在窗口整理一个鱼网。

回碧溪岨到渡船上时,翠翠问:

"爷爷,你同谁吵了架,面色那样难看!"

祖父莞尔而笑,他到城里的事情,不告给翠翠一个字。

十 五

大老坐了那只新油船向下河走去了,留下傩送二老在家。老船夫方面还以为上次歌声既归二老唱的,在此后几个日子里,自然还会听到那种歌声。一到了晚间就故意从别样事情上,促翠翠注意夜晚的歌声。两人吃完饭坐在屋里,因屋前滨水,长脚蚊子一到黄昏就嗡嗡的叫着,翠翠便把蒿艾束成的烟包点燃,向屋中角隅各处晃着驱逐蚊子。晃了一阵,估计全屋子里皆为蒿艾烟气熏透了,方搁到床前地上去,再坐在小板凳上来听祖父说话。从一些故事上慢

慢的谈到了唱歌,祖父话说得很妙。祖父到后发问道:

"翠翠,梦里的歌可以使你爬上高崖去摘那虎耳草,若当真有谁来在对溪高崖上为你唱歌,你怎么样?"祖父把话当笑话说着的。

翠翠便也当笑话答道:"有人唱歌我就听下去,他唱多久我也听多久!"

"唱三年六个月呢?"

"唱得好听,我听三年六个月。"

"这不公平吧。"

"怎么不公平? 为我唱歌的人,不是极愿意我长远听他的歌吗?"

"照理说:炒菜要人吃,唱歌要人听。可是人家为你唱,是要你懂他歌中的意思!"

"爷爷,懂歌中什么意思?"

"自然是他那颗想同你要好的真心! 不懂那点心事,不是同听竹雀唱歌一样了吗?"

"我懂了他的心又怎么样?"

祖父用拳头把自己腿重重的捶着,且笑着:"翠翠,你人乖,爷爷笨得很,话也不说得温柔,莫生气。我信口开河,说个笑话给你听。应当当笑话听。河街天保大老走车路,请保山来提亲,我告给过你这件事了,你那神气不愿意,是不是? 可是,假若那个人还有个兄弟,走马路,为你来唱歌,向你求婚,你将怎么说?"

翠翠吃了一惊,低下头去。因为她不明白这笑话有几分真,又不清楚这笑话是谁诌的。

翠翠便微笑着轻轻的带点儿恳求的神气说:

"爷爷莫说这个笑话吧。"翠翠站起身了。

"我说的若是真话呢?"

"爷爷你真是个……"翠翠说着走出去了。

祖父说:"我说的是笑话,你生我的气吗?"

翠翠不敢生祖父的气,走近门限边时,就把话引到另外一件事情上去:"爷爷看天上的月亮,那么大!"说着,出了屋外,便在那一派清光的露天中站定。站了一忽儿,祖父也从屋中出到外边来了。翠翠于是坐到那白日里为强烈阳光晒热的岩石上去,石头正散发日间所储的余热。祖父就说:

"翠翠,莫坐热石头,免得生坐板疮。"

但自己用手摸摸后，自己便也坐到那岩石上了。

月光极其柔和，溪面浮着一层薄薄白雾，这时节对溪若有人唱歌，隔溪应和，实在太美丽了。翠翠还记着先前祖父说的笑话。耳朵又不聋，祖父的话说得极分明，一个兄弟走马路，唱歌来打发这样的晚上，算是怎么回事？她似乎为了等着这样的歌声，沉默了许久。

她在月光下坐了一阵，心里却当真愿意听一个人来唱歌。久之，对溪除了一片草虫的清音复奏以外别无所有。翠翠走回家里去，在房门边摸着了那个芦管，拿出来在月光下自己吹着。觉吹得不好，又递给祖父要祖父吹。老船夫把那个芦管竖在嘴边，吹了个长长的曲子，翠翠的心被吹柔软了。

翠翠依傍祖父坐着，问祖父：

"爷爷，谁是第一个做这个小管子的人？"

"一定是个最快乐的人作的，因为他分给人的也是许多快乐；可又像是个最不快乐的人作的，因为他同时也可以引起人不快乐！"

"爷爷，你不快乐了吗？生我的气了吗？"

"我不生你的气。你在我身边，我很快乐。"

"我万一跑了呢？"

"你不会离开爷爷的。"

"万一有这种事，爷爷你怎么样？"

"万一有这种事，我就驾了这只渡船去找你。"

翠翠嗤的笑了。"凤滩茨滩不为凶，下面还有绕鸡笼；绕鸡笼也容易下，青浪滩浪如屋大。爷爷你渡船也能下凤滩茨滩青浪滩吗？那些地方的水，你不说过像疯子吗？"

祖父说："翠翠，我到那时可真像疯子，还怕大水大浪？"

翠翠俨然极认真的想了一下，就说："祖父，我一定不走，可是，你会不会走？你会不会被一个人抓到别处去？"

祖父不作声了，他想到被死亡抓走那一类事情。

老船夫打量着自己被死亡抓走以后的情形，痴痴的看望天南角上一颗星子，心想："七月八月天上方有流星，人也会在七月八月死去吧？"又想起白日在河街上同大老谈话的经过，想起中寨人陪嫁的那座碾坊，想起二老！想起一大堆事情，心中有点儿乱。

翠翠忽然说："爷爷，你唱个歌给我听听，好不好？"

祖父唱了十个歌,翠翠傍在祖父身边,闭着眼睛听下去,等到祖父不作声时,翠翠自言自语说:"我又摘了一把虎耳草了。"

祖父所唱的歌便是那晚上听来的歌。

十 六

二老有机会唱歌却从此不再到碧溪岨唱歌。十五过去了,十六也过去了,到了十七,老船夫忍不住了,进城往河街去找寻那个年青小伙子,到城门边正预备入河街时,就遇着上次为大老作保山的杨马兵,正牵了一匹骡马预备出城,一见老船夫,就拉住了他:

"伯伯,我正有事情告你,碰巧你就来城里!"

"什么事?"

"天保大老坐下水船到茨滩出了事,闪不知这个人掉到滩下漩水里就淹坏了。早上顺顺家里得到这个信,听说二老一早就赶去了。"

这消息同有力巴掌一样重重的捆了他那么一下,他不相信这是当真的消息。他故作从容的说:

"天保大老淹坏了吗?从不闻有水鸭子被水淹坏的!"

"可是那只水鸭子仍然有那么一次被淹坏了……。我赞成你的卓见,不让那小子走车路十分顺手。"

从马兵言语上,老船夫还十分怀疑这个新闻,但从马兵神气上注意,老船夫却看清楚这是个真的消息。他惨惨的说:

"我有什么卓见可言?这是天意!……"老船夫说时心中充满了感情。

特为证明那马兵所说的话,有多少可靠处,老船夫同马兵分手后,于是匆匆赶到河街上去。到了顺顺家门前,正有人烧纸钱,许多人围在一处说话。参加进去听听,所说的便是杨马兵提到的那件事。但一到有人发现了身后的老船夫时,大家便把话语转了方向,故意来谈下河油价涨落情形了。老船夫心中很不安,正想找一个比较要好的水手谈谈。

一会船总顺顺从外面回来了,样子沉沉的,这豪爽正直的中年人,正似乎为不幸打倒,努力想挣扎爬起的神气,一见到老船夫就说:

"老伯伯,我们谈的那件事情吹了吧。天保大老已经坏了,你知道了吧。"

老船夫两只眼睛红红的,把手搓着,"怎么的,这是真事!是昨天,是前天?"

另一个像是赶路同来报信的,插嘴说道:"十六中上,船搁到石包子上,船头进了水,大老想把篙撇着,人就弹到水中去了。"

老船夫说:"你眼见他下水吗?"

"我还与他同时下水!"

"他说什么?"

"什么都来不及说!这几天来他都不说话!"

老船夫把头摇摇,向顺顺那么溜了一眼。船总顺顺像知道他的心中不安处,说:"伯伯,一切是天,算了吧。我这里有大兴场送来的好烧酒,你拿一点去喝罢。"一个伙计用竹筒上了一筒酒,用新桐木叶蒙着筒口,交给了老船夫。

老船夫把酒拿走,到了河街后,低头向河码头走去,到河边天保大前天上船处去看看。杨马兵还在那里放马到沙地上打滚,自己坐在柳树荫下乘凉,老船夫就走过去请马兵试试那大兴场的烧酒,两人兴致似乎皆好些了,老船夫告给杨马兵,十四夜里二老兄过碧溪岨唱歌那件事情。

那马兵听到后便说:

"伯伯,你是不是以为翠翠愿意二老应该派归二老……"

话不说完,傩送二老却从河街下来了。这年青人正像要远行的样子,一见了老船夫就回头走去。杨马兵就喊他说:"二老,二老,你来,有话同你说呀!"

二老站定了,问马兵"有什么话说"。马兵望望老船夫,就向二老说:"你来,有话说!"

"什么话?"

"我听人说你已经走了,——你过来我同你说,我不会吃掉你!"

那黑脸宽肩膊,样子虎虎有生气的傩送二老,勉强似的笑着,到了柳荫下时,老船夫指着河上游远处那座新碾坊说:"二老,听人说那碾坊将来是归你的!归了你,派我来守碾子,行不行?"

二老仿佛听不惯这个询问的用意,便不作声。杨马兵看风头有点儿僵,便说:"二老,你怎么的,预备下去吧?"那年青人把头点点,就走开了。

老船夫讨了个没趣,赶回碧溪岨去,到了渡船上时,就装作把事情看得极随便似的,告给翠翠。

"翠翠,城里出了件新鲜事情,天保大老驾油船下辰州,掉到茨滩淹坏了。"

翠翠因为听不懂,对于这个报告最先好像全不在意,祖父又说:

"翠翠,这是真事,上次来到这里做保山的杨马兵,还说我早不答应亲事极有见识!"

翠翠瞥了祖父一眼,见他眼睛红红的,知道他喝了酒,且有了点事情不高兴,心中想:"谁撩你生气?"船到家边时,祖父不自然的笑着向家中走去,翠翠守船,半天不闻祖父声息,赶回家去看看,见祖父正坐在门槛上编草鞋耳子。

翠翠见祖父神气极不对,就蹲到他身前去。

"爷爷,你怎么的?"

"天保当真死了! 二老生了我们的气,以为他家中出这件事情是我们分派的!"

有人在溪边大喊渡船过渡,祖父匆匆出去了。翠翠坐在那屋角隅稻草上,心中极乱,等等还不见祖父回来,就哭起来了。

十 七

祖父似乎生谁的气,脸上笑容减少了,对于翠翠方面也不大注意了。翠翠像知道祖父已不很疼她,但又像不明白它的原因。但这并不是很久的事,日子一过去,也就好了。两人仍然划船过日子,一切依旧,惟对于生活,却仿佛什么地方有了个看不见的缺口,无法填补起来。祖父过河街去仍然可以得到船总顺顺的款待,但很明显的事,那船总却并不忘掉死去者死亡的原因。二老出北河下辰州走了六百里,沿河找寻那个可怜哥哥的尸骸,毫无结果,在各处税关上贴下招字,返回茶峒来了。过不久,他又过川东去办货,过渡时见到老船夫。老船夫看看那小伙子,好像已完全忘掉了从前的事情,就同他说话。

"二老,大六月日头毒人,又上川东去?"

"要饭吃,头上是火也得上路!"

"要吃饭! 二老家还少饭吃!"

"有饭吃,爹爹说年青人也不应该在家中白吃不作事!"

"你爹爹好吗?"

"吃得做得,有什么不好。"

"你哥哥坏了,我看你爹爹为这件事情也好像萎悴多了!"

二老听到这句话,不作声了,眼睛望着老船夫屋后那个白塔。他似乎想起了过去那个晚上,那件旧事,心中十分惆怅。

老船夫怯怯的望了年青人一眼,一个微笑在脸上漾开。

"二老,我家里翠翠说,五月里有天晚上,做了个梦,……"说时他又望望二老,见二老并不惊讶,也不厌烦,又接着说,"她梦得古怪,说在梦中被一个人的歌声浮起来,上悬岩摘了一把虎耳草!"

二老把头偏过一旁去作了一个苦笑,心中想到"老头子倒会做作"。这点意思在那个苦笑上,仿佛同样泄露出来,仍然被老船夫看到了,老船夫就说:"二老,你不信吗?"

那年青人说:"我怎么不相信?因为我做傻子在那边岩上唱过一晚的歌!"

老船夫被一句料想不到的老实话窘住了,口中结结巴巴的说:"这是真的……这是假的……"

老船夫的做作处,原意只是想把事情弄明白一点,但一起始自己叙述这段事情时,方法上就有了错处,故反而被二老误会了。他这时正想把那夜的情形好好说出来,船已到了岸边。二老一跃上了岸,就想走去。老船夫在船上显得有点忙乱的样子说:

"二老,二老,你等等我有话同你说,你先前不是说到那个——你做傻子的事情吗?你并不傻,别人方当真为你那歌弄成傻相!"

那年青人虽站定了,口中却轻轻的说:"得了够了,不要说了。"

老船夫说:"二老,我听人说你不要碾子要渡船,这是杨马兵说的,不是真的吧?"

那年青人说:"要渡船又怎样?"

老船夫看看二老的神气,心中忽然高兴起来了,就情不自禁的高声叫着翠翠,要她下溪边来。不知翠翠是故意不从屋里出来,是到别处去了,许久还不见到翠翠的影子,也不闻这个女孩子的声音。二老等了一会看看老船夫那副神气,一句话不说,便微笑着,大踏步同一个挑担粉条白糖货物的脚夫走去了。

过了碧溪岨小山,两人应沿着一条曲曲折折的竹林走去,那个脚夫这时节开了口:

"傩送二老,看那弄渡船的神气,很欢喜你!"

二老不作声,那人就又说道:

"二老,他问你要碾坊还是要渡船,你当真预备做他的孙女婿,接替他那只渡船吗?"

二老笑了,那人又说:

"二老,若这件事派给我,我要那座碾坊。一座碾坊的出息,每天可收七升米,三斗糠。"

二老说:"我回来时向我爹爹去说,为你向中寨人做媒,让你得到这座碾坊吧。至于我呢,我想弄渡船是很好的。只是老家伙坏,大老是他弄死的。"

　　老船夫见二老那么走去了,翠翠还不出来,心中很不快乐,走回家去看看,原来翠翠并不在家。过一会,翠翠提了个篮子从小山后回来了,方知道大清早翠翠已出门掘竹鞭笋去了。

　　"翠翠,我喊了你好久,你不听到!"

　　"做甚么?"

　　"一个过渡,……一个熟人,我们谈起你……我喊你你可不答应!"

　　"是谁?"

　　"你猜,翠翠。不是陌生人,……你认识他!"

　　翠翠想起适间从竹林里无意中听来的话,脸红了,半天不说话。

　　老船夫问:"翠翠,你得了多少鞭笋?"

　　翠翠把竹篮向地下一倒,除了十来根小小鞭笋外,只是一把大的虎耳草。

　　老船夫望了翠翠一眼,翠翠两颊绯红跑了。

十　八

　　日子平平地过了一个月,一切人心上的病痛,似乎皆在那么份长长的白日下医治好了。天气特别热,各人皆只忙着流汗,用凉水淘江米酒吃,不用什么心事,心事在人生活中,也就留不住了。翠翠每天皆到白塔下背太阳的一面去午睡,高处既极凉快,两山竹篁里叫得使人发松的竹雀,与其他鸟类,又如此之多,致使她在睡梦里尽为山鸟歌声所浮着,做的梦也便常是顶荒唐的梦。

　　这不是人的罪过。诗人们会在一件小事上写出一整本整部的诗,雕刻家在一块石头上雕得出骨血如生的人像,画家一撇儿绿,一撇儿红,一撇儿灰,画得出一幅一幅带有魔力的彩画,谁不是为了惦着一个微笑的影子,或是一个皱眉的记号,方弄出那么些古怪成绩?翠翠不能用文字,不能用石头,不能用颜色,把那点心头上的爱憎移到别一件东西上去,却只让她的心,在一切顶荒唐事情上驰骋。她从这分隐秘里,常常得到又惊又喜的兴奋。一点儿不可知的未来,摇撼她的情感极厉害,她无从完全把那种痴处不让祖父知道。

　　祖父呢,可以说一切都知道了的。但事实上他又却是个一无所知的人。他明白翠翠不讨厌那个二老,却不明白那小伙子二老怎么样。他从船总处与二老处,皆碰过了钉子,但他并不灰心。

"要安排得对一点,方合道理。"他那么想着,就更显得好事多磨起来了。睁着眼睛时,他做的梦比那个外孙女翠翠便更荒唐更寥阔。

他向各个过渡本地人打听二老父子的生活,关切他们如同自己家中一样。但也古怪,因此他却怕见到那个船总同二老了。一见他们他就不知说些什么,只是老脾气把两只手搓来搓去,从容处完全失去了。二老父子方面皆明白他的意思,但那个死去的人,却用一个凄凉的印象,镶嵌到父子心中,两人便对于老船夫的意思,俨然全不明白似的,一同把日子打发下去。

明明白白夜来并不作梦,早晨同翠翠说话时,那作祖父的会说:

"翠翠,翠翠,我做了个好不怕人的梦!"

翠翠问:"什么怕人的梦?"

就装作思索梦境似的,一面细看翠翠小脸长眉毛,一面说出他另一时张着眼睛所做的好梦。不消说,那些梦并不是当真怎样使人吓怕的。

一切河流皆得归海,话起始说得纵极远,到头来总仍然是归到使翠翠红脸那件事情上去。待到翠翠显得不大高兴,神气上露出受了点小窘时,这老船夫又才像有了一点儿吓怕,忙着解释,用闲话来遮掩自己所说到那问题的原意。

"翠翠,我不是那么说,我不是那么说。爷爷老了,糊涂了,笑话多咧。"

但有时翠翠却静静的把祖父那些笑话糊涂话听下去,一直听到后来还抿着嘴儿微笑。

翠翠也会忽然说道:

"爷爷,你真是有一点儿糊涂!"

祖父听过了不再作声,他将说,"我有一大堆心事,"但来不及说,恰好就被过渡人喊走了。

天气热了,过渡人从远处走来,肩上挑得是七十斤担子,到了溪边,贪凉快不即走路,必蹲在岩石下茶缸边喝凉茶,与同伴交换吹吹棒烟管,且一面与弄渡船的攀谈。许多子虚乌有的话皆从此说出口来,给老船夫听到了。过渡人有时还因溪水清洁,就溪边洗脚抹澡的,坐得更久话也就更多。祖父把些话转说给翠翠,翠翠也就学懂了许多事情。货物的价钱涨落呀,坐轿搭船的用费呀,放木筏的人把他那个木筏从滩上流下时,十来把大招子如何活动呀,在小烟船上吃荤烟,大脚娘如何烧烟呀,……无一不备。

傩送二老从川东押物回到了茶峒。时间已近黄昏了,溪面很寂寞,祖父同翠翠在菜园地里看萝卜秧子,翠翠白日中觉睡久了些,觉得有点寂寞,好像听人嘶声喊过渡,就争先走下溪边去,下坎时,见两个人站在码头边,斜阳影里背身看得极分明,正是傩送二老同他家中的长年!翠翠大吃一惊,同小兽物见到猎人一样,回头便向山竹林里跑掉了。但那两个在溪边的人,听到脚步响时,一转身,也就看明白这件事情了。等了一下再也不见人来,那长年又嘶声音喊叫过渡。

老船夫听得清清楚楚,却仍然蹲在萝卜秧地上数菜,心里觉得好笑。他已见到翠翠走去,他知道必是翠翠看明白了过渡人是谁,故蹲在那高岩上不理会。翠翠人小不管事,过渡人求她不干,奈何她不得,故好嘶着个喉咙叫过渡了。那长年叫了几声,见无人来,就停了,同二老说:"这是什么玩意儿,难道老的害病弄翻了,只剩下翠翠一个人了吗?"二老说:"等等看,不算什么!"就等了一阵。因为这边在静静的等着,园地上老船夫却在心里想:"难道是二老吗?"他仿佛担心搅恼了翠翠似的,就仍然蹲着不动。

但再过一阵,溪边又喊起过渡来了,声音不同了一点,这才真是二老的声音。生气了吧?等久了吧?吵嘴了吧?老船夫一面胡乱估着一面跑到溪边去。到了溪边,见两个人业已上了船,其中之一正是二老。老船夫惊讶的喊叫:

"呀,二老,你回来了!"

年青人很不高兴似的,"回来了,——你们这渡船是怎么的,等了半天也不来个人!"

"我以为——"老船夫四处一望,并不见翠翠的影子,只见黄狗从山上竹林里跑来,知道翠翠上山了,便改口说,"我以为你们过了渡。"

"过了渡!不得你上船,谁敢开船?"那长年说着,一只水鸟掠着水面飞去,"翠鸟儿归窠了,我们还得赶回家去吃饭!"

"早咧,到河街早咧,"说着,老船夫已跳上了船,且在心中一面说着,"你不是想承继这只渡船吗!"一面把船索拉动,船便离岸了。

"二老,路上累得很!……"

老船夫说着,二老不置可否不动感情听下去,船拢了岸,那年青小伙子同家中长年挑担子翻山走了。那点淡漠印象留在老船夫心上,老船夫于是在两个人身后,捏紧拳头威吓了三下,轻轻的吼着,把船拉回去了。

十 九

翠翠向竹林里跑去,老船夫半天还不下船,这件事从傩送二老看来,前途显然有点不利。虽老船夫言词之间,无一句话不在说明"这事有边",但那畏畏缩缩的说明,极不得体,二老想起他的哥哥,便把这件事曲解了。他有一点愤愤不平,有一点儿气恼,回到家里第三天,中寨有人来探口风,在河街顺顺家中住下,把话问及顺顺,想明白二老的心中,是不是还有意接受那座新碾坊,顺顺就转问二老自己意见怎么样。

二老说:"爸爸,你以为这事为你,家中多座碾坊多个人使,可以快活,你就答应了。若果为得是我,我要好好去想一下,过些日子再说它吧。我尚不知道我应当得座碾坊,还应当得一只渡船,因为我命里或只许我撑个渡船!"

探口风的人把话记住,回中寨去报命,到碧溪岨过渡时,见到了老船夫,想起二老说的话,不由得不迷迷的笑着。老船夫问明白了他是中寨人,就又问他过茶峒作些什么事。

那心中有分寸的中寨人说:

"什么事也不作,只是过河街船总顺顺家里坐了一会儿。"

"坐了一定就有话说!"

"话倒说了几句。"

"说了些什么话?"那人不再说了。老船夫却问道:

"听说你们中寨人想把大河边一座碾坊连同家中闺女儿送给河街上顺顺,这事情有不有了点眉目?"

那中寨人笑了,"事情成了,我问过顺顺,顺顺很愿意同中寨人结亲家,又问过那小伙子,……"

"小伙子意思怎么样?"

"他说:我眼前有座碾坊,有条渡船,我本想要渡船,现在就决定要碾坊了。渡船是活动的,不如碾坊固定,这小子会打算盘呢。"

中寨人是个米场经纪人,话说得极有斤两,他明知道"渡船"指得是什么意思,但他可并不说穿。他看到老船夫口唇蠕动,想要说话,中寨人便又抢着说道:

"一切皆是命,可怜顺顺家那个大老,相貌一表堂堂,会淹死在水里!"

老船夫被这句话在心上戳了一下,把想问的话咽住了。中寨人上岸走去后,老船夫闷闷的立在船头,痴了许久。又把二老日前过渡时落漠神气温习一番,心中大不快乐。

翠翠在塔下玩得极高兴,走到溪边高岩上想要祖父唱唱歌,见祖父不理会她,一路埋怨赶下溪边去,到了溪边方见到祖父神气十分沮丧,不明白为什么原因。翠翠来了,祖父看看翠翠的快活黑脸儿,粗卤的笑笑。对溪有扛货物过渡的,便不说什么,沉默的把船拉过溪南,到了中心却大声唱起歌来了。把人渡了过溪,祖父跳上码头走近翠翠身边来,还是那么粗卤的笑着,把手抚着头额。

翠翠说:

"爷爷怎么的,你发痧了?你躺到荫下去,我来管船!"

"你来管船,好的妙的,这只船归你管!"

老船夫似乎当真发了痧,心头发闷,虽当着翠翠还显出硬扎样子,独自走回屋里后,找寻得到一些碎磁片,在自己臂上腿上扎了几下,放出了些乌血,就躺到床上睡了。

翠翠自己守船,心中却古怪的快乐,心想:"爷爷不为我唱歌,我自己会唱!"

她唱了许多歌,老船夫躺在床上闭着眼睛,一句一句听下去。心中极乱,但他知道这不是能够把他打倒的大病,他明天就仍然会爬起来的。他想明天进城,到河街去看看,又想起许多旁的事情。

但到了第二天,人虽起了床,头还沉沉的。祖父当真已病了,翠翠显得懂事了些,为祖父煎了一罐大发药,逼着祖父喝,又过屋后菜园地里摘取蒜苗泡在米汤里作酸蒜苗。一面照料船只,一面还时时刻刻抽空赶回家里来看祖父,问这样那样。祖父可不说什么,只是为一个秘密痛苦着。躺了三天,人居然好了。屋前屋后走动了一下,骨头还硬硬的,心中惦念到一件事情,便预备进城过河街去。翠翠看不出祖父有什么要紧事情,必须当天入城,请求他莫去。

老船夫把手搓着,估量到是不是应说出那个理由。翠翠一张黑黑的瓜子脸,一双水汪汪的眼睛,使他吁了一口气。

他说:"我有要紧事情,得今天去!"

翠翠苦笑着说:"有多大要紧事情,还不是……"

老船夫知道翠翠脾气,听翠翠口气已有点不高兴,不再说要走了,把预备带走的竹筒,同扣花褡裢搁到长几上后,带点儿谄媚笑着说:"不去吧,你担心我会把自己摔死,我就不去吧。我以为天气早上不很热,到城里把事办完了就回来,……不去也得,我明天去!"

翠翠轻声的温柔的说:"你明天去也好,你腿还软!"

老船夫似乎心中还不甘服,洒着两手走出去,在门限边一个打草鞋的棒槌,差点儿把他绊了一大跤。稳住了时翠翠苦笑着说:"爷爷,你瞧,还不服气!"老船夫拾起那棒槌,向屋角隅摔去,说道:"爷爷老了!过几天打豹子给你看!"

到了午后,落了一阵行雨,老船夫却同翠翠好好商量,仍然进了城。翠翠不能陪祖父进城,就要黄狗跟去。老船夫在城里被一个熟人拉着谈了许久的盐价米价,又过守备衙门看了一会新买的骡马,方到河街顺顺家里去。到了那里见到顺顺正同三个人打纸牌,不便谈话,就站在身后看了一阵牌,后来顺顺请他喝酒,借口病刚好点不敢喝酒推辞了。牌既不散场,老船夫又不想即走,顺顺似乎并不明白他等着有何话说,却只注意手中的牌。后来老船夫的神气倒为另外一个人看出了,就问他是不是有什么事情。老船夫方忸忸怩怩照老方子搓着他那两只大手,说别的事没有,只想同船总说两句话。

那船总方明白他在看牌半天的理由,回头对老船夫笑将起来。

"怎不早说?你不说,我还以为你在看我牌学张子!"

"没有什么,只是三五句话,我不便扫兴,不敢说出!"

船总把牌向桌上一撒,笑着向后房走去了,老船夫跟在身后。

"什么事?"船总问着,神气似乎先就明白了他来此要说的话,显得略微有点儿怜悯的样子。

"我听一个中寨人说你预备同中寨团总打亲家,是不是真事?"

船总见老船夫的眼睛盯着他的脸,想得一个满意的回答,就说:"有这事情。"那么答应,意思却是:"有了你怎么样?"

老船夫说:"真的吗?"

那一个很自然的说:"真的。"意思却依旧包含了"真的又怎么样?"一个疑问。

老船夫装得很从容的问:"二老呢?"

船总说:"二老坐船下桃源好些日子了!"

二老下桃源的事,原来还同他爸爸吵了一阵方走的。船总性情虽异常豪爽,可不愿意间接把第一个儿子弄死的女孩子,又来作第二个儿子的媳妇。若照当地风气,这些事认为只是小孩子的事,大人管不着,二老当真欢喜翠翠,翠翠又爱二老,他也并不反对这种爱怨纠缠的婚姻。但不知怎么的,老船夫的关心处,使二老父子对于老船夫皆有了一点误会了。船总想起家庭间的近事,以为全与这老而好事的船夫有关。

船总不让老船夫再开口了,就语气略粗的说道:

"伯伯,算了吧,我们的口只应当喝酒了,莫再只想替儿女唱歌!你的意思我全明白,你是好意。可是我也求你明白我的意思,我以为我们只应当谈点自己分上的事情,不适宜于想那些年青人的门路了。"

老船夫被一个闷拳打倒后,还想说两句话,但船总却不让他再有说话机会,把他拉出到牌桌边去。

老船夫无话可说,看看船总时,船总虽还笑着谈到许多笑话,心中却似乎很沉郁,把牌用力掷到桌上去,老船夫不说什么,戴起他那个斗笠,自己走了。

天气还早,老船夫心中很不高兴,又进城去找杨马兵。那马兵正在喝酒,老船夫虽推病,也免不了喝个三五杯。回到碧溪岨,走得热了一点,又用溪水去抹身子。觉得很疲倦,就要翠翠守船,自己回家睡去了。

黄昏时天气十分郁闷,溪面各处飞着红蜻蜓。天上已起了云,热风把两山竹篁吹得声音极大,看样子到晚上必落大雨。翠翠守在渡船上,看着那些溪面飞来飞去的蜻蜓,心也极乱。看祖父脸上颜色惨惨的,放心不下,便又赶回家中去。先以为祖父一定早睡了,谁知还坐在门限上打草鞋!

"爷爷,你要多少双草鞋,床头上不是还有十四双吗?怎么不好好的躺一躺?"

老船夫不作声,却站起身来昂头向天空望着,轻轻的说:"翠翠,今晚上要落大雨响大雷的!回头把我们的船系到岩下去,这雨大哩。"

翠翠说:"爷爷,我真吓怕!"翠翠怕的似乎并不是晚上要来的雷雨。

老船夫似乎也懂得那个意思,就说:"怕什么?一切要来的都得来,不必怕!"

二　十

夜间果然落了大雨,挟以吓人的雷声。电光从屋脊上掠过时,接着就是訇的一个炸电。翠翠在暗中抖着,祖父也醒了,知道她害怕,且担心她着凉,还起身来把一条布单搭到她身上去。祖父说:

"翠翠,不要怕!"

翠翠说:"我不怕!"说了还想说:"爷爷你在这里我不怕!"

訇的一个大雷,接着是一种超越雨声而上的洪大倾圮声。两人皆以为一定是溪岸悬崖崩落了;担心到那只渡船,会早已压在崖石下面去了。

祖孙两人便默默的躺在床上听雨声雷声。

但无论如何大雨,过不久,翠翠却仍然就睡着了。醒来时天已亮了,雨不知在何时业已止息,醒来只听到溪两岸山沟里注水入溪的声音,翠翠爬起身来看看祖父还似乎睡得很好,开了门走出去,门前已成为一个水沟,一股水便从塔后哗哗的流来,从前面悬崖直堕而下。并且各处皆是那么一种临时的水道。屋旁菜园地已为山水冲乱了,菜秧皆掩在粗砂泥里了。再走过前面去看看溪里一切,才知道溪中也涨了大水,已满过了码头,水脚快到菜缸边了。下到码头去的那条路,正同一条小河一样,哗哗的泄着黄泥水。过渡的那一条横溪牵定的缆绳,已被水淹去了,泊在崖下的渡船,已不见了。

翠翠看看屋前悬崖并不崩坍,故当时还不注意渡船的失去。但再过一阵,她上下搜索不到这东西,无意中回头一看,屋后白塔已不见了,一惊非同小可。赶忙向屋后跑去,才知道白塔业已坍倒,大堆砖石极凌乱的摊在那儿,翠翠吓慌得不知所措,只锐声叫她的祖父。祖父不起身,也不答应,就赶回家里去,到得祖父床边摇了祖父许久,祖父还不作声。原来这个老年人在雷雨将息时已死去了。

翠翠于是大哭起来。

过一阵,有从茶峒过川东跑差事的人,到了溪边,隔溪喊过渡,翠翠正在灶边一面哭着一面烧水预备为死去的祖父抹澡。

那人以为老船夫一家还不醒,急于过河,喊叫不应,就抛掷小石头过溪,打到屋顶上。翠翠鼻涕眼泪成一片的走出来,跑到溪边高崖前站定。

"喂,不早了!把船划过来!"

"船跑了!"

"你爷爷做什么事情去了呢?他管船?"

"他管船,管五十年的船——他死了啊!"

翠翠一面向隔溪人说着一面大哭起来。那人知道老船夫死了,得进城去报信,就说:

"真死了吗?我回去告他们,要他们弄条船带东西来!"

那人回到茶峒城边时,一见熟人就报告这件事,不多久,全茶峒城里外便皆知道这个消息了。河街上船总顺顺,派人找了一只空船,带了副白木匣子,即刻向碧溪岨撑去。城中杨马兵却同一个老军人,赶到碧溪岨去,砍了几十根大毛竹,用葛藤编作筏子,作为来往过渡的临时渡船。筏子编好后,撑了那个东西,到翠翠家中那一边岸下,留老兵守竹筏来往渡人,自己跑到翠翠家去看那个死者,眼泪湿莹莹的,摸了一会躺在床上硬僵僵的老友,又赶忙着做些应做的事情。到后帮忙的人来了,从大河船上运来棺木也来了,住在城中的老道士,还带了法宝,提了一只公鸡,来尽义务办理念经起水诸事,也从筏上渡过来了。家中人出出进进,翠翠只坐在灶边矮凳上呜呜的哭着。

到了中午,船总顺顺也来了,还跟着一个人扛了一口袋米,一坛酒,火腿猪肉。见了翠翠就说:

"翠翠,爷爷死了我知道了,老年人是必需死的,不要发愁,一切有我!"

各方面看看,就回去了。到了下午入了殓,一些帮忙的回的回家去了,晚上便只剩了下那老道士,杨马兵,同顺顺家派来两个年青长年。黄昏以前老道士用红绿纸剪了一些花朵,用黄泥作了一些烛台。天断黑后,棺木前小桌上点起黄色九品蜡,燃了香,棺木周围也点了小蜡烛,老道士披上那件蓝麻布道服,开始了丧事中绕棺仪式。老道士在前拿着纸幡引路,孝子第二,马兵殿后,绕着那寂寞棺木慢慢转着圈子,两个长年则站在灶边空处,胡乱的打着锣钵。老道士一面闭了眼睛走去,一面且唱且哼,安慰亡灵。提到关于亡魂所到西方极乐世界花香四季时,老马兵就把木盘里的纸花,向棺木上高高撒去。

到了半夜,事情办完了,放过爆竹,蜡烛也快熄灭了,翠翠眼泪婆婆的,赶忙又到灶边去烧火,为帮忙的人办消夜。吃了消夜,老道士歪到死人床上睡着了。剩下几个人还得照规矩在棺木前守夜,老马兵为大家唱丧堂歌取乐,用个空的量米木升子,当作小鼓,把手剥剥剥的一面敲着一面唱下去——唱《王祥卧冰》的事情,唱《黄香扇枕》的事情。

翠翠哭了一整天,也同时忙了一整天,到这时已倦极,把头靠在棺前迷着了。两长年同马兵精神还虎虎的,便轮流把丧堂的歌唱下去。但只一会儿,翠翠又醒了,仿佛梦到什么,惊醒后明白祖父已死,于是又幽幽的干哭起来。

"翠翠,翠翠,不要哭啦,人死了哭不回来的!"

老马兵接着就说了一个做新嫁娘的人哭泣的笑话,话语中夹杂了三个粗野字眼儿,因此引起两个长年咕咕的笑了许久。黄狗在屋外吠着,翠翠开了大门,到外面去站了一下,耳听到各处是虫声,天上月色极好,大星子嵌进透蓝天空里,非常沉静温柔。翠翠想:

"这是真事吗? 爷爷当真死了吗?"

老马兵原来跟在她的后边,因为他知道女孩子心门儿窄,说不定一炉火闷在灰里,痕迹不露,见祖父去了,自己一切皆已无望,跳崖悬梁,想跟着祖父一块儿去,也说不定!故随时小心监视到翠翠。

老马兵见翠翠痴痴的站着,时间过了许久还不回头,就打着咳叫翠翠说:

"翠翠,露落了,不冷么?"

"不冷。"

"天气好得很!"

"呀……"一颗大流星使翠翠轻轻的喊了一声。

接着南方又是一颗流星划空而下。对溪有猫头鹰叫。

"翠翠,"老马兵业已同翠翠并排一块块儿站定了,很温和的说,"你进屋里去了吧,不要胡思乱想!"

翠翠默默的回到祖父棺木前面,坐在地上又呜咽起来。守在屋中两个长年已睡着了。

那一个马兵便幽幽的说道:"不要哭了!不要哭了!你爷爷也难过咧。眼睛哭胀喉咙哭嘶有何好处。听我说,爷爷的心事我全都知道,一切有我;我会把一切安排得好好的,对得起你爷爷。我会安排,什么事都会。我要一个爷爷欢喜你也欢喜的人来接收这渡船!不能如我们的意,我老虽老,还能拿镰刀同他们拼命。翠翠,你放心,一切有我!……"

远处不知什么地方鸡叫了,老道士在那边床上胡胡涂涂的自言自语:"天亮了吗?早咧!"

二 十 一

大清早,帮忙的人从城里拿了绳索杠子赶来了。

老船夫的白木小棺材,为六个人抬着到那个倾圮了的塔后山岨上去埋葬时,船总顺顺,马兵,翠翠,老道士,黄狗,皆跟在后面。到了预先掘就的方阱边,老道士照规矩先跳下去,把一点朱砂颗粒同白米,安置到阱中四隅及中央,又烧了一点纸钱,爬出阱时就要抬棺木的人动手下窆,翠翠哑着喉咙干号,伏在棺木上不起身。经马兵用力把她拉开,方能移动棺木。一会儿,那棺木便被新土掩盖了,翠翠还坐在地上呜咽。老道士要回城,去替人做斋,过渡走了。船总把一切事托给老马兵,也赶回城去了。帮忙的皆到溪边去洗手,家中各人还有各人的事,且知道这家人的情形,不便再叨扰,也皆不再惊动主人,过渡回家去了。于是碧溪岨便只剩下三个人,一个是翠翠,一个是老马兵,一个是由船总家派来暂时帮忙照料渡船的秃头陈四四。黄狗因被那秃头打了一石头,对于那秃头仿佛很不高兴,尽是轻轻的吠着。

到了下午,翠翠同老马兵商量,要老马兵回城去把马托给营里人照料,再回碧溪岨来陪她。老马兵回转碧溪岨时,秃头陈四四被打发回城去了。

翠翠仍然自己同黄狗来弄渡船,让老马兵坐在溪岸高崖上玩,或嘶着个老喉咙唱歌给她听。

过三天后船总来商量接翠翠过家里去住,翠翠却想看守祖父的坟山,不愿即刻进城。只请船总过城里衙门去为说句话,许杨马兵暂时同她住住,船总顺顺答应了这件事,就走了。

杨马兵既是个上五十岁了的人,说故事的本领比翠翠祖父高一筹,加之凡事特别关心,做事又勤快又干净,故同翠翠住下来,使翠翠仿佛去了一个祖父,却新得了一个伯父。过渡时有人问及可怜的祖父,黄昏时想起祖父,皆使翠翠心酸,觉得十分凄凉。但这分凄凉日子过久一点,也就渐渐淡薄些了。两人每日在黄昏中同晚上,坐在门前溪边高崖上,谈点那个躺在湿土里可怜祖父的旧事,有许多是翠翠先前所不知道的,说来便更使翠翠心中柔和。又说到翠翠的父亲,那个又要爱情又惜名誉的军人,在当时按照绿营军勇的装束,如何使女孩子动心。又说到翠翠的母亲,如何善于唱歌,而且所唱的那些歌在当时如何流行。

时候变了,一切也自然不同了,皇帝已不再坐江山,平常人还消说?!杨马兵想起自己年青作马夫时,牵了马匹到碧溪岨来对翠翠母亲唱歌,翠翠母亲不理会,到如今这自己却成为这孤雏的唯一靠山唯一信托人,不由得不苦笑!

因为两人每个黄昏必谈祖父,以及这一家有关系的事情,后来便说到了老船夫死前的一切,翠翠因此明白了祖父活时所不提到的许多事。二老的唱歌,顺顺大儿子的死,顺顺父子对于祖父的冷淡,中寨人用碾坊作陪嫁妆奁,诱惑傩送二老,二老既记忆着哥哥的死亡,且因得不到翠翠理会,又被家中逼着接受那座碾坊,意思还在渡船,因此抖气下行,祖父的死因,又如何与翠翠有关……凡是翠翠不明白的事,如今可全明白了。翠翠把事弄明白后,哭了一个夜晚。

过了四七,船总顺顺派人来请马兵进城去,商量把翠翠接到他家中去,作为二老的媳妇。但二老人既在辰州,先就莫提这件事,且搬过河街去住,等二老回来时再看二老意思。马兵以为这件事得问翠翠。回来时,把顺顺的意思向翠翠说过后,又为翠翠出主张,以为名分既不定妥,到一个生人家里去不好,还是不如在碧溪岨等,等到二老驾船回来时,再看二老意思。

这办法决定后,老马兵以为二老不久必可回来的,就依然把马匹托营上人照料,在碧溪岨为翠翠作伴,把一个一个日子过下去。

碧溪岨的白塔,与茶峒风水有关系,塔圮坍了,不重新作一个自然不成。除了城中营管,税局,以及各商号各平民捐了些钱以外,各大寨子也有人拿册子去捐钱。为了这塔成就并不是给谁一个人的好处,应尽每个人来积德造福,尽每个人皆有捐钱的机会,因此在渡船上也放了个两头有节的大竹筒,中部锯了一口尽过渡人自由把钱投进去,竹筒满了马兵就捎进城中首事人处去,另外又带了个竹筒回来。过渡人一看老船夫不见了,翠翠辫子上扎了白线,就明白那老的已作完了自己分上的工作,安安静静躺到土坑里给小蛆吃掉了,必一面用同情的眼色瞧着翠翠,一面就摸出钱来塞到竹筒中去。"天保佑你,死了的到西方去,活下的永保平安。"翠翠明白那些捐钱人的意思,心里酸酸的,忙把身子背过去拉船。

可是到了冬天,那个圮坍了的白塔,又重新修好了,那个在月下唱歌,使翠翠在睡梦里为歌声把灵魂轻轻浮起的年青人,还不曾回到茶峒来。

……

这个人也许永远不回来了,也许"明天"回来!

二十三年四月十九日完成

江西人民出版社 1981 年版

曹禺《雷雨》导读

 **作家简介**

　　曹禺(1910—1996),原名万家宝,字小石。祖籍湖北潜江,出生在天津一个封建官僚家庭。曹禺从小爱好文学和戏剧,1922年入天津南开中学,参加南开新剧团,演出中外剧作,显示了表演才能,并广泛涉猎新文学作品,开始写作小说和新诗。1928年考入南开大学政治系。1930年转清华大学西洋文学系,广泛接触欧美文学作品和中国的传统戏剧艺术。1933年创作了处女作四幕剧《雷雨》,标志着中国话剧艺术开始走向成熟。1935年后,创作了《日出》《原野》《北京人》等一系列重要剧作。中华人民共和国成立后,曹禺历任北京人民艺术剧院院长、中国作家协会书记处书记、中央戏剧学院名誉院长、中国戏剧家协会主席等职。创作有历史剧《胆剑篇》(执笔)、《王昭君》等。

 时代背景

　　曹禺开始酝酿《雷雨》时只有19岁,他自小熟悉封建大家庭的内幕与罪恶,阔绰而冷寂的万公馆给他一种沉重的压抑感,而青少年时代目睹中国社会的黑暗现实又使他产生了强烈的反抗情绪。正如作者所言,《雷雨》是在"没有太阳的日子里的产物","那个时候,我是想反抗的。只因陷于旧社会的昏暗、腐恶,我不甘模棱地活下去,所以我才拿起笔。《雷雨》是我第一声呻吟,或许是一声呼喊。"(《〈曹禺选集〉后记》)"仿佛有一种情感的汹涌的流来推动我,我在发泄着被压抑的愤懑,毁谤着中国的家庭和社会。"另外一方面——或许更重要的,作为一个富有激情和理想的年轻人,在冰冷残酷的现实面前尚未找到出路的迷惘也正推动着他深切关注和思考人与命运的问题。事实上最初引起他创作兴趣的正是"一种复杂而又原始的情绪",是"种种宇宙里斗争的'残忍'和'冷酷'",是人对于一种神秘不可知的力量的"无名的恐惧"和"不可言喻的憧憬"。这使得《雷雨》具有了丰富的内涵和震撼人心的力量。(皆引自曹禺《〈雷雨〉序》)

曹禺曾经申明,他所写的是"一首诗",而不是"社会问题剧"(曹禺《〈雷雨〉的写作》)。这也就提示我们,我们应该抓住《雷雨》中所揭示的"生命编码",还原性地阐释戏剧"意象"中所内含的人的生存困境。

作品评点

《雷雨》不仅仅是社会或家庭的悲剧,更是人的命运悲剧。剧本极力展现的是一个阴郁闷热、雷雨交加的夏日里,周鲁两家八个人矛盾冲突的大爆发。在这最浓缩的时间与空间里,所有的人都在纠缠着、挣扎着,最终却都无可避免地走向毁灭。那么这个大悲剧究竟是谁造成的?按照过去那种简单化的理解似乎是周朴园,是他对侍萍的始乱终弃为后来的悲剧埋下了种子,而在大家都准备逃离这个大家庭甚至已经看到成功的希望时,也是他亲手揭开这个秘密并酿成了悲剧。但从剧中诸多的细节中我们又不难看出,他对侍萍的感情应该还是真实甚至是深厚的。那为什么又会始乱终弃呢?侍萍诉说自己当年被迫离开周家时,用的是"你们""你们老太太",由此可以想象周朴园为爱情应该做过一番挣扎,只是在强大的封建恶势力面前他显得过于懦弱而屈服了。另外,周朴园有开展一番事业的野心,他需要维持一个家庭的和谐,当这些与他的个人生活相冲突时,他最终选择了前者。这种选择本身很难说是对还是错,但是当他做出选择时他一定是矛盾、痛苦的。30年后侍萍的重新出现勾起了他对往事的怀恋,但是他很快就意识到这会影响他正常的家庭秩序,于是他问道:"你来干什么?""是谁指使你来的?"然而最终,他却不得不公开承认侍萍的身份——这一连串的心理变化,把周朴园的情感波澜再好不过地表现出来了。

繁漪是这部戏中最为"雷雨"式的人物。她知道周萍与四凤的私情后,为赶走四凤而招来侍萍,为两家的正面遭遇埋下了伏笔;她趁周萍私会四凤之时将周萍锁在四凤房里,致使两人的事情暴露在众人面前;最后她拉出周朴园以阻止周萍与四凤的出走,终于导致了矛盾的大爆发。然而这些也是她被逼之下的无奈之举,她说:"一个女人……不能受两代的欺辱。"于是她要反抗,这不应该说是错误的,恰恰相反,这正是她的可贵与可爱之处。然而,蘩漪的报复却也是有限度的。当周朴园公开承认侍萍是周萍的生母时她惊呆了,她对她的举动感到了后悔,因为她并不是想要毁掉周萍,而只是想将他重新挽回到自己身边。

侍萍作为剧中唯一一个知情者,也是承受苦难最多的人。30年后她重返周公馆,当她知道女儿四凤在周家做事后马上就要带着她走并且让她发誓"永远不见周家的人",然而她又痛苦地发现周萍与四凤已有私情且已达生死相依的地步,无奈之中,她企图让他们一走了之,留下自己来承担所有的罪孽,却不料周朴园又道破了天机。周萍与四凤在荒诞的事实面前,深受刺激,双双自杀。周冲为救四凤亦触电身亡,她和蘩漪则不堪精神的重压而疯狂。人人都未曾料到,或者大家都全力阻止的悲剧,最终还是无可挽回地发生了,于是我们发现了曹禺所言的那种神秘的东西在整个事件之中发挥着神秘的作用,这就是"雷雨"所象征的"命运",正是"命运"精心安排了这一切,也毁灭了这一切。然而剧中人物却又并非简单地为命运所支配,他们都在反抗这宿命,却不料越是反抗,反而在命运的泥沼里陷得越深。正是这种人与命运的关系产生着震撼人心的悲剧力量。

(刘清虎)

雷雨(节选)

曹禺

重　逢

〔仆人下。朴园点燃着一支吕宋烟①,看见桌上的雨衣。

周朴园　(向鲁妈)这是太太找出来的雨衣吗?
鲁侍萍　(看着他)大概是的。

---

① 菲律宾雪茄烟。

周朴园　（拿起看看）不对，不对，这都是新的。我要我的旧雨衣，你回头跟太太说。

鲁侍萍　嗯。

周朴园　（看她不走）你不知道这间房子底下人不准随便进来么？

鲁侍萍　（看着他）不知道，老爷。

周朴园　你是新来的下人？

鲁侍萍　不是的，我找我的女儿来的。

周朴园　你的女儿？

鲁侍萍　四凤是我的女儿。

周朴园　那你走错屋子了。

鲁侍萍　哦。——老爷没有事了？

周朴园　（指窗）窗户谁叫打开的？

鲁侍萍　哦。（很自然地走到窗前，关上窗户，慢慢地走向中门）

周朴园　（看她关好窗门，忽然觉得她很奇怪）你站一站，（鲁妈停）你——你贵姓？

鲁侍萍　我姓鲁。

周朴园　姓鲁。你的口音不像北方人。

鲁侍萍　对了，我不是，我是江苏的。

周朴园　你好像有点无锡口音。

鲁侍萍　我自小就在无锡长大的。

周朴园　（沉思）无锡？嗯，无锡，（忽而）你在无锡是什么时候？

鲁侍萍　光绪二十年，离现在有三十多年了。

周朴园　哦，三十年前你在无锡？

鲁侍萍　是的，三十多年前呢，那时候我记得我们还没有用洋火呢。

周朴园　（沉思）三十多年前，是的，很远啦，我想想，我大概是二十多岁的时候。那时候我还在无锡呢。

鲁侍萍　老爷是那个地方的人？

周朴园　嗯，（沉吟）无锡是个好地方。

鲁侍萍　哦，好地方。

周朴园　你三十年前在无锡么？

鲁侍萍　是，老爷。

周朴园　三十年前，在无锡有一件很出名的事情——
鲁侍萍　哦。
周朴园　你知道么？
鲁侍萍　也许记得，不知道老爷说的是哪一件？
周朴园　哦，很远的，提起来大家都忘了。
鲁侍萍　说不定，也许记得的。
周朴园　我问过许多那个时候到过无锡的人，我想打听打听。可是那个时候在无锡的人，到现在不是老了就是死了，活着的多半是不知道的，或者忘了。
鲁侍萍　如若老爷想打听的话，无论什么事，无锡那边我还有认识的人，虽然许久不通音信，托他们打听点事情总还可以的。
周朴园　我派人到无锡打听过。——不过也许凑巧你会知道。三十年前在无锡有一家姓梅的。
鲁侍萍　姓梅的？
周朴园　梅家的一个年轻小姐，很贤慧，也很规矩，有一天夜里，忽然地投水死了，后来，后来，——你知道么？
鲁侍萍　不敢说。
周朴园　哦。
鲁侍萍　我倒认识一个年轻的姑娘姓梅的。
周朴园　哦？你说说看。
鲁侍萍　可是她不是小姐，她也不贤慧，并且听说是不大规矩的。
周朴园　也许，也许你弄错了，不过你不妨说说看。
鲁侍萍　这个梅姑娘倒是有一天晚上跳的河，可是不是一个，她手里抱着一个刚生下三天的男孩。听人说她生前是不规矩的。
周朴园　（痛苦）哦！
鲁侍萍　她是个下等人，不很守本分的。听说她跟那时周公馆的少爷有点不清白，生了两个儿子。生了第二个，才过三天，忽然周少爷不要了她，大孩子就放在周公馆，刚生的孩子她抱在怀里，在年三十夜里投河死的。
周朴园　（汗涔涔地）哦。
鲁侍萍　她不是小姐，她是无锡周公馆梅妈的女儿，她叫侍萍。

周朴园　（抬起头来）你姓什么？

鲁侍萍　我姓鲁，老爷。

周朴园　（喘出一口气，沉思地）侍萍，侍萍，对了。这个女孩子的尸首，说是有一个穷人见着埋了。你可以打听得她的坟在哪儿么？

鲁侍萍　老爷问这些闲事干什么？

周朴园　这个人跟我们有点亲戚。

鲁侍萍　亲戚？

周朴园　嗯，——我们想把她的坟墓修一修。

鲁侍萍　哦——那用不着了。

周朴园　怎么？

鲁侍萍　这个人现在还活着。

周朴园　（惊愕）什么？

鲁侍萍　她没有死。

周朴园　她还在？不会吧？我看见她河边上的衣服，里面有她的绝命书。

鲁侍萍　不过她被一个慈善的人救活了。

周朴园　哦，救活啦？

鲁侍萍　以后无锡的人是没见着她，以为她那夜晚死了。

周朴园　那么，她呢？

鲁侍萍　一个人在外乡活着。

周朴园　那个小孩呢？

鲁侍萍　也活着。

周朴园　（忽然立起）你是谁？

鲁侍萍　我是这儿四凤的妈，老爷。

周朴园　哦。

鲁侍萍　她现在老了，嫁给一个下等人，又生了个女孩，境况很不好。

周朴园　你知道她现在在哪儿？

鲁侍萍　我前几天还见着她！

周朴园　什么？她就在这儿？此地？

鲁侍萍　嗯，就在此地。

周朴园　哦！

鲁侍萍　老爷，你想见一见她么。

周朴园　　不,不。谢谢你。
鲁侍萍　　她的命很苦。离开了周家,周家少爷就娶了一位有钱有门第的小姐。她一个单身人,无亲无故,带着一个孩子在外乡什么事都做。讨饭,缝衣服,当老妈,在学校里伺候人。
周朴园　　她为什么不再找到周家?
鲁侍萍　　大概她是不愿意吧?为着她自己的孩子她嫁过两次。
周朴园　　嗯,以后她又嫁过两次。
鲁侍萍　　嗯,都是很下等的人。她遇人都很不如意,老爷想帮一帮她么?
周朴园　　好,你先下去。让我想一想。
鲁侍萍　　老爷,没有事了?(望着朴园,眼泪要涌出)老爷,您那雨衣,我怎么说?
周朴园　　你去告诉四凤,叫她把我樟木箱子里那件旧雨衣拿出来,顺便把那箱子里的几件旧衬衣也捡出来。
鲁侍萍　　旧衬衣?
周朴园　　你告诉她在我那顶老的箱子里,纺绸的衬衣,没有领子的。
鲁侍萍　　老爷那种绸衬衣不是一共有五件?您要哪一件?
周朴园　　要哪一件?
鲁侍萍　　不是有一件,在右袖襟上有个烧破的窟窿,后来用丝线绣成一朵梅花补上的?还有一件,——
周朴园　　(惊愕)梅花?
鲁侍萍　　还有一件绸衬衣,左袖襟也绣着一朵梅花,旁边还绣着一个萍字。还有一件,——
周朴园　　(徐徐立起)哦,你,你,你是——
鲁侍萍　　我是从前伺候过老爷的下人。
周朴园　　哦,侍萍!(低声)怎么,是你?
鲁侍萍　　你自然想不到,侍萍的相貌有一天也会老得连你都不认识了。
周朴园　　你——侍萍?(不觉地望望柜上的相片,又望鲁妈)
鲁侍萍　　朴园,你找侍萍么?侍萍在这儿。
周朴园　　(忽然严厉地)你来干什么?
鲁侍萍　　不是我要来的。
周朴园　　谁指使你来的?

鲁侍萍　（悲愤）命！不公平的命指使我来的。

周朴园　（冷冷地）三十年的工夫你还是找到这儿来了。

鲁侍萍　（愤怨）我没有找你，我没有找你，我以为你早死了。我今天没想到到这儿来，这是天要我在这儿又碰见你。

周朴园　你可以冷静点。现在你我都是有子女的人，如果你觉得心里有委屈，这么大年纪，我们先可以不必哭哭啼啼的。

鲁侍萍　哭？哼，我的眼泪早哭干了，我没有委屈，我有的是恨，是悔，是三十年一天一天我自己所受的苦。你大概已经忘了你做的事了！三十年前，过年三十的晚上我生下你的第二个儿子才三天，你为了要赶紧娶那位有钱有门第的小姐，你们逼着我冒着大雪出去，要我离开你们周家的门。

周朴园　从前的旧恩怨，过了几十年，又何必再提呢？

鲁侍萍　那是因为周大少爷一帆风顺，现在也是社会上的好人物。可是自从我被你们家赶出来以后，我没有死成，我把我的母亲可给气死了，我亲生的两个孩子你们家里逼着我留在你们家里。

周朴园　你的第二个孩子你不是已经抱走了么？

鲁侍萍　那是你们老太太看着孩子快死了，才叫我带走的。（自语）哦，天哪，我觉得我像在做梦。

周朴园　我看过去的事不必再提起来吧。

鲁侍萍　我要提，我要提，我闷了三十年了！你结了婚，就搬了家，我以为这一辈子也见不着你了；谁知道我自己的孩子偏偏命定要跑到周家来，又做我从前在你们家里做过的事。

周朴园　怪不得四凤这样像你。

鲁侍萍　我伺候你，我的孩子再伺候你生的少爷们。这是我的报应，我的报应。

周朴园　你静一静。把脑子放清醒点。你不要以为我的心是死了，你以为一个人做了一件于心不忍的事就会忘么？你看这些家具都是你从前顶喜欢的东西，多少年我总是留着，为着纪念你。

鲁侍萍　（低头）哦。

周朴园　你的生日——四月十八——每年我总记得。一切都照着你是正式嫁过周家的人看，甚至于你因为生萍儿，受了病，总要关窗户，

	这些习惯我都保留着，为的是不忘你，弥补我的罪过。
鲁侍萍	（叹一口气）现在我们都是上了年纪的人，这些傻话请你也不必说了。
周朴园	那更好了。那么我们可以明明白白地谈一谈。
鲁侍萍	不过我觉得没有什么可谈的。
周朴园	话很多。我看你的性情好像没有大改，——鲁贵像是个很不老实的人。
鲁侍萍	你不要怕。他永远不会知道的。
周朴园	那双方面都好。再有，我要问你的，你自己带走的儿子在哪儿？
鲁侍萍	他在你的矿上做工。
周朴园	我问，他现在在哪儿？
鲁侍萍	就在门外等着见你呢。
周朴园	什么？鲁大海？他！我的儿子？
鲁侍萍	他的脚指头因为你的不小心，现在还是少一个的。
周朴园	（冷笑）这么，我自己的骨肉在矿上鼓动罢工，反对我！
鲁侍萍	他跟你现在完完全全是两样的人。
周朴园	（沉静）他还是我的儿子。
鲁侍萍	你不要以为他还会认你做父亲。
周朴园	（忽然）好！痛痛快快地！你现在要多少钱吧？
鲁侍萍	什么？
周朴园	留着你养老。
鲁侍萍	（苦笑）哼，你还以为我是故意来敲诈你，才来的么？
周朴园	也好，我们暂且不提这一层。那么，我先说我的意思。你听着，鲁贵我现在要辞退的，四凤也要回家。不过——
鲁侍萍	你不要怕，你以为我会用这种关系来敲诈你么？你放心，我不会的。大后天我就带着四凤回到我原来的地方。这是一场梦，这地方我绝对不会再住下去。
周朴园	好得很，那么一切路费，用费，都归我担负。
鲁侍萍	什么？
周朴园	这于我的心也安一点。
鲁侍萍	你？（笑）三十年我一个人都过了，现在我反而要你的钱？

周朴园　好,好,好,那么,你现在要什么?

鲁侍萍　(停一停)我,我要点东西。

周朴园　什么?说吧?

鲁侍萍　(泪满眼)我——我——我只要见见我的萍儿。

周朴园　你想见他?

鲁侍萍　嗯,他在哪儿?

周朴园　他现在在楼上陪着他的母亲看病。我叫他,他就可以下来见你。不过是——

鲁侍萍　不过是什么?

周朴园　他很大了。

鲁侍萍　(追忆)他大概是二十八了吧?我记得他比大海只大一岁。

周朴园　并且他以为他母亲早就死了的。

鲁侍萍　哦,你以为我会哭哭啼啼地叫他认母亲么?我不会那样傻的。我难道不知道这样的母亲只给自己的儿子丢人么?我明白他的地位,他的教育,不容他承认这样的母亲。这些年我也学乖了,我只想看看他,他究竟是我生的孩子。你不要怕,我就是告诉他,白白地增加他的烦恼,他自己也不愿意认我的。

周朴园　那么,我们就这样解决了。我叫他下来,你看一看他,以后鲁家的人永远不许再到周家来。

鲁侍萍　好,我希望这一生不至于再见你。

周朴园　(由衣内取出皮夹的支票签好)很好,这是一张五千块钱的支票,你可以先拿去用。算是弥补我一点罪过。

鲁侍萍　(接过支票)谢谢你。(慢慢撕碎支票)

周朴园　侍萍。

鲁侍萍　我这些年的苦不是你拿钱算得清的。

周朴园　可是你——

［外面争吵声。鲁大海的声音:"放开我,我要进去。"三四男仆声:"不成,不成,老爷睡觉呢。"门外有男仆等与鲁大海挣扎声。

周朴园　(走至中门)来人!(仆人由中门进)谁在吵?

仆　人　就是那个工人鲁大海!他不讲理,非见老爷不可。

周朴园　哦。(沉吟)那你就叫他进来吧。等一等,叫人到楼上请大少爷下来，我有话问他。
仆　　人　　是，老爷。
〔仆人由中门下。
周朴园　　（向鲁妈）侍萍，你不要太固执。这一点钱你不收下，将来你会后悔的。
鲁侍萍　　（望着他，一句话也不说）

立　　誓

〔四凤上。
鲁四凤　　妈，（不安地）您回来了。
鲁侍萍　　你忙着送周家的少爷，没有顾到看见我。
鲁四凤　　（解释地）二少爷是他母亲叫他来的。
鲁侍萍　　我听见你哥哥说，你们谈了半天的话吧？
鲁四凤　　你说我跟周家二少爷？
鲁侍萍　　嗯，他谈了些什么？
鲁四凤　　没有什么！——平平常常的话。
鲁侍萍　　凤儿，真的？
鲁四凤　　您听哥哥说了些什么话？哥哥是一点人情也不懂。
鲁侍萍　　（严肃地）凤儿，（看着她，拉着她的手）你看看我，我是你的妈。是不是？
鲁四凤　　妈，您怎么啦？
鲁侍萍　　凤，妈是不是顶疼你？
鲁四凤　　妈，你为什么说这些话？
鲁侍萍　　我问你，妈是不是天底下最可怜，没有人疼的一个苦老婆子？
鲁四凤　　不，妈，您别这样说话，我疼您。
鲁侍萍　　凤儿，那我求你一件事。
鲁四凤　　妈，您说啦，你说什么事！
鲁侍萍　　你得告诉我，周家的少爷究竟跟你——怎么样了？
鲁四凤　　哥总是瞎说八道的——他跟您说了什么？
鲁侍萍　　不是哥，他没说什么，妈要问你！
〔远处隐雷。

鲁四凤　妈,您为什么问这个?我不跟您说过吗?一点也没什么。妈,没什么!

［远处隐雷。

鲁侍萍　你听,外面打着雷。妈妈是个可怜人,我的女儿在这些事上不能再骗我!

鲁四凤　(顿)妈,我不骗您!我不是跟您说过,这两年——鲁贵的声音(在外屋)侍萍,快来睡觉吧,不早了。

鲁侍萍　别管我,你先睡你的。

鲁　贵　你来!

鲁侍萍　你别管我!——(对四凤)你说什么?

鲁四凤　我不是跟你说过,这两年,我天天晚上——回家的?

鲁侍萍　孩子,你可要说实话,妈经不起再大的事啦。

鲁四凤　妈,(抽咽)妈,您为什么不信您自己的女儿呢?(扑在鲁妈怀里大哭,鲁妈抱着她)

鲁侍萍　(落眼泪)凤儿,可怜的孩子,不是我不相信你,我太爱你,我生怕外人欺负了你,(沉痛地)我太不敢相信世界上的人了。傻孩子,你不懂妈的心,妈的苦多少年是说不出来的,你妈就是在年青的时候没有人来提醒,——可怜,妈就是一步走错,就步步走错了。孩子,我就生了你这么一个女儿,我的女儿不能再像她妈似的。人的心都靠不住,我并不是说人坏,我就是恨人性太弱,太容易变了。孩子,你是我的,你是我唯一的宝贝,你永远疼我!你要是再骗我,那就是杀了我了,我的苦命的孩子!

鲁四凤　不,妈,不,我以后永远是妈的了。

鲁侍萍　(忽然)凤儿,我在这儿一天耽心一天,我们明天一定走,离开这儿。

鲁四凤　(立起)什么,明天就走?

鲁侍萍　(果断地)嗯。我改主意了,我们明天就走。永远不回这儿来了。

鲁四凤　我们永远不回到这儿来了。妈,不,为什么这么早就走?

鲁侍萍　孩子,你要干什么?

鲁四凤　(踌躇地)我,我——

鲁侍萍　不愿意早一点儿跟妈走?

鲁四凤 （叹一口气,苦笑）也好,我们明天走吧。

鲁侍萍 （忽然疑心地）孩子,你还有什么事瞒着我。

鲁四凤 （擦着眼泪）妈,没有什么。

鲁侍萍 （慈祥地）好孩子,你记住妈刚才说的话么?

鲁四凤 记得住!

鲁侍萍 凤儿,我要你永远不见周家的人!

鲁四凤 好,妈!

鲁侍萍 （沉重地）不,要起誓。

〔畏怯地望着鲁妈的严厉的脸。

鲁四凤 哦,这何必呢?

鲁侍萍 （依然严肃地）不,你要说。

鲁四凤 （跪下）妈,（扑在鲁妈身上）不,妈,我——我说不了。

鲁侍萍 （眼泪流下来）你愿意让妈伤心么?你忘记妈三年前为着你的病几乎死了么?现在你——（回头哭泣）

鲁四凤 妈,我说,我说。

鲁侍萍 （立起）你就这样跪下说。

鲁四凤 妈,我答应您,以后我永远不见周家的人。

〔雷声轰地滚过去。

鲁侍萍 孩子,天上在打着雷,你要是以后忘了妈的话,见了周家的人呢?

鲁四凤 （畏怯地）妈,我不会的,我不会的。

鲁侍萍 孩子,你要说,你要说。假若你忘了妈的话——

〔外面的雷声。

鲁四凤 （不顾一切地）那——那天上的雷劈了我。（扑在鲁妈怀里）哦,我的妈呀!（哭出声）

〔雷声轰地滚过去。

鲁侍萍 （抱着女儿,大哭）可怜的孩子,妈不好,妈造的孽,妈对不起你,是妈对不起你。（泣）

疯　　狂

〔三人——周萍,四凤,鲁妈——走到饭厅门口,饭厅门开,蘩漪走出,三人俱惊视。

鲁四凤　（失声）太太！
周蘩漪　（沉稳地）咦，你们到哪儿去？外面还打着雷呢！
周　萍　（向蘩漪）怎么你一个人在外面偷听。
周蘩漪　嗯，不只我，还有人呢。（向饭厅上）出来呀，你！
　　　　［冲由饭厅上，畏缩地。
鲁四凤　（惊愕）二少爷！
周　冲　（不安地）四凤！
周　萍　（不高兴，向弟）弟弟，你怎么这样不懂事？
周　冲　（莫名其妙地）妈叫我来的，我不知道你们这是干什么。
周蘩漪　（冷冷地）现在你就明白了。
周　萍　（焦躁，向蘩漪）你这是干什么？
周蘩漪　（嘲弄地）我叫你弟弟来跟你们送行。
周　萍　（气愤）你真卑——
周　冲　哥哥！
周　萍　弟弟，我对不起！——（突向蘩漪）不过世界没有像你这样的母亲！
周　冲　（迷惑地）妈，这是怎么回事？
周蘩漪　你看哪！（向四凤）四凤，你预备上哪儿去？
鲁四凤　（嗫嚅）我……我？……
周　萍　不要说一句瞎话。告诉他们，挺起胸来告诉他们，说我们预备一块儿走。
周　冲　（明白）什么，四凤，你预备跟他一块儿走？
鲁四凤　嗯，二少爷，我，我是——
周　冲　（半质问地）你为什么早不告诉我？
鲁四凤　我不是不告诉你；我跟你说过，叫你不要找我，因为我——我已经不是个好女人。
周　萍　（向四凤）不，你为什么说自己不好？你告诉他们！（指蘩漪）告诉他们，说你就要嫁我！
周　冲　（略惊）四凤，你——
周蘩漪　（向冲）现在你明白了。（冲低头）
周　萍　（突向蘩漪，刻毒地）你真没有一点心肝！你以为你的儿子会替——会破坏么？弟弟，你说，你现在有什么意思，你说，你预备对我怎么样？说！哥哥都会原谅你。

［冲望蘩漪，又望四凤，自己低头。

周蘩漪　冲儿，说呀！（半晌，急促）冲儿，你为什么不说话呀？你为什么不抓着四凤问？你为什么不抓着你哥哥说话呀？（又顿。众人俱看冲，冲不语）冲儿你说呀，你怎么，你难道是个死人？哑巴？是个糊涂孩子？你难道见着自己心上喜欢的人叫人抢去，一点儿都不动气么？

周　冲　（抬头，羔羊似地）不，不，妈！（又望四凤，低头）只要四凤愿意，我没有一句话可说。

周　萍　（走到冲面前，拉着他的手）哦，我的好弟弟，我的明白弟弟！

周　冲　（疑惑地，思考地）不，不，我忽然发现……我觉得……我好像我并不是真爱四凤；（渺渺茫茫地）以前——我，我，我——大概是胡闹！

周　萍　（感激地）不过，弟弟——

周　冲　（望着萍热烈的神色，退缩地）不，你把她带走吧，只要你好好地待她！

周蘩漪　（整个幻灭，失望）哦，你呀！（忽然，气愤）你不是我的儿子；你不像我，你——你简直是条死猪！

周　冲　（受侮地）妈！

周　萍　（惊）你是怎么回事？

周蘩漪　（昏乱地）你真没有点男子气，我要是你，我就打了她，烧了她，杀了她。你真是糊涂虫，没有一点生气的。你还是你父亲养的，你父亲的小绵羊。我看错你了——你不是我的，你不是我的儿子。

周　萍　（不平地）你是冲弟弟的母亲么？你这样说话。

周蘩漪　（痛苦地）萍，你说，你说出来；我不怕，你告诉他，我现在已经不是他的母亲了！

周　冲　（难过地）妈，你怎么？

周蘩漪　（丢弃了拘束）我叫他来的时候，我早已忘了我自己，（向冲，半疯狂地）你不要以为我是你的母亲，（高声）你的母亲早死了，早叫你父亲压死了，闷死了。现在我不是你的母亲。她是见着周萍又活了的女人，(不顾一切地)她也是要一个男人真爱她，要真真活着的女人！

周　冲　(心痛地)哦，妈。

周　萍　(眼色向冲)她病了。(向蘩漪)你跟我上楼去吧！你大概是该歇一歇。

周蘩漪　胡说！我没有病，我没有病，我神经上没有一点病。你们不要以为我说胡话。(揩眼泪，哀痛地)我忍了多少年了，我在这个死地方，监狱似的周公馆，陪着一个阎王十八年了，我的心并没有死；你的父亲只叫我生了冲儿，然而我的心，我这个人还是我的。(指萍)就只有他才要了我整个的人，可是他现在不要我，又不要我了。

周　冲　(痛极)妈，我最爱的妈，您这是怎么回事？

周　萍　你先不要管她，她在发疯！

周蘩漪　(激烈地)不要学你的父亲。没有疯——我这是没有疯！我要你说，我要你告诉你们——这是我最后的一口气！

周　萍　(狠狠地)你叫我说什么？我看你上楼睡去吧。

周蘩漪　(冷笑)你不要装！你告诉他们，我并不是你的后母。

〔大家俱惊，略顿。

周　冲　(无可奈何地)妈！

周蘩漪　(不顾地)告诉他们，告诉四凤，告诉她！

鲁四凤　(忍不住)妈呀！(投入鲁妈怀)

周　萍　(望着弟弟，转向蘩漪)你这是何苦！过去的事你何必说呢？叫弟弟一生不快活。

周蘩漪　(失了母性，喊着)我没有孩子，我没有丈夫，我没有家，我什么都没有，我只要你说：我——我是你的。

周　萍　(苦恼)哦，你看弟弟可怜的样子，你要是有一点母亲的心——

周蘩漪　(报复地)你现在也学会你的父亲了，你这虚伪的东西，你记着，是你才欺骗了你的弟弟，是你欺骗我，是你才欺骗了你的父亲！

周　萍　(愤怒)你胡说，我没有，我没有欺骗他！父亲是个好人！父亲一生是有道德的，(蘩漪冷笑)——(向四凤)不要理她，她疯了，我们走吧。

周蘩漪　不用走,大门锁了。你父亲就下来,我派人叫他来的。

鲁侍萍　哦,太太!

周　萍　你这是干什么?

周蘩漪　(冷冷地)我要你父亲见见他将来的好媳妇你们再走。(喊)朴园,朴园!……

周　冲　妈,您不要!

周　萍　(走到蘩漪面前)疯子,你敢再喊!

〔蘩漪跑到书房门口,喊。

鲁侍萍　(慌)四凤,我们出去。

周蘩漪　不,他来了!

〔朴园由书房进,大家俱不动,静寂若死。

周朴园　(在门口)你叫什么?你还不上楼去睡。

周蘩漪　(倨傲地)我请你见见你的好亲戚。

周朴园　(见鲁妈,四凤在一起,惊)啊,你,你,——你们这是做什么?

周蘩漪　(拉四凤向朴园)这是你的媳妇,你见见。(指着朴园向四凤)叫他爸爸!(指着鲁妈向朴园)你也认识认识这位老太太。

鲁侍萍　太太!

周蘩漪　萍,过来!当着你的父亲,过来,跟这个妈叩头。

周　萍　(难堪)爸爸,我,我——

周朴园　(明白地)怎么——(向鲁妈)侍萍,你到底还是回来了。

周蘩漪　(惊)什么?

鲁侍萍　(慌)不,不,您弄错了。

周朴园　(悔恨地)侍萍,我想你也会回来的。

鲁侍萍　不,不!(低头)啊!天!

周蘩漪　(惊愕地)侍萍,什么,她是侍萍?

周朴园　嗯。(烦厌地)繁你不必再故意地问我,她就是萍儿的母亲,三十年前死了的。

周蘩漪　天哪!

〔半晌。四凤苦闷地叫了一声,看着她的母亲,鲁妈苦痛地低着头。萍脑筋昏乱,迷惑地望着父亲同鲁妈。这时蘩漪渐渐移到周冲身边,现在她突然发现一个更悲惨的命运,逐渐地使她同情萍，她觉出自己方才的疯狂，这使她很快地恢复原来平常母亲的情感。她不自主地愧恨地望着自己的冲儿。

周朴园　（沉痛地）萍儿，你过来。你的生母并没有死，她还在世上。

周　萍　（半狂地）不是她！爸，您告诉我，不是她！

周朴园　（严厉地）混帐！萍儿，不许胡说。她没有什么好身世，也是你的母亲。

周　萍　（痛苦万分）哦，爸！

周朴园　（尊重地）不要以为你跟四凤同母，觉得脸上不好看，你就忘了人伦天性。

鲁四凤　（向母）哦，妈！（痛苦地）

周朴园　（沉重地）萍儿，你原谅我。我一生就做错了这一件事。我万没有想到她今天还在，今天找到这儿。我想这只能说是天命。（向鲁妈叹口气）我老了，刚才我叫你走，我很后悔，我预备寄给你两万块钱。现在你既然来了，我想萍儿是个孝顺孩子，他会好好地侍奉你。我对不起你的地方，他会补上的。

周　萍　（向鲁妈）您——您是我的——

鲁侍萍　（不由自主）萍——（回头抽咽）

周朴园　跪下，萍儿！不要以为自己是在做梦，这是你的生母。

鲁四凤　（昏乱地）妈，这不会是真的。

鲁侍萍　（不语，抽咽）

周蘩漪　（笑向萍，悔恨地）萍，我，我万想不到是——是这样，萍——

周　萍　（怪笑，向朴）父亲！（怪笑，向鲁妈）母亲！（看四凤，指她）你——

鲁四凤　（与萍互视怪笑，忽然忍不住）啊，天！（由中门跑下，萍扑在沙发上，鲁妈死气沉沉地立着）

周蘩漪　（急喊）四凤！四凤！（转向冲）冲儿，她的样子不大对，你赶快出去看她。

〔冲由中门跑下，喊四凤。

周朴园　（至萍前）萍儿，这是怎么回事？

周　萍　（突然）爸，您不该生我！（跑，由饭厅下）

〔远处听见四凤的惨叫声，冲狂呼四凤，过后冲也发出惨叫。

鲁侍萍　（同时叫）四凤，你怎么啦！
周繁漪　　　　　我的孩子，我的冲儿！
　　　　〔二人同由中门跑出。
周朴园　（急走至窗前拉开窗幕，颤声）怎么？怎么？
　　　　〔仆由中门跑下。
仆　人　（喘）老爷！
周朴园　快说，怎么啦？
仆　人　（急不成声）四凤……死了……
周朴园　（急）二少爷呢？
仆　人　也……也死了。
周朴园　（颤声）不，不，怎……么？
仆　人　四凤碰着那条走电的电线。二少爷不知道，赶紧拉了一把，两个人一块儿中电死了。
周朴园　（几晕）这不会。这，这，——这不能够，不能够！
　　　　〔朴园与仆人跑下。
　　　　〔萍由饭厅出，颜色惨白，但是神气沉静地。他走到那张放鲁大海的手枪的桌前，抽开抽屉，取出手枪，手微颤，慢慢走进右边书房。
　　　　〔外面人声嘈乱，哭声，叫声，吵声，混成一片。鲁妈由中门上，脸更呆滞，如石膏人像。老年仆人跟在后面，拿着电筒。
　　　　〔鲁妈一声不响地立在台中。
老　仆　（安慰地）老太太，您别发呆！这不成，您得哭，您得好好哭一场。
鲁侍萍　（无神地）我哭不出来！
老　仆　这是天意，没有法子。——可是您自己得哭。
鲁侍萍　不，我想静一静。（呆立）
　　　　〔中门大开，许多仆人围着繁漪，繁漪不知是在哭在笑。
仆　人　（在外面）进去吧，太太，别看哪。
周繁漪　（为人拥至中门，倚门怪笑）冲儿，你这么张着嘴？你的样子怎么直对我笑？——冲儿，你这个糊涂孩子。
周朴园　（走在中门中，眼泪在面上）繁漪，进来！我的手发木，你也别看了。

老　仆　太太,进来吧。人已经叫电火烧焦了,没有法子办了。

周蘩漪　(进来,干哭)冲儿,我的好孩子。刚才还是好好的,你怎么会死,你怎么会死得这样惨?(呆立)

周朴园　(已进来)你要静一静。(擦眼泪)

周蘩漪　(狂笑)冲儿,你该死,该死!你有了这样的母亲,你该死!

〔外面仆人与鲁大海打架声。

周朴园　这是谁?谁在这时候打架。

〔老仆下问,立时另一仆人上。

周朴园　外面是怎么回事?

仆　人　今天早上那个鲁大海,他这时又来了,跟我们打架。

周朴园　叫他进来!

仆　人　老爷,他连踢带打地伤了我们好几个,他已经从小门跑了。

周朴园　跑了?

仆　人　是,老爷。

周朴园　(略顿,忽然)追他去,跟我追他去。

仆　人　是,老爷。

〔仆人一齐下。屋中只有朴园、鲁妈、蘩漪三人。

周朴园　(哀伤地)我丢了一个儿子,不能再丢第二个了。

〔三人都坐下来。

鲁侍萍　都去吧!让他去了也好,我知道这孩子。他恨你,我知道他不会回来见你的。

周朴园　(寂静,自己觉得奇怪)年轻的反而走我们前头了,现在就剩下我们这些老——(忽然)萍儿呢?大少爷呢?萍儿,萍儿!(无人应)来人呀!来人!(无人应)你们跟我找呀,我的大儿子呢?

〔书房枪声,屋内死一般的静默。

周蘩漪　(忽然)啊!(跑下书房,朴园呆立不动,立时蘩漪狂喊跑出)他……他……

周朴园　他……他……

〔朴园与蘩漪一同跑下,进书房。

〔鲁妈立起,向书房颠踬了两步,至台中,渐向下倒,跪在地上,如序幕结尾老妇人倒下的样子。

［舞台渐暗，奏序幕之音乐(High Mass-Bach)①。若在远处奏起，至完全黑暗时最响，与序幕末尾音乐声同。幕落，即开，接尾声。

原载《曹禺文集》第一卷，
中国戏剧出版社1988年版